昌言 著

每一個生命都需要關懷

每一個生命都需要表白

——題記

民為貴，社稷次之，君為輕。是故得乎丘民而為天子，得乎天子為諸侯，得乎諸侯為大夫。

——孟子

誰都不是一座島嶼，自成一體；每個人都是那廣袤大陸的一部分。如果海浪沖刷掉一個土塊，歐洲就少了一點；如果一個海角，如果你朋友或你自己的莊園被沖掉，也是如此。任何人的死亡使我受到損失，因為我包孕在人類之中。所以別去打聽喪鐘為誰而鳴，它為你敲響。

——約翰・堂恩

一

這株札根在陰森晦暗溝壑中的老椿樹，已經很老、很高了，綠葉叢中，突兀著一些陳年的腐朽枝兒；樹蔭厚實斑駁，怕有小半畝多地哩！

螞蟻們在成群結隊忙碌，蘭草發出貞節的芬芳，艾蒿、菖莆和苧麻的葉片綠得發藍；麻雀和土畫眉們，聚在衰草叢中覓食，並操練著嗓子……再往天空張望，就見十多隻烏鴉，膽小的在前，老成持重的隨後，次第被漸漸逼近的雜亂腳步聲、和絮絮叨叨的閒話所驚起，哇哇聒噪，像不祥的黑色精靈，圍繞著高高的樹冠，呱呱地議論著，盤旋著……

沿長枋河上行的騾馬官道，在老椿樹的底下，繞了個大彎。這一行人拖拖拉拉，又拐進官道右面灌木枝柯縫隙間的牛蹄路，緩步爬上一道草坡。

這會兒，一敞平陽的洪水埡，如同展開的長卷風景畫，就呈現在大家的眼前了。

「啊——瞧瞧這煙花，長得多胖、多麼漂亮水靈哇！」

「呵呵呵，還確實不錯哩！」

一塊呈腰果形狀的谷地，夾在遍生著松、杉，濃郁得發黑的秀籠山和扁擔山之間。怒放的鴉片煙花，正沐浴在明晰清朗的春陽裏，水靈光鮮，姹紫嫣紅，完全可以說是一片波動著的花的海洋！田埂右邊有一條沿阡陌而流的小溪，綠水平滑如緞帶，漣漪慵懶得不願破碎成泡沫。絢爛的煙花叢中，還有一座金色小茅棚——從這兒只看得到尖尖的棚頂。

「周連長還是初次見識煙花吧？聽過這麼一首打油詩沒有？『煙花女兒體似酥，腰中挾劍斬凡夫。縱然不見頭落地，暗裏叫君骨髓枯！』哈哈哈……」

「鄙人乃行伍之人，只曉得揮真刀砍真腦殼。呵呵，那場面，當然又是一番景致囉！」

「唉，可歎人們只誇牡丹國色天香，是富貴花。我看這大片紅彤彤的鴉片煙花，比之洛陽的牡丹園，一點兒也不遜色哩！」

「嘻嘻嘻，沈鄉長好雅興，硬是出口成章……」

靖國軍[1]龍在田旅的周連長係綠林出身，祖宗三代當土匪；被收編已經快三年，居然也學了幾句諸如「鄙人」、「賤內」、「幸會幸會」等等場面上的套話。

今天是寒食節，長枋鄉鄉長沈聚仁，一身踏青的打扮：頭戴瓜皮小帽，著竹布長衫和直貢呢馬褂；面龐清瘦，沒蓄鬍鬚，小眼睛黑亮靈活。他興致勃勃指點，晃晃悠悠介紹說，這種叫

[1] 北洋軍廢棄約法後，由滇、川、黔、陝的軍閥先後組成靖國軍起兵反對，於1922年後瓦解。

鳳頭，這種叫羅漢，那種是大理紅，那種是貴州烏……

抬頭遙望，圓圓的太陽正在霧裏掙扎，射出一束束耀眼白光。面對煙花，沈鄉長好像情有獨鍾，又感歎鴉片煙花雖然鮮豔，但開的時間很短，不過三兩天就凋落了——人們將煙花比著妓女，還真是十分貼切咧！

仔細觀察，果然，有些花瓣兒已開始飄落了。鄉丁們都哈巴狗模樣，脅肩諂笑，哈著腰隨聲附和。兩個肩扛毛瑟槍的衛兵，剛才多喝了幾杯，傻子樣盯住沈聚仁神采飛揚的臉皮，頭重腳輕。話題轉到妓女們身上，周連長眼前不禁浮起「仁和記」酒店裏，那賣唱的河南妹子的標致模樣，也來了精神。這麼個地處神農架腹地的窮山溝，強悍的民風，偏偏容不得賣笑女郎存身，實實在在讓走南闖北的大兵們，只能乾嚥口涎！

「兵荒馬亂時節，沈鄉長何不拿出些氣魄，在鎮上率先開一家婊子行——還可以收他媽的娛樂稅——嘿嘿，硬是一宗無須花啥本錢的買賣咧！」

「周連長此話差矣！大山之中比不得城裏，弄不好會犯眾怒的……咯咯，倒讓我想起一些往事，那時候，我正在日本『振武學校』裏讀書。是一個涼意初起的黃昏，我在淺草公園外面散步。從法國梧桐的濃蔭裏，突然閃出個四十歲上下、身穿舊西裝的男人：『給你介紹一個好嗎？獵奇式的享受呢！』……學生時代的初次冶遊，回憶起來像做夢；日本藝妓那股說不出的豔麗勁兒和溫柔樣兒，見識過後，實在難以忘懷啊！」

「沈鄉長真好豔福！唉喲喲，莫要再講女人，鄙人硬是快把持不住了……」

在窮困潦倒、顛沛流離的毛賊小土匪家庭裏長大的周連長，骨子裏，一直恨死了有錢人家，以及他們那大咧咧又酸溜溜的作派；如此這般地敷衍沈財主，實在只因官職太小。倘若自己有朝一日真當了縣長、省長，他倒會蠻樂意去殺掉他那個縣或省域內，所有享夠了福的殷實主兒！還有，苦人兒、惡土匪出身的他，厭惡一切文謅謅遮遮掩掩的表達方式。赤裸裸幹，赤裸裸地講出來才帶勁！更何況今天，大夥並不是來陪沈鄉長踏青賞景的。

周連長不想繼續閒扯淡話了，兀自扭頭，大大咧咧招呼，眼睛卻望在天上。

「朱家娃兒，到老子跟前來嘛！看看這地界該怎麼劃？你他媽胯下只怕沒長雞巴？怎麼倒羞答答像個大姑娘？」

「來、來了咧……是你和沈鄉長，剛才盡說閒話嘛！」

「喲呵，你這小子，竟還敢管老子們快活嘴巴皮？嘿嘿嘿，不過就兩個月之後，等鴉片煙收罷，這田土依然還是歸你們朱家，臉巴哭喪個啥呀?!」

沈聚仁溫文爾雅，目光仍瞅著遠方，怡然自得淺笑著呢喃：「繼久賢侄的老爹雨卿翁，是前清秀才，飽學之士哩！只可惜曲高和寡，生不逢時。賢侄儀表堂堂，虎背熊腰，生此尚武的年代，何不憤然從戎，以求重振家業，耀祖光宗？」

「我可不當兵。我，我膽兒小……」

朱繼久梗著脖子囁嚅，反抗似地，瞅扁擔山腳那亂騰騰浮游無定的霧氣，像習慣動作中斷，身心疲勞，只覺得心口猛地堵得好慌。一隻螞蚱，冷丁撞到了胸前，他心煩地猛拍，綠色的漿汁髒稀稀糊了滿手。

從夫子鎮一路過來，朱繼久就像條被牽著的黃牛，一直蔫蔫地拖在最後頭。他二十三歲，剃著光頭，個頭比在場的每一個人都高大健壯；舊土布短衫嫌短，裸露出黝黑的手腕子，闊大的手掌乖乖地緊貼褲縫，倒像個遭了訓斥的娃兒。

……給啥價錢都應承下來，千萬莫惹惱了軍爺們。出家門的時候，滿臉倦容的母親，曾悄悄再三叮囑。他說，我曉得咧！也的確沒敢忘記兵爺們的兇殘。

前年夏天，負責討伐靖國軍的「直系」軍隊張克齋旅，一度曾短暫佔領過這一帶，「北軍」們用麻繩捆走了他父親朱雨卿，拔鬍子，抽鞭子，直到敲詐去一千二百塊光洋後才放人。早些年，朱家在夫子鎮一帶，也稱得有頭有臉，屢遭兵災匪患，才漸漸露衰敗模樣。

皇帝沒了，有槍就是草頭王！去年春節前夕，爺爺朱大華忿忿地搬回朱家寨子老屋去了，像賭氣似地還放出風聲，說打算出賣夫子鎮周圍的田產。消息很快傳到長枋鄉百姓背地稱之為「笑面虎」的沈鄉長耳中。其實，鄉黨們平日也難得見沈聚仁一笑。他為人嚴肅認真，一般情況下，並不花言巧語，那雙讀書人的手柔軟而白皙，長長的馬臉，給人以樸實沉穩的感覺；城府極深，性格頗似橡皮，看似平凡，卻抵得過最堅實的甲冑。眼前的這樁交易，就是他暗中促成的，對於正走下坡路的朱家，無異於雪上加霜。

自一九一八年四月，靖國軍潰退鄂西，憑藉險峻地勢，與北洋軍對峙、拉鋸，「城頭變幻大王旗」達四年之久。因餉饋無著，雙方除了就地預征田賦、發行紙幣，攤派「富戶捐」，主要是靠著抓鴉片煙「窩捐」的徵收。

種鴉片同種小麥、豌豆一樣，都是打窩兒點播；生長和收穫的季節，大抵也跟小春作物相同。所謂「窩捐」，就是以窩為計征單位，由此也可見其利潤之豐，和總額之巨。

每年秋末鴉片播種的季節，都會由暫且割據一方的臨時軍政當局，召開會議，劃片招標包捐。作為夫子鎮這一帶窩捐的承包人，沈聚仁雖然依照慣例，去年年底已經預交了百分之五的保證金（三百二十塊光洋），周連長上個月到任沒幾天，他仍差人悄悄奉上四百塊大洋作為見面禮——就像不時地須給看家護院的狗們丟幾塊骨頭，以防節外生枝。

長枋鄉的軍政首腦，很快便又成了莫逆。

又到了鴉片花開的時節，在一次商量「窩捐」抽樣點窩稽查的碰頭會上，沈聚仁彷彿偶然想起了什麼，淡淡地勸周連長何不乘春荒，買進一些青苗鴉片。他解釋說，……這種時候，最好買便宜貨！「德生厚」記雜貨鋪的老闆朱雨卿，眼下正缺錢，他們家在洪水埡有十幾畝好地，鴉片苗長勢喜人！周連長聽得嘿嘿笑。今天一大早，兩個護兵就去「德生厚」雜貨鋪請人了，石板街兩旁的居民，一個個都露著驚惶……

軍爺們的手中攥著槍桿子，朱繼久只能忍氣吞聲。但他死活只肯出賣五畝地的青苗。周連長酒足飯飽，大咧咧嬉笑著，口氣卻極蠻橫，五畝地的青苗鴉片，作價二百塊光洋，完全沒有討價還價的餘地。沈聚仁作為中人，臉上始終掛隔岸觀火的淺笑，因交易進展順利而暗自得意。一畝田可產煙土二百四十兩（十六兩制老秤），乾煙土在本地，每兩值一塊大洋，若運到漢口，則每兩至少能賣三塊。只須再等一個多月，就可以到手的一千多塊洋錢，就這麼眼睜睜飛進周連長的荷包裏了。

事情已經明擺著：來歷不明、數十年虎霸一方的朱家，現如今，已經算不得力量了。

這時候，劃界的工作也接近尾聲：幾個鄉丁正牽著數十丈長的草繩，小心翼翼掠過怒放的鴉片煙花頭頂。幾根作為分界線的粗草繩，呈南北向，一根一根地，很快都扯緊了，繩頭分別繫在田邊的幾株刀痕累累的生漆樹的樹腰。幾隻膽大的土畫眉兒，立刻就落到上面來了，草繩隨著啁啁鳥鳴顫悠悠晃蕩著。

沈聚仁掏手帕揩剛沁出額頭的油汗，另一隻手鬆弛地耷著黃楊木手杖，目光越過如彩霞一般的煙花朝前望，可以看到秀籠山腳下、上墳人燒紙錢的幾縷細細青煙。小溪溝邊的矮小灌木叢裏，有幾團正開著花的野櫻桃樹，殘花受陽光影響，有的粉白，有的呈灰褐色。那十多隻黑烏鴉，大概還在老椿樹上面商量什麼事情吧，不時便有哇哇的爭辯或者哀鳴傳過來。沈聚仁陡地憶起亡故多年的雙親，像疲憊的登山人，雙手拄杖，重重吐一口濁氣。

好像是在西元七百三十二年吧，唐明皇就下了命令：寒食上墳，禮經無文，近世相傳已成習俗，應該允許，使之永為常式。沈聚仁飽讀經史，作人或者辦事喜歡仿效古籍。他暗自盤算：須趕緊找人修葺父母的墳塋，這件事無論如何不能再拖；祭祀就定在「重九」，要儘量排場，花多少錢也在所不惜！「君子生則敬養，死則盡享，思終生弗辱也」。沈聚仁認為這是作人的原則，亦是為人子的責任。

……等到那幾個巧舌如簧的鄉丁和兇神惡煞的護兵，簇擁著如願以償的各自主人漸漸走遠，洪水埡又成了鳥兒們的世界，撲撲楞楞，唧唧啾啾，此伏彼起。朱繼久沒有跟隨著一起回鎮子去，孤零零仰面倒草坡上，悶悶地望著藍天發呆。

剛才，鄉丁和護兵們牽草繩的時候，周連長揮舞著軍帽，大汗淋漓指手畫腳，狗卵子充麝香包，在田埂上大口大氣吩咐吆喝——朱繼久內心真恨不得一刀宰了他，就像「神兵」們去年冬天，在平陽壩宰他的前任張連長一樣！南軍、北軍開戰之後，人命更加不值錢了。那一次的結局，也著實讓人膽寒：三十七顆「神兵」的腦袋，被木棍戳著，豎在從平陽壩到關帝廟的山路邊，足足示眾了半個多月！

……枯葉蝶如果不自甘灰褐色，硬要弄點招惹眼珠的鮮亮，那是作死，斑鳩或土蜂馬上會吃掉它；草裏螞蚱哩？硬要蹦跳著充角兒，覓食的雞們也會啄了它——南軍們殺起人來，跟直系的北軍一樣心狠手辣——這話就是大華爺爺說的。爺爺曾經是何等人物！方圓幾百里，沒有人不曉得他、尊敬他；遠遠看到就鞠躬致意，熱乎乎寒暄，並且以同他認識為驕傲！當然，爺爺也會威嚴莊重地慢吞吞拱手還禮，由於習慣而守著古風。爺爺就是發生那血腥事兒之後不久，同朱貴叔帶著朱繼久快臨盆的媳婦何貴芝，一起逃回了寨子老屋的。

每年春天，青黃不接的時候，賣青苗鴉片雖說並不罕見——如此剜肉補瘡，於朱家畢竟還是破天荒頭一回，令朱繼久心底好一陣不是味兒。

晚霞如欲望的火焰燃燒著，起初鮮紅，後來是血液凝固後的那種紫紅。遠山、灌木叢、浮動的霧靄以及小溪溝，顏色都在變幻著；烏鴉們還在溪流上空盤旋，是在尋找病、餓死了的魚兒的屍體吧？一切都在蠢動，覺醒，喧嘩……

就這麼躺了老半晌，朱繼久打一個激靈，慢吞吞站起來。太陽早落到山那邊去了。

他搖晃著走到煙田中央的尖頂茅草棚跟前，將揣得發燙的兩百塊光洋，遞給長工陳老頭，眼睛盯著腳尖說道：「二百塊。你這就去親手交給我娘。我還想待會兒再回去。」

「唉唉，狗日的仗勢欺人，硬是太賣賤了、太混賬啊！可惜你爺爺如今老囉，龍困淺灘遭蝦戲，虎落平陽被犬欺……」

二

「朱貴呀，還記得『天父殺天兄，江山打不通。長毛非真主，依舊歸咸豐』那個歌謠吧？……最近這些天裏，我老是夢見，在大渡河紫打地的那場惡殺，好多個死了的弟兄，臉上還都淌著血，爭著向我問這問那……」

「兄弟們大概是想我們倆了吧？哈哈，自從在紫打地生離死別，一晃六十年過去囉！恁大個中國，最後鬧騰得都沒有皇帝了，有刀有槍的逞豪強……雨卿托人捎話上山來了，說雜貨鋪有時候，一天難得賣到十吊錢。木耳和香菌雖然都打好包了，因為擔心白馬灘有土匪劫道，暫時還沒敢裝船外運哩。」

「世道太亂，夫子鎮怕是難得待下去了。乾脆，叫他們都搬回朱家寨子來，天高皇帝遠，少受幾多官啊兵啊的窩囊氣！」

榨油房孤零零，修在寨子東頭的一大塊岩石臺子上，矮腳方桌就擱在新平整出來的小壩子中央。四周是圍牆一般綿延起伏的崖壁和森林，乍看是一片綠，卻又千姿百態，千變萬化，綠得各不相同。溫和的太陽宛如一隻雞蛋黃，貼在藍天的最深處；鳥兒在樹上啁啾，牛鈴在遠處遙響，冷丁還飄過來幾聲狗吠。

煨得十分爛的油燜兔子浸在厚厚的油湯底下，看不到熱氣，吃起來巒燙嘴巴哩！兩位老人盤腿坐在青石板上，頭頂白雲清風開懷暢飲著，尺多長的頭髮、鬍鬚，飄飄拂拂連成一片，白得似霜賽雪！跟朱貴說話的這位，便是朱繼久的爺爺朱大華。

六十九年前，翼王石達開率軍西征時，朱大華還是太平軍的一個小頭目，攻打武昌時肩頭還受過箭傷。一八五七年「楊韋事件」後，石達開被迫率十萬太平軍從天京出走。到大渡河畔的那場惡戰前夕，十六歲的乞兒朱貴，投奔到朱大華的帳下還沒有多久。紮打地兵敗之後，兩個人死裏逃生，在川東一帶藏匿。

他們倆最後一次殺人是在奉節城外：一八六三年的一個月黑風高夜，饑寒交迫的朱大華和朱貴，翻牆入室，手刃某財主全家七口，劫掠得百十錠銀元寶；一個嚇暈了的、模樣俊俏的年輕女僕是惟一活口，被朱大華用麻袋裝了。兩個人帶著女僕，夜行晝伏，經巫山、巫溪逃進神農架老林，幾經輾轉，最後才在當時僅住著三戶窮獵人的朱家寨子落下腳。那女僕於次年生下朱雨卿，孩子四十三天時，她卻得產褥熱死了。

這段充滿血腥的坎坷經歷，除了兩位當事人，實際上誰也不知道詳情。

朱家的全盛時期，可以勉強算到袁世凱稱帝前後：僅長枋鄉就設有三爿收山貨的鋪面，在宜昌府還開著一處營銷門店——即使是那時候，畢竟朱大華年逾八旬，已感到力不從心。兒子朱雨卿，無論從生活或經營上看，完全是個無用之人。家道日衰，已經破綻百出。特別最近三、四年間，因為南軍、北軍在這一帶「拉鋸」，使得家境更每況愈下。

今年春節剛過，朱雨卿自作主張，在鄉國民小學裏謀了一份差事。小學設在距離夫子鎮西北約兩華里的尼姑庵內。朱雨卿又是個極要面子的人，來去多半要坐轎子；為付力腳錢，在外的那頓飯食只好免了。他又愛充闊，力腳錢總要比別人多付點，轎夫們也都喜歡抬他。上轎之前，他會躲角落處悄悄地吮一大口酒。

「朱先生好精神啊！朱先生您老吃過了？」

「呵呵呵，硬是酒足飯飽哩！」

朱雨卿使勁打個酒嗝兒，搖頭晃腦仰望著天空微笑。——這事兒坊間一度廣為流傳，朱大華當然不會知道。由此，也可以想像得出朱家經濟的實際窘狀。

新蓋的榨房今天終於開張，新榨裏已經流淌出來亮晶晶的桐油。朱大華鑾高興，同朱貴在小壩子上開懷暢飲，談古論今，一直到太陽落坡，才趔趔趄趄回到老宅子來。他又叫人取了長劍，在小院落中氣喘吁吁舞了幾手。晚霞輝映著飄飄銀須，劍鋒上紅光閃爍。

這天是寒食節過後的第六天，天麻黑時候，朱繼久上山來了。朱大華聽孫兒講了賣青苗鴉片的事情，眉毛倒豎，惱火得直跺腳。當初說賣田產，不過是一時的氣話；無論如何，眼下的朱家，還沒有落到要賣青苗的地步！

「……娘還說，周連長能夠當場付二百大洋，已經算給面子了。真惹惱了他，帶百十號槍兵，去洪水埡亂踏幾個來回，扔幾顆手榴彈，然後謊稱遭到神兵伏擊——十多畝正開花的鴉片苗，可就要都毀了。」

「反正不能便宜了那狗連長！朱貴，去悄然聯絡幾個神兵，多花點錢，讓他們尋個機會，神不知鬼不覺砍了那廝！」

「算了算了，去年的那三十七顆腦袋，有的只怕還戳在棍兒上呢！依我看，趕緊把木耳香菌，裝船運往宜昌才是大事。我明日就下山。袍哥大爺李茂軒，同我還有一些老交情，白馬灘土匪的事，就請他去通融。」

朱大華臉上掠一絲苦笑，慢騰騰捧起水煙袋呼嚕嚕猛吸起來。世道險惡，富貴輪回，他經歷的也實在太多了。九十高齡又重返朱家寨子，建造榨房，整修宅第，為的就是給子孫們多留一條退路。一直躲在後廂房裏的何貴芝，這時候，才抱著奶娃兒出來見丈夫。何貴芝原本就白白胖胖，坐月子期間吃得好，比過去又胖了一圈，鼓鼓囊囊像棉花包。她吃罷飯就縮回廂房，無聲無息來去，跟守在宅院裏的幾位老者也真沒有啥好說的。

嬰兒三個月大了，生得虎頭虎腦，偎母親的臂彎裏睡得正香。看到重孫子，朱大華輕晃著身板，臉上再次浮起笑意。他說：都歇息去吧。繼久陪娃兒過了「百日」後再下山，反正也沒有幾天了。讓你朱貴叔陪著四處轉轉、看看嘛！

「人家是專程上山來給兒子做『百日』的哩！」朱貴樂呵呵接過話頭。繼久最像他爺爺年輕時的模樣了，膀粗腰圓，身大力不虧。可惜少了些虎氣，鎮不住人。

印花布包袱裏，放著朱繼久的娘請銀匠精工打制的長命鎖，還有她從各家各戶討來碎布頭、又熬了幾個半夜趕做的百家衣。鄭玉梅說：還是滿月那天抱過我的乖孫子。也不曉得如今的奶水夠不……一邊說，幾大滴眼淚奪眶而出。眼下她實在抽不開身，屋裏屋外的事兒如亂麻堆積，全都指靠著她去鋪派處理。

待在深山老林，古木參天，絕壁陡峻，天高皇帝遠！更重要的是看不到張狂的兵爺們，日子自然要輕鬆許多。從老宅子到新修的榨房，約有大半裏路，朱繼久每天吃罷飯，便朝那邊去了，幾乎天天如此。他只勉強讀了一年半的「專館」，天生的粗人德行，在這陽和啟蟄，「蘆筍生時柳絮飛」的春日，卻毫無他爹那種「極目千里兮傷春心」的感覺。

榨房裏，用合抱粗的整棵老橡樹鑿成的木榨，長約一丈六尺、大海碗口粗細的鐵堅杉撞杆，被用牛皮筋編的長索攔腰懸在空中。榨油匠也二十多歲，是個嘴巴甜、蠻討人喜歡的河南佬。只見他悠悠地前後晃動撞杆，等蕩到最高處後，口裏發一聲斷喝：「嗨！」將撞杆傾全力甩出。箍有熟鐵杵頭的那一端，不偏不倚，重重地砸在木榨腰間的厚櫟木楔子上。就這麼一下，兩下……厚櫟木楔子受力之後「吱吱」呻吟，清亮亮的桐油，也開始牽線兒流淌出來了。

朱繼久一遍一遍地看，簡直給這一過程迷住了！他朝手心吐一口涎水，玩兒似地從河南佬手中搶過皮筋繩索。晃動撞杆並不困難，但他十次倒有九次撞不到木榨腰上的厚櫟木楔。他不好意思嘿嘿憨笑，無數遍地耍得更來勁兒，經常折騰到昏天黑地時分，才拖著腿回老宅子這邊來。何貴芝好不容易盼來丈夫，而丈夫卻把精力都花在了榨房裏，累得倒床就打呼嚕，擰他也懶得動彈。她只有悄悄撇嘴抹淚，輾轉難眠，傷透了心。到第四天晚上，何貴芝索性側身而臥，將肥碩的白脊背，冷冷地朝著丈夫。

三月初七，奶娃兒滿百日。乾打壘的厚黃土牆老宅院門前，一大早就掛出了紅、黃兩色彩球。院落裏擺設了茶座，堂屋的春台前紅氈鋪地，春臺上供奉著觀世音菩薩。朱家寨子僅有十多戶人家，一會兒工夫，該來的都來了，魚貫而入，都依照古老的「添盆」習俗，虔誠地朝盛有香湯的土盆內撒幾枚銅錢。春台的左右設案，陳列著客人們饋贈的形狀各異的小草筐。草筐裏裝著米、紅棗、花生，或者粽子、饅頭、活雞、豬蹄等等食物；貧寒人家也有只裝一把麵條的。沈聚仁的賀幛是朱繼久給捎帶上山來的，一段紫色彩綢，彩綢上還有紅紙寫的賀詞：「麒書征國瑞，熊夢兆家祥」。

朱繼久為賣青苗鴉片的事耿耿於懷，當時就不肯往山裏捎帶，倒挨了父親好一頓斥責：……休要胡亂猜測，沈鄉長飽讀詩書，學富五車，怎麼會幫外鄉人戕害鄉黨呢？

那賀幛雖然被掛在最不顯眼處，畢竟屬稀罕物件兒，引得好些人圍著觀看，一面嘖嘖地胡亂讚歎。山裏人識字的不多，幾乎沒人懂賀詞的內容。熱熱鬧鬧的場面惹得娃兒們也興奮不已，黑眼珠骨碌碌轉，快活得哇哇直叫喚。

又擺酒設宴款待鄉鄰，一直鬧騰到黃昏時分，客人們才各自回家。朱大華懷抱重孫，靠在太師椅中，臉上掛慈祥的笑容。晚霞輝映得山林像著了火，金蛇狂舞，綠樹青山沐暖烘烘的深紫色中。好久都沒有這麼熱熱鬧鬧地待客了，朱貴和朱大華都蠻高興。

「一直沒機會聚攏堆商量，娃兒拖到現在還沒起名兒。昨晚我想了半夜，就叫成鑫吧，兩個金抬一個金，既富貴又穩當！剛才我也跟你爺爺說了。狗娃你看行不？」

「狗娃」是朱繼久的小名，名賤好養。繼久這名兒也是朱貴給取的，寓意富貴長久。他父親朱雨卿的名字，則是鄭重其事請一個落魄秀才翻書卷找來的。那陣子朱大華剛剛在朱家寨子站住腳跟，作為酬答，還悄悄地塞給那窮秀才一錠銀元寶。

朱——成——鑫，這名字蠻好哩！朱繼久望朱貴和爺爺咧嘴笑說，一個勁兒點頭。

山裏過「百日」還有個規矩：由舅舅將奶娃抱出門，沿村道走一圈，倘若遇見行人就對娃說，認得嗎？莫怕。象徵性地讓嬰兒見見世面。何貴芝上無兄，下無弟。這會兒，難得朱大華興致正好，說是要抱著小重孫去寨子四周認認道兒。朱繼久擔心爺爺和朱貴腿腳不太靈便，怕萬一有閃失，目送他們顫巍巍出門後，連忙叫媳婦也跟了去。

老宅子裏杯盤狼藉，只剩下朱繼久和他的么婆兩個人。雖然說喊「么婆」，其實，馮雅仙比朱繼久僅僅大十五歲。她原本是流浪賣藝的草台班子裏一名年輕戲子，一八九九年戲班子在平陽壩讓地痞給砸了，她無處安身，進朱家做了女傭。一九〇一年生下朱月娟之後，朱繼久才改口喊她么婆，大概朱大華也覺得自己太老了，一直沒有明媒正娶。馮雅仙也仍舊幹著女傭該幹的那些活兒。

「鑫兒蠻懂事呢，看到他太爺，就咧著小嘴巴笑。」馮雅仙無話找話呢喃，耷拉著腦殼，慢慢騰騰撫摸那一疊兒新做的嬰兒衣裳，出人意外地竟哽咽起來。

「月娟老大不小，都二十出頭了，還沒有嫁出去，硬是沒有一個人替她操心……我的命怎麼這麼苦啊……」

「么婆……么婆，你莫哭嘛！小姑的婚事，我娘也很著急，正托人幫忙呢……」

三

從四川奉節城外虜掠來的那個女僕，得產褥熱死了之後，可以說，朱大華基本上沒動過再娶的念頭。也許是殺人太多，在屍體堆裏滾爬得太多，他對兒女情長一類事兒，一向都看得十分淡。嫡親的兒子自然另當別論，姻親不親血親嘛！

兒子七歲了，才沒讓奶娘再餵奶。兒子模樣兒實在俊秀，且天性馴良，人見人愛，很小的時候，就以能背誦唐詩宋詞而自喜。朱大華將希望統統集中在兒子身上，夢想著有朝一日平步青雲！他自己識字不多，為了朱雨卿將來能光宗耀祖，不惜重金，前後共聘請了三位老秀才作「專館」先生。銀錢花了無數。兒子倒也十分爭氣，好像十多歲時候吧，輕而易舉便考上了秀才。接著，科舉制度便廢除了。再接著，連皇帝也退位了。

朱大華懊惱萬分，怪罪老天爺，一度心灰意冷。女兒朱月娟的降生，實屬意外收穫。畢竟血濃於水，使他對自己的健康狀況和家族前程，再一次充滿了信心！

朱大華脾氣暴烈，心狠手辣，遠近聞名。他卻從未碰女兒一指頭，甚至都沒有大聲斥責過，對女兒的任何要求，有求必應。朱月娟一九一八年從巴東縣立女子小學堂畢業，已經是芳齡十七的大姑娘。她身材窈窕，皮膚白淨，大眼睛望人毫無顧慮；不說話的時候，有咬嘴唇的習慣。一時間，提親說媒者絡繹不絕，又或先或後，無一例外地都遭到拒絕。

「……想到要在夫子鎮這種破地方，寂寥冷清地過一輩子，也真讓人打不起精神來。何況，我還打算繼續去讀書哩！」

女兒語氣平靜、夢囈一般撒嬌著呢喃，臉皮之厚和神情之超脫，鐵石心腸的朱大華都嚇得魂飛魄散，不敢相信自己的耳朵！

朱月娟稚氣單純又堅定執著，作老爹的，最後只好聽之任之。前年，她終於考上了武昌高等師範學校，整個興山縣城都轟動了，都誇夫子鎮出了個女舉人！鄉長沈聚仁還親自送來賀幛，上面寫道：不櫛也曾稱進士，有才何必重生男。

孰料好景不長，朱月娟因與漢口一英俊紳士幽會事發，小報上炒得沸反盈天，於去年秋天，被校方除名了。武昌高等師範學校校長譚錫恩先生，係興山縣大禮溪人氏，馳書家長，委婉地告訴了情由。朱大華如聞晴天霹靂，氣得渾身冰涼。他急差朱貴赴武昌，強行將朱月娟帶回。父女見面的那一刻，他掀桌子砸椅子發洩，好像一切入眼的東西都是冤家對頭，恨不能揮長劍砍了這不爭氣的女兒！朱貴用俗話勸慰道：無冤不成夫妻，無債不成兒女。一輩子都快過去了，你就睜一隻眼、閉一隻眼吧！

朱大華長歎一聲，破天荒滾出兩滴老淚……

豔陽天氣，不知名的各種小蟲子，在草裏嘰嘰啾啾，餘音如夢如幻，如絲如縷。

……從武昌城被弄回到夫子鎮的最初日子裏，朱月娟簡直像傻了，瘋了，披頭散髮，茶不思飯不想；被鎖在後院廂房內，嘮嘮叨叨一直重複著這麼兩句話：悶死我了，我不想待在這兒！悶死我了，我不想待在這兒……一個多禮拜之後，她終於倒床了，眼神茫然無助，蒼白的兩頰浮星星點點細小腫皰，平素洋溢著活潑潑青春韻致和摩登女子的那優雅迷人風采，早已喪失殆盡，完全是一副垂死的光景。

一個待字閨中的女兒家，若按禮教綱常，在漢口事泄時，就該毅然地投江或者上吊；即便當事者厚著臉皮企盼苟活，親人們和鄉黨，也必須把她們裝進篾籠中沉潭，以儆效尤——五千年來，古籍書典裏，燦燦煌煌，記載了多少烈女或者蕩婦們的故事啊！

被押解回夫子鎮的朱月娟，內心究竟怎麼想的，連飽讀詩書的同父異母兄長朱雨卿，心底也理論不清：她怎麼不撞牆或者上吊？怎麼還有臉嫌悶得慌？還敢用絕食威脅家人？世風日下，人心不古，可歎我泱泱中國，真正是一代不如一代了啊！

大嫂鄭玉梅看在眼裏，給嚇壞了，擔心倔強的小姑可能會餓死。朱大華卻說，都莫要理睬她，死了算了……

鄭玉梅曉得公公是在氣頭上，才說出這種絕情的話，於是自作主張，移開了門鏈上的銅鎖。她像對待重病中的女兒，噓寒問暖，餵飯喂湯；或者陪坐在一旁閒話家長里短，將心比心地講了好多生為女人的苦楚……

那會兒，正值靖國軍張連長被殺，龍在田旅長開始親率大軍圍剿「神兵」。山民們都從未見過這麼大規模的軍事行動，一個個如驚弓之鳥，終日惶惶。鄭玉梅逢人只說日子不太平，一個女孩兒家，在外讀書不放心，所以乾脆就休學了……街坊們也都認為：這麼大的姑娘，放在窮家小戶，早該討婆家了！暫時還沒有聽到什麼不利於朱月娟的傳聞……

朱繼久說是上山看望爺爺和媳婦、兒子，其實多半工夫守在新榨房學著甩撞杆，待了半個月，心情暢快，倒像不過一眨眼的工夫。

從朱家寨子回到夫子鎮正趕上吃晚飯，他笑呵呵端碗扒拉，有一句沒一句，對娘講了上面的情況……奶水蠻多，鑫兒白白胖胖哩！新榨房也出油了，爺爺蠻高興。

朱月娟早擱了筷子，正習慣地伸舌頭舔油膩的嘴唇；大眼睛仍殘留有些許憂鬱，臉頰已經又有了惹人愛憐的紅暈。她依然一付對一切都不感興趣的模樣，默默聽了會兒，回廂房歇息去了。朱雨卿藉口讀書人需清靜，經常在書房裏獨自進食，大概也吃完了，從書房那邊飄過來朗朗的吟詠聲：

「春花秋月何時了，往事知多少？小樓昨夜又東風，故國不堪回首月明中……」

朱繼久咬咬嘴唇，小小聲又講了么婆因小姑婚事，而傷心落淚的經過。鄭玉梅緊鎖眉頭支吾，有一顆沒一顆地慢慢嚼著新上市的嫩蠶豆，欲言又止。醜聞已過去半年多，外人似乎還都一無所知。但是，倘若隨便草草地尋覓一戶人家嫁出去，無論如何，鄭玉梅總覺得太對不起花容月貌且飽讀經書的朱月娟了。

隨著家道日衰，提親說媒者再也難得登門。有時候鄭玉梅還暗自慶幸。作為過來人，她知道門當戶對人家對待初夜的「見紅」極其重視……也不曉得月娟同那個漢口公子，交往中究竟行過房事沒有？想問也難於啟齒──與其新婚之夜被攆出洞房受辱，還真不如就這麼稀裏糊塗當老姑娘！

自從一個大家分作兩處，開銷更大，需要應付的頭疼事情，一樁接著一樁。就說在山裏修那榨房吧，幾乎用掉了家中全部積蓄。公公欣賞她那勝似男人的性情，夫子鎮這邊讓她作主。與一般家庭的兒媳婦相比，她那腦子，雖說不知要靈活多少倍，遇事也能當機立斷，但有時候，仍難免會顧此失彼。幸虧還有忠心耿耿的朱貴叔幫忙；兒子也老實本分，身大力不虧，至今還算沒有出啥大紕漏。

臨睡覺前，鄭玉梅還在為月娟的事情，左右為難。朱雨卿嚴肅得像個大教授，搖頭晃腦了好一陣道理和典故：小妹的婚姻，為兄嫂者，須慎之又慎。古人雲，婚禮者，將合二姓之好，上以事宗廟，下以繼後世，故君子重之……

對於老爹同馮雅仙非妻非妾的關係，以及這位非婚生小妹妹的存在，朱雨卿一直覺著有悖禮教人倫（他對自己的身世全然不知），骨子裏，其實並不願意太介入。這時，就聽見有人「咚咚，咚咚咚」敲門。「德生厚」是一座明三暗六、有兩道回廊和一個小天井的老宅子。夜靜更深，敲門聲也染上了陰冷味兒，格外令人發怵。

原來是朱貴叔從宜昌府回來了！只見他蓬頭垢面，拄一根打狗棒，雖然滿臉疲憊，目光裏卻溢著喜色。他長長地打了個哈欠，說好幾夜沒有睡踏實，站著都可能瞌睡過去，不過仍含糊地講了個梗概：因為有袍哥大爺李茂軒的貼，沿途跟土匪相安無事，貨到九碼頭就整批出手了，刨去運費人力，盈利一千九百多塊大洋……朱繼久也起來了，幫忙弄了些酒菜伺候老爺子吃下，然後引著去了後院的屋子裏歇息。

第二天一大早，朱貴樂呵呵滿院子轉悠，完全恢復了老頑童的面目，頗為得意地講述了這幾天的曲折經歷：雇來的木船嫌小，三十八大包黑木耳和二十包香菌，把個船艙塞得滿滿蕩蕩。艙底還藏著李茂軒搭捎的三擔煙土（三千六百兩，分成三十份，一一用油紙包紮得嚴嚴實實），他還特意派了個袍哥跟船。水路也不好走，土匪的，政府的，南軍或者北軍的，隔幾十裏就有明關暗卡，都需要洋錢打點。幫會中人幸虧都識得龍頭大爺的貼，雖然不時會受些小驚駭，總算沒有出大的意外。

「……回來時，我在青灘住了兩夜，意外聽到個故事：漢口某紗廠有個老闆，也是漢流中的龍頭老大。他兒子在一家日本人開的洋行當襄理，前幾天突然出走，據說是要來我們這一帶，去會一個姑娘。襄理二十六、七歲，有妻室兒女，荒唐得過了頭！我立刻就想到玉娟。這事兒倘若讓你爺爺曉得，非下山親手宰了他不可！這幾天，你們可千萬要把玉娟看緊點兒，千萬不能讓她出大門。唉，女大難留哇！趕緊找一戶差不多的人家，早些嫁出去，這樁扯爛汙的事兒，自然也就結了。」

又嘮叨了一會兒閒話，朱貴去後院跟鄭玉梅將賬目和銀元一一交割清楚，酒足飯飽之後，搖搖晃晃動身回山裏去了。

不知不覺間，又過去了十多天。春天總是忙碌的，士農工商，像冬眠過後的蛇，各自又開始了新一年的蠕動。春天裏青黃不接，大多數家庭經過春節的消耗，別說手頭早沒了閒錢，往往連糊口都很困難。這天，到太陽當頂，「德生厚」雜貨鋪前仍無一個買主。帳房先生是朱繼久的岳丈何承宗，他眼皮耷拉伏在曲尺狀的櫃檯上，才五十多歲的人，已微微露龍鍾老態。朱月娟偶爾也到鋪子裏待上一會兒，淡淡地跟何承宗閒聊幾句。

最近一個多月來，朱月娟仍顯得抑鬱寡歡。除早晚有規律地到後門外那座名叫草山的黃土包上散散步（她住的房間，是靠後院西面山牆、另修的一間凸出的小廈屋，在草山腳下的陰影裏），絕大多數時間一直待在房中讀從武昌帶回來的小說。散步的時候，她常常會莫名其妙站住，呆滯滯地遙望天盡頭，腦子一片空白。

鄭玉梅躲著偷偷地觀察過幾次，又害怕，又覺心疼。她一時也拿不准朱貴說的那位洋行裏理，會不會真是月娟的心上人——真那麼巧，是不是乾脆成全他們？

每天的早晨，總有一二個老婆子，提著馬桶往草山自家的菜地裏送肥水。朱月娟遠遠看到之後，就折身避開，並不迎上搭訕。鄭玉梅看在眼裏，多少感到寬心。

洪水埡等處的莊稼活，有朱繼久帶領十多個季節短工操持打理，這麼些天來，她只抽空兒去看過一次：猩紅的鴉片煙花瓣兒，早已飄落得乾乾淨淨，田園上取而代之的，是一片晃悠悠昂首朝天的大大小小的「鱔魚腦殼[2]」！長工陳老頭幫朱家二十多年了，殷勤地請東家去茅草棚歇蔭涼。鄭玉梅漫不經心打量著茂盛的鴉片，敷衍地淺笑，恍惚中眼前好像有烏鴉盤旋。一種不祥的感覺令人抑鬱，甚至害怕——真是不可思議！

如果說，牡丹花雍容華貴；那麼，已凋零的鴉片煙花、以及眼前這無數青翠標致的「鱔魚腦殼」，則是一種勾人的妖冶了。所以朱大華最瞧不起抽大煙的。兒孫們中間，至今也還沒有人膽敢去沾煙土的邊兒。

2 指鴉片煙苞的形狀如鱔魚腦殼，故名。

「娘，您過來一會兒，有件事兒要告訴給您哩。」

太陽離西山頂還有一竹杆多高，朱繼久出人意外地早早回家來了，臉上的神情也跟往日不同。他鬼鬼祟祟，將母親請到緊傍前廳的耳房裏，小小聲講了件頗覺蹊蹺的劫案：

清晨，朱繼久和往常一樣，帶著季節短工，去平陽壩除包穀草。吃中飯時，一個短工突然說，有個外來客，在黑溝裏遭悶棍了，渾身給扒得沒留一根紗哩！那短工的家就在黑溝旁，據他講，昨晚回家時，剛巧碰見沈鄉長，在那一帶催交「窩捐」預付款——被發現時，那外來客腦殼上的血跡尚未凝固——沈鄉長繞著昏死了的那傢伙轉個圈兒，撿起塊白紙片皺眉頭瞅瞅，立刻叫一個鄉丁脫下衣裳，裹住外來客的羞處，然後就背回鎮子去了……

「……短工說，那個外來客還活著，背的時候，聽到他哼了。黑溝裏只有一條小路通往朱家寨子，外來客會不會就是漢口的那個洋行襄理呢？」

鄭玉梅也認為極有可能，慌忙吩咐朱繼久再去打聽。

這麼說，那外來客被背進沈家，已經一天一夜，醜聞也許早傳得沸沸揚揚了。果真如此的話，月娟在人前，恐怕一輩子再也抬不起頭來了……她胡思亂想著，在耳房裏打轉兒，又羞愧又著急，心裏像點燃了火！

天黑後好一會兒，朱繼久神神秘秘地回來了。

「是秦大森他們幹的。三個人聽說沈鄉長把人救了，估計那下江人[3]來頭不小，唬得連夜將剝下的全套洋服、內衣，偷偷摸摸扔回沈家後門口之後，都逃進山裏去了。」

3 下江人：方言，指長江中下游一帶碼頭上生活的人。

四

在我們神農架這一帶，「打悶棍」算得是一個專用名詞；也可以作為一種比喻，含有「暗箭傷人」、「不光明正大」等等類似的意思。

打悶棍的人，被稱之為「棒客」，其成員多是些鮮廉寡恥、好逸惡勞，又蠻橫兇殘的無賴漢、二流子。他們與土匪不同，幾乎沒有首領，不敢明火執仗；因為膽兒小，也就沒有太大的奢望，只須「鍋裏有煮的，胯下有杵的」，能弄點吃弄點穿，差不多也就蠻知足了。

一般地講，棒客對棒客，也絕不會承認自己是棒客，羞答答不好意思似的。每一位棒客，都備有一根泡桐樹兜做的短棒，碗口粗的棒頭能一下將人擊昏，又不致打碎後腦瓜。棒客們信奉「兔子不吃窩邊草」，往往只會以單個的外來人，作為襲擊的對象；能劫掠到銀元或者銅錢，當然是最理想了，特別窮困或者特別貪婪的少數棒客，則也會去將受害者的衣服褲子全剝光，也算多了點兒收穫。

秦大森、鄒白雲和康子厚三人，是一個例外。棒客到底稱不得一種有穩定收入的職業，所以多臨時邀約。而他們三個，找零工做也一起來去，除睡覺各回各的家，基本上形影不離。這天也屬湊巧，在長枋河畔的木船上扛貨時，過來一位穿洋服的，問秦大森往朱家寨子怎麼走？這傢伙細皮白肉斯斯文文，下江口音，一看就是闊主兒！

三個人瞅著他小心翼翼過了溪口的高腳木板橋，康子厚還禁不住咕嚕地咽了口唾沫。他們又繼續扛貨，把小木船裝滿後，才疾匆匆追去。

過木板橋時，康子厚還想回家拿泡桐木短棒。秦大森笑嘻嘻說，來不及了，反正黑溝裏有的是陰沉木水棒頭，比起用泡桐木打，不過多流點兒血！

小木船裝的是「慶孚公司」的一點散貨。當時，沈聚仁只不過有些懷疑那陌生人是「北軍」的探子，目送老遠，並沒有再擱心上。在黑溝拾得赤條條暈死在草叢中的日本洋行裏理先生的名片，沈聚仁暗自興奮，如同撿到金元寶！

真仍天從人願。他正在考慮到漢口去開一家土膏店，仍沿用「慶孚公司」的招牌——如果能攀上資金雄厚的日本國洋行作後盾，可謂如魚得水。一般說來，他對短腿杆的日本人和鼻音很重的漢口佬，幾乎全無好印象，不過，無論如何，錢總歸還是個好東西。

從棒客偷偷送還的裏理先生的洋裝裏，沈聚仁意外又發現了朱月娟寫的一封短信！竟然是一封情書，大致內容如下：

……雖然一直盡力克制，不敢有越軌行為，完全是柏拉圖式的。結果卻仍為這個社會所不容，也使一直寵愛著我的老父親，失望憤怒到了極點，以至派人來，要押我回朱家寨子老屋。事到如今，再說什麼都為時已晚，但我至今不悔。偶爾想到空背臭名，當初，也許我們倒是應該更無所顧忌一些！

請別誤會，我無意要求你改變什麼，只希望莫忘了我。如果能就這麼彼此永遠地將對方珍藏在心底，至少我是知足了。

看後請燒掉。回信已無任何益處。

朱月娟於民國十年九月二十七日

書房的粉牆上懸掛有「慎獨」條幅。沈聚仁默默地站那前面好一會兒，最後還是決定把一應物件（信、幾張名片、派克筆、空錢袋，以及半包「老刀牌」香菸）全部隱瞞下來。這封短信肯定還須格外妥善保存，將來沒準兒能派上啥用場。

洋行襄理的名字叫柳國梁，暫時安排在書齋隔壁的小休息室裏。

這是一間佈置頗具東洋風格的房屋：壁龕上維納斯女神石膏像前斜插著一束鮮花，掛軸、屏風、花梨木小桌、繡花坐墊和糊有縐紋紙的隔扇都收拾得纖塵不染。柳國梁頭上纏白繃帶，手握書卷正襟危坐，是大都會闊佬圈子中常見的那種華胄子弟。他天生性情寬舒，待人柔和，且一表人材，頗能討女孩們的歡心。這一次心血來潮貿然出行，偏偏又遭棒客劫掠——倒蠻像充滿血腥的美國西部電影，令人心悸，回過頭再想簡直不敢相信！

當聽到救命恩人敘說被剝去的衣服失而復得，他慌忙站起身千恩萬謝，待到發現所有的荷包全都空空的，情緒陡然又蔫了下來。他為難地絞扭起手指頭，吞吞吐吐解釋：其他的倒沒有什麼，只是有一封信⋯⋯

沈聚仁安慰道：棒客們都不識字，八成隨手扔掉了。明日我再差幾個人去找找，你也莫要抱太大的希望。恕我冒昧問一句，是蠻重要的一封信嗎？

柳國梁苦笑，趿拉著圓口黑布鞋的腳，在木地板上蹭來蹭去，字斟句酌地講了來龍去脈，順便介紹了家世及一些相關情況。沈聚仁聽罷，驚訝地拱手套近乎：原來是漢口工商界鉅子柳老闆的小少爺！幸會幸會。敝鄉地處偏僻，一年到頭難得有貴客光臨呢！

柳國梁生長在省城，自孩童時起，要風得風，要雨得雨；同朱玉娟的戀情，算得是他平生第一次受挫。率性獨闖神農架蠻荒之地，意外地死裏逃生，竟讓他心底沒來由憑添了幾分得意和自豪！山裏的景色也實在太美了！草房泥屋，掛於深谷之上，古樹參天，挺立在湍流之中——比電影裏還絕，孤陋寡聞的城裏人，簡直就想像不出！

萍水相逢，彼此還知之甚少，客套寒暄幾句之後，不自覺地都有點倦怠。柳國梁猶猶豫豫，瞟榻幾上擺著的兩管煙槍，欲言又止。不過，總算找到了共同話題。

沈聚仁介紹說，這一管貴州四方竹的煙槍，裝的是壽州鬥，吸的時候杆兒冒煙，卻不走氣；另一管是九節老槍，藍田玉的嘴子，六棱的沉香鬥。總之都是極講究的煙具。介紹畢，喊傭人送來白銀煙盤、白銅製作的煙燈、經過窖藏的陳年煙土，和滾打石、挖刀、潮水盅等等家什。兩個人一榻橫陳，笑盈盈邊吸邊聊，漸漸又都來了精神。

柳國梁一直喜歡聞鴉片那特異的香味兒，在漢口時，偶爾也溜進大煙館裏偷偷吸一口。據沈聚仁講，光緒年間，鴉片才從四川萬縣，傳入這一帶富裕人家。那時候，人們把吸食鴉片當成一件神秘的奢侈享受，吸煙的小廂房，用花紙裱糊得密不透風，吸煙前，得先緊閉房門。靖國軍和北洋軍在這一帶開仗之後，為籌措軍餉，交戰雙方都鼓勵大種鴉片，公開買賣，終於使吸食者日眾……到現如今，親朋好友路途相遇，客客氣氣地請進煙館吞雲吐霧，已經成為交往中的常禮。

「……漢口的英國人、日本人開的洋行裏，吸食鴉片者極少，說既花錢又傷身體；英國佬愛逛古玩店，日本人喜歡去妓院找樂子。嘿嘿嘿，螃蟹橫爬，各有路徑！」

「英國佬逛古玩店，不過在摹仿我們中國士大夫的作派。日本人嫖妓不照樣會傷身體？吃五穀，還生百病呢。其實，鴉片對身體的傷害，並沒有傳說的那麼嚴重，少抽點兒提神，或者助助興，還是可以的。」

「沈鄉長言之有理。家父就愛抽那麼點鴉片，一直躲著抽。身體一向還算結實……」

一連六天，從鄉公所處理完公務後，沈聚仁幾乎一直陪伴在柳國梁身邊，從家國大事、世界形勢，到詩詞歌賦、逸聞野史，無所不聊。對於高談闊論，沈聚仁其實並無太多的熱情，不過投其所好，用閒扯淡來增加些瞭解。然而，在喝了點洋墨水、且涉世不深的花花公子看來，清談跟喝洋酒一樣，令人愜意舒心，令人陶醉。柳國梁的白淨臉膛上，整日光彩奕奕，流露著大理石雕像一樣的靜穆，和賓至如歸般的安詳。

有一點，沈聚仁是明確的：絕不能眼睜睜看著朱家同財大氣粗的柳老闆聯姻，不能讓競爭對頭還有東山再起的可能！朱家倘若繼續衰敗，他倒樂意施捨；居高臨下俯慰畢竟令人愉悅。就好像陽光和肥料逐漸養壯了參天大樹，他志得意滿，有萬物皆備於我的感覺。

柳國梁後腦勺上的傷口尚未全愈，還纏著白繃帶，不好意思去鎮上招搖，一個人待著時，眼前老是浮起朱月娟的倩影：大眼睛像藍寶石，纖纖十指白嫩修長，那麼溫柔銷魂……沈聚仁聽罷讚美，呵呵大笑，直誇他好眼力，讚歎朱月娟既有嫦娥貌，又具文姬才。這又讓柳國梁越發地飄飄然了，思維冷丁掉轉方向，在腦子裏拿朱月娟同擱在家中的媳婦作比較：媳婦只知道吃喝打扮，只喜歡往臉上塗脂抹粉，只會如母夜叉一般發脾氣——顯然她還在發胖！他對她只感到膩煩，他們之間根本就沒有愛情！

「……朱月娟好久都沒露面了，八成跟隨她爹回了深山。她爹兇暴咧，大清朝時候就犯上作亂，聽說還當過『長毛』的將軍！嘿嘿，絕不是我嚇唬公子，倘若知道勾引他女兒的人在夫子鎮，沒準會派人來取您的腦殼吶！」

這天中午，兩個人酒足飯飽，又坐在書齋裏閒聊。大門方向，突然有人亂嚷嚷，須臾，就見住縣城裏的袍哥大爺李茂軒，風塵僕僕闖進來了。他並不落座，待問清楚坐在面前的年輕人便是柳國梁，虎著臉上前，拱手施禮說，木船已在河邊等候多時了。說罷，一把揪住對方的袖口，扭身就要走。

原來，李茂軒接到同為袍哥中人的柳國梁父親的「飛信走片」好多日了。昨晚好不容易打聽到確鑿消息，沒敢等到天亮，就啟程往夫子鎮趕來了。他決定親自護送柳少爺直到青灘，然後再托各處的龍頭大爺，一站轉一站，一直交到紗廠柳老闆手中。

柳國梁毫無思想準備，身不由己，只好灑淚告別；被李茂軒扯得踉踉蹌蹌，仍一步一回頭，再三邀沈鄉長千萬千萬、一定來漢口小住，也給他個報答的機會。

太陽正當頂，春意闌珊。一隻蒼鷹繞著沈宅院內那株古柏樹的墨綠色厚梢頭盤旋掠過，唬得枝柯間的麻雀、畫眉、黃鸝兒們噤若寒蟬。沈聚仁踱著方步，在河邊送走客人後往回走，河水淙淙流淌，河風像無形的女人的手，撫慰得他渾身輕鬆。

坐落在長枋河西岸、與沈宅隔斜街相望的船運社簡陋貨棚的陰影裏，朱繼久冷冷地瞅著沈聚仁筆筒般挺直的背影，一直到完全看不見。剛才，龍頭大爺李茂軒拉扯那著洋服青年上船的情景，他也仔仔細細看在眼裏。整整六天，娘一直提心吊膽，彷彿大禍將要臨頭。而在這六天裏，他卻什麼也沒能打聽到，急得像熱鍋上的螞蟻！

那人總算走了，一切總算平平安安過去了！朱繼久想。但是他實在悟不透，沈聚仁把那下江人藏在家中六整天，究竟是何居心？

五

黃梅雨淅淅瀝瀝，下好幾天了，天和地像浸透了水的舊毛巾；屋簷下的空氣也變得粘稠，濕漉漉沉甸甸，鼓不起一絲風來。牆腳石遍體滋生青苔，老式排架屋的粗圓木立柱下端，爬滿了白色黴斑，散發出甜膩膩又酸不溜丟的腐朽氣息。

春天衰老在綠得發黑的深山裏了。而夫子鎮則像一幅水漬斑斑的陳年老畫，像整個兒浸泡在死水潭中。家庭主婦們還在悶悶地張羅著一日兩餐，男人們大多無所事事，像缺氧的魚兒，傻乎乎張大嘴巴望著門檻外的泥濘，打不起精神來。

在「武昌高師」求學時，朱月娟買了不少書，倒不覺得雨天有多麼難捱。珍藏在心底的柳國梁的模樣兒似乎更瀟灑，也更模糊了。

想到困難重重，她儘量克制著不去多想；欲望相反地變得越發活躍，渴望能無所顧忌地去笑，去叫，去跳，反正總想弄出點什麼動靜來！

她已經從痛苦中慢慢走出，重新又變得開朗。半個多月前，朱雨卿在一次教授《中庸》

時，引經據典出了點小差錯，自覺無顏混跡於先生之行列，擱了教鞭。多虧鄭玉梅四處奔波疏通，又苦口婆心鼓氣，朱月娟終於接替同父異母兄長在「長枋鄉國民小學」的位置，當了大子鎮有史以來的第一位女教書先生。

接到聘書沒幾天，恰逢放農忙假。俗話說「麥黃一閃」！這一帶較為肥沃的田土裏，雖說大多種的鴉片，也都到收穫的季節了。

從作小孩兒家時候起，朱月娟就蠻喜歡在初夏的黃昏，同大人們一起去給煙苞割口子，以及次日的清晨，踏著露水去收煙漿。眼下正值春荒尾，不少的窮家小戶，早已經指靠挖野菜度日，都眼巴巴地盼天色早點放晴，好收割點煙漿賣錢，然後換幾頓飽飯吃。

天終於放晴了，石板窄街上的腳步聲雜亂，呈現出一派繁忙景象。鄭玉梅也開始為黃昏時分的割口子作安排。朱貴、馮雅仙，和懷抱半歲嬰兒的何貴芝，都從四十多里外的朱家寨子趕來了；加上朱繼久、朱月娟、何承宗、長工陳老頭，人手差不多也夠了。

割口子和收漿，都是細緻活兒，雇短工靠不住，擔心他們偷漿，或者使壞，故意絆斷苗杆。鄭玉梅從箱子裏找出八隻小小「箍兒刀」，仔細地一一擦拭清爽：是一種形狀如戒指、上邊安著綠豆瓣兒大小的三片偃月形小刃的銅環，使用時戴在右手大拇指的肚兒上。操作是這樣的：左手輕輕握鴉片莖幹的上端，右手的大拇指，湊在俗稱「鱔魚腦殼」的青翠鴉片煙苞表面，利索地朝下一叩，三道小口子就割成了。

那會兒太陽剛西偏，朱繼久抱著鑫兒串門去了。朱月娟待在自家房間裏閑翻書卷，從廈屋那邊，還時斷時續飄過來含混的細細歌聲。小天井裏，做飯的吳媽笑眼眯縫在看鄭玉梅拾掇「篩兒刀」，突然將椅子朝攏挪挪，壓低嗓門打趣：

「小母貓兒在喊春呢！唉，二十出頭了，還沒嫁出去，不曉得底細的，還以為有什麼毛病。月娟姑娘真是太可憐了！」

「哦哦，誰說不是呀！她硬是讀書讀迂腐了咧，高不成，低不就……」

「您發現沒有？月娟最近好像快活些了，想再去武昌讀書的心，只怕是死了吧？唉唉，硬是跟她爹慪了大半年的勁兒，這丫頭的脾氣還真叫倔！」

見鄭玉梅埋頭沒吭聲，吳媽又說：「女大難留哇！說句失禮的話，您們朱家也比不得從前了。依我看，只要大體相當，還是早點嫁出去省心。如果您放心，這事兒就包在我的身上。我保證不會讓月娟姑娘吃虧！」

五十多歲的吳媽，來朱家幫工也兩年多了。她輾轉在縣域內的幾個大戶人家，做了大半輩子女傭，衣著整潔，熱心快腸，心裏有什麼，便會不加掩飾地講出來，說話像放連珠炮；雖然言辭上有時欠文雅，卻也不過是道出了事實真象——這一點，倒蠻對鄭玉梅的脾氣。但是，事關朱月娟，鄭玉梅也拿不太準了。就算吳媽幫忙找到了品貌相當的人家，倘若朱月娟不願意，誰也拿她沒辦法。

這正是鄭玉梅頗覺左右為難的地方。她抬起頭訕笑，還打算再敷衍幾句，就看到棒客鄒白雲的堂客，牽著個哭哭啼啼的娃兒走過來了。

「朱家大奶奶，行行好，給點飯，給點米吧！娃兒他爹犯事後，一跑就沒個影兒，丟下我們母子，野菜草根都沒個地方挖啊——」

「哼哼，瞧這個懶婆娘，恐怕八輩子沒洗過澡，硬是臭得幾間屋哩！你長著手，就只是為向人討要飯食？怎麼不跳長枋河裏淹死算了？」

吳媽嫌惡地皺眉頭罵罵咧咧，坐在木椅上沒有動彈。

朱月娟聽到動靜，也走到小天井裏來了，手裏握《少年維特之煩惱》，憐憫地眯縫眼睛打量。每年的春荒時節，你總能夠看到鄒白雲的堂客[4]，有時牽一個娃，有時牽兩個娃，破衣爛衫，粗矮的體形複蓋一層厚污垢，吆吆喝喝地四處乞討。

鄭玉梅讓吳媽拿來兩個饅頭，遞到娃兒的嘴邊。朱月娟接過破籃子，進屋子裏裝了兩升包穀。吳媽趕緊揮手打發走乞兒母子，嘟噥著埋怨：月娟姑娘也太大方了。聽別人講，這個沒臉的臭婆娘，經常用討來的糧食換大煙抽，娃兒餓得鬼嚎也不睬！

「真有這種事兒？嘖嘖，作她的兒子，實在太造孽了……」

[4] 堂客：鄂西方言，老婆、妻子之意。

「如今沒飯吃的人多咧！關帝廟那邊，有個逃難來的老頭，嚼著觀音土，腦殼一歪就死了。住紮在大廟裏的軍爺們嫌太臭，挖個淺坑剛掩埋下，到夜晚，又讓野狗刨開，把胳膊腿腳骨頭扯得到處都是哩！」

說得噁心！鄭玉梅陰沉著臉，打斷了吳媽的話。唉，人活這世界上，各人有各人的難處，都不容易啊！

一連數天，晚霞都預告著翌日的天氣晴朗。

凡有田的戶，無論大人小孩，都在忙活著割口，收漿，折騰得很晚才能睡，還不等太陽露臉，又要往田坡裏奔。

朱月娟一點兒也不覺得累，倒像越幹越興奮。套著「箍兒刀」的指頭，像捏著繡花針的巧婦的手，輕曼地一叩一叩像美人眨眼！她靈活飄逸地在田中穿梭，沒有絆斷過一根鴉片苗杆。有時候，早晨收罷漿，她也並不急著回家，斜靠著那金色茅棚看風景；或者有一句沒一句，跟陳老頭聊些不著邊際的閒話。

扁擔山正沐浴在朝陽裏，曉嵐彷彿香爐裏的縷縷煙氣，順溪溝底冉冉升騰；舉目四顧，滿眼儘是蠕動的金碧色光澤——是因為關屋子裏太久的緣故吧——這會兒的朱月娟，只覺得身子骨飄飄然，玉潔冰清，彷彿變成聖境中的仙女了……

「……啊呀呀，扁擔山沒有山頭哩！說它是綠色屏風，不也蠻合適嗎？」

「嘿嘿，聽老輩人傳說，那還是沙僧挑經書用過的扁擔咧，因為太沉，才把這座山頭給壓平了；所以，它又叫平頭山。」

「……您老晚上躺在茅棚裏，能聽到虎嘯狼嗥吧？一個人待著，難道就不害怕嗎？萬籟俱寂，山影黑黑的，月亮一定特別明亮……」

「嘿嘿嘿。月娟姑娘，你也該回去吃午飯了——」

「別出聲……咯咯，太安靜了，也讓人愁吧？最好來一陣風，讓山坡上的松濤湧動起來……烏鴉在嘰嘰喳喳唱多聲部樂章哩！烏鴉真漂亮，為什麼人們總討厭它們呢？」

……還有好多好多的問題，也都讓陳老頭如墜五里霧中。幸好她反正並不指望得到回答。總之，這是一個古怪的姑娘，或者說是一個得道的仙子，雲腳冉冉，氣象萬千，普通凡間人當然不會懂！不過朱月娟的心腸好，陳老頭一直蠻喜歡她。

作為一家之主的朱雨卿，平日裏自在逍遙，除了讀書，除了望天，凡屬人間煙火一類瑣事，甚至都不屑一顧。今年他也有了事兒，待在家照顧孫子。農忙的這些天來，數他抱怨得最厲害：娃兒把他的褲子尿濕了，屎粑粑掛他的衣襟上了；老要他抱著，不抱就哭，有時候抱著也哭！……你們看，鑫兒他又不做聲便撒尿了。剛才還嘴巴噘噘地大哭。我跟他說，餓了我可沒辦法，我是你爺爺不是你娘。他也不聽，兩條小腿一個勁兒亂蹬！

惹得鄭玉梅和朱月娟嘿嘿直笑。朱繼久也聽得咧嘴巴訕笑。何貴芝立刻就羞紅了臉，沒顧得去擦汗，雙手接過娃兒，快步跑進廂房裏去了……

鄭玉梅對於丈夫的過分寬容和溺愛，可以追溯到她在破敗舉人家庭裏的少女時光。父母之命，媒妁之言，原本是女兒家的宿命。老父親也只會整日搖頭晃腦讀書，也是橫草不拿，豎草不拈，晚飯沒米下鍋，也不慌不忙懶得過問……丈夫的舉止言談，時常會令她回憶起父親活在世上時的模樣。

但丈夫生不逢時，早錯過了有權有勢者喜好清談、附庸風雅的歲月！由於生長在被當權者或有錢人所豢養的舊讀書人家庭，社會地位低下，少女時的鄭玉梅，對於秋謹「不惜千金買寶刀」的俠膽，甚至如朱大華一類赳赳武夫的作派，私心一直十分欣賞！可以這麼說，她嫁進的這個家族，既有所熟悉的迂腐斯文，又有所神往的草莽豪傑氣概——兩方面都讓她心熱，打斷骨頭連著筋，讓她只能傾全力維持。

緊忙慢忙，收漿的活兒總算告於段落。一家人還來不及喘口氣，端午節眼看又快到了。香溪是一條養育過詩人屈原和美人王昭君的小河，長枋河又是香溪上游的一條重要支流，每年的五月初五，都要賽龍舟！

朱貴因為一直惦記著大華老爺子和榨房的情況，嚷嚷著要回山裏，好勸歹勸，勉強歇息了一天。第二天，提前吃罷早飯，鄭玉梅雇了乘軟轎，抬了馮雅仙和鑫兒，朱貴、何貴芝仍舊步行，一行人出了夫子鎮，往黑溝方向去了。

關於端午節，專家們有五種不同說法：一說紀念屈原；一說紀念伍子胥；山西人說是紀念介子推；浙江會稽一帶又說是紀念曹娥；而道教弟子則說是祭「地臘」。

不管怎麼說吧，一方水土養一方人。平民百姓，只相信自己身邊老輩人口傳的故事，遵從身邊老輩人口傳下來的規矩。在我們三峽地區、香溪流域、神農架這一帶，有關屈原的故事流傳最為廣泛，士農工商，販夫走卒，乃至土匪棒客，一張口都能講幾個。屈原故事、昭君和番的故事，多得像天上星星，數也數不清。到了五月初五這天，家家戶戶，就會以菖蒲給自家娃兒做手鐲，用雄黃酒塗抹娃兒們的七竅……

終於到了端午節。朱月娟約上嫂子鄭玉梅，依規矩黎明即起，趕在日出之前，從洪水埡小溪溝邊割回一束束野艾和菖蒲，以五彩絲線稍作裝飾，嬉笑著在大門口「插艾」、「懸菖蒲」。朱月娟踮著腳尖一絲不苟忙活，十分投入，心曠神怡的情態纖毫畢露；粘在頭髮和印花布衣衫上的點點艾葉，不時悄無聲息飄落，又讓人油然生芳春易逝的慨歎。

鄭玉梅站前廳裏，默默觀望著，一種悵惘、惋惜的情緒陡地襲上心頭。

小姑子百伶百俐，又標致又有文才，至今仍不見有人問津！雖然事出有因，身為長嫂，無論如何都負有不可推卸的責任。退一步設身處地想想：既然小姑子天生是要待在宜昌府或者武昌那種大地方，姑爺當然應該是資本家府上留過洋、戴眼鏡穿西裝的斯文少爺！她甚至忍不住好多次在心底，暗暗揣摩那個漢口紳士到底長著啥模樣？同時遺憾最終也沒有弄明白，那個遭襲後被沈聚仁藏了六天的外來客，究竟是不是他……

有好多好多的事兒，鄭玉梅只能一個人悄悄地想，對誰也不提及。

太陽才升起一竹杆多高，長枋河兩岸已經人湧如潮。幾個喝早酒喝得酩酊大醉的軍爺，身著灰藍色軍服東倒西歪，也混跡在人流中，不時地引起些小小騷動。

三條長三丈三尺、寬五尺六寸，形狀如柳葉的平底小船，一字兒繫在高腳木橋的樁杆上，篾紮紙糊、浸透了桐油的龍頭剛剛安裝上去，數船運社的歪脖子龍最神氣，慶孚公司的黃龍最富態，由德生厚、仁和記等等店鋪資助的青龍模樣兒最猙獰！每條龍舟的尾部都擱有一筐粽子，一籃兒雞蛋和一小壇雄黃酒。龍舟賽結束的時候，這些食物都要撒到水中去，粽子雞蛋餵魚龍蝦蟹，雄黃酒用來藥暈蛟龍水獸，以免它們傷害屈原。

在等待比賽的時間裏，龍舟上的食品，吸引來不少肚餓的娃兒，他們在木橋上一趟又一趟走著，伸直了細脖頸，眼饞地張望，一面笑笑嘻嘻鬧騰，悄悄地嚥口涎。

自從北軍被阻擊在巴東的野三關、麻紮坪一帶之後，人丁不足兩千口的夫子鎮，有近一年沒有受兩軍對壘的激烈槍炮廝殺所驚駭了。今年的端午節，吸引來四鄉八嶺不少人，熱鬧異常！民國的五色旗，幫會的杏黃旗，祠堂的三角旗，映著亮晶晶的太陽，抖著山風熠熠發光。

山民們頭戴蓑葉帽，一個村或者一個寨子的結伴而行，驚惶地東張西望，尺多寬的褲腳管上濺滿泥點子。

沈鄉長、周連長、船運社老闆杜金山，也都登到昨晚剛搭的高臺上了，雙手背屁股後頭，正笑眯眯與民同樂。那位杜老闆，體型如麻袋，性格也如麻袋一般平易溫和。還流傳著一個故事，說有一天，他由管事人的口中知道，從老爹手裏繼承來的八條木船，已朽壞兩條時，竟淺笑說：好好，六六大順啊！倘若再朽壞一條，就該五子登科了！

如此樂知天命，也就難怪杜老闆長了一身肥肉。

近晌午時分，就聽見高臺上三聲銃響，幾乎同時，由鄉丁們用長竹杆挑著的大紅鞭炮，也在高臺四周劈裏啪啦炸響了，兩岸河灘上立刻人頭攢動，洶湧起一浪接一浪的嘈雜歡呼。長枋河上賽龍舟，從起點到終點，不過也就五十餘丈光景。次第抵達的龍舟上，水手們吆吆喝喝樂著，七手八腳地開始朝河水裏撒粽子雞蛋。

這當口，意想不到的事情發生了：十多個十多歲的饑餓男娃，鬧哄哄高叫著「雞蛋！」「粽子！」……一邊跑，一邊飛快地褪掉破爛衣服，目標就是正在細浪裏浮浮沉沉隨波逐流的粽子和雞蛋，赤條條撲進仍嫌冰涼砭骨的河水中。秩序立刻亂了，人聲嘈雜，更多饑餓的小娃兒，眼睛裏像伸出爪子，爭先恐後奔向龍舟終點方向的那段河灘……

起初時候，水手們還覺得蠻有趣，興奮地尖叫起哄，故意把食品朝湍流裏的白浪上拋。待到將雞蛋粽子雄黃酒都撒入河裏，跳進水流裏的饑民已經數不清了。河灘上這會兒早亂成了一鍋粥，人們你推我擠亂竄，嗓門沙啞地喘息著，叫罵著，清朗的空氣中，響徹了女人們呼喚自家娃兒的絕望的哭號聲……

五名十歲左右的男童溺死在長枋河中，的確出人意外！河邊長大的窮家娃兒，雖然每年都有人淹死，活下來的，到七、八歲時，就幾乎可稱浪裏白條了！究其原因，饑餓恐怕才是重要原因。娃兒們被打撈上岸之後，鄭玉梅和朱月娟都擠過去看了：五具小屍體都像細蘆柴棒兒，一根根的肋骨凸出老高！

沈聚仁陪著周連長，也板著面孔，踱步過來看了；周連長那目光，更多地是掃在朱月娟的身上。朱月娟這天穿寶藍色柞絲綢旗袍，外面套做工考究的黑色燈芯絨小背心。沈聚仁也有一年多沒看到她了，發現那標致裏又添了幾分雍容；人稍稍瘦了點兒，大眼睛更水靈，眼圈紅紅的，更惹人憐……

周連長問：「喂，那女娃是誰家的？怎麼我一直沒有見過？」

「……她是『德生厚』老闆朱雨卿的同父異母妹妹，在『武昌高師』讀書吧。」

六

「沈鄉長，棒客鄒白雲，跪在大門外求見咧……」

「呵呵呵，真沒想到！我差不多都快忘了那樁事兒，這混賬東西，倒自投羅網來了！他到底還想要幹什麼？」

「他，嘿嘿，他還真臉皮厚，說自己畢竟做了多年的『雁兒客』，眼下季節也快到了，想找沈鄉長，先預支點兒收煙土的款子……」

剛才，幾隻土畫眉兒在大柏樹上啁啾鳴囀，把沈聚仁從白日夢中給吵醒了。僕役進門通報時，老婆正幫他披黑繭綢長衫。沈吳氏是平陽壩團總吳效伊的妹妹，模樣兒醜得自己都不好意思見人：虛腫的柿餅臉永遠呈哭喪樣兒，蠢身板缺乏熱情，慪氣似的在屁股上扭來扭去。可憐的女人，並沒有沾到哥哥的多少光。她口齒木訥，又沒個脾氣，除了晚上同沈聚仁並排躺一張大床上，白天裏，不過是個窩囊的女傭人。

一般說來，棒客們大多是些上無片瓦、下無寸土的光棍窮漢；而作為一個為煙商所看重的

「雁兒客」，這麼些年來，鄒白雲卻仍舊一貧如洗，並沒有能夠金盆洗手，不再去作棒客，最根本的原因，得要怪罪他既嗜賭，又愛嫖。

所謂「雁兒客」，是對那些肩挑皮簍走村竄寨、專門收買轉賣鴉片煙土的人的稱謂。幹這一行當，就像雁兒一樣遵循季節：春天尾裏出現，到初秋便又消失了。「慶孚公司」在老龍潭、天池觀、平陽壩等等地方，都設了收購點，雇有二十多個雁兒客。沈聚仁認為：腿勤，臉厚，嘴巧，心黑，是作雁兒客的必備條件——至少在長枋鄉這方圓百多里範圍內，再也找不到比鄒白雲更夠格的了。

「是來找本鄉長投案自首的吧？站起來回話。你的那兩個同夥，秦大森和康子厚呢？」

「多謝鄉長。嘿嘿，那事兒，實在不是我的主意……也還真不曉得是您沈鄉長家的貴客。嘿嘿，還請您老，大人不記小人過……他們倆說了，只要您饒過這一回，今年願白給您幹一季雁兒客！至於小人，還請您高抬貴手，就按去年定的差價給吧；您老菩薩心腸，哪兒會忍心虧待小人？嘿，嘿嘿嘿……」

「休要耍嘴皮子！我問你：柳少爺洋服裏的洋錢都到哪兒去了？」

「嘿嘿，讓我們三人分了，早花光了。您老也曉得，春荒時節，硬找不到別的辦法啊！沈鄉長您家大業大，財源滾滾，哪在乎那幾個錢？」

「怎麼沒有想過再去幫『德生厚』鋪子收土？二十年前，你不是還拜在了朱家門下，跟秀才習文，向老長毛學武的嗎？」

「三十年風水輪流轉咧！嘿嘿，如今的朱家，哪能同您沈鄉長相比？都說『人往高處走』不是？麻雀兒也曉得往亮處飛哩……」

孤兒鄒白雲十多歲時，曾經被朱家收養了三年多……起先是朱雨卿，絕望地放棄了教授「四書五經」，最後更是因為偷雞摸狗，讓朱大華一氣之下逐出了家門。以為人機敏和辦事效率而論，鄒白雲絕對是把好手——沈聚仁深信自己不會用錯人！

發放了五十塊大洋，規定每兩日必須回慶孚公司送一趟貨；鄒白雲頻頻眨小眼睛，挑上皮簍，千恩萬謝走了。沈聚仁馬不停蹄，雇來一乘腳力健的軟轎，直奔平陽壩，去商量武裝押運的事。路過鄉公所，他突然襲擊，把幾個正打著麻將的偷懶鄉丁臭罵了一頓，惡狠狠攆他們分頭再去催收「窩捐」。

從平陽壩回來，天色已近黃昏。

因為在吳效伊家又抽了幾口，沈聚仁倒無半點倦意。十多擔煙土包裝已畢，擱進用青石板砌就、以豆漿拌白灰勾縫的地窖裏了。讓鄒白雲他們三個再奔波大半月，大概還能再多收一擔多吧？聽說從黃陂、襄陽過來了不少貨郎擔，拿百貨、布頭、鹽巴，交換山民手中的鴉片煙土，使得今年的收購更嫌艱難。

良田大多種了鴉片，饑民也漸漸多，盜賊匪患猖獗。剛才聽吳團總講，前天，三名外地貨郎攜一擔煙土，到隔著黑溝與朱家寨子相望的天池觀一楊姓村民家借宿。楊某見財起殺心，約上堂客同小舅子，於夜半操刀砍死三客，悄悄埋於竹林裏，盡得其鴉片……

沈聚仁認為，讓那些前來搶撈油水的外地販子，受些驚駭也好！這些天來，他運籌帷幄，風塵僕僕往來奔波，簡直與打仗無二！天氣也一天比一天熱。沈聚仁為振興家業耀祖光宗，躊躇滿志，食慾減退，耳聽六路眼觀八方，儼然像個指揮著千軍萬馬的將軍，小眼睛亮閃閃，臉上肌肉繃得緊緊的。

身處動盪年代，《庖丁解牛》是沈聚仁的《聖經》：遇事推敲再三，如履薄冰，三思而後行；游刃有餘於盤根錯節、混亂複雜的利益關係之間，羽扇綸巾，成敗已定，倒也自得其樂！軟轎經過緊傍尼姑庵的石板路時，他又看到朱月娟了：小快步地蹦跳雀躍，手舞足蹈，走在幾個邋遢小學生前面；闊袖口不時褪過肘彎，白嫩豐腴的小臂輝映著青山環抱的暮色，像潑刺刺躍出水面的鮮活魚兒，稍縱即失！

轎杆顫顫悠悠，一種久違了的躁動，如潮水一般泛起……美好模模糊糊又難於饜足，來勢之猛烈，完全出乎沈聚仁的意外！轎子走出好遠了，他才自覺失態。

回到家中，獨坐書房裏默默呷著茶水，他還在自省。但批判缺乏力量，如鬼使神差，生兒子的問題，也像春筍拱出地面，讓腦子裏一時更亂了。其實，對於「不孝有三，無後為大」，他一直不以為然（他只有個十六歲的女兒，模樣兒像他，性格像她媽一樣懦弱木納）。秦始皇就沒聽說有後，拿破崙好像也不見有子嗣。隨著家道日漸興旺，寂寞時，想到百年之後，一切將全歸於外姓人所有，隱隱地又心猶不甘。

正如同「飽暖思淫慾」，錢財斂聚得多了，冒出生兒子的問題，也屬情理之中。何況本地俗話也云：「五十九，生個吹鼓手！」沈聚仁今年才四十四歲，造一個兒子還是有機會的。晚上躺在床上，面對著熟睡的老婆，他內心竟油然生一種不甚忍受的感覺！活潑潑的朱月娟，重新在眼前晃來晃去，時髦衣衫一件件滑落，青春肌膚白得炫目！沈聚仁反抗地輕輕擺腦殼，心裏想，下半年把其他事兒暫時擱擱，集中精力，先討一房小妾！

第二天中午，龍頭大爺李茂軒騎在馬上，突然來到鄉公所門前；黑綢的薄披風卷著熱浪，遠望像烏鴉振翅！寒暄幾句之後，沈聚仁才問明白：李茂軒也有七擔煙土急於出手，大概是嗅到了氣味，是特意趕來商量入夥的。

「……如今水路走不通了，川匪邱華庭卡住了香溪注入峽江的口子，據說已掠得商家不少煙土了。若改走旱路，只要沈鄉長能派槍兵護送過雞公嶺，再往前，都包在我身上了！水月寺的呂澤六，臥牛埡的廖洪舉，都是袍哥中人。到曉溪塔後，自有潘自芳大爺幫忙，我再請他跟宜昌和沙市碼頭上的袍哥們聯繫，飛信走片，絕對萬無一失！」

「好好，有龍頭大爺您這句話，沈某就放心了。請先到寒舍喝杯淡酒，我們再細細地商議。」

俠客模樣的李茂軒滿頭大汗誇誇其談，口氣相當傲慢。不過有他入夥，畢竟又多了一層保險，沈聚仁也高興。沈家大院是前年重新修建的，坐落在鎮子南端的一個高臺上，大青條石作基礎，薄頁子青磚到頂！堅固氣派，地勢也顯陽。在「德生厚」當女傭的吳媽，去年跟沈吳氏認了家門，偶爾也過來走動，這會兒，她正在教沈韻清女紅。

早些年前，吳媽也曾做過李茂軒家的女傭，冷丁遇上，分外親熱。少女沈韻清不慣與陌生人交往，羞怯地瞟一眼，便低下額頭只是織補。

「哎喲喲，這不是李老爺嗎？好幾年沒有見到，人倒是更加的威武了，簡直像個大將軍！」

「咦，原來是吳媽呀！哈哈哈，竟一點兒也不顯老哩！聽說，如今你又在朱大華那兒幫忙管家？好哇好哇好哇！」

看見李茂軒，吳媽猛地記起他的大兒子來。李大少爺生得眉清目秀，知書識禮，脾氣蠻古怪，不太愛理睬人，二十大幾的人也不討老婆，氣得李茂軒直跳腳，最終仍沒有辦法。吳媽心眼兒實在，倒一直惦記著為月娟尋婆家的事。李老爺好像忙得很，匆匆地進沈鄉長的書房去了。她想，李大少爺同月娟倒是天生的一對兒，待閒暇時，再慢慢往攏說吧。

陽光像火苗，透過綠蔭，在院子的石板地上閃爍，穿堂風熱乎乎的。遠處有條狗懶洋洋吠了幾聲。吳媽感到喉嚨有些發乾，起身進後院去倒涼茶。

接連又忙碌了好幾天。為了萬無一失，沈聚仁還邀約了幾位交情頗深的鴉片行商入夥，這一趟浩浩蕩蕩的，僅腳力、挑夫，就達四十多人。沿途的漢流大爺和駐軍長官處，也都分頭派人送了重禮。因為公職人員不便多日擅離職守，吳團總和沈聚仁，一致推舉李茂軒作為沿途的總支派。行期也最終擇定了：兩日後的五更天動身。

大家聚集在沈宅，一直商量到很晚，又擺酒席解乏，都酩酊大醉之後，才各自回家。

沈家大院裏的那株古柏樹，有好些年代了，樹皮又老又糙，背陰面長滿青苔，黑黢黢的樹冠襯著夜色，形狀格外猙獰。送罷客人回來，快走到大柏樹的跟前，沈聚仁隱隱覺身後有人，像跟蹤好一會兒了。他屏氣凝神繼續前行，陡地猛然轉身：哪個？

原來是一隻黑貓，倏地竄到船運社那邊的夜色中去了。回頭又往家裏走，從大柏樹虬龍盤曲的裸根上，恍恍惚惚竟矗立起一個人，擋住了去路！沈聚仁驚得後退一步，毫毛倒豎厲聲喝道：「你是誰？誰在那兒？」

「嘿嘿，沈鄉長您老莫怕，是我哩。」

原來竟是鄒白雲！黃昏過後，他找沈鄉長不遇，屋子裏又沒有他這種人的坐處，就來到大柏樹底下打坐等候，竟然睡著了。是沈聚仁吼貓兒的聲音吵醒了他，才迷迷糊糊站起。這次長途販運，沈鄉長安排他跟在隊伍裏作代理，他受寵若驚，奔波得特別賣力氣。

「……我是來給您老，彙報個事情。今天中午，朱繼久悄悄找康子厚，問我們販煙的大隊伍啥時候動身，還悄悄塞給他洋錢了呢！」

「唔，你想想看，朱繼久為啥要打聽我們的行蹤？」

「嘿嘿，朱家不也指望販煙土賺點錢嗎？單獨走恐怕遭土匪，聯幫結隊又心疼費用。小人估計，朱繼久是想癩子跟著月亮走，悄悄地沾大隊伍保安的光……」

「嗯，分析得不錯！看不出你小子還有點鬼聰明……」

七

可以這麼說，現如今，每年販賣大煙土的收入，是支撐風雨飄搖朱家的一根最重要立柱。作為這個家庭事實上的挑擔人，鄭玉梅更能掂量得到那沉甸甸的分量，所以每逢其時，都是傾其所有的智慧，全力以赴。

已經加工成餅（每餅淨重十五兩）、用草紙包紮好的三擔多乾煙土，擱進笨重的老櫟木櫃子裏十多天了，忙亂的加工場面如同夢裏歡悅，還殘留在記憶深處。「德生厚」的院落裏清靜了許多。這三千多兩煙土若能順利脫手，兜裏將增添大幾千塊的光洋——這可不是個小數目，擱誰的兜裏，都會快樂得腦殼暈！所以百姓們才感歎：錢錢錢，命相連。

為慎重起見，朱貴也專程從山上趕下來了。今年的水路、旱路聽說都不太平，一點別的辦法也想不出。朱繼久整日愁眉苦臉東奔西走，刮得光禿禿的頭皮上，早已搔出了好些長長短短的紅色細傷痕。

「……現在要入夥，每擔煙土得交六百五十塊光洋的保護費。李茂軒說是吳團總規定下的，他沒有法兒再更改。」

「唉，為湊足這三擔貨，月頭還找『仁和記』借了七百多塊光洋買煙土。大前天，鄉公所來收『富戶捐』和『窩捐』，我又找船運社借了一千。突然還要再去借一千多塊，恐怕真不太容易啊！」

朱雨卿莊重自持，端坐在煤油燈下翻著《三國演義》——其實看好多遍了；因為暫時也沒想出啥好辦法，又不屑對生活中的區區小事作洗耳恭聽狀，怕辱沒了讀書人的形象。他骨子裏耐不住寂寞，喜歡高談闊論，內容多是些處世原則一類的老生常談，所以聽眾也寥寥，每每不能盡興。突然，只見他猛地拍巴掌，連聲叫道，有了！有了！唬得鄭玉梅也楞怔住，擔心丈夫讀書太用心，中了邪！

他的主意倒十分簡單：三擔煙土同李茂軒押運的大隊伍，保持不被發現的距離，悄悄地跟進，頗有點類似寓言裏的狐假虎威。

鄭玉梅咧嘴巴笑了，哪兒有那麼便宜的事，人家不會發現？朱貴想起李茂軒告訴他，聯防團和鄉公所派有二十多個團丁和鄉丁，一路上由他負總責。朱貴講了這個情況，覺得朱雨卿的辦法還行；然後又再三叮囑：翻過雞公嶺之前，還是要跟大隊伍貼近點兒，才更保險，萬一被發現了，就給每個團丁和鄉丁，各塞兩塊大洋堵嘴巴。李茂軒到底當過大華老爹的徒弟，看在多年老交情的分上，也會睜一隻眼閉一隻眼的。過了一會兒，朱貴又吩囑說，再多雇一個跑腿的也行，叫他空著手走中間，朝前能看到大隊伍，回頭又能望到我們的挑子。真的來土匪了，就大聲喊前面的槍兵搭救。

實在是想不出其他更好的辦法了。鄭玉梅於是吩咐朱繼久去暗暗打探對方的行期。朱繼久找到康子厚，塞給他三塊銀元請他幫忙，並允諾他，事情打聽到了，還讓他跟著空手走一趟，並且給他同挑夫一樣的工錢！

康子厚正愁沒有啥東西可以巴結沈家，連忙樂顛顛找到了鄒白雲。第二天，鄒白雲送來沈聚仁給的三塊大洋，並告訴了行期。

沈聚仁以實相告，玩的是欲擒故縱的小把戲，悠悠乎乎，暗自十二分得意。他不但要讓朱家運不出一兩煙土（至少這一趟不行），還得威風掃地，白白受一頓羞辱。他叫傭人前去請來周連長，兒戲似地講了他的建議，教他如此這般地去演一齣《單刀會》……不過像耍猴兒，也算是找點兒樂子！周連長最近打麻將老輸，荷包裏空蕩蕩了，正憋悶得難受哩，皺著眉頭聽罷，立刻笑嘻嘻應承下來。

種莊稼的佃農們，夏糧也剛剛收罷，陸續背著麥子或者豌豆，相約交地租來了。一連好幾天，朱家老宅子後面小場壩上人來人往，亂亂騰騰，空氣中彌漫著濃烈的汗酸味。那些黑瘦精壯的漢子們，身背沉重背簍，赤裸著上身大汗淋漓。婆娘們腳蹬千層底布鞋，籃兒裏提些時令蔬菜，嘰嘰喳喳圍著鄭玉梅，言不由衷地說著一些感激的套話。

吳媽在灶門前生火燒茶水，抽空兒便湊到女東家耳邊，小小聲介紹幾句關於李大少爺的情況，說到模樣、人品、脾氣等等方面，斬釘截鐵地滿口打著包票。鄭玉梅真有點動心了，不過眼下還真沒那工夫。

朱貴抱著膀子，站在記賬的朱雨卿身後，不時地跟些熟人打招呼。朱繼久在小天井裏吊秤，嘴巴跟年輕媳婦們扯著些玩笑話，草帽也歪戴著。乘了朱月娟去小學堂還沒回來，吳媽抓緊機會建議，最好找個由頭，進城到李茂軒家先瞧瞧人兒。鄭玉梅抹一把額頭上的汗水說，等把這陣子忙過之後，你就陪我進一趟城裏。

她其實更擔心朱繼久這一次出遠門。販煙土這種事情，好比女人生娃兒，俗話說「兒奔生娘奔死」；不到娃兒落地，是禍是福，還真難說得準呢。

到了六月初二，才三更天氣，一家人便都起床了，目送著蒙在鼓裏的朱繼久，帶著兩個挑煙土的腳力過了長枋河。朱貴到底還放心不下，也跟隨去了，想看著朱繼久他們尾隨那隻大隊伍，平平安安走一段路之後，再回朱家寨子覆命。

這一行五人，先躲進了黑溝邊的康子厚家，等到五更天，隱隱約約看見李茂軒騎一匹灰騾子，帶著鄉丁和四十多擔煙土也過了河，順黑溝西坡朝天池觀爬去。直到那腳步聲聽不見了，朱繼久才帶著康子厚和另外兩個挑夫出門。剛走到西坡的山腳跟，猛然發現周連長帶兩個護兵，像關公帶著關平和周倉，雄糾糾豎在了小路中央！

「雜種！捨不得出保護費，還想跟著沾光──『德生厚』的少老闆，怎麼也他媽的這麼不要臉了？」

「大……大路朝天，各走半邊！這條路未必是你們家買了？」

「好小子，今日想犯橫呀？嘻嘻，老子就依你的『各走半邊』，你給老子順黑溝那邊的路回朱家寨子去吧！老子明說了：想走西坡這條路，你他媽至少得等到天大亮以後！」

聽到爭吵聲，朱貴才從暗處緩緩走過來，銀白色鬚髮，在冷冰冰的晨風中飄飄拂拂，自有一種威懾力量。周連長以為遇到了拔刀相助的武林高人，心虛地抓緊盒子炮的短把兒防備著。

好啦，這煙土不賣了。繼久先跟我回朱家寨子，歇息幾天後再看情況。朱貴聲如銅鍾說道，用右手抓牢朱繼久的左手腕，陰冷的目光甚至都沒有望軍爺們。

武林高人看來也怕槍！周連長心裏嘀咕，沾沾自喜，搖晃腦殼吹起口哨。他雙手叉腰，不放心似的瞅著這一行人消失在北坡，才甩著手臂打道回府。他哪兒知道，黑溝的北坡還有條鮮為人知的豺狗路，可抵達天池觀──連朱繼久也從沒有聽說過哩！

朱貴帶領著他們四人，穿行於刺叢和絕壁之間，步履維艱，不敢稍歇。費了大約三柱多香的工夫，攀上天池觀近旁的一處峭壁，終於看到了那隻運煙土的大隊伍。

四周一片寂靜，漆樹、三毛櫸和老橡樹散發出悶人的氣息；朝陽從濃密的樹冠篩下來，銅錢大小的光斑耀人眼目。稍稍歇了一會兒，康子厚佯裝成單個的趕路人，率先上了破石板路，前後與李茂軒的大部隊和朱繼久的三擔煙土，都相隔約四十丈左右的距離。朱貴又朝前送了幾裏，覺得基本放心了，才同朱繼久告別分手。

「德生厚」這邊，不時還有零星的佃戶送夏糧來。每年的「春課」，年景好時，能收四十多擔麥子，三、五擔豌豆。早些年，這麼點糧食，簡直微不足道！

朱月娟今天也在家，津津有味陪著佃農的女人們嘮叨家常。鄭玉梅因為擔心吳媽會老將提親事兒掛在心上，怕她一時說漏了嘴，一大早，乾脆就差她進城去了。鄭玉梅親自下廚，炒菜竟忘了把鹽！太陽西偏時分，鄭玉梅正神思恍惚，魂不守舍，左顧右盼又莫可名狀地難受，意外看到朱貴渾身沾滿草屑，笑呵呵進門來了。

「貴叔！你怎麼沒有回朱家寨子？繼久他們沒出什麼事兒吧？」

「呵呵呵，又能出啥事兒呢？我一直陪著過了天池觀，才跟他們分手。隨便弄點酒菜來吧，今天硬是真累了。」朱貴癱坐在竹躺椅裏呢喃，分手後，他還在北坡的雜樹林子裏睡了好一會兒。他呷口濃茶喘一口氣，嘿嘿笑著，講起早上發生的那件意外事。

「……這會兒，繼久他們肯定早過了雞公嶺，開始下孔子河了。走這條路線，只要過了雞公嶺，基本上也就出不了啥事兒了。」

主意畢竟還是出自朱雨卿之口，當然得算有功之臣。他十分得意，輕輕合上線裝本的《唐詩別裁》，飄飄然走過來，字正腔圓地跟朱貴閒聊開。朱月娟也進屋裏來了，近來大概創傷已日漸平復吧，不時喜歡拿她這位迂腐兄長逗樂兒。

「咯咯，還真料不到，我們朱家，如今也有蕭何、張良一般的人物了哩！」

「……呵呵呵，天下事情，只要肯動腦筋，總能夠想出好辦法來！所以古人也雲，流水不腐，戶樞不蠹。又云，勞心者治人！就是這個道理。」

「天氣真熱啊！咯咯，我下輩子一定要變個男人，三伏天也能隨心所欲打打赤膊，還可以只穿個短褲衩在長枋河裏游來遊去！」朱月娟並不接話茬兒，感歎著又說。

「不冷不熱，五穀不結嘛！人也是一個道理，男人當家主事，女人操持家務；一陽一陰，相輔相成，有男有女，也才有了世界……」

石板街的東頭，隱隱有嘈雜聲傳過來。這時候，朱貴已略帶點點醉意了。朱雨卿還在嘮叨。鄭玉梅仍在屋裏屋外地忙活。朱月娟又回小廂房去了。

雜遝的奔跑聲漸漸近了——還沒等屋子裏的人回過神兒，一個挑夫左耳朵處淌血，冷丁闖進大門來了。

「不得了！遭打劫了！康子厚給土匪殺死了……」

挑夫看起來是受了大驚駭，滿臉恐怖，語無倫次。

鄭玉梅上前關了院子的門，把看熱鬧的攔在了矮圍牆外面。又端來一大碗涼茶，遞給挑夫喝下。過了好一會兒，挑夫才結結巴巴，慢吞吞講了被劫的經過：

雞公嶺的羊腸路上七里，下八里，不知開鑿於何朝何代的梯墩，約有兩尺多寬，石坎的殘破處還橫生有碗口粗的岩柏；梯墩路兩旁，合抱粗的冷杉夾道，樹冠交錯，好多地段抬頭看不到青天。

朱繼久的力氣並不比那兩個挑夫差，因為擔心再次受羞辱，一直吩咐康子厚保持一定距離，避著些走，儘量莫讓前面的傢伙們（特別是鄒白雲）看到。李茂軒似乎也蠻謹慎，上山七里路沒敢停歇，硬是一口氣又下到半山腰，才傳令打尖。朱繼久和他的兩個挑夫，隨即也停在一個山坳里，離山頭約一里多路吧。前面二十來丈遠的地方，康子厚蹲在一株歪脖子老櫟樹後面，呆滯滯望著半裏外有鄉丁們護衛的販煙大隊伍出神。

這一歇竟然好長！朱繼久彎著腰，溜到前面康子厚藏身的老櫟樹下，往前偷偷遙望了兩次：山腰裏的大隊伍鬧鬧嚷嚷，還根本沒有動身的意思！他蔫蔫地回到自家的挑夫身邊，又等了一會兒，仍不見康子厚朝這邊給消息。到後來，實在忍不住，他再一次上前查看，發現康子厚歪在老櫟樹下，喉嚨像過了刀的雞脖子，正咕嚕嚕冒血沫兒！驚駭地又往前面張望：李茂軒的隊伍已經快到山腳了！救——他站直身子剛要張嘴喊，立刻就被三個臉上纏髒布的土匪，從後面給撲倒在死屍上了……

耳朵受傷了的挑夫說：劉麻子和我，脖子上早按著大片刀，我們眼睜睜看見少東家讓土匪撲倒，卻做不得聲。土匪掄大片刀拍暈少東家，用細麻繩慢慢地捆住手腳……

天啦，土匪該不會殺了繼久吧……鄭玉梅有氣無力說著，再也站立不住。她歪倒進竹躺椅裏，仰面望著因煙薰火燎而油黑泛亮的檁條，任淚水無聲地漫過臉頰。

「土匪有十多個，有三條快槍。土匪頭兒臉上也蒙有黑布，只露兩隻眼睛，短刀上的血跡還沒乾。他說，多謝你們三個送煙土，今日差點兒他媽白跑一趟！那頭兒留一個握大刀的壯漢守住我們，帶上剩餘的土匪挑了擔兒，很快鑽進黑老林裏去了。過一會兒，傳來一聲呼哨。守我們的那個惡狠狠說，等老子走遠了，你們再給他鬆綁！後來，是劉麻子催我先回來報信。我離開的時候，少東家還一直昏迷著……」

「這個劉麻子，是你大華爹最信得過的人，繼久不會有事。」

朱貴沒頭沒腦說著，酒也醒了，眼睛瞪老大，牙齒咬得咯咯直響

「繼久也應該早點回家才是——已經弄成眼下這地步了，除蔫蔫地回家來，再上哪兒也於事無補啊！」

朱月娟袖手呆立，自言自語，眼眶裏淚光顫顫索索，像花蕚飽含了雨水。鄭玉梅一動不動，額頭上汗涔涔，眼前只有一片模糊。

緊閉的後院圍牆小門外面，還有好事的人在等待消息，彼此嗡嗡地議論，或哀聲歎息著；腳步聲來去雜遝，一忽兒遠，一忽兒近……

八

劉麻子是朱家寨子人，佃農，全家幾代，都靠租種朱大華的七畝半坡田過生活。

劉麻子喜歡周遊四方，一年中倒有大半年在外幫工，田裏活路，基本上靠爹娘和媳婦來做。在劉麻子眼裏，殺過人放過火的朱大華、朱貴，都是令人敬畏的好漢！

他五短身材，糙皮膚下面除了骨頭，就是拉扯得老長的一條條肌肉；經常四處奔波，見識得多了，知道刀架在脖子上時，你只能一聲不吭。今天的事，過來了，也就沒什麼大不了。劉麻子的心裏，只是禁不住暗暗替朱家心疼：三擔多煙土，大幾千塊白花花的光洋哇！可憐大華爺爺一世勇武，到老了，兒孫們倒要受小土匪們欺負。

朱繼久蘇醒過來，也不顧劉麻子在跟前，捶胸頓足一頓痛哭。哭夠了，搖搖晃晃站起，帶劉麻子直奔朱家寨子去了。

事情發生得太突然，虧也吃得太大——這會兒他完全懵懂了，完全不敢想像：眼下，全憑娘苦苦支撐著的這個家庭，往後的日子該怎麼過？

朱家寨子像一口老井，陡峭的青山像那爬滿苔蘚的井壁。春天接冬天，秋天跟夏天，日子永遠慢慢吞吞，安安靜靜，亙古不變；陰森森的黑老林綿延百十里，從早到晚，山民們經常能聽到黑熊哼哧，老虎嘯吟，豺狼嗥叫。走在山道上，三五成群的漂亮野雞，會從不遠處的灌木枝柯間突然飛起，讓行路人和他的狗既受驚嚇，心底又美滋滋的……

外面的人初到朱家寨子，大概都會驚訝：他們住在用帶殼櫟樹圓木壘的、並不太高的垛壁子屋中，吃著粗糙飯食，和林子裏打來的野豬、麂子；腳踩用草編或者獸皮作的鞋子，多數人身材高大，面孔英武，勇敢而愉快！而山外的鎮上或者城裏，雖然也有軀體高大的，卻心虛膽怯似地駝著背，神情陰鬱，總是靜悄悄皺著眉頭偷偷看人！

這一天，又到了掌燈吃飯的時候，馮雅仙捧一大碗包穀酒，雙手奉到老爺子面前。朱大華拿筷子沾點酒，挺小心地蹭一下重孫兒的紅唇。

吃罷晚飯，何貴芝解開袢扣兒餵奶，肥大的奶子鼓鼓囊囊，像盛滿豆漿的濾袋。鑫兒咕嘟咕嘟大口吞嚥著，小手亂舞，小腿兒亂蹬使著勁兒。朱大華眯縫雙眼坐在旁邊，一口一口地吧噠著旱煙袋，神情如死一般安詳。

朱繼久裹一股山風，闖進門來了。一進大門，他就撲到爺爺的面前痛哭，哭得死去活來……兩個女人立刻都沒了主張，張張惶惶亂作一團；鑫兒因為被忽視而憤怒，發洩似地也哇哇大哭。

其實，看到朱繼久滿臉血污，朱大華已經全明白了。他什麼也懶得問，仰起頭雙目緊閉，好一會兒之後，小小聲斥責說：七尺男兒，哭個什麼呢？沒出息！

「我是替娘難過。我娘還不曉得我上山來了……」

「明天再說吧。你們都出去，讓我一個人清清靜靜呆會兒。」

「爺爺——」

「都給我出去！雅仙抱鑫兒先回房屋。貴芝你去灶屋，點火給你男人做點兒吃食。」

人都走後，朱大華也離開神龕旁的太師椅，踱步到堂屋中央。他傷心地想，這一回真傷了元氣！夫子鎮周圍的幾十畝好田，這一回恐怕真保不住了。

煤油燈的小火舌搖搖曳曳，寬敞的大堂屋空空蕩蕩，昏暗之中似乎溢幾縷神秘意味。神龕上供奉著繪在虎皮宣紙上的關帝手持青龍偃月刀繡像——還是五十多年前，朱貴從奉節城外，那個揹運財主家的神龕上揭下來的。年深月久，虎皮宣紙像佈滿老人斑的垂死皮膚，關帝像也如籠罩在雲霧中……

鐵石心腸的朱大華，該經歷過多少殺人放火的場面啊！武昌城、天京城、還有大渡河紫打地……屍骨如山，人血像溪流洶湧！如今，他也老了，慢慢地也是真厭惡了。這棟乾打壘的老宅子蓋起之初，神龕上一度也供奉過至聖先師孔老夫子的拓像。待到兒子好不容易中了秀才，漸漸地，大清皇帝卻沒有了；手握重兵的漢人個個都想做皇帝，立刻天下大亂。兒子滿肚子的子曰詩云，倘若換不來官兒做，簡直就沒有一點實際的用處，簡直比一桿火槍、甚至一根粗棍棒還不如！

朱大華想，活在這個世界上，還真正不容易咧！如果你沒有讓別人害怕的蠻力和膽識，你就只能活該受人欺負，就像豺狗咬雞，雞啄蟲子；或者像牛耕田，馬吃穀。你若想要吃香喝辣過得舒服，就必須讓別人怕！背靠槍桿子作大官的，當然人人都怕；錢能通神，所以有錢的主兒也讓人怕……這會兒，他腦子裏硬是亂蓬蓬的，因為不服氣，不甘心，胸口覺堵得更慌。他踱步回臥室裏，彷彿鬼使神差，翻箱倒櫃，找出差不多空置了五十年的長劍，雄糾糾氣昂昂，大踏步來到了房前的小壩子上。

新月如鉤，藍天深不見底；如犬牙交錯的崗巒黑黢黢伏月光底下，松濤聲好像巨人在歎息。壩子上已聚集了不少人，劉麻子站在人堆中，正唾沫四濺重複著遭劫的故事。朱家寨子如今還有九戶人家，逃到這兒安身的，多是些家破人亡、走投無路的窮漢，雖然都飽經滄桑，一個個性情仍十分暴烈。

「大華爺爺，不能就這麼算了。派幾個人去悄悄打探土匪們的老窩，然後也乘其不備，殺他個狗日的！」

「是靖國軍幹的吧？那幫軍爺們的心都歹毒哩！」

……朱大華什麼都沒有聽進去，漠然地望著遠方，倒好像壩子裏根本就沒有人！他「嗖」地抽出長劍，氣勢洶洶舞了幾下，隱隱感覺到力不從心，慌忙收劍，取守勢站定。面對著眾人的喝彩聲，他敷衍地咧嘴巴訕笑，半句話都懶得說。

唉，人的確是老囉！朱大華在心底歎息。虎老了難免會遭豺狗們撕咬，貓老了也只好受老鼠欺負，不甘心又能有啥用？夜色漸漸深，女人們不喜歡無聲的場面，開始牽著娃兒各自回家。剩下的幾個男人，因為無趣，慢慢也都走散了。月亮早已落山背後去了，滿天的星斗閃閃爍爍。

爺爺，回屋吧，外面涼哩！朱繼久悶聲悶氣說。他懷中抱著兒子，一直默默地站在朱大華身後。

朱大華沒有動，像豎立在夜色中的一尊鏽跡斑駁的青銅塑像。

據老輩人講，世上生一個娃兒，天上就要添一顆星斗；而每每滑落一顆星兒，也預示著地上將要死一個人。

他慢騰騰仰起頭，想尋找屬於他重孫子的那顆星兒；目光只要觸到哪顆稍明亮些的，胸中就一陣滾燙。又記起了光緒二十五年朱繼久出生時的一些情況：那一刻，東方剛開始顯魚肚白，黑瓦楞上蓋薄薄一層秋霜，整個夫子鎮還都在夢中；就聽見燈火通明的廈屋裏，迸出一聲嘹亮啼哭！身穿狐皮小夾襖、一直守候在院落裏的朱大華，快活地哈哈大笑起來……朱繼久生下時八斤三兩，那段日子朱家如日中天，而沈家正走下坡。

去年歲末出世的鑫兒，剛生下時也有八斤，算得是五十多年間、在山裏的這棟老宅子裏降生的第二個朱家子孫。兒子朱雨卿是第一個，朱大華是親眼目睹其生產全過程的唯一人，至今仍歷歷在目：女人撕心裂肺的哀叫聲撞得他耳膜都麻了，浸透了鮮血的草紙在木盆中摞得像小山，血還在胯下洶湧，像怎麼也流不完……

一顆流星砸向黑黢黢的西山，亮光好微弱，轉瞬即失。朱大華揣測：康子厚的星，出事之前肯定早就掉落了；這顆星兒，沒準就是我的吧？

他倒是並不太懼怕死，老星星倘若都不願意落，久而久之，小星星會沒地方安身呢！他只希望能夠坦然地、無牽無掛地走向死亡。然而眼下呢？「德生厚」剛遭了大劫難，每況愈下的家境，如同一隻正漂向濁浪湍流中的破船，沒法兒不叫人揪心啊！

「爺爺，回屋去吧。外面涼哩……」

遠處有一隻狼在嗥，低沉悽愴，是在呼喚同類吧？朱繼久的濁重聲音裏，這時候分明已帶著哭腔。何貴芝和馮雅仙，不知啥時候也來了，眼眶裏的冷淚輝映著夜色，都一聲未吭，默默凝視著站在坎沿上的爺孫倆。朱大華沒再堅持，手拄長劍，車身慢慢地朝屋裏走著，步履還算矯健。

「我懶得洗腳了。你們也都去睡吧。繼久明天一早就回夫子鎮去，告訴你娘，這次虧吃得大了些，實在過不去，就先賣掉鎮子周邊那十多畝地。叫她也莫要太憂心，朱家一時半刻還完不了，沒準過幾年，又會時來運轉，又再買回來嘛！」

自從過了八十歲的生日以後，朱大華就一直一人獨處一屋，不再讓女人待在身邊。冬天裏興致好的時候，他喜歡喊朱貴來給他暖腳。兩個人面對面盤腿坐大床上，你一段我一段地講古，一面大碗飲酒，一面笑笑呵呵。

新榨房是他經手的最後一項工程了，總算如願以償，給後輩們又多添了條謀生路。幾天前，他還去看了。眼下正榨菜籽，河南小師傅忙得屁顛屁顛，見老東家來了，叭兒狗樣弓腰諂笑。

榨房北面山牆，從東朝西數，第十八塊牆腳石底下，壓著剩下的最後兩錠虜掠來的銀元寶。砌牆腳石時沒有讓外人插手，這事兒只有朱貴、鄭玉梅和朱大華、朱雨卿、朱繼久三爺孫知道。朱大華說過，不到揭不開鍋，不准動它，也給子孫們留點兒古跡，讓他們知道身從何處來！

朱大華獨住的房間緊靠一片松林，地上鋪大青石，開有一個兩尺見方的獨窗，洋油燈就擱在那窗臺上。用粗櫟木打造的大床怕也有五、六十年歷史了，自光緒十九年舉家遷往夫子鎮之後，幾乎一直閒置到去年春上。床上鋪的虎皮也是五十多年前在四川奉節城外搶劫來的，早已髒兮兮破爛不堪了。老東西已所剩不多，只有那柄長劍如新，刃口熠熠地閃著寒光。朱大華手扶長劍，斜靠在床頭，信馬由韁，一任往事在腦海裏浮沉。

四周靜悄悄的。也不知道又過了多久，他似乎睡著了一會兒，長劍沉甸甸壓在胸脯上，好像還做了個噩夢：數不清的淌血的屍體，腳板戳在頭上，胳膊連接屁股，浸泡在紅光裏漂漂浮浮；紅光中還蠕動著金環蛇；紫雕、鸚鵡一群接著一群，撲騰著掠過一望無際的煙花叢；還有無數女鬼們尖叫嬉戲，爭相朝他伸出冰涼的猩紅舌頭……突然間，又好像天塌地陷，滔天洪水卷著屍體等雜物，一路哆嗦著，黑沉沉壓過來了……他掙扎得好苦啊，渾身冷汗淋淋，喊也喊不出聲，上氣不接下氣……

朱大華迷迷糊糊，終於坐直了身子，氣喘吁吁好一會兒；長劍竟然仍舊抱在懷中！

想到自己一輩子所鍾愛的物件兒，子孫們竟無一人熱切需要！（朱繼久空有魁偉身板，天生不是胸懷大志的漢子。）長劍就要成為閒物，的確叫人傷心。

夜好靜，連狼也不再嗥叫。朱大華好一陣心灰意冷。他雙手捧劍緩緩站到大床中央，打算將它掛回樑柱上。一隻腳在破虎皮窟窿處絆了一下，身子陡地像遭遇罡風——無可奈何的訕笑，生硬地浮現在老臉上，他身不由己，仰面從大床上栽倒下來……

最先搶進屋子裏來的是馮雅仙，推開門一聲尖叫：天啦——撲過去使勁兒攙扶。洋油燈還在窗臺上搖曳。她身子骨太弱，也嚇壞了。

這時候，穿土布短褲的朱繼久也跳進屋，彎腰抱起爺爺，在馮雅仙幫助下，輕輕地平放到大床上。朱大華的左太陽穴被踏腳板碰出一個窟窿，正汩汩淌血。他的神智尚清醒，一聲不吭讓馮雅仙用草紙灰和旱煙絲一點點朝血窟窿上按壓，臉上仍漾著平靜笑意。

從門縫裏擠進一股夜風，涼颼颼的。馮雅仙臉色慘白，大汗淋淋，不自主打一個寒戰。快五更天了吧，遠遠地飄過來一聲雞啼。

「禍不單行哩！嘿嘿，這一回，我可能真要撒手走了——」

「會好的，么婆已經把血給止住了。爺爺，您不會死的！」

「莫要哭！男子漢大丈夫，哪兒來的那麼多眼睛水！唉，倘若能夠再年輕幾年，爺爺活著，也不至讓你們受小毛賊欺負……」

「嗚嗚嗚，都怪我沒啥本事，連累了爺爺——」

「看起來，你娘這陣子，更要受累囉。說真的，這幾年多虧你娘能幹。也是老天不滅朱家，攤上你娘作兒媳婦，是我們朱家的福氣啊！」

朱雨卿二十三歲時娶的媳婦，鄭玉梅是平陽壩鄭舉人家的么女。朱大華為了兒子能攀上這門親事，閉門家中手捧「子曰詩云」搶記了一陣子，陪舉人老爺攀談，總算沒出大的差錯。家境好時，四體不勤的朱雨卿，倒並不讓人覺得礙眼。到了家道日衰時候，舉人家么女的種種賢淑能幹，也才真正顯露出來。近十年的下坡路，兒媳婦甚至必須不時同做飯的女傭們一樣，去幹一些粗笨的力氣活！兒子朱雨卿百無一用，從來就沒見他挑過一擔水，劈過一根引火柴！小女兒月娟的婚事更叫人揪心，二十出頭的老姑娘了，在娘家多待一天，旁人就會多嚼一天的舌根，從背後多戳一天脊樑骨！

……熬到天濛濛亮，何貴芝催促朱繼久趕快去夫子鎮報消息。朱大華擺擺手說：就叫劉麻子去跑一趟吧……我若死了，喪事從簡，千萬莫沒有錢還硬要花冤枉錢。去夫子鎮來回七、八十里路，沒準兒等不到他們了。繼久，你就坐我床頭，最後陪陪爺爺。

朱大華歇一會兒，輕輕喘口氣又說，貴芝，待會兒，等鑫兒醒了，也抱到這兒來。有孫兒和小重孫兒、看著歸天，我，知足了。

九

朱大華終於沒有等到兒子、兒媳給他送終。

太陽還未當頂時候，他似乎睡著了，氣息也還均勻。後來又醒了，分明嘟嘟噥噥說了句什麼，緊接著，好像還含糊地重複了一遍。

一夜都沒合眼的朱繼久，當時正昏昏沉沉打盹兒，兩遍都沒能聽太清楚。等到他強打精神再問：爺爺，您老想要說什麼？朱大華打個嗝兒，身子微微抖幾下，便斷氣了。

朱繼久好後悔，用拳頭沒命地捶打自己的腦殼，伏在爺爺身上，泣不成聲……

太陽眼看快落山了，朱貴和朱雨卿、鄭玉梅、朱月娟，才氣喘吁吁趕到。老遠就看見用長竹杆挑著的「通天紙」慘白閃亮，在藍天青山之間招搖，長么么的男人和女人的哭泣聲，撕心裂肺一般，立刻都迸出口腔。

老宅子門口，不少人步履匆匆，進進出出。用黃表精心串綴起來的紙幡，如龍蛇輝映著夕陽——恐怕是這百多里方圓內有史以來最長的幡（紙幡是人死後喪家掛出的標誌，黃表紙的張數和亡人的歲數必須相等）——素帶一般的陰影斜劃在場院中央，如有靈性似地蠕動著，撲面就給人的心靈以極大振懾。朱貴搖搖晃晃，連聲長嘯，呼天搶地狂奔到靈床前，哭得死去活來。鄭玉梅、朱雨卿和朱月娟，也都嗚嗚咽咽，上氣不接下氣，一個緊跟著一個，趴在泥地上咚咚地直磕頭。

馮雅仙哭泣著迎上前。朱繼久哽咽著，細細地講了爺爺臨終前的一些情況。大家心事重重沉默一會兒，揩乾眼淚，低聲商量起如何料理後事。

《禮記•喪服》云：凡禮之大體，體天地，法四時，則陰陽，順人情。朱雨卿對書本上的所有條款，幾乎都爛熟於心；又不厭其煩細細講解：哀切過度，自損形體，則有違人性，有悖人情，故須用禮儀加以節制……等等等等。

亡者還擺在靈床上，還有好多程式性的工作等著要作，大家都沒工夫、更沒有心情去聽他嘮叨。支客先生慌忙找來粗麻布做的毛邊孝服，和白孝帕、白鞋，一陣手忙腳亂，不由吩說幫朱雨卿穿戴好，還在他腰間束上一根粗麻繩。

作為孝子的朱雨卿，從頭到腳一身白，由朱貴引導，很快被安排到靈床旁站定。主事的劉道士，只要看見有鄉親進靈堂給亡者燒香磕頭，立刻尖聲吆喝：孝子謝——

朱雨卿在朱貴的指導下，慌忙跪下，哭喪著臉，陪伴著也得磕三記響頭還禮。

劉道士是劉麻子的爹，亡者剛嚥氣，就被請來了；雖然精通喪葬規矩，卻也不能靠這個養家糊口。只見他用柚葉醮水，慢條斯理給亡者擦洗身體；手和腳上也灑幾滴水，拿毛邊布輕輕揩乾。又催促找來縫製好的棉衣、棉褲、棉袍，和底子上繡蓮花圖案的老鞋等等裝老衣裳，麻利地幫著穿戴妥貼，然後吩咐幾個後生，將亡者由房屋中捧到正屋的靈床上。末了，又讓朱繼久拿來一塊銀元、幾個小面餅（打狗餅）、和一摞紙錢（買路錢），分別放進亡者的口中和兩隻袖筒裏。最後再讓找來幾個腿健的漢子，安排他們到周邊的高坡上，大聲呼喚亡者的名字招魂……劉道士平平靜靜，有板有眼地忙活著，腿腳不住地奔進奔出，嘴巴裏還嘟噥著一些吉祥的祝辭。

第一天的事兒格外多：請匠人紮製靈屋、兵器、車馬、冥燈、以及跟著去地府伺候的童男童女；接洽神漢、道士做齋，找喪歌師傅們來鬧夜；門前壩子上要搭台設醮，灶屋裏要準備一天到晚的流水席……鄭玉梅從未執掌過喪事，理不出頭緒，全權委託劉麻子作主。雖然如此，不時地仍有人來找，問這個東西該擱哪兒？或者說那樁事兒還人手不夠……鄉親們都古道熱腸，都是貼心貼肝幫忙，讓鄭玉梅暗暗覺欣慰。

「月娟，我苦命的兒啊！嗚嗚嗚，如今，娘只有你一個親人了……」

「娘，您就回屋歇息去吧，反正待這兒也幫不上忙……」

馮雅仙像掉了魂兒，隔遠遠地淒然瞅著靈床，歇一會兒，又湊女兒身旁小小聲哭訴。

朱月娟同情娘又瞧不起娘，敬重老爹又藐視老爹——內心的這種複雜，可以與她既能樂滋滋去大田裏收割鴉片膏漿，又極端厭惡家人作煙土生意類似（她認為煙土遭劫和老爹突然死亡，實際上就是報應）。

由於自幼受父親寵愛，還在女子小學堂讀書時，她就口齒伶俐，嘰嘰喳喳不像女孩；不爭吵或者張牙舞爪聊天時，幾乎手不釋卷。……記不得是第幾次提親，手捧書卷的朱月娟嫌聒噪，衝進堂屋掀了禮品，硬是將媒婆搡出了大門！倒把朱大華看得呵呵大笑。站在一旁的朱貴叔，也一連聲地誇她是將門虎女……

接著，就有風聲傳來，說長毛的大腳板姑娘，脾氣如母夜叉，怕是嫁不出去了……流言終於飛進了朱大華的耳朵，於是他帶上朱貴，將傳話人的家裏，砸了個稀巴爛！那個時候的朱大華，只要跺一下腳，整個夫子鎮的地皮都打顫哩！

漢口的那樁事兒出了之後，朱月娟終於認識了老爹的暴烈本性：父親幾乎變成了虎豹豺狼，硬是差點揮長劍砍了她！在「武昌高師」時的那一年多生活，時至今日，仍頑固地珍藏在朱月娟心底：教室裏的氣氛活躍溫馨，充溢著理想主義的狂熱，和浪漫主義的憂鬱……各類書籍也不少，在同學們靈魂深處，兜起一浪一浪意想不到的夢幻或喜悅——那個突然展現在面前的五彩世界，充滿動感！或者由一本書，或者是由於某位男士的存在，立刻催人產生無盡的暇想：美妙如同霓虹，東一閃西一閃；一切的一切，對於今天的她已經像天堂，可遙望而不可企及了……

孤零零站小壩子的坎沿上，目光所及，儘是人跡罕至的處女森林。朱月娟尋思：一生中最美好的時光，是不是已經過去了呢？半年多的封閉生活寂寞心酸，如今，老父親也辭世了，她更感到無依無靠。前面的漫漫人生道路上，還會再出現如柳少爺那般倜儻瀟灑的如意郎君嗎？同柳國梁作了朋友之後，她曾以為自己差不多找到了愛情。事情急轉直下，雲一樣變幻，冰一樣砭骨。究竟什麼才是夢寐以求的幸福？她也糊塗了。

小壩子上人湧如潮，四鄉八嶺的山民都來了，熱熱鬧鬧像趕集。守在靈床旁邊的孝子朱雨卿，還在沒完沒了地磕頭還禮，汗水濡濕了長衫，人早已是滿臉土灰。

朱月娟也不太瞧得起這個年齡可以做她父親的異母兄長，從武昌被帶回來的那天黃昏，朱雨卿一臉嚴肅，來到廈屋裏，做作地踱著方步，以極富韻味的腔調，背誦古文教訓說：男女有別，而後夫婦有義；夫婦有義，而後父子有親；父子有親，而後君臣有定……而這會兒，被習俗限定在靈床左側的朱雨卿，早已是身心具疲，眼巴巴望著緩緩走過來的小妹妹，嘴唇翕動，無助地含含糊糊招一下手。

朱月娟是亡者未出嫁的嫡親女兒，屬五服裏的「斬衰」，也穿著用粗麻布做的長可及膝的毛邊孝服。她也願意去靈床旁邊為父親盡最後一點孝心。劉道士看出苗頭，迎上前囁嚅勸道：待字閨中的女娃，站靈床旁去給奔喪的老少爺們還禮，只怕不太合適呢！

不過一句平常話，確分明觸到了朱月娟的疼處。好男兒志在千里，周遊天下，克服困難，成就事業。而女人卻不成，處處受規矩的限制，縱使心比天高，仍舊是俗話所說的菜籽命，落肥田裏肥，落瘦田裏瘦，自己完全作不得主！她再怎麼說，也是進過漢口的大學堂，每每想起這些，分外地覺不甘心。

「我是朱大華的親女兒，有什麼不合適？哥，你歇一會兒去，莫理睬他！」

朱月娟垂手站到靈床的左側，淚水止不住，牽著線兒滑過雙頰。又進來一個大鬍子的山民在燒香磕頭了。她趕忙跪下還禮，竟突然癱坐在泥地上，哇哇大哭起來……

到第三天上午，是預定的大殮時分。

劉道士雖然也幾夜未合眼睛，倒毫無倦意。他長長地吆喝一聲：親視含殮——

亡者的兒孫們，被眾人簇擁著，分兩排站到了靈柩旁。八個後生將亡者托起，輕輕放進鋪蓋齊全的棺木中；幾位老成的婦子大娘，雙手捧早預備好的裝老被蓋等等陪葬品，邊淌淚，邊往亡者身旁填塞著。

劉道士再吆喝：孝子開光！

朱雨卿搖搖晃晃上前，操筷子夾起一團濕棉球，依次序緩緩擦拭亡者的眼圈、嘴唇和耳朵。開光畢，孝子又接過孝女朱月娟遞上的小鏡子，替亡者照臉，然後轉身狠狠地摔向地面。

他滿臉沮喪，實在是太疲倦了，小鏡無力地落下，勉強破碎成三塊。鏡子既破，寂靜也被打破了，全體孝子賢孫，撫棺大哭，同親人作最後的訣別。渾身無力的嫡親兒孫們，徒勞地痛哭掙扎著，隨後被兩人架一個，緩緩地拉離靈柩……

棺材蓋終於合上了。幾個粗皮糙手的漢子，舞動著三丈多長的「金腰帶（篾條）」，有板有眼地捆紮起來。須臾，大紅棺木已被綁縛得嚴絲合縫，緊繃繃成了一個整體。這時候，雲鑼、皮鼓、磬、木魚、大鐃也敲響了，道士們開始頌唱經文，靈堂內熙熙攘攘亂成一團，鼓樂之聲蓋住了親人們的啼哭聲……

正在這時，吳媽也跌跌撞撞上山來了，身後還跟著個三十歲左右、穿黑色綢衫的瘦高青年；還有五個鄉丁：其中三個，每人舉一杆長幅青色絲質挽幛，另外兩個抬著用食盒盛了的祭席。食盒上壓白色綢條，寫著「朱大華先生尚饗」幾個黑字。

經介紹，鄭玉梅才知道，瘦高青年原來竟是李茂軒的長子！心底不由得暗暗怪吳媽太自作主張。眼下也真不是時候，況且月娟還給蒙在鼓裏；終身大事必須慎重，趕任務似的未免也太荒唐了。挽幛是李茂軒和沈聚仁、周連長分別送的。吳媽還說：李老爺還在漢口沒回。二奶奶聽說老太爺過世了，忙備了厚禮，特意叫大少爺趕來弔喪的。

朱繼久聽到沈聚仁和周連長這兩個名字，眼睛瞪得快要迸出，跳起來，就要將那挽幛扔出去，被鄭玉梅使勁攔住。

「……狗日的還假惺惺！若不是他唆使周連長攔我們，也許就跟李茂軒大爺搭上話，煙土不會丟，爺爺也就不會死！」

「混賬東西！滾一邊忙你的去！都是命，要怨也只能怨自己沒本事，怪不得旁人。」

鄭玉梅三天三夜沒閉一下眼皮，心底有好多的事情盤纏著。她抽個空兒，小小聲抱怨了吳媽幾句。吳媽臉上立刻露出不理解的神情：自己熱心奔走，他們倒磨蹭，也不知到底怎麼想的。她倒仍一臉兒笑，小小聲解釋：我只對二奶奶模模糊糊提到那意思，她也正為大少爺懶得討媳婦犯愁哩！聽說月娟進過漢口的大學堂，蠻高興，說大少爺也是個書癡，沒准兩個人是一對兒！鄭玉梅只有苦笑，沒再說什麼，硬撐著站起，喊朱繼久過來扶了她，去陪陰陽先生到墳場最後矯正墓穴方向。

發引起杠的時刻也快到了。送葬的隊伍，在劉道士的指點鋪派下，都已經做好了準備。剛剛從墓地回來的朱繼久被引到靈柩前，再一次三磕頭，捧起祭奠時燒紙錢用的陰陽盆，高舉過頭之後，又狠狠砸下，將盆摔得粉碎。陰陽盆是亡者的鍋，摔得越碎，才越好帶到陰間去。然後，他被指揮著，上前扛起了招魂幡。朱雨卿把靈牌捧在胸前，孝屬們手執裹著稻草的哭喪棒，又開始哀哀地號啕。

扛夫們迅速起杠。劉道士甩拂塵發一聲喊，開道鑼便敲起來。炮仗也點響了，泛黃的紙錢被高高揚起，在晴空中翻飛！送葬的山民們，高舉著白色的、青色的、或者黑色的長幡，緊跟在由十六名強悍青壯年漢子抬著的靈柩後面，熱熱鬧鬧湧向墳場。幾隻灰喜鵲喳喳驚叫，從人群上空掠過，朝冷杉林方向飛去。

墳場在朱家寨子的東面，緊傍綠得發黑的橡樹林和冷杉林；墳塋四周，白茅草如波浪起伏。這裏是個風口，一年四季山風呼嘯。

十

朱大華出殯後的第二天，就是六月初六。

民間有「六月六，家家曬衣服」，「六月六，曬龍袍」等等諺語。在神農架大山裏，讀書人金貴，書更金貴；六月六，還有曬書的習俗。

這一天，沈聚仁就在自家庭院中曬書。女兒沈韻清還幫著搬運了一會兒，嫌累，手捧一本《宋詞抄補》，坐在回廊裏歇息。

天氣實在太熱，沈聚仁渾身大汗淋漓，但心底充滿歡悅。三百多冊紙面如萎葉的書籍，他從來不讓傭人們觸摸。昨天，鄉丁們回來後，講了山裏出殯時的一些繁文縟節，語氣中流露出低山人對高山人的不屑。沈聚仁微微點幾下頭，幾乎沒有往心裏擱。

沈聚仁背著手，又踱步回到書齋。整理了幾天舊書，他優哉游哉，還沉浸在「三伏乘朝爽，閒庭散舊編」的自得其樂的餘韻中。偶爾也想到朱家，禁不住感慨系之。煙土遭劫，老爺子猝死——正所謂禍不單行，一切好像都是天意！

記得好像是光緒二十幾年前後的事情吧，朱雨卿年紀輕輕考中秀才，沈聚仁陪爹前往送恭賀。「德生厚」門前紅燈高掛，臨街的壩子上搭著戲臺，趨炎附勢者往來穿梭……因為遭到冷落，血氣方剛的沈聚仁，自始至終沒吱一聲。後來，就聽人傳出朱大華的話……俗話說悶乎子太陽曬死人，悶性子婆娘害死人！沈家那小子，人小心大，像悶性子婆娘，陰得狠哩！讓人聽到之後，不寒而慄。袁世凱當總統沒多久，他如同逃難似地，去了日本國的「振武學堂」，在異國他鄉苦熬了一年半。當時他曾想：將軍難免陣上亡，我寧願死在自家的床上。他的確天生不是一個敢於亡命的人，也實在不屑去作一介武夫。

前幾天，周連長帶兩個護兵，又過來打聽消息——朱家煙土遭劫，使他更加擔心自己的兩擔煙土——宜昌、沙市都屬於北軍的地盤。他怕李茂軒會落到北軍偵緝隊的手裏，到頭來連累自己也跟著破財。

「……兄弟我比不得沈鄉長您老，硬是將荷包底兒朝天，才勉強湊足這兩擔，萬一給弄潑了，可他媽的就真成水牛尾巴光杆杆了！」

「周連長太過慮了，李茂軒他們漢流中人，神通大著咧！你的兩擔煙土都包在我身上，不會出差錯的。」

沈聚仁飽讀詩書，骨子裏看行武的軍爺們如狗——盲目，兇殘，受主人驅使，東奔西顛也可憐！還是孔夫子說得好，勞心者治人！這會兒，面對著整整齊齊摞著的書卷，他感到自豪，待人接物也就自有一種居高臨下的俯就味兒。

這天，太陽落山好一會兒，李茂軒風塵僕僕，突然來到沈家：李逵的霸道陡然換成吳用的謹慎，背著手神秘兮兮東張西望，給人於小丑也似的滑稽感覺。

他說煙土已安全盤出，價錢也還算公道；不過，另外有件特別要緊的事兒，所以急忙趕來，不敢耽擱。

據他講，煙土抵達宜昌時，還真讓負責討伐靖國軍的北洋軍前進司令盧金山的偵緝隊給扣住了。幸虧漢流的許老太爺出面，經多方交涉，花了不少洋錢，最後總算有驚無險放行了……司令的高參還親自召見，說第十七師、第十八師一萬多人槍，這次決心殺雞用牛刀，一舉削平秭歸、興山兩縣的靖國軍，徹底剿滅亂臣賊子們！

「這一帶，又要打大仗了？北軍莫非想請李大爺的袍哥弟兄作內應？」

「……三十七團悄悄從巴東過江，堵截南軍們的退路。胡團長說，突擊營急需平陽壩和古夫一帶的駐軍情況，每個連還得幫忙準備兩名當地嚮導。見多識廣的許老太爺，私下也勸我們幫北軍。胡團長許諾，趕走靖國軍後，仍由你繼續當長枋鄉長……」

第二天，在「仁和記」酒店的門口，醉醺醺的周連長攔住了沈鄉長。

販煙土的好幾千塊光洋，讓周連長彷彿餓老鼠掉進米缸中。他笑眼眯縫，直誇長枋鄉山清水秀，是一塊寶地；李茂軒通九教三流，是一個人才！唾沫四濺讚美一陣之後，又小小聲說可能要打仗了，苦著臉感歎餉饋無著，籌集給養困難，士兵面有菜色……

「……夫子鎮離前線尚遠，一時恐怕難得打到這兒來。唉，若能再守住一年就好了，讓老子再販一季煙土，然後，隨便開到哪兒去都成！」

僕人突然找過來，告訴說「德生厚」的女老闆有要事求見，都已經在客廳裏等候多時了，

「……鄭老闆頭戴白麻布包頭，由兒子朱繼久陪伴著。那朱繼久的腰間，也繫著一根加有細紅布條的白麻孝帶。」

鄭玉梅母子披麻戴孝登堂入屋，讓沈聚仁皺眉頭暗暗嫌晦氣；多少也感到意外，揣摩不透來者的居心。大戰在即，他原本想抽個空兒悄悄去趟平陽壩，轉彎摸角勸吳效伊儘快找地方暫避鋒芒。又考慮到性格倔強的大舅子是廣東孫大炮的信徒，護法中堅，一時頗覺左右為難。其實啊，所謂政見，不過是當權者蠱惑人心的一種言辭，沒有高尚情操，也沒有真假對錯；是政客們操縱單純青年和無知群氓的拿手戲，還真不能認真！

思前想後，他決定懶得去管吳交伊。大家都各安天命好了，誰也怨不得誰。

鄭玉梅端坐在椅子上，穿一件褪了色的黑紡綢旗袍，足蹬蒙著淺黑色布面的舊鞋，見沈聚仁進屋，站起身，對他前幾日送挽幛一事，表示了謝意。朱繼久黑喪著臉豎母親身後，挑釁地

左顧右盼，十分不自在。

對於朱家的連遭不幸，沈聚仁也說了幾句同情和慰問的話。等話聲稍歇，鄭玉梅再次站起，為母子倆冒昧登門致歉之後，平靜地說了來意。

「……那幾十畝水、旱田，眼下，也只有沈鄉長拿得出現錢。出賣前人辛苦置下的田產，實在令後輩無地自容。倘若背著這幾千塊的債務，歸還又遙遙無期，如此地過日子，我們全家會更覺寢食難安呢！」

——太出乎意料，簡直難以置信！看來，朱家真正到山窮水盡地步了。沈聚仁嘴上還在推辭，說差錢可以暫時先借給一些；亡者屍骨未寒，就做這種買賣，不知情的，還會指責是沈某乘人之危，奪人田產。口氣雖委婉，興災樂禍之態怎麼也壓抑不住。

「沈鄉長也是個有擔待的人物，哪兒會在乎旁人說長道短？只要你願意買，朱繼久馬上去找中人，商量好價錢，今天就立字據。」

賣田的痛苦決定，還是在朱家寨子時，就作出了的。起初，朱貴、朱雨卿和朱繼久都反對（朱繼久特別反對賣給沈聚仁，說：那狗日的，做夢都想著我們家那幾十畝好田！）鄭玉梅算了個賬：借人的錢，每個月僅利息就是兩百多塊，利又滾利，到頭來，連鋪子也會賠進去！她說：當斷不斷，反受其亂。我也是實在拿不出更好的辦法。只有保住「德生厚」，在夫子鎮才有個落腳處。只可憐了鑫兒，也要跟我們一起過苦日子了。話又說回來，娃兒們往後的日子還長，男兒有志重新置！

鄭玉梅眼眶裏，一直閃爍著淚花，嗓音沙啞，說得斷斷續續。把地賣給沈聚仁，也是思考再三：家道敗落了，就乾乾脆脆認輸，遮遮掩掩地不服氣，反而更顯得小家子氣。煙土遭劫和老公公朱大華突然撒手人寰，讓被逼到絕路上的鄭玉梅，悲憤得一反常態，甚至也曾暗自動過殺機：只要她點頭，由朱貴找幾個黑道中人，神不知鬼不覺除掉沈聚仁這個冤家對頭，應該說易如反掌。風險當然也大，沈家算得老門老戶，各種關係盤根錯節……考慮到兒子、孫子往後的活路，最終還是將悲憤強嚥進肚裏，沒有敢孤注一擲。

朱貴和朱繼久埋著頭都沒有再吭聲，老宅子裏的氣氛愈發地沉悶悲壯。朱雨卿仍在仰頭望屋樑作思索模樣。他習慣擺與眾不同的樣兒，好跟周圍的人區別開來；思緒也沒有連貫性，隨心所欲，一忽兒東，一忽兒西。他突然發問：玉梅，怎麼沒見你給劉道士開工錢？朱繼久不煩地頂撞說：娘頭一天就給他了！朱雨卿充耳不聞只顧自說：劉道士的眼睛熬紅了，聲音喊啞了，我們可不能虧待掙血汗錢的苦人兒。君子固窮……

洋油燈的小火舌搖搖曳曳，沒有人再搭理他……

從山裏回到夫子鎮，朱月娟又去小學堂裏教書去了。

李茂軒的大少爺，也曾在漢口念過書，進的是湖廣總督張之洞創辦的「水陸學堂」，談起十多年前的那段求學時光，清臒的瘦臉上流露出懷念，情緒也添了幾分激昂。他在朱家寨子歇了一天腳，也許待城裏膩味了，欣賞眼前這窮山惡水倒好像讀名人字畫！又因為身在畫中，恍恍惚惚竟有些陶醉，有些入迷。

朱月娟兒時在城裏見過他，印象影影綽綽，並不特別陌生。畢竟都是受過新式教育的讀書人，容易找到共同的語言。談到張之洞在《勸學篇》中提出的「舊學為體，新學為用」，李大少爺口若懸河，滔滔不絕！同時，對自民國以來，新、舊軍閥們不顧民族利益，為一己之私欲混戰連年而痛心疾首。朱月娟好久沒有聽到如此悲歌慷慨的言論了，暫時恢復了爽朗的本性，常常妙語如珠。吳媽看在眼裏，心中竊喜。

李大少爺身材修長，膚色較黑，文質彬彬的，鄭玉梅也比較滿意。只不過，他的體質似不太好，而且聽說還抽鴉片！在一次閒聊中，朱月娟也淡淡地提及這事兒，說：抽鴉片會傷身體呢……李大少爺的臉色立刻陰沉下來，無力地耷拉下腦殼。我，我這兒疼啊——他指著自己的心口說。連累得朱月娟也感到心疼，沒敢再往下問。

後來，李大少爺總是有意無意地躲避著朱月娟，一直到分手。畢竟只一天多時間，外人倒沒有看出。吳媽打算乘熱打鐵，過幾天就進城去催李家來提親。鄭玉梅歎息說：眼下朱家正走下坡路哩，誰曉得他們願不願意結這門親……

在小學堂裏講授國文的朱月娟，如今也成了養家糊口的人，每月從鄉公所領回兩擔包穀。煙土生意差不多給這一帶各家各戶都添了進項，兜裏暫時或多或少有了幾個閒錢。由何承宗父女和馮雅仙三人照顧的「德生厚」鋪子，生意日漸看好，有一天，竟獲毛利三塊半光洋！朱繼久負責走村竄寨收購時令山貨，然後背到五十多華里外的縣城叫賣，累死累活地幹十多天，也不過賺三、四塊大洋。鄭玉梅既要管理鎮上的鋪子，又得操心山裏的榨房，隔三差五地兩頭跑。朱繼久倒寧願去榨房幹活，他悄悄地在跟河南佬學藝，幻想著有朝一日能取代他。洪水埡的那片鴉片田成了朱家唯一的田產，套種的包穀長一人多高了，綠油油地在山風中招搖。

七月流火，太陽像燒紅的烙鐵。閒呆在後院裏的朱雨卿，將葵扇揮個不停，身上仍汗浸浸的。賣地之後，作為名義上的朱家男主人，他感到無顏面對鎮上的鄉親父老，再沒有跨出過大門半步。前天，鄉公所的差役送包穀來，見朱雨卿背著手，挺著胸，正順天井簷坎旁若無人地轉圈兒，還小聲問身後的朱月娟：您兄長啥時候瘋了？

差役走後，朱月娟也勸他別老關著門轉圈兒，當心憋悶壞了身子。朱雨卿不以為然哼哼：笑話！讀《春秋》，悟天道，不舍晝夜——我何悶之有？

很快就到了乞巧節，吃罷早飯，「德生厚」老宅子後院裏，又只剩朱雨卿一個人了，《唐詩別裁》給扔在木椅上。朱雨卿生性浮躁，注意力散漫。呆呆地坐了半晌，他找來毛筆用清水洗淨，突發奇想，蘸清水作墨，在小天井中央那塊大青石板上龍飛鳳舞起來。大青石板經三伏天的驕陽爆曬，呈乾燥的灰白色，天青色石紋影影綽綽，頗似虎皮宣[5]；飽蘸清水的毛筆頭落到上面，痕跡如墨，筆觸生動！這一意外發現令他興奮不已，一邊寫，一邊陶醉地搖頭大聲吟詠：

「人生到處知何似，
應似飛鴻踏雪泥。
泥上偶然留爪痕，
鴻飛哪復計東西？」

因為後院較涼爽，何貴芝把奶娃擱在後廂房的大床上午睡。鑫兒被爺爺的吟誦聲吵醒了，哇哇哇大哭。朱雨卿實在掃興，直起腰板，朝後廂房皺皺眉頭。哭泣聲仍然不見止。他無計可施，扭頭望前院喊道：貴芝！鑫兒他娘！鑫兒醒啦！

奶娃無動於衷，哭得更利害了。朱雨卿將毛筆擱石板上，焦急地搓手，無可奈何往前院走三、四步，又喊了一遍；間隔不過約半分鐘之後，再喊了一遍：貴芝！鑫兒他娘！鑫兒醒啦！

5　清末及民國初年世面上較暢銷的一種宣紙。

何貴芝真是溫吞水德行，在前院應一聲，倒像走不開。朱雨卿惦記地回望小天井中的那塊大青石板：日光黯淡，一隻黑貓咪朝他咪嗚，立在簷坎上聳背脊伸懶腰；丟在地上的毛筆，顯得是那麼微不足道，大青石板上空空如也，什麼也沒留下。

因為是乞巧節，有的人家殺雞，有的人家宰鵝。窄街上比往常擁擠。女人們挎著竹筐拖著娃兒，往來河邊洗刷，蓬亂的頭髮被汗水濡成一綹一綹。一大早，吳媽就剁了一塊臘肉，放到天井裏的炭爐上煮著，然後又往洪水埡，給鋤包穀草的人送茶水去了。

如今的朱家，逢初一、十一、二十一，才吃一頓肉，今天算破例。香氣很快在小天井裏彌漫開，無孔不入，無處不在。朱雨卿逃進書房裏也躲不開，一次又一次地暗暗流口涎。因為沒有其他事兒可以分心，那饞人的誘惑的確折磨人。

幾隻綠頭蒼蠅也嗅到了氣味，薨薨亂飛，撞著書房半透明的糊窗紙。書不用說是看不進去了，肚子更是不爭氣地咕嚕嚕鬧嚷，額頭上開始冒虛汗……他想拈一塊嘗嘗鹹淡，又認為如此偷偷摸摸，實在辱沒斯文。正矛盾間，從平陽壩方向，隱隱地傳過來一陣嗶嗶剝剝的密集聲響。

——是富家娃兒在放炮仗吧？朱雨卿咬牙克制著苦悶，重又緊閉上書房的窄門，仰著頭酸溜溜吟哦：

「朱門酒肉臭，

路有凍死骨！
榮枯咫尺異，
惆悵難再述！」

那蒼涼沙啞的嗓音，還正在陰暗的空氣中回蕩，關帝廟靖國軍駐地那邊，「六〇」炮、機關槍和手榴彈也次第炸開，還有衝鋒號聲和喊殺聲！朱雨卿楞住了，跌坐到床上，腦子裏雲遮霧蓋，一片白茫茫。

屋子外面，這會兒已經有流彈嘶嘶掠過，窄石板街面上早亂了套！人們爭先恐後地亡命往家裏逃，遠遠近近響起一片拴門關窗之聲……

十一

駐紮在巴東縣城的第六十九團突擊營，七月初六這天，被關在營房裏睡了一整天。天黑之後，他們靜悄悄度過長江，然後兵分兩路，在袍哥弟兄們幫助下，一夜急行軍，於初七日凌晨，分別抵達平陽壩和夫子鎮週邊。

大概是太疲憊了，本應立即發動的進攻，莫名其妙，竟被推遲了近兩個小時。靖國軍倒是完全沒有防範，小鋼炮炸響的那一刻，就完全垮了，哭爹叫娘亂竄，根本組織不起有效的抵抗。戰鬥只進行了二十多分鐘，南軍們非死即傷，只有十多個命大的僥倖突圍，逃進了土地嶺的原始森林。

正午時分，胡團長騎著高頭大馬，威風凜凜出現在街頭。血肉模糊的北軍屍體還橫陳在街頭巷尾，窄街上已鼓躁起歡慶的氣氛。泱泱華夏數千年來的輿論認為：人是可以殺的，只要你有好的理由——哪一次殺伐在殺人之前或之後，又沒有個「好的」理由呢？

李茂軒、沈聚仁等地方紳士，帶著數十個袍哥兄弟和鄉丁夾道歡迎，奉上了「解民倒懸」

的紅匾。除了站崗的兵士，僵蛇一般的窄街上空空蕩蕩。有一隻野貓在稍遠處徜徉，一忽兒走在陽光裏，一忽兒又走進板壁屋的陰影中。太陽還是那個古老的太陽，大山差不多也還是千百年前的模樣；陳舊的枯枝敗葉正在腐爛和消解，另一些生命力更強的植株，則悄悄吸收著它們的養份，一個勁兒朝上瘋長。

探子飛馬來報，說駐紮在縣城裏的靖國軍，亦遭到了全殲。胡團長呵呵大笑，當場封李茂軒接替上午遭亂槍打死的吳效伊，出任平陽壩民團團總；沈鄉長及所屬差役鄉丁，仍舊各司原職。胡團長扭頭又招呼來營長，厲聲告誡不得放縱部下擾民之後，在衛隊的簇擁下，威風八面往縣城方向去了。

正在草山上構築防禦工事的突擊營士兵也鬆懈下來，開始打掃戰場，挖坑掩埋屍體。百姓們不過受了場虛驚，慢慢地也開始將腦殼探出門洞看究竟。只見關帝廟那邊的上空，還有青煙在繾綣……

五十多名靖國軍士兵命喪黃泉，廟前壩子上一片狼藉。遭小鋼炮轟炸的屍體缺胳膊少腿，大多數的屍體給步槍、機槍打成了馬蜂窩！關帝廟作為連部駐地，只剩下殘垣斷壁，有五具呈焦炭顏色的殘屍面目猙獰，遠望像盤曲的毛糙梅枝……

樸實膽小的夫子鎮人，特別喜歡以目睹恐怖來證明自己見多識廣，硝煙剛剛散去，老的，少的，都朝著這邊湧；熙熙攘攘推推搡搡，彼此交頭評說，一驚一乍地尖叫著。因陽光烤曬而格外刺鼻的血腥味令他們興奮不已，一團團一簇簇，嗡嗡盤桓如綠頭蒼蠅，久久不肯離開。板著面孔的朱繼久也裹在人流中，懷著興災樂禍的心情，想要親眼看看周連長的死模樣。五具屍體都燒得面目全非，最終，他也沒能分辨出究竟誰是誰。

戰事結束後的第三天，「西北四鄉聯合團防局」的舊招牌，又在平陽壩掛出來了。除開五名遭擊斃，三人因槍傷致殘，和兩個出逃的心腹之外，大多數舊人員仍吃著這份糧。新任團總李茂軒著香雲紗短袖衫，繫金黃色綢腰帶，大汗淋淋，莊嚴地發著號令。團丁們按照節奏走得雄糾糾的，在小操場上轉著圈兒。吳效伊的舊官邸用石灰漿粉刷一新，基本看不到彈洞了，十多面顏色駁雜、形式各異的旗幟，迎著熱風獵獵作響。附近各水、陸碼頭的袍哥中人，來了不少送恭賀的，鎮子上的所有酒館家家客滿，劃拳行令之聲此起彼落；半開的格子窗裏，不時還迸出幾聲女人的嬌笑。

李茂軒認真將團丁們操演一番，和顏悅色拱手謝老少爺們捧場。他興致頗好，還朝圍觀的娃娃爪爪們，撒了幾大把從宜昌買回的糖粒兒。四山八嶺都有人來了，左顧右盼，惶惶惑惑，過去過來川流不息，場面紅紅火火，都說從未見過！

夫子鎮這邊，沈聚仁也開始陪同新的駐軍首長，會見地方士紳以及保、甲長們，一本正經地解釋安排著派捐派夫的有關規矩和事宜。「德生厚」記雜貨鋪作為殷實人家，仍須交納八十元的最低檔富戶捐。鄭玉梅咧嘴淺笑，沒有提出異議。

又過了十來天，是「盂蘭盆會」後的某個黃昏。

慎終追遠是謂孝，普度眾生是謂仁。由於戰亂，早些年的「街頭搭苫高臺，延僧念經，輪流設壇，施放焰口」等等熱鬧景象，七、八歲以下的娃兒們，幾乎大多沒有見識過！今年的這一天，鄭玉梅也只在門前掛了盞普渡燈，替新鬼照路；又領著家人到屋後的草山上，朝朱家寨子方向焚燒了一些紙錢。

這天晚飯後，一家人聚小天井裏納涼，天麻黑了一會兒，去長枋河洗澡歸來的朱繼久渾身水淋淋，帶著手拄拐杖的朱貴進屋來了。

「聽說開仗了，一直想下來看看……第一個鬼節，就讓老爺子孤零零待山裏面，的確也不忍心。山上的包穀今年長勢不錯，桐子樹掛果也密。榨房裏每天差不多有半塊多光洋的收益呢！嘿嘿，李茂軒那傢伙祖墳冒煙兒，聽說當上團總了？無論如何，往後，他對『德生厚』，總該會關照些吧。」

「貴叔怎麼也變得懦弱了？我們朱家，淌自己的汗，吃自己的飯，要他關照什麼？」

朱月娟笑嘻嘻走過來，因為文質彬彬的李家少爺給她留有好印象，李茂軒當團總，使她沒來由地暗暗覺遺憾。朱貴在太師椅中落座，呵呵大笑。

「還是我們娟姑娘有骨氣，到底是朱大華的血脈！不過你也聽我說，李茂軒年輕時，跟你爹學過好一陣子武藝。朱家有恩於他，情理上也應該報答！」

朱月娟沒有再吱聲，湊洋油燈前繼續翻閱手中的報紙。兩天前，吳媽去了一趟縣城，李大少爺托她捎進來一些舊書報，有沈雁冰、鄭振鐸主編的《小說月報》，郭沫若、郁達夫主編的《創造季刊》；幾張報紙都在顯著位置上，登了「京漢鐵路工人大罷工遭鎮壓」的消息。自一九一七年北洋軍閥廢棄約法、推翻國會後，一九二〇年的「直皖戰爭」，去年四月在長辛店進行的「直奉戰爭」……都給平民留下了軍人禍國的印象。

說來也巧，朱月娟與柳國梁相識，正是去年的四月，在一次聯誼會的舞池中。後來，他經常騎腳踏車到學校找她，一起又跳過幾次舞，看過幾場美國電影，吃過三次西餐……一直到風波乍起、輿論譁然時。她對他的瞭解，其實並不多，只曉得他「北師大」肄業，在漢口一家日本人開的洋行當差。相比較而言，眼前的這位李大少爺似乎更質樸，性情孤傲如冷面郎君柳湘蓮；而那多愁多病之身，格外讓人惦記！舊書報分門別類擺放在床頭，如雪中送炭，伏天送扇，在朱月娟心中激起一股股暖意，和一縷縷清風。歡悅之餘，她又在心底嘲笑自己單相思，禁不住臉熱心顫，孤零零雲裏霧裏。

頗為熱中於做月下老人的吳媽，並沒有因戰事而稍稍鬆懈，出入李家已經好多趟了。作為一家之主的李茂軒，這一個多月來，忙得像車軲轆！在家主事的李家二奶奶待吳媽倒分外熱情，言語巴皮巴肉。據二奶奶說，大少爺從朱家寨子回來後，精氣神兒較以往大不相同！李團總對於能結這門親事也很高興，想稍緩幾天後就擇吉日上門提親。

二奶奶還告訴吳媽，別看李茂軒兇神惡煞，對這個兒子卻常常莫可奈何，所以，也希望他們先交往，倘若彼此中意，大人再出面說合。

李大少爺談吐文雅，待人溫和，鄭玉梅很是滿意。但他那抽鴉片的嗜好，以及三十歲還沒成婚，總是讓人擔心，疑心。她找了個機會，小小聲向朱貴討教問根由。朱貴說：那娃兒，小時候蠻聰明乖巧，是親娘死後，脾氣才變得古怪。姻緣都是命中注定了的，著急也沒用，說也說不清楚。不過，倘若能成，對重振朱家，倒是大有益處！

朱貴實話實說，有口無心——最後的那一句，著實傷了鄭玉梅的自尊心。她悻悻地訕笑，鼻腔內猛地一陣好酸楚。

第二天一大早，朱貴正打算乘朝爽前往平陽壩瞧瞧，腳步剛踏出門檻兒，遠遠看見大少爺李祥瑞，由兩個扛槍的團丁陪著，大步流星過來了。

李祥瑞也是昨天到的平陽壩。李茂軒不知怎麼聽到朱貴下山了，差兒子專程來接他去飲酒！吳媽聽到聲音，忙迎接出屋外。李祥瑞彬彬有禮寒暄，轉身吩咐團丁雇一杆軟轎，抬了朱貴先行，說自己稍坐會兒後再回。

「……我，討厭同扛槍的團丁們一路行走。我喜歡天馬行空，獨往獨來。」

進屋落座後，李祥瑞細細聲呢喃，夢囈似的，又像在自言自語。鄭玉梅無言以對，覺得眼前這位養尊處優的黑瘦青年，內心似苦不堪言，孤獨得讓人憐。

朱月娟在後院讀《小說月報》「被損害民族的文學」專號，出現得正是時候。她笑眯眯謝了李祥瑞贈閱書報，落落大方坐到了他的對面。李祥瑞興奮地搓著手指頭，萎靡的眼神陡然鮮活起來。兩個知識青年，話題從「被損害民族」展開，談到去年一月的香港海員大罷工，五月的安源路礦罷工，八月的粵漢鐵路罷工，十月的開灤煤礦罷工……朱月娟聽得十分專注。李祥瑞情緒激昂，痛心疾首，瘦臉上泛起了紅潮。

「……如今槍桿子橫行，遍野烽火，民不聊生，恁大個中國，竟然像一架絞肉機！」

「靖國軍大概沒實力再捲土重來了吧？南軍、北軍，都是軍閥們爭奪勢力範圍的工具！軍爺們全都滾蛋才好，百姓們也好過寧靜溫馨的日子……」

憤世嫉俗、憂國憂民，同風花雪月、田園牧歌一樣，是屬於讀書人的專利話題。兩個人談得十分熱乎，好像自朱家寨子分手後，一直沒有說過話似的。考慮到朱月娟該去小學堂了，李祥瑞依依不捨起身告辭。因為順路，他們一前一後跨出「德生厚」的大門，走在窄街上，仍親親熱熱，扭著頭談笑風生。

未婚的大男大女，比肩同行於街市，對於有數百年歷史的古老夫子鎮，稱得是一道從未有過的風景！好多人驚訝地睜大眼睛，鬼鬼祟祟探頭探腦；或壓抑地細細聲淫笑，嘟噥幾句世風日下、人心不古的慨歎。這正是鄭玉梅所擔心的，但是想要去干涉這一對兒進過新式學堂的年輕人，又深感力不從心，所以分外尷尬。風言風語很快也飄進朱雨卿的耳中，他氣得直跺腳，覺得簡直是作為兄長的奇恥大辱！

太陽西偏好一會兒，朱貴搖晃著回屋來了。他接過吳媽遞過來的釅茶，，挺得意地講了受熱情款待的經過。咕嘟嘟飲幾大口茶水，響亮地打個酒嗝兒，又說起一件新鮮事：沈聚仁在巴東縣城尋了個十七歲的黃花閨女，見面禮是兩頭肥羊、四隻肥母雞、十壇高粱酒和八百塊大洋；前幾天已互換了庚貼，打算八月十六就迎進宅子作二房！

「……沈聚仁心大咧，狗日的眼下正策劃著明年在漢口開土膏店，還拉李團總入了一萬塊的股。據他講，有一家日本國在漢口開的洋行，已經答應作他們的後援！」

朱月娟還沒有回家。鄭玉梅吞吞吐吐，講了早上發生的事情，

朱貴呵呵大笑，說難怪我到了好一會兒，還沒見李祥瑞那娃回去。他爹還以為又躲哪兒抽大煙去了。兩個娃都老大不小了，早點訂婚，早點嫁過去，一了百了。我看他們倆蠻般配的。這件事兒，還得麻煩吳媽從中多撮合、多多費心哩！

十二

進入八月後，天穹像裂了縫的大湯鍋，細雨滴滴答答，下了近一個禮拜。

由於吳媽殷勤地奔波張羅，李祥瑞和朱月娟訂婚了。兩個讀書人都反對太張揚，男家只來了李茂軒、李祥瑞和李家二奶奶，遵循「早禮晚嫁妝」的古訓，於八月初八上午，進了「德生厚」的大門。

聘禮的數量有十二抬，分別盛著活鵝、罈裝酒、金銀首飾；皮、棉、夾、單、紗四季衣裳；桂圓、生栗子、紅棗、花生、魷魚、海參等等幹鮮果品；染成紅色的雞蛋、鵝蛋、鴨蛋，以及茶葉、糖果糕點等物品。描有紅漆金邊的抬盒十分鮮亮，二十四名抬夫，一律身穿繡著金雙喜字的長馬褂！

吳媽作為穿針引線人，興高采烈，忙得團團轉。沒有請外人，只擺了兩張桌子的酒席。李茂軒和朱貴雖然都嫌太冷清，卻不敢違拗兒女們的意思。氣氛倒也溫馨和諧，賓主之間說說笑笑，一直吃到太陽快落山，兩家人才客客氣氣分手。作為雙方家庭的主事，李茂軒、鄭玉梅都如釋重負：總算了結了一樁心病！

俗話說：窮親攀富親，累斷脊樑筋！自訂婚之後，朱貴一直待在「德生厚」幫忙，隔兩天就雇條小船，送十幾麻袋胭脂柚[6]去縣城，搶早市賣個好價錢。他九教三流的熟人多，替朱繼久省了不少氣力。

大前天，朱貴頭戴破草帽，站河灘上督促裝運柚子，突然走過來六個北兵，拿起大柚子，嘻嘻哈哈當籃球亂拋，好多柚子滾進河水中，眨眼便流得沒影兒了……

搬運的腳力被阻在窄跳板一頭，眼巴巴看著朱貴、朱繼久同北兵們鬥毆。朱貴年老體衰，根本不是對手，腰窩挨重重一腳，直到今天，還隱隱地護疼。從河邊回來之後，朱貴悄悄找來棒客秦大森，一起到「仁和記」喝了頓酒。自那天晚上，不時有單個北兵遭到襲擊，先後已傷了五人。朱貴閑坐家中養傷，興災樂禍竊笑，鄭玉梅看出名堂，勸他莫讓後生們再幹了，當心招來橫禍。

朱貴說：狗雜種們欠打！呵呵，娃兒們早憋了一肚子火氣，硬是敲上癮了哩！

說的也是實際情況：靖國軍完蛋了，突擊營的北軍還賴著不走，一名長官要三個民夫服侍，又不給力資；調士兵爬到山上亂砍好樹，將上等木料運回北方老家；北兵們經常拿東西不

6 長江三峽地區的一種柚子，味甜，果肉呈粉紅色。

給錢，稍不順心就捅娘罵老子……泡桐木大棒雖然傷不著筋骨，卻好似用豬尿泡打人！報復又尋不著冤家對頭，北兵們兩眼充血，只有空憤怒。

八月十八日，沈家宅子的大門口，掛出了喜慶的大紅燈籠。

本地習俗：無論紅、白喜事，東家置辦酒菜，叫花子也有份的。給坑戶[7]、乞丐們預備的飯食，擱在院牆外兩張小方桌上，白麵饅頭，肉片洋芋湯，騰騰地冒著熱氣。院內設十八張柏木大方桌，招待團長的衛兵、突擊營軍官和鄉紳街坊，一律五葷五素、中間擺一個鮮磨菇煨母雞燉盆，令那些家中少見葷腥的娃兒們，眼睛裏噴藍光。

胡團長、李茂軒等等貴客，則迎進客廳，由沈聚仁親自作陪！透過洞開的雕花窗扇，可以看到秋陽穿過樹冠，晃來晃去，光影斑駁，灑在熙熙攘攘攢動的人腦殼上。大柏樹底下，幾匹洋馬正悠閒地嚼著草料，尾巴左拂一下，右拂一下，怪靈活的。攀著高枝兒了的鄒白雲擔任前院總支客，笑容可掬張羅鋪派，黑色綢衫上泛一片梅花狀的汗斑。

女主人吳大娘子坐鎮廚房，三位大師傅揮汗如雨，十多個打下手的往來穿梭。雖然說沈家當初是靠前任吳團總庇佑，才有了今天。畢竟兄長新死，娘家敗落，沈家若能如願地再添個兒

7 坑戶：方言，指陷入缺衣少食窮坑裏的人家。

子，她的後半生也才有個依靠。

新娘子林菊芳，巴東縣城一屠夫家的長女，上過幾年小學，模樣有點兒像朱月娟。

六月中旬，沈聚仁悄悄會晤胡團長時，在一條小巷子裏偶爾撞上，便記在心裏了。一個多禮拜前，身材豐腴的林菊芳被一乘軟轎趁著月色，抬進了沈家大院（九十多華里山路，轎夫們渾身糊半截泥，濕漉漉的破衣衫上冉冉地冒熱氣兒）。新娘子的面龐白裏透紅，翹翹的雞頭小乳和渾圓的屁股溢著鮮活——在沈聚仁眼中，簡直就是一片搖曳著鴉片煙花的沃土！為重振家業，這麼些年來機關算盡，煞費苦心，對美色實在太疏遠了！

當天晚上，他就急不可耐鑽進林菊芳的花被窩裏了。林姑娘濕潤的雪白肌膚，摸捏在手中酷似貂皮；嬌笑聲如燕啼鶯歌，撩撥得他的心兒直癢癢……

大擺婚禮流水席的十八號這天，院子裏突如其來，竟爆發了鬥毆。起因是這樣：一個半大小子亂扔魚骨頭，碰巧落到某個半醉北兵的光腦袋瓜子上。北兵罵罵咧咧起身追趕，又踩到了秦大森的腳，被從背後給狠狠地踹了個馬趴。同桌的北兵發一聲喊，一哄而上過來幫忙，場面立刻亂套了！北軍的官兵跟本地青皮後生們，早就彼此仇恨，只差一個機會；灌進肚腸裏的高粱酒，給這當口的雙方都添了勇敢。桌子被掀翻了，酒壺碗盤叮咚咣當橫飛，長條板凳被四腳朝天舞得呼呼生風；人太多，根本都施展不開手腳，衝在最前面的，很快都扭打成一團了。醉醺醺的北兵，還乘亂大捏起年輕媳婦們的奶子，一個青年軍官被朱貴一腳踢在襠裏，立刻蝦米樣弓起軀幹，疼得滿地打滾。幾乎所有在場的男人都吼叫著胳膊亂揮，滿院子都是盤兒碗兒的破碎聲，和姑娘媳婦的尖叫聲……

一直到胡團長氣急敗壞奔出客廳，朝天放了三槍，混戰雙方才都住了手。雙方都有八、九個人不同程度掛了彩；有十好幾個被捏疼羞處的小媳婦，還在嚶嚶抽噎著。

胡團長狠狠瞪一眼自己衣冠不整的部下，命令他們全都滾回營房去！滿臉不悅的沈聚仁，這時也朝朱貴埋怨說：貴叔，您老這麼大年紀，怎麼也不幫著攔住？

白髮銀鬚的朱貴儼然像個首領，昂首挺胸站在本地一夥人的最前列。他鄙夷地瞟一眼對面灰頭土腦的北兵，氣呼呼說道：在我們的地盤上撒野，欺負娃兒，輕薄女人，這幫王八軍爺實在也太沒規矩了！

到二十號，這是三天喜宴的最後一天。為避免再發生衝突，北兵們被約束在營房裏了。本地人感到掙得面子，情緒格外亢奮！

因為高堂早已故去，加之又是討的二房，沈聚仁原本沒打算舉行太正規的儀式。直到最後這天，經不住李茂軒等幾位再三慫恿，只得喚出林菊芳。新人坐著花轎圍繞院子轉一圈，如同演戲，又從預先擺好的木炭火盆上慢慢跨過。這時人聲鼎沸，吆吆喝喝。

新娘子出轎，腳踩幾位中年婦女鋪的米袋輾轉移步，直到花燭跟前。支客鄒白雲尖聲叫道：步步高——！代代好——！娃兒們跟著樂陶陶起哄，聒噪了好一會兒。入得洞房，鬧房的人口中嚷嚷猥褻的雙關語，大把地朝林菊芳懷中撒著紅棗、花生。沒一會兒，煮得半生不熟的「子孫餃子」也端進來了。餃子是依照習俗，由女家包好後送來，一直擱土缽裏置涼水井中。這會兒咬在嘴裏，肉餡兒有點變味了。生不生？——早已守候在格子窗外的娃兒們齊聲發問。盼子心切的沈聚仁忙嚥下臭餃子，虔誠地吐一個「生」字。娃兒們還嚷，林菊芳臉紅紅的，戰戰兢兢回答：生！屋裏屋外一片哄笑。

……等到客人走散，已是近三更天了。林菊芳坐三屜桌前，開始用黃表紙封紮小山樣的洋錢。她傻呵呵笑，因為從未看見過這麼多錢！

沈聚仁躺在床上假寐，近十來天，倒鳳顛鸞多次了，這會兒提不起興趣。想到玉潔冰清的朱月娟，就要做李茂軒的兒媳婦，心底竟酸溜溜十二分不爽。李茂軒，一個習武的粗人！朱家能答應同李家聯姻，多少出乎他的意料，萬不可等閒視之……

朱貴今晚上好像沒有來，他可是個愛湊熱鬧的老頭！沈聚仁腦海中隱隱浮一種不祥之感，也懶得細想，猛地坐起身，將新娘子扯進懷裏……

第二天，沈聚仁起得比往日稍遲，去書房讀了兩頁曾文正公的文章。朝霞把西南邊天空燒得血紅，遠處飄過來一陣狗吠。烏鴉在大柏樹上聒噪，霞光在房屋之間投下歪歪扭扭的陰影。他踱步到窗前，反芻著夜晚的歡愉，飄飄然如活神仙！接著，就看到李茂軒騎大洋馬上飛馳過來。鄒白雲討好地迎上前，幫忙拉住了韁繩。

原來出了大事：秦大森在關帝廟廢墟讓人扒光衣褲並割了舌頭！好多人圍著觀看！鄒白雲也彙報說：天濛濛亮時，朱繼久來找過朱貴。我看到廂房還黑燈瞎火，沒敢打擾。

秦大森滿嘴血沫蜷縮在泥巴地上，渾身赤裸，讓皮帶抽得像紫茄子。鄭玉梅和朱繼久蹲在他身旁，滿臉倦意，還在徒勞地打聽朱貴的下落。無論問什麼，秦大森都極不耐煩地擺頭，害怕似地想逃，卻又挪不動腿杆。李茂軒叫團丁給他套上破褲子，架到鄉公所後又盤問再三，仍沒有問出所以然來。

「八成是突擊營的北兵那天受了窩囊氣，悄悄幹的。狗雜種們無法無天哩！」

「戰事沒了，地方治安有您李團總的民團。北軍們的給養款子也早給足了，論道理，他們應該回自己原來的地盤上去才是。」

沈聚仁反背著手，踱來踱去。李茂軒怒火中燒，拍爛了鄉公所的一張桌子。大家都知道李團總和朱貴交情不薄，也知道就算掌握到確鑿證據，也只能乾瞪眼，都替李團總覺得丟面子。這口惡氣實在難於下嚥，聚集在鄉公所門外的青皮後生們，群情激奮，亂糟糟罵罵咧咧，一個個把牙齒咬得咯咯直響！

二十二號，在清晨和黃昏後的這兩個時辰裏，先後有五名北兵，被從天而降的斷磚砸傷了腦殼。本地人看在眼裏，心中竊笑著。

二十三號的中午，四個酒氣熏天的團丁，公然朝迎面走著的三個北兵吐唾沫，又釀成了一次亂蓬蓬的街頭鬥毆。突擊營的北兵似乎早有防範，一百多軍爺，氣勢洶洶撲過來，將團丁和幾個圍觀的後生打得呼爹叫娘……可憐兩個不知從哪兒弄來的外地乞丐，莫名其妙作了嚇唬猴子的雞兒，竟被當眾砍了頭！胡團長還專程從縣城趕過來訓話：……挑撥軍民關係之奸人，係靖國軍潰兵，現已被正法！希望大家各安本分，不得再尋釁滋事！否則，本軍將嚴懲不貸！

朱貴活不見人，死不見屍，「德生厚」內一片愁雲慘霧。該打聽的地方都打聽遍了，鄭玉梅唯有坐月光下悄悄落淚。朱繼久似黑塔般立天井中央，蔫蔫地耷拉著腦袋瓜。穿堂風拂過汗津津的脊背，那涼意直透心底。

「當初真不該留老人家在夫子鎮幫忙啊！是我害了貴叔……」

「聽說，李茂軒也挨胡團長的惡罵了，整天閉門坐在團防局裏，喝悶酒，摔東西。」

「繼久，明日你就帶上鑫兒母子，回朱家寨子去，就待在上面料理山林和榨房的活計。朱家往後的衣食，沒準兒，還得指靠山裏的收益……」

十三

朱繼久一家三口上山後沒多久，因為鋪子裏生意清淡，鄭玉梅又叫何承宗也跟了去。還交代說：快到收桐子的季節了，今年得盡可能多收購，去多找一些勞力，抓緊晾曬加工，桐油的行情看漲呢！

眼下，朱雨卿成了「德生厚」雜貨鋪裏的唯一男人，來到前院轉悠也較之過去稍稍勤了些。他性格懦弱又自視甚高，好像養在大缸裏的小金魚，靠別人換水、投食，才能游出一點美麗來。父親、貴叔，甚至兒子朱繼久，在他看來，全都屬另一類人，基本可視作如伐木的山民、操鋸的木匠等等勞力者流——他們稱讚直溜粗大的橡樹、杉樹，不過認為那是蓋房、造家俱的好材料；而視虬龍盤曲、充滿韻致的細小岩柏，如同廢物！

這天一大早，吳媽陪著鄭玉梅，並未交代事由，悶葫蘆樣搭乘木船進縣城去了。

小個兒的馮雅仙體格纖弱，黃臉皮上布縐綢般細紋，幹活還麻利。朱月娟幫忙收拾好桌椅板凳，把炒好的洋芋絲、青椒肉片、煎豆腐和酸黃瓜、醃蒜頭等涼菜，一碟兒一碟兒擺到桌上，又拿來酒杯滿滿地斟上酒。朱雨卿倒背著手，在前廳和廚房之間來回踱步，插不進話，幫不到忙，著急似地小小聲吭哧，眼神迷離茫然。

「哥，你先喝酒吧，別走來走去，老在擋我的道。」

「不不，等一會兒沒有關係的，大家一起吃才熱鬧。其實啊，幹家務活，應該也蠻有意思，嘿嘿，『此中有真意，欲辯已忘言』！我說的不錯吧？」

「咯咯咯，哥哥你是真的想試試？那麼好吧，反正嫂子沒在家，下午，就由你動手來做飯菜，也讓我們嘗嘗你的手藝」

「嘿嘿，『人過三十不學藝』哩！況且，我還有書要讀，還有好多事兒，要研究思考。哥哥我，並不是抱殘守缺之人，對於新女性的一些作派，我就蠻理解；比如，男女平權，崇尚自由，性情爛漫等等等等——」

「哥的意思，我是新女性囉？咯咯，鄙人不勝榮幸之至哩！」

「你是當然！不過所謂新女性，古亦有之，女扮男裝、替父從軍的花木蘭便是。時代雖然不同，三從四德還是應該講的，無古不成今嘛！嘿嘿嘿，李祥瑞昨天又有信給你吧？鴻雁傳書古代也有例子，好哇好哇，何等的浪漫哩！」

朱月娟霎時間羞紅了臉，扭頭沒有去再搭理迂腐兄長。

李祥瑞倒是經常有書信捎帶進來。她無數遍地躲著看，用於打發長悠悠的時光。對於每個人而言，秘密都是生活的一部分。這一次，似乎真的是愛情降臨了，肉體的種種不安，情意的種種纏綿，海浪一樣起伏，攪得她一陣苦，一陣樂。

秋高氣爽，丹桂飄香，這是一年中最宜人的季節！生活雖然仍枯燥單調，內心裏，快樂的時候還是居多——她分明預感到那粉紅色的幸福，正在前面閃爍，似乎已經嗅到了醉人的芬芳，硬是有點兒急不可耐……

匆匆吃罷早飯，朱月娟去教書了。馮雅仙獨自守著冷清的櫃檯。

空蕩蕩的後院裏，朱雨卿手捧書卷，又開始沿廊簷下徜徉了。在大青石板上用清水練字的興趣，早已湮滅，自我封閉當看客久了，表現的欲望也在瘋長。他無所事事，仰望著雕有松、竹、魚、蟲的格子窗，突發奇想：將花鳥松竹圖案，拓印到舊桌椅板凳上，再用焦墨描摹出，豈不是化腐朽為神奇了？

他的岳母大人，就曾是縣域內聞名的女畫師，以墨竹蘭草最佳！記得新婚爾燕之時，鄭玉梅偶爾也揮毫潑墨，贏得一片讚歎聲……

朱雨卿丟了書卷，說幹就幹，一頭札進臥室的床底，將幾隻盛有舊物、散發著黴味兒的薄木廂，抄了個底兒朝天，終於得到幾張殘畫——是鄭玉梅母親手繪的墨竹！找那些畫筆頗費心力，瀕臨絕望時。才意外發現。

仔細地擦拭桌椅板凳，將殘畫一一影印到上面（中央是一株茂盛的蘭草，四角分別繪兩莖生有六、七片葉兒的竹枝），他小心翼翼，用焦墨填描，幹得十分帶勁……

終於大功告成了幾件，他滿頭油汗，雙眼眯縫打量，簡直欣喜若狂！讚歎聲嚇壞了櫃檯那邊的馮雅仙，慌忙跑過來看究竟：頭髮上掛蛛網，兩頰蹭滿隔年塵埃的朱雨卿，同幾張桌椅板凳上塗抹的墨竹、蘭草一樣，令她瞠目結舌，大開眼界！

「天爺，你怎麼糊得像小鬼了？怎麼在桌椅板凳上，畫起桃符來了？待會兒吃飯時，只怕會蹭髒褲管和袖口呢！」

「等乾了再抹一層桐油，就沒事兒了。唔唔，硬有那麼點古色古香的味兒哩！」

到太陽快落山時候，朱雨卿給幾乎所有的桌椅板凳，都描了蘭草！

秋蟬「唧——唧——」淒厲地嗚咽。流浪狗屁股一扭一扭，細肋骨在骯髒的癟肚皮上蠕動著。馮雅仙仍木然守候在前院的櫃檯上，在等候朱月娟回家，然後一起下廚吧。

民諺有云：過了八月十五，一天兩頓糊糊，表面雖然說的因白晝漸短，只須吃兩頓乾飯；實際是物質匱乏，得節儉度日！朱雨卿勞累了半天，腸胃裏好像有鐵挫打磨，又像有沸水沿腸壁滋滋蠕動，更像有猴兒揪住心肝邋鰍䰳！

他身上直冒虛汗，空肚子咕嚕嚕叫好多遍了，坐在床沿不敢動彈，腦海裏只有食物在閃現。餓極了，再去想像吃東西的情景，恐怕是天底下最美的事兒了：聞到香氣就浮想聯翩，看到東西禁不住直流口涎，嘴巴含著時愜意，牙齒咬住時精神，滑進喉嚨時暢快，落入肚中時滿足……想到高興處，饑餓感稍緩，整個兒人已沉浸於幻覺中了。

朱月娟進後院來了，冷冷看一眼橫七豎八的桌椅板凳，朝閉目養神的兄長瞟了瞟，咧嘴巴微微訕笑，沒有吱聲，去廚房幫母親張羅晚餐。

鄭玉梅好像說過，她們要第二天下午才能回家吧。朱雨卿抓緊時間，要給妻子一個驚喜。在接下的一天裏，衣櫃、廣廂、窗框、門扇，也都被朱雨卿描了墨竹！

等到鄭玉梅進屋，真正驚訝得眼睛瞪老大，緊接著，又呵呵地笑彎了腰……

才一天多工夫，朱家都快變成竹園囉！她疲憊地感歎說，放下手中的小竹籃，忙著又車身出去張羅勞力，到河邊搬運貨物。

李茂軒的家在縣城東頭，三官廟腳下，肋架的板壁老宅子，粗大立柱和厚隔板已呈灰黑色；房子建在一處窪地邊上，水柳樹遮天蔽日，陰陰森森的。

頭一天的下午，鄭玉梅將購進的日雜百貨，請腳力搬運到木船上，抽黃昏後的空閒，由吳媽引路，第一次登門拜訪。

李茂軒正巧託病在家，笑眯眯寒暄，高聲喊二奶奶趕快置辦酒席！

讓坐，奉茶畢，他興災樂禍似的，說長陽又有戰事，胡團長的隊伍，很快要回宜昌府駐防……說等北方佬滾蛋之後，打算把家搬到平陽壩去。樹挪死，人挪活，祥瑞看樣子也蠻喜歡住在山裏！

喝酒的時候，興致勃勃的李茂軒又感歎說：祥瑞那次從夫子鎮回家後，叫人把自己鎖柴禾房裏，一個多禮拜，硬是沒沾鴉片！嘿嘿，俗話說一物降一物，你們家的月娟姑娘，還真是厲害吶！

陪坐在下席的李祥瑞文靜地淺笑，氣色比半個多月前的確好多了。據二奶奶後來悄悄告訴，說大奶奶是個性情剛烈的女人，祥瑞十八歲那年，不知為啥事兒，大奶奶當眾挨了李茂軒兩巴掌，一氣之下就吞金死了。祥瑞最疼愛他娘，從此視親爹為仇人，父子倆拗了十多年。鄭玉梅想：難怪祥瑞那麼憂鬱，可憐的娃……

躺在床上，鄭玉梅講了在城裏的經過，說李團總已經請人擇期，希望能在春節前後給祥瑞和月娟把婚事辦了。朱雨卿心不在蔫地吱唔，還陶醉在他的墨竹中。

又過了十多天，駐平陽壩和夫子鎮的突擊營，果然開赴宜昌去了，地方治安正式交歸聯防團負責。九月九號這天，沈鄉長差人在草山頂上搭個臨時茅廬，鄭重擺了十多盆怒放的菊花，雇軟轎抬來李茂軒、杜金山和朱雨卿，邀請幾位名流賢達，共飲菊花酒，吃重陽糕。一行人到得山頭，太陽正當頂。

鄒白雲身穿雪白綢衫，車軲轆般伶俐，秋風徐徐，吹亂了他新蓄的偏頭髮式。四個人席地坐厚氈子上，手擎酒杯榮光煥發。統領四鄉武裝的李茂軒，腰懸盒子炮，因為終於執掌實權，響亮地打著哈哈。他特意讓沈聚仁邀請來朱雨卿，目的是想表現一種特殊提攜。第一次以家主身份參與鄉紳聚會，令朱雨卿頗為得意，雙手捧《唐詩別裁》，老光眼鏡也戴上了；長袍馬褂嫌肥，在秋風中飄飄索索。

「今天，天氣不錯嘛！哈哈哈，北方佬滾蛋了，從今往後，大小事皆由本地人作主，連老天爺都高興！雨卿先生是大清朝秀才，學富五車，那就有勞你，先誦讀一段詩句，助助酒興，怎麼樣？」

「嘿嘿，承蒙團總抬愛，獻醜獻醜，我開始朗誦了：菊花知我心——九月九日開——客人知我意——重陽一同來——」

藍格英英的晴空，像用清泉水剛剛沖洗過，天氣的確好極了！遙遙地遠眺，曲裏拐彎的長枋河河面上，還蠕動著薄薄一條霧帶。夫子鎮就在腳下，黑瓦楞參差有致，炊煙冉冉，隨風飄散——天和地一派祥和，像一幅風俗畫卷。

十四

新婚媳婦懷上娃兒了，近一段日子時常嘔吐，讓盼子心切的沈聚仁，眼前一天到晚，晃動著稚氣活潑的男童形象。

輕輕撫摸林菊芳那白嫩潮潤的圓圓肚皮，幾乎成了他一日數遍的必修功課。一個人閉門書房、晃蕩著二郎腿陶醉時，他還是理智的：為子孫計，斂財仍然是目前的首要任務。正所謂富貴榮華，巨富也才能堪稱大貴！春秋時期，助越王滅吳國的範蠡，一直是沈聚仁內心最崇拜的古人之一。

九月二十一，沈聚仁將鄉公所的事務稍作安排，沒有帶僕役，隻身一人去了漢口。臨行之前，他專程到平陽壩會晤了李茂軒團總，告訴他說，打算去同柳國梁商量一下辦土膏店的具體事宜。他們心照不宣分手，沒敢再跟其他人提及。

新到任的縣長又在頒佈戒煙令，還煞有介事地準備往各鄉派出督察。雖然說政客用許諾，商人用吆喝，手段相似，不過是牽引著愚昧百姓走在早設計好的道兒上。兩個人心裏倒底都有點不踏實，都盼著漢口的店能夠早日開張，好多添一條生財之道。北軍移防之後，失去牽制的李茂軒，專橫跋扈的本性，一天比一天更顯露，這次去漢口，沈聚仁還打算神不知鬼不覺，悄悄購兩支手槍，以防萬一。小火輪抵達宜昌府，他給柳國梁拍去了一封電報。

身處亂世，想要出人頭地活得隨心所欲，實在不是件容易的事兒。莊子的《養生主》，沈聚仁百讀不厭。置身於各種背景的勢力之間，仍可以遊刃有餘——他感覺自己可以說基本上已經都想到和做到了。

九月二十四號，頭戴灰禮帽、身著玄色長衫的沈聚仁，面孔嚴肅走下輪船，柳國梁父子站江漢關碼頭的臺階上，看樣子已等候多時了。

時間是上午九點鐘，江天霧濛濛一片，像乞丐們冬天裏被凍得泛青光的骯髒臉皮。太陽血紅，冷冷地在霧裏浮沉。十多個衣衫襤褸的流浪漢，鬼魂似地在臺階上遊蕩著，手臂朝前伸展，形狀如枯枝敗葉。

賓主三人鑽進雪鐵龍小臥車，駛往六渡橋附近的一家西餐廳。菜餚有牛裏脊、炒子雞、生魚片、煨小牛肉、豬排、酸饃香腸；水晶瓶裏裝著威士卡，香檳酒在高腳杯中泛厚厚一層白沫……柳老闆是個和藹的矮胖子，穿做工考究的洋裝，緊緊握沈聚仁的手，說了許多感激的話。看樣子，柳老闆對開辦土膏店之事十分熱心，邊喝酒邊介紹說：吳大帥雖然表面上未敢開放煙禁，卻設有徵收鴉片煙稅的特稅處，其稅款按月上交軍警稽查處，再轉解督軍府，基本上算得可以公開買賣……

到下午，柳國梁陪同沈聚仁來到洋行，日本老闆爽快地答應願意參股，並介紹離洋行不遠的一條小巷子裏，有一棟空置的兩層小樓房可以租用。事情很快就談妥了：土膏店下個月擇吉日開張，由沈聚仁、柳老闆和日本洋行三家控股；門店裝修由柳老闆找工人儘快進行，仍舊掛「慶孚公司」的招牌。

傍晚，柳國梁再次在西餐館宴請救命恩人沈聚仁，並為家父因事，實在走不開身而致歉。老爺子不在場，他倒是比中午稍稍隨便了些；又好像正遇上什麼難辦的事情，談吐遮遮掩掩，少了些熱乎勁兒。

「……明天，我們過江逛閱馬場去吧？這個這個，漢口的『民眾樂園』去過沒有？沈兄喜歡聽京戲呢？還是喜歡美國電影？」

「再說吧。呵呵呵，你沈兄可不是第一次來這洋碼頭的鄉巴佬。」

沈聚仁對武漢三鎮，其實也並不熟悉。去日本國和從日本國回來，都是很久以前的事了，那時候他才二十剛出頭，後腦勺拖根長長的辮子。當初他若像李茂軒那般迷戀槍桿，可能多半早成了沙場野鬼；或者混到個營長、團長也說不定。有句話叫「蘿蔔白菜，各有所愛」，還有句話叫「生就的木頭造就的船」！沈聚仁天生不是個敢於亡命疆場的屠夫莽漢；也不習慣長時間待在都市那冷冰冰的繁華中：走在大街上，誰也不認識誰，僅這一點兒，就足於讓一個自愛自尊的人憋氣傷心。

吃完飯，柳國梁又陪沈聚仁回到下榻的旅店。待兩人坐定，柳國梁臉露沮喪神情，羞羞答答，吞吞吐吐，問起了朱月娟的近況。

「……她，還沒有結婚？可憐的姑娘，一定同我一樣，終日如坐愁城！啊啊，她是多麼純潔善良，一位多麼有理想抱負的知識新女性啊！」

「嘿嘿，柳老弟如此喜歡，為啥不跟令尊講明，堂堂正正地收她作二房？」

「不行不行，那樣實在太委屈她。怎麼說，我也是新式學堂培養的讀書人，倘若如此，豈不口是心非，跟流行的新思想、新潮流背道而馳？」

「嘿，事情看來還真不好辦，除非你休了結髮妻……」

「沈兄有所不知，我那岳丈，是吳大帥手下的一個旅長。唉，將門出虎女，賤內活脫脫就是一隻母老虎，連家父也懼她三分……媽的，有時候，真恨不得殺了她！」

「不說這些……喂，明天能否幫忙打聽個地方，我想買兩隻盒子炮。」

「咦咦咦，軍閥混戰，國家分裂，莫非沈兄準備拉武裝成就大事？聽說孫中山在廣東那邊，成立了大元帥府。大丈夫當以天下為已任——」

「哪裏哪裏！世道不太平，我買槍，不過為看家自保。小老弟有辦法嗎？」

「今日之中國，完全是槍桿子們的天下，有槍就是草頭王，根本沒有道理可講的。不瞞沈兄，我就是中山先生的忠實信徒，三民主義，還政於民，講得多麼好……」

柳國粱似乎好久沒有暢快地與人交談了，嘮嘮叨叨只顧自說；到底不過一紈絝子弟，膽量有限，嗓門越壓越低，情緒倒越說越激憤。一直聊到很晚，才依依不捨告辭。沈聚仁攙扶著他搖晃到旅館門外，招手攔了輛黃包車。

蔫蔫地回到房間，沈聚仁一時竟毫無倦意。這個喬支喬張、誇誇其談的年輕人，實在讓他瞧不起。男子漢大丈夫，功夫應該在心裏，在深思熟慮之後的行動中！沈聚仁也不知道，剛才為什麼沒有把朱月娟訂婚的事告訴柳國粱。有好多的事情，大概他也還都沒有仔細地考慮成熟吧。

有一點是明確的：不能讓朱家和李茂軒擰成一股繩；分開著，對付起來至少會容易得多。突然就記起他保存在錢箱底層的、朱月娟寫給柳國粱的那封短信，只可惜沒帶在手邊頭——直接郵寄給李祥瑞，也許能將婚事攪黃了吧？信一定得從漢口發出——回去後就差鄒白雲來辦，自己亦可避免瓜田李下之嫌。

事情思考得順暢，沈聚仁樂滋滋，信步來到窗前，居高臨下，醉眼迷離，打量起繁華漢口的夜風景：街道上行人稀疏，霓虹燈還在遠遠近近地閃爍著。幾個喝醉了酒的軍爺，彼此攙扶，大聲唱著淫蕩的小調，漸漸走遠。近處有三個乞兒聚一杆路燈底下，夜風中，那破爛衣衫如裙裾拂拂揚揚。更近處的一盞路燈下，有妓女婷婷玉立，飽滿的身子裹漂亮的綢旗袍，衩子開得很高，白大腿在夜色中一閃一閃……

第二天一大早，柳國梁就笑眯眯地又來旅館了。

兩個人匆匆過江，在漢陽門碼頭用了早餐，又坐輪渡，興沖沖到了武昌。柳國梁手拉身著長衫的沈兄，沿大馬路徜徉，邊走邊講解：那棟圍有高高鐵欄杆、門前有大草坪的樓房，便是護軍使官邸；武昌起義時，曾作過黃興、黎元洪軍政府的都督府……

這一帶綠樹成蔭，官署林立，著土黃色軍裝的下級官長和士兵，來來往往格外多。兩個人又坐上黃包車，經大東門繞道洪山、珞珈山，抵柳蔭匝地的東湖邊，雇了條小船，悠然自得地蕩槳。沈聚仁仰面斜倚船幫，滿目綠水青山恬靜安祥。初秋的太陽溫乎乎炫目，他索性閉了眼睛，除偶爾應酬地吱唔，一任柳國梁津津有味說東道西。

沈聚仁天生著一張馬臉，令最愛鬧事的街頭痞子，也揣摩不透，不敢輕易招惹。同他待一處，你既沒法兒痛快淋漓找樂，又沒由頭暴躁發火——李茂軒曾背後稱他為「陰沉木」。若以性格脾氣分類，李茂軒同死於非命的朱貴差不多，屬於俗話所說「好咬架的狗子，落不到一張好皮」那種。也許用不了多久，李茂軒沒準兒就會栽大跟頭！沈聚仁就像一個老道的看客，心平靜氣作壁上觀，藏而不露，或暗使絆兒，在心底悄悄地笑著……

下午回到漢口。在武聖路一家店鋪裏，沈聚仁花一百四十塊大洋，買了把挺漂亮的東洋刀。李茂軒酷愛擺豪傑姿態，這把東洋刀，就是饋贈給他，作為耍威風的道具。

買槍的事，很快也辦妥了。天剛麻黑，柳國梁提一隻平平常常的柳條小箱，走進旅館房間。兩隻盒子炮，五十發子彈，靜悄悄臥在箱底，幽幽地放著寒光。

沈聚仁眉頭微皺，似笑非笑，抓幾粒冰涼的子彈，捏在掌心緩緩把玩。他對槍的興趣亦如對待女人，一般情況難得投入太多的熱情。相比較而言，他更喜歡鬥智，運籌帷幄，以逸待勞，且樂在其中！

「還滿意吧？是托軍警稽查處的朋友幫忙買的，地道的德國貨！」

「唔，這玩意兒嘛，頗有點像我們那兒一位團總，火爆，愛喳喳呼呼逞強！嘿嘿嘿，盒子炮倘若能夠悄沒聲息取人性命，那才稱得是真正好東西！」

「……明天我們開車去黃州赤壁，那兒古跡不少，蠻值得一遊呢！」

柳國梁覺得出來一趟不容易，勸沈聚仁再多住幾天。但是他執意要早點回，催柳國梁趕緊去幫忙張羅，地點仍在那家西餐館，他明天要答謝柳老闆、洋行經理，以及特稅處、稽查處的那幾位雖未謀面、往後卻可能用得著的人……

九月二十六號傍晚，柳國梁滿臉沮喪，一直把沈聚仁送進艙位裏安排好，像是萬分渴望能夠跟著他一起再進山裏哩！

輪船啟錨了，柳國梁還站在躉船上，依依不捨。輪船拉響汽笛，緩慢地朝主航道移動著，柳國梁手足無措，眼淚汪汪，突然大聲喊道：沈兄沈兄！請親自去告訴月娟，叫她一定等我——

十五

十月初三這天，光天化日之下，夫子鎮發生了一件駭人聽聞的事情，令那些自以為見多識廣的老少爺們，張口結舌毛骨悚然，真正開了眼界；一些膽兒小的娃娃，好多天之後還給噩夢嚇醒，渾身大汗淋淋……

事情的最初起因，是由新縣長委任的禁煙督察遭襲而引發的。

民國初年，軍閥割據，縣長多由駐軍的旅長、團長所委任。時局那麼動盪，因此，縣長的更換也頻繁，極少有能幹滿一年以上的。這位新到任的禁煙督察，二十多歲，姓謝，是個戴近視眼鏡的白面書生；好動，好吃，特別愛吃雞。

九月二十九號，也就是沈鄉長在碼頭與柳國梁作別後的第三天。督察一大早就帶著個跟班的差役，往秀籠山一帶查看坡田裏的種煙情況。山裏的早晨很冷，兩個人轉悠了幾處地方，然後買了兩隻老母雞用草繩縛了，慢慢地朝回走。差役這兩天偏偏壞了肚子，在秀籠山腰拉了一次，剛走到洪水埡，就又怎麼也憋不住了。

臭氣絲絲縷縷，在清風中迴旋，一大群粉白的尋常蝴蝶，鬼鬼祟祟，起先還圍繞著被污染的清風邊緣翻飛，很快，又都聚到早晨抹了雪花膏的禁煙督察的頭頂上，不懷好意地舞蹈。夫子鎮遙遙在望。

謝督察因為擔心那臭氣可能滲透進自己的口腔或肺葉，倒提起老母雞，大聲地哼著京戲，獨自順著阡陌，朝前慢吞吞挪步。他剛剛走進斜坡上的一片茂盛包穀地，就中了棒客秦大森的埋伏：第一棒砸著了右耳朵，近視眼鏡飛迸出老遠；疼痛來得太突然，督察禁不住短促地叫了聲「哎喲」！那來得飛快的第二棒，不偏不倚，正中年輕督察的後腦勺，他立刻撲倒進草叢中，毫無痛苦地暈厥過去了。

被人割了舌頭的啞巴秦大森，又有好長一段日子，都沒有能找到活兒幹了，一直靠偷別人地裏的嫩包穀棒子，磨漿煎餅度日。缺油少鹽的包穀薄餅吃得太久，他臉頰浮腫，兩腿發軟，肚兒撐得滾圓仍覺餓得慌，嘴巴裏一天到晚清涎漫漫。他是聽到唱京戲的聲音，才拿了大棒躡手躡腳迎過來，把那年輕的禁煙督察，當成收購山貨的外地客了。

秦大森胸口突突跳，一手抱起母雞，饞得「咕咚咕咚」直嚥口涎；另一隻手抖抖索索，從長衫口袋裏又搜出了十九塊大洋。他咧嘴巴笑起來，將大洋揣進荷包，一不做二不休，想把那件九成新的長衫也乾脆剝下來！秦大森蹲下身子正要解扣子，太陽穴冷丁就挨了兩記重拳。從背後悄悄摸上來的差役，這會兒才鬆懈地吐一口濁氣，獰笑著解下棒客的褲帶，將半死的他捆綁了個四腳朝天。

秦大森被關在鄉公所裏，已經給餓兩天了，也嗚嗚哇哇地嚎叫了兩天。丟了包穀棒子的人家，都直咬牙根恨他，面瘦肌黃的一些父母，還唆使娃兒順窗洞朝裏投石子兒。究竟該如何處置，長官之間產生了分歧。頭上纏白繃帶的謝督察，主張狠狠鞭打一頓之後放人。而團總李茂軒虎眼圓瞪，說什麼也要取他的性命！

「……給饑民一點教訓也就行了。如今是民國，亂開殺戒，恐怕有悖律法——」

「老子只曉得古人云：亂世用重典，殺一方可儆百！縣長來了我也是這話，你一介書生知道個啥？來人啦！給老子去準備好！明天早上，將棒客秦大森給我拴馬屁股上，老子要在石板街上拖死他！」

讀過三年私塾的李茂軒，從小就是個愛舞刀弄棒的娃兒頭。促使他動殺機的原因，估計有二：新官上任，第一要務是立威，先給小毛賊和四方百姓提個醒兒！再就是對禁煙心存牴觸，也算順便嚇唬嚇唬竟敢在他地盤上微服私訪的督察，曉得馬王爺三隻眼！

李團總要用高頭大馬拖死棒客秦大森的消息不脛而走，第二天一大早，窄石板街上已湧滿了看熱鬧的人群。成年人三三五五聚成堆兒，神情各異地咕唧，像躁動的馬蜂；娃兒們則又緊張又興奮，跑來跑去，心情如同看大戲，不停地報怨角兒怎麼還不出來！

太陽升起來的時候，大洋馬終於出現在了街頭。雙手縛一處的秦大森踉踉蹌蹌，被馬屁股拖拽著，深陷的小眼睛恐怖地直眨巴，嘴巴嗚嗚哇哇連聲哀求著。

李茂軒黑喪著臉騎在馬上，五十多個團丁排成兩行，肩扛毛瑟槍或者漢陽造，步伐整齊，走在大洋馬後頭。人群開始沸騰，都擔心遺漏了細節，爭著將脖子伸老長擠來擠去，石板街只剩下不足五尺寬的狹窄通道了。幾個街頭痞子快快活活，手舞足蹈，朝啞巴罵著髒話。大多數人表情肅穆，不過小小聲埋怨秩序太亂了些。大洋馬見慣了熱鬧場面，走得挺斯文。秦大森磕磕碰碰，勉強還能跟上。

就在大家正眼巴巴焦急地等待中，李茂軒突然勒緊馬嚼子，提醒似地朝前後望望，高聲訓誡起來：大家都要看清楚！從今往後，哪個再敢偷雞摸狗，殺人越貨，就會跟老子馬屁股後頭拴的這個秦大森，得到一樣的下場！

話音還在晴空中縈繞，李茂軒早鬆了手中的韁繩，同時用腳跟猛力叩馬肚子。大洋馬立刻小跑起來。眨眼工夫，秦大森便被拖翻在地，身子呈一條直線，順凸凹不平的青石板街面飛快顛簸；慘叫聲與圍觀者的「啊、啊」驚訝聲，同時炸響，硬梆梆直衝天穹。鮮血很快也迸濺出來，紫紅的血痕時斷時續，好像禿毛筆在草紙上胡亂拖出的不規則線條。

啞巴秦大森，還在徒勞地作著最後掙扎，身子一忽兒團成球狀，一忽兒繃得筆直，那麼地左彈右擺，覆去翻來；破褲子早已經給掛掉了，慘叫聲忽低忽高，撕心裂肺！

大洋馬抵達尼姑庵小學堂之後，調轉頭又拖第二趟，而且越跑越快。到這會兒，木樁樣戳在屋簷陰影底下的老實百姓，傻子一般，都心悸得噤若寒蟬！不多的幾個潑皮二流子還在樂，指著啞巴胯下那團不時閃現的黑毛，旁若無人喳呼些下流的粗話。姑娘們大多已悄悄縮回各自家中；有幾個膽小的娃兒，掉了魂似地哇哇啼哭著。

跑第三趟時，秦大森已經毫不動彈了，青石板街面上的長長血污，濕漉漉糊了兩尺來寬；很快，癟肚皮好像也給磨出了窟窿，曲曲彎彎的細腸子牽出老遠……整條石板窄街，都楞怔在了秋陽底下，彷彿讓老北風凍住，發不出半點聲響。只有馬蹄鐵還節奏分明地磕打著街面，「得得得得」，敲得人渾身直哆嗦……

為籌畫運送大煙土去漢口的長久性安全通道，沈聚仁在宜昌府，又耽擱了幾天，十月初六的下午才回到家中。啞巴秦大森的屍體，早給拋進長枋河裏，沖得不知去向了。秋陽也已經將石板街上的血跡，烘成了紫黑色，只有石縫中還殘留著點滴骯髒汁液，吸引來大群的綠頭蒼蠅，嗡嗡盤桓，完全不在乎行人，轟都轟不開！

「……如今，沒有人不怕李團總，迎面碰上，兩條腿都止不住像篩糠！就連最頑皮的娃兒，只要爹娘說聲『李團總來了』，一個個都縮頭縮腦，像烏龜呢！」

鄒白雲點頭哈腰，詳細地向主人講述了那件血腥事兒的前後經過。沈聚仁只不過淺淺一笑，似乎並不太感興趣。

晚飯後，他匆匆趕到李茂軒的家中，奉上了作為禮品的東洋刀，又滿臉堆笑，介紹了漢口土膏店的進展情況，最後，輕描淡寫又字斟句酌，對李團總果斷處置棒客秦大森這件事，由衷地讚歎了幾句。

十月初八這天一大早，沈聚仁晃晃悠悠，獨自來到了長枋鄉國民小學。

這尼姑庵又叫白衣庵，恐怕還是大清朝那會兒建造的庵堂，老早就絕了香火。民國九年，沈聚仁當鄉長後，才闢作了學校。用片石砌就、白灰勾縫的厚牆，十分結實，有一間正房，一間廈屋；有三十多個小學生。教書先生除朱月娟之外，還有一位姓沈的老秀才，七十多歲了，論輩份，還得管沈聚仁叫叔兒。

「……如此說來，柳國梁先生曾來過夫子鎮？而且一直待沈鄉長家中，沒有出過大門？呵呵，沈鄉長真是好客啊！」

「唔，那還是今年春上的事情了。柳公子在黑溝遭到棒客襲擊，被人搭救，送到寒舍養傷。他可真是個性情中人，千里迢迢，專程來會晤你；那時候，你爹大華老先生還活著，倘若真鬧得滿城風雨，大家的臉上，都不光彩嘛！」

「請問，沈鄉長怎麼知道，他春上進山，一定就是來找我的呢？」

「嘿嘿嘿，我和柳公子一見如故，成了好朋友。他把什麼都對我講了。這次在江漢關分手時，他說：『請告訴月娟，叫她等我！』——作為朋友，我可是將朋友所託付的話，一字不差地轉達到了。嘿嘿，但身為鄉長，我也希望朱小姐能好自為之。下面的話，雖然再三斟酌，我還是覺得，應該讓你曉得：柳公子極有可能再來；他有家小，跟老婆的關係不太融洽。」

沈聚仁沒有說假話，的確是思考再三，才決定將一切都告訴朱月娟。他實在盼望能夠掀起點兒波瀾，能讓火爆的李茂軒，再弄出點什麼響動。當然囉，流言最好還要能飄進柳國梁的旅長岳丈耳中，讓他遷怒於朱家，甚至李茂軒父子——上峰動動嘴，屬下跑斷腿！如此這般發展，可能又會是一場好戲！

課間休息時候，朱月娟獨自在阡陌上躑躅，神情蔫蔫的，眼眶有些潮潤。喜鵲作對成雙掠過晴空，山羊和黃牛的銅鈴鐺叮叮咚咚。然而，那種最可人意的溫馨閒適之感沒有了。柳國梁不遠千里前來，還受了傷……她卻剛剛才知道！更尷尬的是：她兜裏還揣著前天收到的、未婚夫君李祥瑞激情洋溢的來信……好像火鐮敲出火星，點燃火絨，湮滅了的形象被影影綽綽重新照亮，竟然仍舊那麼瀟灑溫柔……

可是，柳國梁已經有妻小了呀！她又暗自慶幸，畢竟沒有釀成大錯。況且李祥瑞敦厚、憂鬱、善良；是那麼樣愛她，一封接一封地寫信，就如同形影不離一般，陪著她說瘋瘋癲癲的話……由於幸福，朱月娟的眼睛又水汪汪了……

但是，假若柳國梁真地會再來，她，到時候又該怎麼辦呢？可憐的人兒，他實在不該這麼癡情……

朱月娟意有所捨，心猶未甘。兩位男士，各有各的感人之處，究竟哪位更好一些，她暈暈乎乎比較，自己也糊塗了。

小學堂坐落在夫子鎮北端，緊傍長枋河，四周遍生粗壯的水柳。秋風已經很涼了，學生娃三三兩兩，立教室外的廊沿下，菜色面龐還殘留著可憐巴巴的驚恐神情。

李茂軒十月三日的暴行，令朱月娟簡直不敢相信自己的眼睛！昨天晚上，她奮筆疾書寫了封長信，朝李祥瑞狠狠發洩了一通。今天上國文課時，她又專門解釋了「王道」、「霸道」和「野蠻」、「愚昧」等等詞兒，因擔心給家庭招麻煩，講得含含糊糊。

「……有錢的人家，多是聘請先生在家中教育子女。你們大多出身窮家小戶，恐怕都還請不起專館先生。所以一定要努力學習，走向社會後，才能有大作為。」

「我爹在給沈鄉長當差咧！嘿嘿，我爹一字不識，照樣吃香的，喝辣的！我爹說了，過年後，就把破茅屋拆了，蓋大瓦屋，還說，要給我找個年輕後媽！」

學生娃們有的耷拉下小腦殼，有的皺眉頭短促冷笑，只有鄒小寶接了話茬。在長枋鄉國民小學裏，鄒白雲的兒子鄒小寶，稱得上舉止最粗野的學生。據說，秦大森被拖死之後，他是最先蹲死屍旁的娃兒，還用細木棍兒撥弄一團血球，嘴巴裏連聲嚷嚷：卵蛋哩！嘿嘿，都來看啞巴秦叔的卵蛋啊！

對這樣的一個學生，朱月娟差不多已經不報任何希望。

鄭玉梅又去了朱家寨子。

朱雨卿如今也有了可以走動的地方：李茂軒每每心血來潮，就差人扯他去聊天湊趣兒，靠著吟哦聖賢的辭章，贏得一片讚歎之聲。機會畢竟不太多，閒暇時，他照舊在扁擔、腳盆、小凳兒等等木製品上，描繪墨竹蘭花，面對馮雅仙母女不免傲形於色，開導似的，大談齊家治國的道理，斥責異母妹妹對李團總的指責是女兒家見識。

「……慈不帶兵，義不經商！何況現如今世風日下，非過正不能矯枉！秦大森者，區區一無賴棒客，又何足道哉？李團總為肅正社會風氣，殺雞駭猴，施雷霆之威，以其人之道，還治其人之身，實在是用心良苦哩！」

朱月娟也懶得再去跟兄長辯白，自認倒楣，踱步回小廂房，雙手捧舊報紙，認真仔細地看著，好讓亂糟糟的思緒平靜下來。

十月二十號，鄭玉梅由朱繼久陪著，從山裏回來了。母子倆都曬黑了不少，氣色倒還不錯。馮雅仙苦著臉講了鋪子裏的經營狀況，說十多天還沒有賣到七十吊錢。陳老頭聞訊也找上門來了。洪水埡的包穀早黃透了，他擔心下連陰雨，棒子會在杆兒上生芽。

李祥瑞又來信了，字裏行間溢無可奈何的沮喪。他承認父親一直是個野蠻人，作為兒子，他感到羞恥。還說平陽壩的住宅已整修好，近期可能舉家遷過去。他認為，同這樣的父親待一個屋簷下太難受，打算獨自留縣城老宅子裏……

朱月娟心底蠻盼他能多到夫子鎮走動，兩個人可以沿著河灘散步；或者待在草山頂上看朝霞，清風徐徐，抖動書頁……一個人總歸太悽愴，往事魂牽夢縈，翻來覆去千篇一律，折騰得身心疲憊，還太乏味。

這天晚上，朱月娟絞盡腦汁熬到夜半，寫了兩封信：希望李祥瑞看開點兒，跟家人一起搬進來，往返夫子鎮也方便些；又措辭委婉地勸柳國梁，要面對現實，千萬千萬，不要再來夫子鎮找她……

十六

長枋鄉國民小學的學生，那個時候，只須自備書本和筆墨紙硯，教書先生的俸祿，由鄉公所從損稅中支出。

那時候的山民們，大多安於下賤：祖祖輩輩，靠在田土中討生活，讀書識字又能有多大用處？十來歲的娃兒，已經可以幹些重活了，閒在學堂裏也不划算。學堂裏的教學內容，仍以儒家經典為主。三十多名學生，按識字程度分為四組：甲組讀《論語》，乙組讀《孟子》，丙組讀《幼學》，丁組讀《三字經》、《百家姓》。

作為新式學堂，也還開有修身、算術、體操等等課程。大概是缺少了體罰吧，女先生朱月娟的課堂秩序一直比較差。白衣庵距離洪水埡約一里多路，扳包穀的那段日子，朱繼久歇晌時，就站在教室的格子窗外偷看，常常禁不住嘿嘿笑出聲。

「小姑，要不要幫你去弄塊厚竹板來？嚴師出高徒！沈鐵匠（學生娃背後這麼稱呼沈老秀才）上課的時候，就沒看到哪個娃敢調皮。」

「去去，我的事不用你操心！怎麼，你如今莫非也想來讀讀書？」

「嘿嘿，我天生就不是讀書的材料。朱家攤上我爹這個只會動口不會動手的迂腐書生，已經把我們幾輩人的書，全都幫著讀完啦！」

朱繼久十歲那年，家裏也曾給他請了「專館」先生，講授聖賢文章。他太好動了，強迫著坐書桌前就打瞌睡，半年多時間，氣走了三位老秀才，《三字經》卻背不出幾句來。朱雨卿難受傷心，氣得直跺腳，一疊聲地哀歎：朽木不可雕也！朱大華溺愛地呵呵笑：隨他吧，天生人必養人，一棵草有一滴露水！就莫要太難為娃兒了……

從那以後，朱繼久像脫韁的馬兒，一直沒有再去正眼望過書本。

清晨，露水在包穀棒子的衣殼上結了凌渣，手攥著時寒氣砭骨，有一種快感！棒子都幹透了，抹布條一般的枯葉上，尋不到一絲兒綠色。小茅棚年久失修，棚頂已經傾圮，葛藤滋生蔓長，纏繞不清。

陳老頭連聲報怨誤了節令，說別人家的田已經開始冬耕。鄭玉梅腳不停手不住忙活著，考慮到年底月娟出嫁，又得一筆不小的開銷，所以寧可自家苦點，不敢隨便雇工。力氣大的朱繼久，用廣口背簍朝家中背包穀棒子，三百多斤的負重壓脊背上，還嘻嘻哈哈說笑，不時還扯高腔，來一段五句子情歌！

鴨嘴沒得雞嘴尖，
哥嘴沒得妹嘴甜。
何時娶個甜妹妹，
炒菜不用放油鹽，
生米做飯味也甜！

課餘時間，朱月娟不時也跑過來幫忙，幾乎是發瘋似地一陣猛扳，白額頭上直冒熱氣。就這樣眼力、體力使著勁兒消耗，至少可以少掉好多的胡思亂想；大白天累太利害了，到晚上，睡覺也踏實些。

一天中午，朱繼久從鄒白雲的嘴巴裏，聽到了一個駭人的消息：川匪邱華庭，率兩百多人槍，竟然打進了巴東縣城！為防備土匪東竄，胡團長帶著兩個營兵力，又要回平陽壩這一線佈防阻擊了。

像火把燎了蜂窩，所有人的心裏，都如有馬蜂亂撞，手中的活兒也慢下來了。陳老頭提醒說：東家還是先回去收拾一下，把該藏的藏牢靠，免得到時候吃大虧！

鄭玉梅咧嘴巴苦笑：巴東城離這兒八、九十里吶，我們家那幾個閒錢，土匪未必瞧得上眼！沒事兒的，都抓緊幹各自手裏的活兒吧。

天氣很好，太陽光明晃晃，整個扁擔山色彩斑斕。小溪溝邊，野菊花燦爛怒放，幾隻黃蝴蝶翩翩起舞，在花叢中覓食——完全是一派和平光景！

又幹到天昏地黑，一家人才朝回走。人們對土匪的恐懼，隨著夜色的降臨，變得厲鬼一樣猙獰，鉛塊一般沉重。窄石板街上關門閉戶，北風呼嘯著掠過街面，嗚嗚悶響。飯菜都溫在鍋裏，吳媽見出坡勞作的人都回來了，忙顛顛地朝方桌上端。

「朱先生讓我給你們說一聲：他陪李團總進城開會去了。是一個團丁來請的，早晨就走了。他還說晚上肯定趕回來。」

「爹也真是的，憑幾句之乎者也，跟著去幹啥？只怕真想當師爺？」

「混賬東西，沒個尊卑上下！作兒子的，能這麼說你爹嗎？準是李團總順便想邀他去縣城的家中作客。都快成親家了，他怎麼能不去？」

「運籌於帷幄之中，決勝於千里之外。大仗在即，謀士成了搶手貨咧！嘻嘻……這一回，雨卿哥沒準兒真找到了用武之地，也未可知哩！」

鄭玉梅剛拿眼睛橫了兒子，扭頭又狠狠瞪嬉皮笑臉的小姑子一眼，忍不住咧嘴苦笑，輕輕地歎一口氣。朱雨卿年輕時候，稱得談吐不俗，一表人才！自幼受溺愛，游手好閒又心高氣傲，然而命運卻不濟，只好孤芳自賞，同周圍格格不入。雖然他自己絕不會承認，但鄭玉梅知道：丈夫內心其實很苦！自小姑月娟訂婚之後，蒙李團總提攜，眾鄉紳捧場，才使他最近稍稍活得精神了些。然而，親生兒子、同胞妹妹，卻不知體諒，竟說出如此刻薄的話，實在讓鄭玉梅替丈夫感到心酸，覺得他真正太可憐了。

「月娟，以後莫要再這麼說你哥。都是快出嫁的人了，還像個瘋丫頭，說話不知分寸！」

三更天，朱雨卿醉眼迷離，由團丁護送回來了；夜靜更深的，「咚咚」一陣敲門，唬得左鄰右舍膽戰心驚。

據朱雨卿講，今天中午，緊傍巴東城周邊的幾個團總、鄉長，在縣衙召開了聯防會議。一個多營的官兵，已經開始經水田壩鄉，朝巴東方向運動。會上，經胡團長特批，給每個聯防團賣了十五支舊毛瑟槍、三百發子彈。因為沒有買到事先答應給的連槍，李茂軒窩了一肚子的火，回來路上一直罵罵咧咧。

朱雨卿勸解道：北方佬擁兵自重，當然不願意讓本地人太過強盛，此不足為怪。胡團長不是要求團總大後天配合他們作戰嗎？我倒有一計：聯防團把二百人的刀矛隊，也悄悄帶上，但萬萬不可過江，坐山觀虎鬥。北軍從三面攻城，倘若得手，殘匪只能渡江逃生。請團總在江邊險要處設伏，看到潰退殘匪攏岸，則憑藉險峻地形，虛張聲勢嚇唬，逼其就範。如此，可坐收漁翁之利也！

李茂軒聽得呵呵大笑，使勁拍朱雨卿的肩膀，誇他是蕭何、張良！抵夫子鎮後，這對未來的親家，又進到沈宅，繼續籌畫。沈鄉長吩咐傭人再備酒席，連鄒白雲共四個人，直喝到快三更天才散……

「場面上的事兒，以後你還是少摻合些吧。官府深似海，臉上堆笑，腳下使絆兒……」

「真乃婦人之見！土匪屠城，百姓倒懸！聯防團強大，方可保一方平安！」

到了約定進攻那天，胡團長的部隊居高臨下，兵分三路，從山頭、山腰，朝傍江岸修築的巴東城發動猛攻。激戰半日，邱華庭中彈落水身亡。

有三十多殘匪，乘木船逃到江北，剛踏上岸邊亂石，就聽一陣土炮轟罷，頭頂崖壁上旌旗獵獵，喊殺聲此起彼落。殘存川匪群龍無首，亂作一團。李茂軒差一膽大團丁，到岸邊喊話說，槍彈留下，放他們空手返回巫山。

殘匪們咕咕嘰嘰討論片刻，無可奈何丟了槍械。一行人垂頭耷腦，沿江岸走出不過半華里，被一湧而上的刀矛隊悉數斬殺，屍體都拋進了長江。

這次伏擊的收穫之豐，大大出乎意料：李茂軒共奪得十七支套筒、三隻連槍，和一千五百餘發子彈。一些刀矛隊員，也從死屍身上掠得不少銅板和光洋，皆大歡喜。

夫子鎮一帶又回復了平靜，李茂軒一時成了英雄。慶功擺酒之後，他將家眷從城裏接到平陽壩，住進了粉刷一新的老團總吳效伊的宅第。只不過同兒子的關係仍形同水火，父子之間，三天難得說上兩句話。好在李茂軒整天忙著往來應酬，和操練隊伍，幾乎再無暇顧及其他。多數時候，李祥瑞也都待在夫子鎮朱家，或者流連於白衣庵小學堂周邊。

正如本地俗話所說：「出門歡喜進門愁，笑臉掛在屋外頭！」這父子倆，各自在人前行走時，還和顏悅色，只要踏進平陽壩的家門，笑臉就都換成了沮喪模樣。

進入冬月不久，李祥瑞突然地來往朱家少了，人更憂鬱，經常整天關在臥室裏不出來。前天早晨，李茂軒坐火爐旁，同二奶奶說打算找人擇期，臘月間把喜事辦了。李祥瑞根本懶得聽，圓瞪著眼睛拂袖而去。

二奶奶慌忙來到朱家。鄭玉梅也說最近幾天才發現，這一對兒待一起時，神情彆彆扭扭，不似從前那般有說有笑。兩個女人於是又請馮雅仙去問究竟，結果還是碰了壁。

鄭玉梅微皺眉梢說：這兩個寶貝小冤家，都進過新式的大學堂，心比海洋還深——硬是拿他們一點辦法都沒有！二奶奶也只有陪著苦笑。回到平陽壩宅子裏後，跟丈夫也說不出個所以然來。李茂軒在陳設富麗的客廳，走過來，走過去，苦喪著臉感歎：都是因沒有家規王法、自由戀愛的結果！由他們折騰去吧，反正啥時候辦喜事都可以……

其實，李茂軒骨子裏最喜歡這個兒子，自幼護著他，讓著他，到頭來仍形同路人！想到朱大華、朱貴生前、經常掛嘴邊的那句「無冤不成夫妻，無債不成兒女」，他只能長吁短歎。兒子從他娘肚子裏出來，就是來討前世債孽的，對老爹一直心存芥蒂，其脾性又難摸清，不好對付。欠債還錢，天經地義——李茂軒只能認命了。所幸的是：自己闖蕩江湖大半生，終於出人頭地；聯防團也訓練得漸漸像隻隊伍了。他腰間掛盒子炮、東洋刀，屁顛屁顛地四處奔波，幹得勁頭兒十足。

再說沈聚仁鄉長這邊，他不爭權，不越位，催捐催款，備辦聯防團派下的糧草馬乾，平日裏只過問鄉公所職責所限的事務，只動些如何取悅李團總的小小心思；閒暇則溫乎乎呆家中陪伴新媳婦，對那日漸隆起的雪白小腹瞅不夠似的，急不可耐地想像著未來兒子的模樣！不過看得出，對於生意上的往來，沈聚仁還是盯得十分緊：從房縣、保康、巫山等地收購上來的二十多擔新煙土和陳煙土，是「慶孚公司」弄的第二批貨，其中的六成，一個月前，早已運抵漢口了。

朱月娟所寫、讓柳國梁弄丟了的那封舊信，就是由沈聚仁親手裝進署有「李祥瑞先生親啟」的牛皮紙信封，叫押運煙土的鄒白雲，一併帶到漢口寄出的。果然不出所料，半個多月來，很少看到李祥瑞來朱家玩——在獨自默默地咀嚼那枚苦果吧？

沈聚仁雖然絕對信任鄒白雲，仍不免叮囑再三：此事有關漢口土膏店的生意，有關為人處世的信譽，萬萬不可洩漏！並解釋說：柳公子太癡情了，不甘心眼巴巴看著朱月娟嫁給別人；受人之托，忠人之事！只能這麼做了，實在沒別的辦法……

「慶孚公司」漢口分店的土膏生意，因為有日本國洋行和柳老太爺作靠山，倒是顧客盈門，興隆火爆！今天一大早，沈聚仁專程前往平陽壩，笑眯眯將一萬二千塊大洋的紅利，親手奉送到了李茂軒的紫檀木錢箱裏。

年關將近，「德生厚」鋪子的生意，較淡季忙活了許多。小學堂放假後，由鄭玉梅和馮雅仙母女，站櫃臺前招呼張羅；進貨的事，有朱繼久奔波，一切顯得井然有序。

四周的山頭上，早已積壓著皚皚白雪，薄薄的雪花兒還在飄灑，青石板街面上濕漉漉的。這會兒，鄭玉梅正借助小天井透下的白光，捏小楷毛筆，往厚厚的賬簿上記錄最近幾天的收入支出。她仰頭看了看天色，心思重重地埋頭繼續寫著。

「……繼久，你回來啦？明天你就回一趟朱家寨子，幫著把上面的事情料理好後，去接你媳婦和岳丈，下山來過年。算起來，又有兩個多月沒有抱鑫兒了，也不知胖了沒有？當婆婆的，怪想我的孫兒哩！」

十七

臘月間美食紛呈，色啊，香啊，味道啊，各家有各家的拿手活兒。「德生厚」朱家的臘八粥，在夫子鎮乃至興山城，都頗有名氣！記得在朱家鼎盛的時期，每每到臘月間，宅子裏高朋滿座，凡親口嘗過那風味獨特的朱家臘八粥，無人不伸大拇指叫好。就是好多年過後的現如今，老人們偶爾憶起，仍然會不自禁地暗暗流口涎。

朱家做臘八粥，先期數日，就使人用松木棍將紅棗捶破，加以板栗、紅豇豆、核桃、花生、瓜子仁，用從高山頂取來的最表層當日雪、化水浸泡。至初八日晨，再加糯米、冷水米、菱米，以文火慢慢煨九柱香的工夫，最後再加紅糖、冰糖、葡萄干、切成細丁的窖藏新鮮濕天麻，仍用小火慢煮……那種粥啊，盛進細青花瓷碗中，色澤晶瑩，清香四溢，含在嘴裏口感也好，肉凍一般細嫩，麵筋一樣有嚼頭！朱雨卿自幼受溺愛，七歲以前，除了奶娘的乳汁，一年四季，只喜歡吃這臘八粥！

年尾將近，「德生厚」最艱難的日子總算過去，家境漸漸有了起色。後屋的廂房床頭地下，用油布封口的青花瓷壇兒裏，又積攢起來一千多塊大洋。這些點點滴滴掙下、省下的錢，原本預備作月娟出嫁時的開銷；乘暫時沒派上用場，還放了幾筆「印子錢」，至少也可再賺點利息。這幾天，一家人團聚在老宅子裏，殺雞，宰鵝，炸麻花、春捲兒，炒瓜子、花生；在城水中揉搓豬大腸，然後用清水細細沖洗……

臘八節過後，過年的氣氛一天天濃起來，農家們早已經擱了田事。晦日的前十天，官府也停止了辦公。這天，朱雨卿悶聲不響，獨自用長竹杆綁了條帚，端來一盆浸著麻布的清水，慢條斯理地給老宅子打陽塵。

灑掃門閭，去塵穢，淨庭戶，依照本地習俗，應該在祭灶以後，是臘月二十四號的事。這樁活兒，既髒且累，每年都是由朱繼久兩口兒做的。朱雨卿今年偏要提前行動，才笨手笨腳幹了一會兒，就滿身灰垢，像剛剛從煙囪裏鑽出來。惹得鄭玉梅嘿嘿直笑，隱隱又感到一陣酸溜溜心疼。

「繼久，貴芝！你們把手裏活兒放下，幫你們爹先打陽塵去！」

「嘿嘿嘿，爹怎麼竟糊成這副模樣兒了？快讓我們來做，您洗臉去吧——」

「今年的打陽塵，我包了，準比往年你們抹的乾淨些！做任何事情，哪兒能虎頭蛇尾？而且要幹就得幹好，看著也舒服哩……」

朱雨卿極少做家務事，心血來潮的話，幹得倒十分投入。窗格、門扇、桌椅板凳，擦拭得一塵不染，連藏匿在縫隙角落裏的陳年蛛窩，都用細篾條一點點撥弄出來，可憐那些胖乎乎的冬眠蜘蛛，眨眼工夫，全讓書生的千層底布鞋踏得浠爛；因追求完美、且用力太過的緣故吧，秋天裏剛描摹上去的墨竹、蘭花，多數地方給水浸泡得枝葉模糊——他暗暗覺太可惜，這會兒，也就更不放心換別人來做了。

朱月娟孤零零蹲在廚房的矮桌旁包春捲兒。莫名其妙地突然遭李祥瑞冷落，起初令她鬱悒，怪自己看錯了人。看著他滿腹心事、欲言又止的矛盾痛苦模樣，她又覺得心疼，於是加倍溫柔，希望能夠幫著分擔一些憂傷。而他卻更躲躲閃閃，像得理不讓人的倔強娃兒，漸漸地，讓她怎麼做都感覺特別沒有意思，失落感再次泛起，悄悄地恨他太固執，太任性，根本不知道體諒人！

臘月二十三，俗稱「小年」，黃昏時分，無論家貧家富，都要祭祀灶王爺，乞求灶君討回個好封敕。祭灶本是每個家庭中輩份最高的男主人的事，俗語中就有「男不拜月，女不祭灶」一說。

今年是朱雨卿第一次鄭重其事作為祭灶的主持。因為灶神與家庭來年的吉凶禍福緊密相關，他極虔誠地淨手，沐臉，不敢有絲毫馬虎。寫有「上天言好事，下地降吉祥」的小紅聯，早已恭恭敬敬貼在了神像的兩側；祭祀用的五根線香、三張黃表、一對灶蠟、一塊灶糖（麥芽餳）、一匹灶馬（雄雞），一個盛有谷、麥、紅苕、黃豆、芝麻的碟子，和一捆留穗的紅高粱杆，也都整齊地在灶王爺神案前一一擺放好了。

朱雨卿作為主祭人，表情肅穆，率先趴神像前三叩首，緩緩站起，劃洋火點燃線香，然後雙手捧麥芽餳在灶火上烤得半溶化，再小心謹慎塗抹在神像的嘴巴四周，一邊塗抹，一面還須嘟嘟噥噥乞求：上天言好事，下地降吉祥。好話多說，不好莫說……

一直跪在朱雨卿身後的朱繼久和何承宗，這時刻，也臉露惶恐，戰戰兢兢附和著，懇請灶王爺向玉皇大帝彙報時，千萬莫要說半點對這個家庭不吉利的話！到最後，由朱雨卿畢恭畢敬，雙手揭下灶王爺神像，同黃表紙、紅高粱杆一起放入灶膛點燃。

據傳說，灶王爺是隨著煙兒，從黑煙囪中升到天庭去的。他又往灶膛裏灑一點清水，不能讓火燃燒得太旺。三個大男人一直守候到灰飛煙滅，祭祀才算結束了。

送灶之後，家中的男女，就暫時擺脫了天神的監視，行百事而無顧忌了。從進入冬天以來，朱雨卿的心情幾乎一直很好，這會兒彷彿總結似的，嘮嘮叨叨，格外話多。朱月娟因為李祥瑞登門少了，正寂寞難耐，便唯恐天下不亂，嘻嘻哈哈，故意逗弄迂腐的兄長，一時使得屋子裏的氣氛更趨活躍。

「……李團總愛兵如子，的確是個將才！有一回在沈鄉長家中吃飯，他見衛士坐的席上差兩盤好菜，故意擠那邊坐了，三請四催也不肯赴正席。他說：『我有好大，我的衛士就有好大。輕慢我可以，但不能輕慢我手下這班弟兄！』沈鄉長知道了，連忙把那兩個衛士請到正席，李團總這才笑嘻嘻坐到首席上。」

「咯咯，都誇雨卿哥是李團總的蕭何、張良，不屑說，雨卿哥一直都坐的正席囉？」

「那是自然的！李團總為人豪爽，君子坦蕩蕩。不似那沈鄉長，倒像借人家陳大麥，還回來老鼠屎！終日眉頭緊鎖，小人常戚戚……」

「哎喲哥，可千萬莫隨便說沈鄉長的壞話喲，當心招惹麻煩！」

「我一介書生，清清白白，沈鄉長又能奈我何？成大事者，不拘小節！雖然說沈鄉長曾留學東洋，經商牟利，尚可一逞；若論治國平天下，則嫌才短矣，沒有李團總那氣魄！」

朱月娟還想繼續逗樂，卻被喊進廚房，幫忙蒸年糕去了。

「德生厚」的年糕，也是這一帶需求量頗大的品牌食品，有白色的方頭糕，黃色的糕元寶，和黃白相間的條頭糕。剛進入臘月，這裏就雇了兩名糕工，參與磨粉蒸制。年糕雖說利潤薄點，鄭玉梅也不敢輕視，雇傭的工人走後，仍組織家人傾全力趕做。隨著除夕的臨近，四鄉八嶺前來備辦年貨的山民，如螞蟻般絡繹不絕！糕肆門前，人流摩肩接踵，把何承宗父女和馮雅仙、陳老頭，忙得團團轉，有時連吃飯都沒有工夫；就連日雜百貨和祭祖敬神用的香、燭、黃表紙、鞭炮等等物品，也都特別暢銷，多數貨櫃差不多已經空了。

臘月二十九，李茂軒差人執帖登門，來邀請家主朱雨卿和女先生朱月娟前往辭歲。「先除夕一日，家置酒宴，往來交謁」，是多年傳下來的習俗，更是富戶爭榮耀、講排場的日子。最後，只朱雨卿一個人去了。其他人由鄭玉梅領著，在自家堂屋備辦酒醴三牲，酬謝神靈一年來對全家人的照拂。

輪到朱月娟叩頭許願了，她雙手合什緩緩跪下，眼瞼剛閉上，就有固執孤傲的李祥瑞，同倜儻瀟灑的柳國梁，兩個形象好像月亮、太陽，在腦海裏此浮彼沉地打開了，一時攪得她心亂如麻，根本沒法許願……

石板街上傳來「得得」的馬蹄聲，在大門口停住了。緊接著，便傳過來鄭玉梅殷勤的招呼聲。朱月娟沒有動彈，眼睛閉得更緊，生怕不爭氣的淚水會淌出來。

「……月娟，最近可好？我們，去河邊走走吧，可以嗎？」

李祥瑞身穿貂皮小夾襖，眸子像映綠潭中的星兒，神情萎靡，一副病懨懨模樣。朱月娟進廂房添了件絲棉花夾襖兒，耷拉著頭，率先走出門外，內心實在不明白兩個人怎麼弄成這境地了？她真想撲進李祥瑞懷裏，什麼都不問了，只痛快淋漓大哭一場！

河灘上北風呼嘯，滿目蕭瑟。積雪被河風推著，把底窪處都填平了，陽光下一片眩目的慘白。河床上幾乎沒有人影兒，只有兩個靠給富人家挑水的老頭，清鼻涕凍成了冰淩，還抖索索在高腳木板橋下忙活。

「……本來，大家都勸我們，臘月間把婚事辦了。我其實也盼……在我心目中，你比仙子還聖潔，比所有的所有更寶貴……我、我並非故意要傷你的心，我心裏更疼！我就是不明白——我，我、怎麼說呢？天啦……」

「到底發生什麼事情了？我真的不知道！我究竟哪兒作錯了？」

「唔唔，感情這東西，說不清……有些事，不撕破，是不是更明智些？見鬼了！你在我心中是不可替代的，我需要再認真想想……」

「好吧好吧，我不勉強你。就是解除婚約，也請你想好之後，能告訴我原因……」

兩個人垂頭喪氣，沒有再說話。朱月娟因為一無所知，分外覺得委屈。河灘上真冷啊！兩顆心好像也涼透了。看著李祥瑞憋悶痛苦的樣子，朱月娟雖然萬分同情，卻沒法兒理解與分擔。她想，他的確是個性情古怪的人，也許冷卻一段時間，會另一個樣兒！這麼迎著北風，漫無目的又走了一會兒，才折身返回。李祥瑞沒有再進「德生厚」，跨上馬背，苦笑著點頭告別，朝平陽壩去了。

除夕終於到了。

天井廊沿及走道上，照例都早早地鋪好了一層芝麻杆（芝麻象徵節節高，踏著芝麻杆辭舊歲，小日子會越過越好）。這一天最忙碌了，男人、女人、娃兒齊動手，盡其所有，為一年中最豐盛的晚餐準備著美食。正月裏的頭幾天，該是懶散享受的日子，所以除夕這天準備美食的數量，也得盡可能充裕，至少要夠吃到正月初五！

忙碌到太陽西偏，全家人洗臉淨手，換掉幹活穿的舊衫，然後一齊動手，虔誠又興奮地將十種菜餚，和一個盛滿豐富內容的熱騰騰大燉盆，端上了堂屋中央的柏木大方桌。

首先須由家長祭祖：盛飯，倒酒，各種菜餚都得夾一點；心存敬畏地叫請，把杯中酒灑在首席前的泥巴地上……待這一切按部就班做完了，朱雨卿才吩咐兒子，去點燃掛在大門框上的炮仗。吳媽早已回家過年去了。在「嗶嗶砰砰」的爆炸聲中，包括陳老頭，共八個人，分長幼尊卑一一落座，笑顏逐開，盡興地吃著，喝著，彼此閒聊著，算是對一年來辛勤的犒勞。

團年飯一直吃到昏天黑地。大年三十晚，一般不作興串門，石板街上，這會兒看不到半個人影兒。木炭火架得很大，烘烤得整個屋子如春天樣暖和。一家人圍坐在火盆旁邊，嘮叨著一年來，各自所遭遇的有趣或者古怪事兒，嘻嘻哈哈、嘰嘰喳喳搶著說，似乎都有點醉意。朱雨卿重三便四，再次講起昨天在李茂軒家辭歲時的闊綽和排場：沈鄉長帶著千金，杜金山領著三個虎氣楞楞的兒子，都去了！開席之前，燃放了八盤滿地紅大炮仗！喝的貴州茅臺酒，吃的獐、麂、兔、鹿！魚翅、燕窩、海參！

「……席間，李團總雄心勃勃，說打算開年後，要從窩捐裏再多抽點款，用於擴大武裝。沈鄉長臉色曖昧提醒說，『北軍雖然明裏不搞就地籌餉，胡團長曾約法三章，對窩捐的徵收仍按照靖國軍定的比例上解，說是蕭規曹隨——』李團總沒有等他說完，拍桌子大罵北方佬混賬，早該滾回到他們的冰天雪地老窩！」

酒肉飯菜撐得肚皮腆著，大家因腸胃超負荷運轉而略嫌疲憊，眼皮耷拉昏昏欲睡，任由朱雨卿一個人唱獨角戲。守坐至夜半時分，又都起身圍著大方桌，應付地吃起更歲餃子。隔不一會兒，從大門外靜寂寂的暗夜裏，冷丁就響起了炮仗聲、鑼鼓聲、女人和娃兒的嬉鬧尖叫聲，熱熱鬧鬧。新的一年開始了。

鄭玉梅歪坐在一張舊太師椅中沒挪窩兒，還惦記著小姑朱月娟的婚事。

——天爺！莫非李祥瑞對漢口的那樁羞恥事，已有所聞，如鯁在喉，只不過礙於面皮不便打聽詳情？果真這樣了，又該如何補救呢？李祥瑞忠厚文靜，稱得是最合適不過的姑爺了。究竟怎麼樣才能取得他對那事兒的諒解，使月娟的婚事早日有個結果？

鄭玉梅雖然一動不動坐著，腦子卻像開了鍋；身為長嫂，她感到自己責任重大。

十八

李茂軒中等身材，儀表堂堂，短而粗的油黑頭髮，如鋼針一般豎立，寬臉膛紅朴樸泛著光芒，手臂和胸脯上橫生著一塊塊的鍵子肉！

他只讀過三年半私塾，自幼酷愛舞刀弄棒，好結交江湖奇人，和一些作奸犯科的亡命徒。

他十三、四歲開始玩「漢流」，三十二歲，登上龍頭大爺的交椅時，擺宴設席達九天，肥豬就殺了二十八頭！

他前後共娶了三房老婆：大房姓魯，興山城關鎮人；二房姓張，秭歸龍洞坪人；三房姓楊，房縣臥牛埡人。三個老婆的娘家，個個是殷實富戶。

自從南軍、北軍在鄂西開戰，兵災匪患頻繁，搶劫綁票，時有發生，富裕戶更是人人自危，一夕數驚。李茂軒於民國六年起步，作鴉片生意，因交遊廣，其貨暢通無阻，極少失手。時勢造英雄，現如今，更是了得，手中已掌握長短火器近百條！團丁大多是地方上的一些強悍青年，聚則為兵，散則為農；二十多個骨幹，亦多為袍哥兄弟，或殺人放火後，逃到這兒「趴壕奔將」的光棍漢，受他的庇護，自然會不遺餘力為他效命。

因為應付土匪陷巴東城一事，按例應該每年秋末召開的關於「窩捐」劃片招標會議，拖到春節過後，才在縣衙內舉行。李茂軒作為長枋、永安、復興、木魚四鄉的團總，作為方圓三、四百平方公里範圍內的總承包人，當場交納了六千四百五十塊光洋的定金。

會議最後，由黑喪著臉的胡團長訓話：……考慮到鄂西一帶地處偏僻，且剿匪事務繁忙，兄弟我再三懇請，上峰法外開恩，才暫緩禁煙。窩捐上解，也是本著寓禁於征之精神。鴉片煙禍國殃民，人人皆知！或遲或早，最後，都是要禁絕的！

李茂軒站起，笑嘻嘻帶頭鼓掌，對北方佬或者南軍們掛羊頭賣狗肉的說教宣傳，心底其實頗不以為然。從大清朝到民國，省、府、州、縣，禁煙的聖旨、法令比比皆是，他見到的太多了，但始終沒有禁住，種的依舊種，吸的照樣吸。

好像還是民國七年春上（那時靖國軍還沒佔據這一帶）的事：外地煙販把一批煙土偽裝成糕點，經過縣城時，被意外查獲。當時的縣長名叫劉青良，上任還不到三個月，他依據禁煙法令的程式呈報，很快便接到督軍府急電，飭令即刻將煙土解送省城！不料鎮守使也知道了，亦來電催其速押送到宜昌府的鎮守使公署。劉青良不敢透露煙土已經解送省督軍府，只好找李茂軒借了三千多大洋的陳年煙土，親自送往鎮守使府上……

這件事兒，讓李茂軒初次見識了握軍權者的赫赫威儀，好長一段日子都暗暗歆羨不已！兒時在街巷深處作遊戲，李茂軒總爭著要當縣官大老爺，好為所欲為，打別人的屁股……亂世英雄起四方，特別自袁世凱稱帝，南軍、北軍開戰之後，那些個酸迂斯文的縣長、參議長、鄉長們，不過是武將們捏手中把玩的布娃娃。自古本地就有俗話說「打得贏的為大哥」！眼下更是如此：擁有槍桿子，才能擁有這世界！

為斂聚更多銀元壯大隊伍，今年，李茂軒僅僅讓出了夫子鎮周圍的窩捐（同沈聚仁畢竟還合夥做著煙土生意，也算賣了點面子）。他還從團丁中抽調心腹精幹人員，組成窩捐稽查隊，一竹杆插到底！前面介紹過：承包窩捐是地方基層的肥差，層層轉包，層層加碼，鄉長、保長、甲長，或多或少，都能沾到點油水。李茂軒今年的作法，屬於「吃獨食」，使得一些老資格的鄉紳土豪，眼巴巴直淌口涎，都狠得咬牙根！

二月初二稱為「龍抬頭日」，亦稱「百花日」。這年的二月初二，恰逢「春分」，桃花紅，櫻花白，鳥鵲兒啁啾，春陽暖烘烘的。日上三竿時候，平陽壩李茂軒團總的住所裏，早已是高朋滿座，笑語喧嘩。朱雨卿笑眼眯縫，高舉著酒杯，正搖頭晃腦引經據典，樂滋滋地講述著百花節的淵源來歷。

「《帝京歲時記勝》上云：二月初二，為花王誕日，幽人韻士，賦詩唱和，百花爭放之時，最堪遊賞！今日，蒙李團總厚誼，各位高士捧場，不才先誦詩一首，權作開場白。咳咳，『久將菘芥毛南羹，佳節泥深人未行，想見故國蔬甲好，一窪春水轉轤肴！』……」

鄉國民小學的沈老秀才，不甘寂寞，也哆哆嗦吟詠起諸如「二月黃鸝飛上林，春城紫禁曉陰陰……」

還有幾位著舊長衫的窮酸老者，據說都是李茂軒孩童時的啟蒙先生，一面津津有味大嚼，一邊忙裏偷閒拍巴掌喝彩……

李茂軒身套長袍馬褂，斯文地品嘗著美味佳餚，對於書呆子們期期艾艾說的奉承話，或者拖戲子腔調，吟哦的文縐縐詩句，壓根兒懶得細聽；只不過嘴角仍掛著淺淺笑意，偶爾，還敷衍地點一下腦殼。

自從當上團總之後，見識更多，知道得勢的旅長、團長，都愛擺一副恬淡的神態，客廳中高懸名人字畫，身邊總會圍著幾個老邁昏聵的舉人！他想，秀才、舉人，其實同戲子、吹鼓手也差不多，不過是熱鬧場合中應景的玩意兒！就好比養在瓶兒、罐兒裏的金魚、花草，勞累之後，或者心情舒暢時，瞅瞅，倒也賞心悅目！

沈聚仁隔小幾坐在李茂軒對面，冷眼打量著春風得意的團總，臉上微露訕笑，莫測高深。遙想當年，人們只知道李茂軒仗義，魯莽，看來的確是小瞧了他！坊間一直流傳著一個故事，說的是那次夜行軍，去江北阻截川匪。天黑得伸手不見巴掌，某團丁失足滾下路坎，李茂軒聞聲跑過來，問怎麼樣？團丁哆嗦著嘟噥說槍托摔斷了。李茂軒跳下路坎，扶起團丁安慰說，摔斷了槍托事小，人沒有傷著就好……

還有件事，則是沈聚仁親眼所見：仗打完了，李茂軒撿了便宜還賣乖，湊攏來七條完全沒用了的破毛瑟槍，敲鑼打鼓到縣城送「戰利品」！胡團長當場將破槍悉數獎勵給他，打著哈哈拍肩膀，直誇他「智勇雙全，是個將才」！

今天一大早，沈聚仁和鄒白雲騎著快馬，到得最早。漢口的土膏店又派專人送紅利來了，並且催促趕快再送貨去。五千塊光洋丟進鐵皮錢箱，李茂軒雙眼眯縫，十分親熱，在後廂房內，學胡團長樣兒，拍沈聚仁的肩膀，連聲誇他經營有方！

「……呵呵，我的石窖裏，尚有三擔多陳煙土。我們倆再分頭差人速往巴東、巫山一帶收購，湊足十擔後立即裝船。我太忙啊！這事兒，還得多偏勞老兄！」

太陽西偏時分，客人們已吃下不少美酒佳餚，借著酒勁，聊得正熱乎。就見一團丁風風火火闖進屋來，說栗子坪的王保長，因為不能收窩捐了，正指揮保丁們鏟佃戶田中的煙苗！王保長是位蠻橫倔巴的老鄉紳，光緒二十一年曾赴宜昌府考過「武舉」。老秀才們聽到消息，好比聒噪的秋蟬突然遭寒風吹，都噤了聲，眼神中透著惶惑。

王保長竟敢不來捧場，李茂軒心底早憋著火了！他仰脖子飲乾杯中酒，黑喪著臉皮，好一會兒都沒有表態吭聲。

「嘿嘿嘿，栗子坪屬長枋鄉管轄，這樁事兒，沈鄉長你看該如何辦？」

「嗨，王保長啥時候把我放在了眼裏？我文不成，武不就，經商賺點小錢還馬馬虎虎，自己也樂意此積財防老之道。李團總是我們這一帶軍政首腦，有膽有識，更有叱吒風雲之英雄氣概！他王保長既然目無規矩，以下犯上，團總無論怎麼處置，都不為過！」

「沈鄉長言之有理。所謂治理之道，典籍上亦有記載，謂之『懲大賞小』。其意思就是：懲大戶方能夠震攝四野，賞小民則可以安撫百姓……」

朱雨卿不甘寂寞，舔著嘴巴，煞有介事地注視著李茂軒。他一直報怨自己滿腹經綸，無用武之地，當然不會放過任何表現的機會。

李茂軒威風凜凜地點一下頭，這才緩緩站起，吩咐備馬。他請沈鄉長代他陪各位繼續飲酒，說了句「老子就當一回關雲長，今日也來它個杯酒斬華雄」！說罷，扭頭帶領五十名荷槍實彈的團丁，一陣風樣直撲栗子坪。

初春的山裏，一派荒涼蕭條，背陰處尚有殘雪，草坡基本還呈灰褐色；老橡樹和粗大的山毛櫸剛綻芽苞兒，高高的樹梢頭棲幾隻烏鴉，望著這邊，沒精打采哇哇哀啼。

進入到山坳裏的栗子坪，遠遠便看見佃戶正在地頭打滾號啕，田埂上稀稀拉拉，站著幾個表情複雜的山民。十多個保丁，還在揮鋤亂鏟鴉片苗。李茂軒猛勒韁繩，馬鞭朝前一指。團丁們如狼似虎，很快將眾保丁掀翻在地，全都捆了個結實。

「快把眼睛水擦乾，老子是專程過來，替種煙戶作主的！壞一株苗，賠佃戶一吊錢，就在這田頭給！嘿嘿，王保長，你到底是認罰，還是認打？」

「老子的天，老子的地，栗子坪的窩捐，從來就歸老子收！你也不打聽打聽，從大清朝到民國，我王老爺怕過誰？」

「哼哼，現如今，這方圓百多里的地盤上，我李團總才是老子！大家都聽好了：從今往後，沒有本團總的將令，任何人，都不准再幹這種沒有王法的事情！」

被鋤倒的煙苗很快統計出來了，共計一千零九十五株，須賠償光洋一百八十三塊！王保長還打算硬撐，雙手拄手杖，不屑地昂首望著天空。

「給我拿下！就在這田埂上，把棉褲扒了，先重打一百扁擔！」

李茂軒咬牙切齒大吼，然後，又陰冷地訕笑起來。四名健壯團丁從背後猛撲上去，死死地將王保長摁倒；粗腳管棉褲被褪至膝蓋處，裸露出兩瓣鬆弛的黃屁股。第一扁擔很快砸下，屁股上立刻凸起一道紫棱。王保長聲嘶力竭慘叫，緩過氣便潑口大罵！李茂軒馬鞭狠指，第二扁擔又砸過來。馬鞭再指，第三扁擔也跟著砸下；凸起的紫棱已經稀爛，血星兒如殘花一般四下迸濺……

「莫、莫、莫打了！李團總饒命啊——」

保長的堂客帶著兒女們，呼天搶地，一路吆喝地奔過來了。她抖索索數出一百八十三塊大洋遞給那佃戶。李茂軒呵呵大笑，說已打了三扁擔，為顯示公平，只須賠一百八十塊。說罷，從目瞪口呆的佃戶手裏，取三塊錢，居高臨下，丟在那淌血的屁股上。

王保長趔趔趄趄，被兒女們扶起，又羞又恨罵道：李茂軒個雜種——

李茂軒微笑著望他說：有本事還罵一句，定要砸你十扁擔。本團總說一不二！

剛排排場場做過七十大壽的老保長，張口結舌，實在怕再挨扁擔，直氣得渾身發抖。家人們也擔心他橫腸子不顧命，擁著王保長，不由吩說，飛一般逃了。團丁們呵呵哄笑起來。栗子坪一帶的山民們，原來只知有王保長，不知有李團總；今天才發現天外有天，狠人還有狠人磨！這會兒，也有人偷偷地跟著團丁們嘿嘿笑。

在大庭廣眾之前，李茂軒算得做足人王了——高興時如快樂的猴兒，發怒時似齧人的老虎！又好比那關雲長，也斬嚴良，誅文醜，也手刃弱女子貂嬋……這正是強者的特徵：天馬行空，隨心所欲！就連受過他羞辱的鄉紳、土豪，遭過他斥罵的團丁、山民，私下裏，都暗自佩服他是個角色，擔當得起四鄉聯防團團總的威風！

大兒子李祥瑞是唯一的例外，硬讓威風八面的李茂軒，不知道究竟如何是好。

由於魯氏長年吸食鴉片，祥瑞嬰兒時，全憑噴鴉片煙兒止哭。他十七歲隻身赴省城求學，英姿勃勃，才華過人。母親吞金早逝，使他傷透了心，鴉片越抽越凶，最多時，一次要吸食五個煙泡！兒子喜歡上朱月娟之後，李茂軒曾暗自高興：盼了十年，這一回，總算能抱上孫兒了！孰料又是一場空！祥瑞好像有話難於出口；月娟似乎也煩著什麼，兩個人偶爾聚首，有一句沒一句，時時停頓，彬彬有禮又沒精打采。

前幾天，二奶奶張氏告訴他，說祥瑞好像又偷偷吸上鴉片了。李茂軒把牙齒咬咯咯響，面對這個仇恨父親、心比海洋還深的寶貝兒子，他實在無能為力。末了，他長長地歎一口氣說：都是命中注定。就讓他抽吧，大不了，算我沒養這個兒子……

李茂軒其實自己也抽，但癮不大，隔兩三日，吸食一至兩個煙泡足矣。他養育有五女二男，十三歲的么兒弱智，能吃能睡，胖得像個大肚羅漢。在這一方，凡是經常吸食鴉片的人家，日子長了，連貓兒、老鼠也會染上煙癮。老鼠發癮了，就趴著不動彈，貓兒發癮了，則會一連聲地呻喚不止。

朱月娟最近才曉得祥瑞又抽上鴉片，心頭不由一緊，鼻腔泛苦澀味兒。是二奶奶告訴她的，想請她試著勸勸，最好能幫著解開他胸中的疙瘩。朱月娟寫了個紙條兒，請他務必前來一晤，「……希望開誠佈公談個明白，到底是什麼讓你如此苦惱？你知道我也很痛苦。作為你的未婚妻，我需要、也應該知道。」

李祥瑞瘦了許多，臉也像更長了。他極不自然地訕笑，說根本沒有想過，為什麼要自我禁錮，心血來潮吧，的確太任性了！又自嘲似地，說也許是這樣的：人們總會將最珍愛的東西藏匿在箱底，而不是一天到晚捧在手中；他所看重的正是這種純淨感情，有了它，才能感覺到美好……朱月娟打斷他，責備他把她當外人，都這時候了，還遮遮掩掩！

「……更何況，無論發生了什麼事情，也不該偷偷再去抽鴉片！既然心已經受到劇烈創傷，憑啥還要再拿身體出氣？」

「怪我不好。對不起。對不起。」

朱月娟眼淚汪汪，終於泣不成聲。李祥瑞腦殼耷拉，想要再扮矜持平和的假面，已經十分困難了。他捧住月娟的手小小聲陪不是，其他的話，一句也說不出來……

朱繼久肩挑貨郎擔兒，從栗子坪回家，還隔老遠，就看到木樁樣立在那株老椿樹下的么姑和李祥瑞：手牽著手，都耷拉著腦殼。

他嚇了一跳，臉上一陣發燙，也沒敢細看，慌裏慌張，繞著道走開了。

十九

《周禮・天官》注云：「行曰商，處曰賈。」肩膀上挑貨郎擔的販夫們，手執搖鈴，曼聲婉轉，如無根的浮萍，自古一直為山民們所輕視。

新年伊始，青黃不接。田坡裏早已沒有啥揪得，窮家小戶，靠剜剛拱出地皮的野刺芽菜，和野胡蘿蔔纓子度日，碗中能見少許硬糧食，已經很不容易了。「德生厚」雜貨鋪基本沒有買主光顧。山上的榨房紅火了一秋一冬，也歇業了。俗話說：「大船破了尚有三百鐵釘！」饅頭和白米飯還是有得吃。

朱繼久跑慣的腿閒不住，自作主張，重新挑起貨郎擔兒，並不認為怎麼丟人現眼。

——倒是那小姑和李祥瑞兩個！在人前裝鬧彆扭的樣子，不肯拜堂成婚，卻偷偷跑到老椿樹底下牽手！朱繼久體驗到一種豈有此理的羞辱，回到家，便氣憤憤對娘說了。

春節過後，鄭玉梅正一直為著這事兒揪心哩：收了男家的彩禮，卻遲遲不辦婚事，就好像將已經屬於人家的貨物，仍擺在自家的櫃檯上，想賴賬沾便宜似的！她找馮雅仙討教，同朱雨卿商量；當娘的無能為力，作兄長的又不願插手。鄭玉梅的心裏，急得都快點得著火了！頂氣人的是：障礙究竟是什麼？她至今也不清楚。

她倒是巴不得那偷偷牽手，是個好兆頭。月娟從外面回屋之後，她一直在悄悄觀察：那丹鳳眼眶兒，隱隱還有些淚水浸泡過的紅腫，神情兒似乎還行，溢著那麼幾縷兒鮮活！鄭玉梅想：假若真有了轉機，就抽空兒去趟平陽壩，會會二奶奶，趁熱打鐵，把婚期定了！這段時間還真忙不過來，眼看著，公公過世後的第一個清明節就快到了，進山掃墓是頭等大事，好多瑣碎事和必須品，都得去抓緊辦理準備！

朱繼久見娘似乎還像以前那般護著，並沒有打算去管束月娟小姑，也就懶得再操心了。再說，掙錢才是他的最愛！栗子坪土地肥沃，地處偏遠，莊戶人家還算殷實；貨郎擔跑一趟，能比其他寨子多賣出二、三十吊錢的百貨。

這天一大早，朱繼久又挑了擔子，順秀籠山朝栗子坪爬。松林像罩在紗布樣的晨霧裏，朝陽隨著露珠，在山坳那邊樺樹林的小葉片上閃閃爍爍。牛蹄路上那些絆腿的藤蔓，前幾趟時，差不多讓他拽光了，雖然一直上坡，走起來並不太費勁。

又走進一片橡樹林，在羊腸山道的拐彎處、他突然看到突兀的岩板下，竟橫躺著個衣衫襤褸，右臂血肉模糊，臉色烏青的人！起初，朱繼久還以為，是個遭到棒客劫掠的外地客商吧，再仔細瞧，竟如同撞著鬼似地倒退兩步：

這個垂死的人，小眼睛正眨巴著——竟然是靖國軍的周連長！

原來，周連長並沒有死於那次北軍的偷襲。他發誓要向勾結北軍的李茂軒、沈聚仁報仇，重又在土地嶺落草，給土匪鄭龍生當副手。

鄭龍生是從四川巫山那邊過來的，手下僅僅二十多人槍，處事格外謹慎，輕易不肯與本地保安團結怨。周連長見報仇無望，決定殺鄭龍生取而代之，像宋江殺王倫。誰知走漏了風聲，兩名跟隨多年的心腹也死於非命。他憑藉地勢，以及心腹的捨命掩護，才殺出條血路，再一次從死裏逃生。

「……謝謝老弟，嘿，你就是不搭救我、用石頭砸死我，我也不怨你……失血太多，三天多又沒吃一口飯，不敢露面，怕熟人會認出來。嘿嘿嘿，那次，在黑溝邊，實在多有得罪，是受沈聚仁唆使……狗日的心腸歹毒哩，殺人不見血！」

「想除掉沈聚仁，我可以幫你……盒子炮暫時擱我這兒吧。明日，我再送刀傷藥和吃的東西來，再慢慢來商量對付他的辦法。」

剛才，直到周連長眼瞅著腰間的盒子炮，給抓在了朱繼久手中，朱繼久那懸半空中的心，才重又回到肝上。他將擔兒裏的食品糕點，都給了這個餓鬼，內心其實恨不得用腳板踹死他！

——遠遠看到挑著貨郎擔哼著歌謠的朱繼久漸漸近了的那一刻，周連長也絕望地動過射殺的念頭。盒子炮裏只剩一顆子彈了，而槍聲肯定會招來團丁；身體已虛脫得挪不動步，真地落到李茂軒、沈聚仁手裏，沒准他們會活剝了他！交了槍之後，他才感到真正餓壞了，埋著頭一陣狼吞虎嚥，噎得直伸脖子，眼珠兒胡亂翻。

朱繼久這天沒有再去栗子坪，草草走了幾處地方，便回家了。他偷偷將盒子炮用破油布包裹好，直等到夜半，才悄悄地去塞在牆頭的一個麻雀窩裏。

他太興奮了，覆去翻來，一夜未眠，在腦海中一個又一個地幻想，幻想著仇人沈聚仁被惡人周連長，用暗槍打死時的情景，還樂得小小聲嘿嘿笑。

何貴芝卻以為：丈夫走鄉串寨，又尋著了可心的女人，浪得歡悅，魂兒也被勾去了！她眼淚汪汪側身面壁，牙齒咬被絮角兒，在心底狠狠地詛咒著……

第二天，朱繼久平生第一次隱瞞著母親，偷偷摸摸，去弄了些飯食和刀傷藥，藏在擔兒底層，心慌意亂，又來到那塊突兀的岩板前：草叢間只有幾隻土畫眉兒唧唧啾啾扒食，根本找不到周連長的人影兒！

他惶惑了，放下貨郎擔，連滾帶爬地將整個橡樹林、和附近的松林尋了個遍！這會兒，他倒是真心希望周連長能夠平安無事，也給這世上，多留一個想殺沈聚仁的人。自打去年春上，黑溝受辱，鴉片遭劫，殺沈聚仁的念頭，就在他心底生了根；沈家的日子如芝麻開花節節高，也讓他憋氣，不甘心！他自知並無殺人的膽兒，所以朝朝暮暮，盼望能有惡人降臨，好一物降一物，從而印證「惡人自有惡人磨」的老話。

周連長的不守信，不仗義，讓他失望到了極點，事已至此，多想也無益。他還得趕快賣完那擔兒裏的雜貨。母親昨晚就叫他別再竄鄉了，家中還有好多活兒等著哩！

以氏族為基礎，以家庭為中心的山民，喜好慎終追遠，一向把對先人的祭祀，當作頭等大事情。每逢清明節，家主都要帶領子孫及親朋，到先人的墳頭焚香祭奠，同時剪除雜草，為墓塋加土。

清明前的頭兩天，「德生厚」就關了鋪面，一家人忙忙碌碌，都在為上山作準備。雖然說朱貴叔活不見人，死不見屍，鄭玉梅也違心地一併給他老人家做了個一尺五寸長、三寸寬的靈位牌。紙人、紙馬、紙錢、春夏秋冬的四季紙衣裳等等冥器，也都做的雙份。婦女們剪的剪，粘的粘，泥巴地上灑滿了五彩的碎紙屑。

李祥瑞也來了，坐在朱月娟的對面殷勤忙活。最近他經常來，兩個人喜歡在屋後的草山上散步，吸著春天的氣息，斷斷續續，說些文謅謅的閒話。

朱繼久悶悶地坐在天井坎上，先剁細木棍，然後又剖篾條，還在為前幾天周連長的逃走而難受。朱雨卿幹粗活力氣小，做細活兒，手腳又不靈巧，獨自在小天井另一邊踱方步，表情悽愴，雙手捧《詩經》，朗朗有聲地吟誦著：「哀哀父母，生我劬勞……」

大家雖然手中都忙活著，想起恍如昨日發生的種種悲慘事情，眼睛都微微地潮潤了。小天井廊簷下光線昏暗，春陽只在黑瓦簷鑲嵌的那一圈兒藍天上溫暖著。不遠處的屋脊上，有貓兒在喊春。緊接著，從草山上又傳來一陣喜鵲的聒噪。

二月二十一號清晨，朱家的老少三輩，盛裝整潔（鑫兒騎在朱繼久脖子上，忽前忽後舞動著花哨的清明吊兒），正準備上路，就見一行人，大步流星奔過來了。

最前面的是兩個團丁，用竹篙挑著青白二色綢條祭幛，青綢上書「朱大華先生英名千古」九個大字，白綢上，則是由沈老秀才代筆撰寫的長篇祭文。另有一團丁，雙手捧紅漆大託盤，裏面盛著用黃紙藍簽封套好的幾摞銀元，和匾額、香燭、紙錢等冥器，堆得滿滿尖尖。石板街兩旁的黑門洞裏，一時間，探出好些個睡眼惺忪的蓬鬆腦殼來！

「愚徒本當親往山寨，祭拜大華老師傅，無奈公務繁忙，今日，也還得攜家人，去父母墳前祭奠。實在失禮得很，只好由犬子，代我去給老先生叩頭了。」

李茂軒足蹬軟皮長筒靴，腰間紮寬皮帶，一身呢子戎裝。他臉上呈敬重之色，朝朱雨卿捧著的靈位牌，彎腰垂首三鞠躬。然後和顏悅色，後退三步，手牽著兒子，過來與朱家老少一一寒暄。十多天前，兩家大人們已經商定，並分別徵得了李祥瑞、朱月娟同意：四月十八，也就是小滿過後的第三日，為這一對新人辦喜事！

總算了了一樁心事，李茂軒高興極了。李家有知書識理的月娟作媳婦，肯定會一輩更比一輩強！他沒有進屋，執意將朱家一行人送至長枋河邊，才揮手告別。

早春時節，遠山仍一派肅殺景象。李祥瑞表情恬靜，走在朱月娟前面。太陽還沒有露臉兒，山腰盤纏著霧帶。

李茂軒離開河灘之後，大搖大擺，又朝沈聚仁的住宅走過去。待會兒，他也要去給葬在縣城東邊李家灣的父母掃墓；是在等二奶奶帶家人來後，一起乘船進城。

前幾日，聽袍哥中的眼線講，縣城和宜昌府，先後都出現了告他的「快郵帶電」帖子，上面寫有「……公正士紳遭杖擊，親故糜沸色沮！團閥肆專橫，人身無保障，行政乏權力，民命何依賴」等文縐縐的句子。李茂軒疑心，也許是沈聚仁教唆王保長放的暗箭！沈聚仁平日雖然總夾著尾巴，說話卻斯文掉武，不卑不亢，那種炫耀學識門第的孤傲神情，和那副皮笑肉不笑的陰沉模樣，總讓人不敢放心，一直令人心底不爽。那傢伙曾留學東洋，不是甘心久居人下的料啊，「行政乏權力」，便是抱怨之聲！

「哦？李團總今日好早哇，恕小子未能遠迎！沈鄉長，李團總駕到！」

進得院子，鄒白雲頗為誇張地高聲寒暄，以及臉上感到意外的神色，一時更讓李茂軒覺得有鬼。沈聚仁大步流星從屋內迎出，一連聲地抱怨，說團總給大華先生送祭幛，怎麼也不邀他；家中近來也在準備掃墓的事，硬是給忙糊塗了……

兩個人一前一後，進入書房，分賓主坐下。李茂軒滿面春風品茗，呵呵笑著大談忠義，盛讚朱大華可與關雲長比肩！他將屁朝後挪挪，坐得更舒服些，笑眯眯打量對方表情，越發覺得面前這個人，太陰險了。

「……我一介武夫，只曉得滴水之恩，當湧泉以報！我考慮著一件事兒：胡團長和縣衙裏，都有書記官，長枋鄉也設一個吧。大華先生之子朱雨卿，滿腹經綸，我看就蠻合適。每月酬金二十五塊大洋，沈鄉長以為如何？」

「嘿嘿，這樣當然最好。鄉公所的事兒，頭緒多，漢口土膏店那邊，有時也急如救火，我還真有點忙不過來呢！白雲，快去吩咐廚房預備酒菜！」

「呵呵，今天就算了吧。家人馬上就到，得先往李家灣去掃墓哩！」

沒一會兒，二奶奶帶著家人都到了。李茂軒晃悠著身板告辭，一行人浩浩蕩蕩，登上杜金山的大木船，順流往縣城去了。

掃墓要具備齊莊之心，要敬畏怵惕，誠心誠意——如李茂軒一類赳赳武夫哪能具備？為排除雜念，使心氣平和，待會兒也得去掃墓的沈聚仁沐臉更衣，抽出線裝本的《帝京景物略》，獨自在書房中踱著方步，極虔誠地朗聲吟誦起來：三月清明日，男女掃墓，擔提尊榼，轎馬後掛楮錠……哭罷，不歸也，趨芳樹，擇園圃，列坐盡醉。有歌者，哭笑無端，哀往而樂回也！

——設書記官之事，來得太突然；而專橫獨斷，不正是李茂軒的為人作派嗎？是不是那數十張「快郵代電」的帖子，令李茂軒起了疑心呢？

鄒白雲辦事，到底還是讓人不太放心……如今的沈家，就算縣上來的官宦名流，也都是以禮相待，恭敬有加！今日的事，使自視甚高的沈聚仁，簡直覺得忍無可忍！他丟了書，長歎一口氣，在心底自我安慰：大丈夫能屈能伸，還是應該懲忿窒欲。又尋思，就因為這麼個粗人，而與之橫眉冷對，反倒會提醒他防範或者警覺——還是以娛代勞、曲意逢迎為上策；讓這個莽漢的渾身毛病瘋長，更多地生出些傷人刺兒來，才好哩！時候到了，槍打出頭鳥，牆倒眾人推，不過再上演一場鬧劇……

……掃墓歸來，已經是日頭偏西。沈聚仁還略微帶著點醉意。——剛才，躺在墳前前人植的大樹底下，他好像已歇足了蔭涼，顯得勁頭十足。

陽光透過格子窗，斜射進書房，窗外晴空中，隱隱似有南歸的雁陣啼鳴。因為興致好，沈聚仁又從書櫃的底層，抽出盒子炮握在手中輕輕把玩，鋼鐵的寒氣，刺激得精神更振奮！春節前後，他已經數次帶鄒白雲悄悄進到後院密室內，手把手傳授放槍的要領。

第一次手握盒子炮的槍柄時，鄒白雲直喘粗氣不敢相信，激動得眼睛放光，情不自禁趴地下，「咚咚咚」給主人叩了三個響頭！

這會兒，著士林布長褲、黑綢小夾襖的鄒白雲，正在書房外院子裏練拳。跑了十多趟漢口，跳蚤總算有了龍種模樣，人顯得更強悍精明。他圓滑機敏，巧舌如簧，對吳大娘子、女兒沈韻清，和腆著大肚子的林菊芳，也都是一副小心謹慎、畢恭畢敬的忠僕模樣。「慶孚公司」

的生意，現如今，幾乎大多由他出面奔波張羅；就連漢口的柳國梁，也多次來信誇獎他，「是一塊在場面上混的料」！

這麼個生性伶俐、長著一千個心眼的人，能對沈家感恩戴德，死心踏地為沈家所用！沈聚仁認為，這正是自己高人一籌的地方，並為此時常沾沾自喜。

「……爹，您從哪兒弄來的這盒子炮？好嚇人咧！」女兒沈韻清不知啥時候進到屋子裏來了，柔聲柔氣的問話，倒嚇得沈聚仁猛一愣怔。他將槍輕輕放進抽屜，撫摸著女兒的腦殼微微訕笑。

「這盒子炮，還是你爹，去年從漢口悄悄買回來的。防人之心不可無呢！爹手中有槍，惡人們才不敢來欺負你們！」

「爹，您是不是在日本國時，學會放槍的？爹用槍打死過人沒有？」

「瞧我寶貝女兒說的。我們家世代書香，爹也是個讀書之人嘛，君子動口不動手……」

「爹，您也莫讓鄒白雲去殺人行不？將軍難免陣上亡……」

沈韻清眼神茫茫然望著窗外，顯得心事重重。晚霞映紅了天空。鄒白雲渾身大汗淋漓，還在院子裏認真地練著拳腳。

二十

「朱書記官，您老行行好，我爹和我娘，快餓死了，嗚嗚……」

朱雨卿下了軟轎，正樂滋滋沿石板街徜徉。為榮任長枋鄉書記官一事，他剛剛去平陽壩，面謝了李團總這位未來妹夫的父親。二十五塊光洋沉甸甸墜在長衫的衣兜裏，瘦長的身板，不勝重負似地晃晃悠悠。銀元般慘白的太陽正在升起。一個蓬頭垢面的小叫花子，突然撲過來跪面前乞討。朱雨卿猝不及防，差點兒被絆倒。

「咦，你這娃兒，好像是秦大森的弟弟吧，怎麼，家中又斷糧了？」

「嗚嗚，沒有糧，沒有鹽，天天煮野菜湯撐肚子，灌得我爹我娘直嘔綠水，兩個人都趴床上起不來了！朱書記官，求您老行行好……」

「唔，你就在前面帶路吧。本書記官，還須親自瞭解瞭解！」

秦大森的弟弟名叫秦大田，十五歲；三歲半開始乞討，人瘦得像蘆柴棒上頭戳著個蔫蘿蔔，嘴巴歷練得特別乖巧。他手中還攥著從田埂上挖來的白茅草嫩根，邊走邊不時掀一截兒丟嘴裏慢慢嚼吮。

他家在鎮子西頭，茅草屋裏，彌漫著漚綠肥的濁氣，除了冷冰冰的灶台，只有兩張高粱杆兒上墊爛稻草的破床。秦大田的爹娘，果然趴在床上，摻有血絲的綠口涎順嘴角溢漫，見有人進屋，大眼睛尚眨巴著的骷髏腦殼，便哀哀呻吟起來：餓啊——，餓啊……

朱雨卿靦腆孤傲，一年四季都自囚在家中，極少串門，對春荒中常有的景象缺乏認識；那呻吟聲，使他以為進到了地獄，禁不住渾身毛骨悚然。

「朱書記官，您老可憐可憐我爹娘，給點錢我們買包穀度命吧……」

朱雨卿抖抖索索，從長衫兜裏摸一塊光洋輕輕擱床沿上。秦大田眼睛陡地瞪老大，興奮得趴地上連連叩頭。朱雨卿完全暈了，猶豫片刻，咬咬牙，又摸索出一塊……

鄭玉梅當然瞭解丈夫，認為他根本不是作書記官的料：憤世嫉俗，又好擺目空一切的架式，在恃強凌弱的官場，只會招至仇恨和羞辱！書記官在過去也叫師爺，一管毛筆，像吐著信子的毒蛇，眼觀六路，耳聽八方，心深得不見底！

——這些想法，她都沒有能說出口。無論如何，總不該辜負了李團總的一番好意吧。吳媽倒是真心為正走下坡路的朱家，能高攀上如日中天的李家而喜形於色，接連幾天，說了好多「親戚當然要幫親戚嘛」一類的奉承話。

丈夫有李茂軒撐腰，沒準兒真會做成點什麼。鄭玉梅一直盼著有朝一日，能將去年丟失的幾十畝水田旱地，再置起來。待朱家寨子五天，她乘著春荒，又買下九畝桐林交劉麻子務勞。俗話說「好漢難過正、二、三（月）」！山裏的日子苦啊！有的山民已經靠挖蕨根、苧麻根剁碎後做粑粑填肚子了；境況稍好點的，則將乾黃豆葉泡潤揉爛，再拌上半碗包穀麵蒸了吃。劉麻子把吃黃豆葉麵飯，叫作「先苦後甜」：開始時，只輕輕地扒難以嚼爛的乾葉子，用力嚼，使勁兒下嚥，待碎葉子扒拉完了，從碗壁上可以收攏起幾小口濕潤的包穀屑，然後一口一口細細地嚼，「硬是甜津津的哩！」……

鄭玉梅看在眼裏，心底一陣苦澀。她讓朱繼久兩口兒和馮雅仙留在山上，告訴他們對佃戶多關照點，實在揭不開鍋的戶，就借給二、三升包穀。還有幾戶人家，也找上門要出賣坡田或山林，她婉言拒絕，亦借給他們一點度命的糧食。

畢竟大華老人埋在這兒，總得給鄉親們留塊立足之地。再有一個多月，月娟就要出嫁了。嫁妝是女兒家社會地位的標誌，怎麼也得盡力多做一些，鼓樂吹奏著送過去。匠人們已在忙活了。千辛萬苦省下的近一千多塊光洋，還不知道夠不？

朱雨卿老來走運，五十二歲時，開始服務社會了。

昨天從秦家出來，雖然朱雨卿還為擱床沿上的兩塊銀元暗自心疼，見天色尚早，心急火燎又去了平陽壩，找李團總講了饑民的慘狀，出主意請他設粥棚救助。李茂軒透過窗櫺望滿天浮雲，笑吟吟問：富戶們全都一毛不拔，錢從哪兒來？

朱雨卿張開鼻孔，用力吸一口春風，搓著手掌說：能否從尚未上解給北軍的窩捐中，挪用些出來？為防胡團長怪罪，屬下請團總馬上召開鄉保長會議，聯名上書，法不責眾嘛！北軍們有大饅頭吃，而鄉親們行將餓斃！若能夠作成此善事，這一方的饑民百姓，必然將李團總視為救命恩人，馬首是瞻，萬死不辭！

李茂軒皺著眉頭，掂量了好一會兒，認為此提議甚好。他嚴肅地說道：救人如救火！今天先把鄉保長聯名上書搞定！明日，我當親往天池觀主持設粥棚之事，那兒土地貧脊，春荒最烈！縣裏通知明日要開禁煙會議，不過是還想再多刮光洋。老子偏一個子兒也不給！你替我去參加，就說近來這一帶土匪猖獗，本團總分不開身！

十多個團丁，很快分頭去請沈鄉長和附近的鄉保長們前來議事。李茂軒呷一口釅茶，問了幾句「德生厚」的近況。態度特別和藹可親。太陽掙扎出雲層，離西邊山頭不過一竹杆多高了。朱雨卿忙得沒顧上吃午飯，肚子這會兒咕嚕嚕一陣呻吟。

就是剛才，李茂軒還正在為如何造聲勢壯大武裝的事傷腦筋。雞公嶺的土匪，前天在去天池觀的路上，襲擊了窩捐徵收隊的兩個弟兄，搶走了毛瑟槍，沒有傷人，算給了點面子。土匪來無影去無蹤，李茂軒是獅子，也奈這些牛虻不何。他認為關鍵問題在於聯防團的勢力不大，倘若擁有兩百人槍，土匪們絕對不敢輕動，連胡團長，恐怕也得要懼他三分！趁春荒設粥棚，的確是個好主意，開銷不大，而影響大！最主要的是：李茂軒可以借此時機「踩陣」，收兄弟發展漢流——他要把聯防團辦成一支袍哥的隊伍！

……鄉保長聯席會議一直開到很晚才散。天黑了好一會兒，酒足飯飽的朱雨卿，才乘軟轎回到家中。他挺胸亮胳，滿面紅光，躊躇滿志的意味較往日更濃烈；且一步三晃陶醉，自負地高昂著精瘦的小腦殼。

「嘿嘿，明日一大早，我就要代表李團總，去縣城參加會議。我的責任是呈請上峰，考慮這一方的匪患災情，暫緩在我們長枋、木魚諸鄉禁煙……」

衣櫃、書桌、梳粧檯、腳盆、馬桶、洗臉架等等「陪奩」，差不多都快完工了，空氣中彌漫著刨花、木屑和松、杉板材所散發的淡香。兩位老木匠和三個小師傅剛吃罷消夜，醉眼望滿口酒香的朱書記官肅然起敬，嘖嘖地讚歎。牆壁上的自鳴鐘，也湊熱鬧地響起來，鐘聲悠悠蕩漾，重來覆去，敲了十一下。

「這麼晚回家，也不給家中捎個平安信兒；月娟剛才還問到你這個兄長咧！就你一個人去城裏嗎？人家團長、縣長會聽你說？」

「山不在高，有仙則名；水不在深，有龍則靈！雞公嶺之悍匪，危害百姓久矣！歷朝歷代，剿匪安民都需花費大量錢財，而縣衙又無力撥付。拿煙土所獲之利，充實剿匪之資，此乃以毒攻毒；待悍匪剪除之後，再行禁煙，可謂順理成章也！何況胡團長亦有言在先：『長枋諸鄉地處高寒，地貧民弱，且剿匪繁忙，故暫緩禁煙。』朝令夕改，豈不有損上峰威嚴？當然囉，理由還是蠻多的……總之，此次赴會，我握有絕對之把握哩！」

這一席話，朱雨卿在平陽壩的鄉保長聯席會議上，就炫耀過了，早已稔熟於心。守候在洋油燈下看吳媽繡嫁妝的朱月娟，也不禁為兄長的雄辯滔滔而驚訝。婚期將近，各種嫁妝燦爛奪目，旁人手忙腳亂，朱月娟本人似乎卻麻木不仁。早春的日子無精打采，她的靈魂深處，好像還在期待意外事情發生。眼前的樣樣東西都熟悉得令人悵惘，教書，然後回家，昨天，今天，明天一個樣兒，看不到任何變化和希望。

同李祥瑞之間，最終也沒弄明白，鬧彆扭的隱秘內容，隔膜依舊躲躲閃閃存在著；只不過彼此遷就，笑臉相向，到底於心不快。她想，婚姻也許就像住宅周圍的景物，相處得越久，越難得喚起熱情吧？

第二天，朱雨卿由一個團丁陪伴，乘木船進城開會去了。

平陽壩的李茂軒，一大早就起床，手提油亮的黑馬鞭，指揮眾團丁敲響銅鑼，往四鄉八嶺，發佈要在天池觀設粥棚的消息。還有十多個袍哥中的心腹兄弟，昨晚就派到各處撒貼子去了，可以預料，到時候，場面肯定浩蕩熱鬧！

盤纏在山腰的霧帶白綢也似，浮得李茂軒的身板也輕飄飄的。他今天一身黑色裝束，腰間繫黃綢帶，掛東洋刀，樂呵呵跨上馬背，頂天立地，蔑視一切！

遠山逐漸明淨起來，如陳年草索一般的盤山小道，在綠樹間斷斷續續泛著白光；風也輕輕吹起，溝穀底的一團團霧氣，突然如湍流遊走，傾斜著飛升。剛剛從東邊山坳探出頭的太陽，立刻變成了毛茸茸的深紅色。通往天池觀的一條條山路上，沒一會兒，已經有身穿襟襟片片的窮漢在行走。遠房近舍，林間溪畔，零零星星都有人出來打探情況，他們惶惑地東張西望，或者滿臉興奮交頭接耳；殷實戶想去瞧熱鬧，肚餓的則盼著能得到一頓飽餐！漸漸地，幾乎所有村寨都一片騷動，如此景象，從未見過！

施粥的準備工作，正緊鑼密鼓地進行著。團丁們幹得大汗淋漓，早到的窮漢們，也自告奮勇幫忙。日上中天時候，長滿蒿草的天池觀廢墟上，高臺已經搭好，二十一面幫會的三角形杏黃旗獵獵作響。高臺背後，一字兒挖著十口大鍋灶，炊煙燎繞，飯食飄香。斜坡上已聚集了五、六百人，來來往往，粗聲粗氣說笑；婦女和娃兒們，大多圍在大鍋灶旁，瘦臉緊繃繃，身板直挺挺，眼睛像伸出了爪兒，嘴巴裏不住地嚥著口涎。

太陽西偏，施粥開始了，數十個團丁守鍋灶前維護秩序，饑民們自覺排起長隊，每人都能分得一大鏟幹稠的包穀粥。一時間，人群鬧哄哄像開了鍋，吃和，看的，輕聲議論的，全都眉開眼笑，唧唧咕咕，嘻嘻哈哈！

十大鍋粥分發乾淨了。伙夫們重新生火，專程從城裏請來的大師傅們，用五口鍋蒸飯，三口鍋炒菜，為「踩陣」準備酒席。

高臺上，這會兒擺出了九把交椅。龍頭大爺李茂軒，滿臉堆笑居中，二爺、三爺、四姐、五弟、六弟、七妹、八弟，和小老么，以地位順序分坐兩旁。三聲炮仗響過，人群安靜下來。李茂軒手執令旗，威風凜凜發令了。

「大令出朝，地動山搖！逢山開路，遇水搭橋——」

「逢山開路三千里，遇水搭橋萬丈高！哦——」

幫會中人情緒激動，在台下手舞足蹈，抖擻精神齊聲應和著。

龍頭大爺十分滿意地緩緩落座，作為「踩陣」的主持，小老么這時候站起來了。小老么十五、六歲，是縣商會會長的三公子。他往四方拱手施禮，乾咳兩聲清清嗓子，昂首挺胸，字正腔圓地講起袍哥們的規矩和章程：

「奉了大哥將令，我來講說十條：

第一條盡忠把國保，為子盡孝第二條；

第三條要分大和小，和睦鄉黨第四條；

第五條作人走正道，講仁講義第六條……」

漢流的組織嚴密，約束周至。新成員入門，除了上面講的十條之外，還有二十一則、十禁、十刑、十八律書等等，一板一眼十分規範。李茂軒的這個山堂，山名叫「錦華山」，堂名叫「仁義堂」，水名是「四海水」，香名是「萬福香」；內口號為「義重桃園」，外口號為「英雄克立」！陌生袍哥們之間交往，就用一些諸如「貴包口」（哪個山堂的）？「從何處過賬而來」（從哪個碼頭來）？「青子」（刀）、「筆管生」（讀書人）、「出穴」（外出做生意）、「頂盤」（進紅包）、「吃橫把」（靠刀槍搶劫）、「肥豬拱門」（財主上門）等等切口暗語問答，以防備破壞分子混入，或者冒充師傳，魚目混珠。

舵把子們在高臺上各司其職，一個接著一個宣講。台下的人越來越多，多數肚腹中填有包穀粥，心裏踏實，聽得認真極了，斜坡上的氣氛漸趨肅穆，窮苦山民們，好像陡然走出黑暗，眼前明光萬道，一個個都規矩如小學生！

第二天，第三天，場面更火爆，方圓百里，走得動的幾乎全來了！女人們牽著娃兒，端著土缽，瘦削的笑臉上粘有星星點點碎包穀屑湯汁；男人們目光虔誠，昂著頭興致勃勃。風吹過來，搭肩膀上的破爛單衫，旗幟一樣飄蕩！

李茂軒兩手叉腰走進人群，長筒黑皮靴亮堂堂的。他極其和善地朝四方所有人點頭，泛著油光的臉上笑眼眯縫，得意之情溢於言表！以設粥棚作幌子的「踩陣」，成果令人鼓舞：總共收兄弟近三百人，都一一帶到香堂填證歸結，砍香起誓，詠誦的口訣充滿了殺氣！

「……昔日韓信賭假咒，未央宮中把命丟！

昔日羅成賭假咒，亂箭穿心又穿喉！
香堂不准賭假咒，砍香猶如刀割頭！」

李茂軒終於完成了一件大事情，追根溯源，心底對朱雨卿也添了幾份佩服。他認為，能同朱家聯姻，可以說是時來運轉的徵兆，一切都是天意！

還是第一天時，沈聚仁就帶著兩個鄉丁奉送了幾百銀元來過，然後笑眼旁觀，暗自憂心忡忡。拖死秦大森立威在先，設粥棚「踩陣」施恩惠於後——可見李茂軒絕非等閒之輩；也太張狂，狼子野心暴露無遺！所有的這一切資訊，得設法通過他人之口，儘快地傳達到胡團長耳朵裏！鷸蚌相爭，漁人也才有得利的機會。

第二天的下午，他喚鄒白雲到書房，吩咐他如此這般去操作，並再而三叮嚀，要作得不顯山不露水，切切不能留下任何蛛絲馬跡。

二十一

縣裏的禁煙會議開了兩天。朱雨卿口若懸河、長篇滔滔地對胡團長申訴著理由，話才說一半，就被打斷，還挨了好一頓訓斥。

「……暫緩禁煙，並非就是倡導種植——如同因為種種原因，我們不得不暫緩征剿龜縮在林莽深處的小股土匪！而那些種植於大道兩旁的鴉片苗，就好比是膽敢招搖過市、目無王法的土匪，簡直是在示威，當然不在暫緩之列！從今年開始，長枋諸鄉的煙苗面積，必須每年遞減！你久讀聖人書，如此淺顯的道理，怎麼都不明白?!」

去年十月圍剿川匪邱華庭的那一次，李茂軒縱容部下濫殺俘虜，藏匿快槍和子彈，還自作聰明，玩弄「獻槍」把戲糊弄人，胡團長一直耿耿於懷。上個月，狀告李茂軒的「快郵代電」帖子出現後，他曾以「李茂軒招降納叛，作惡多端，行為不軌，恐成後患」，密告督軍府，暫時尚無回音。三月四號晚，縣衙又收到匿名帖子，說李茂軒以本該上解之窩捐，設粥棚收買人心，還「踩陣」得袍哥近千人，聲名大振！

胡團長覺得必須當機立斷，至少先煞煞他的氣焰，然後等省府回電，再作道理。

胡團長喚來謝督察，令他散會之後，就隨朱雨卿再去夫子鎮，尋釁找碴兒，讓李茂軒能多少有所收斂！為顯示權威，還特意派出四名膀大腰圓的護兵，跟隨著前往。

朱雨卿無功而返，滿臉沮喪向李茂軒訴說了經過。李茂軒並未吭聲，還沉浸在「踩陣」收袍哥弟兄的快意中。

謝督察一付公事公辦模樣，踱步到跟前，呈上胡團長的親筆信，其大意是：為扼制鴉片種植無度，對上峰有個交代，特懇請李團總協助，自毀一畝植於鎮旁顯眼處之鴉片苗，用於震懾煙農，維護法律之尊嚴！所受損失，縣衙將通過其他渠道予以暗補……

正在興頭上的李茂軒，不啻兜頭遭遇一盆涼水，立刻變了臉，吼道：老子去年置的二十多畝肥田，都在夫子鎮旁，都種的鴉片，看哪個狗日的有膽量鏟?!

那謝督察倒並不多言，甩一句「還請李團總三思」，扭頭帶上護兵，回棧房去了。

朱雨卿撿起胡團長的親筆信，仔細看了兩遍，皺眉頭好一陣思索。李茂軒如同落入陷井的野豬，怒氣衝衝在房中來回走著，狠狠地直跺腳。

「胡團長在信中，對團總您還是很客氣的，團總就依了吧？小不忍則亂大謀，萬一雙方都撕破臉皮，大軍壓境，後果不堪設想啊……」

「毀一畝鴉片苗，倒也並不算啥——可狗日的北兵們，是在當眾打我的臉哩！」

「大丈夫能屈能伸！韓信不也曾受過胯下之辱？武子胥過韶關，不也曾急白了頭髮？常言道，宰相肚裏能撐船。留得青山在，不怕沒柴燒——」

「唉唉，強龍還不壓地頭蛇呢！如果老子手中，現在就握有三百人槍，真敢跟那些個狗日的北方佬們對著幹！——快快拿些酒菜來，雨卿你陪我喝兩盅……」

傍晚，鄭玉梅從丈夫口裏，知道謝督察明日要鏟李家的鴉片苗，頓時大驚失色。她了解李茂軒好面子、愛呈能的德行；自古以來，「打得贏才是大哥」，軍爺們殺個把人，簡直如撚死一隻螞蟻咧！朱雨卿酒氣醺天絮叨說：官大一級壓死人哩！我直勸得口乾舌燥，總算避免了雙方兵戎相見。

他咕嘟嘟喝一大口涼茶，又繼續講述，李團總如今是何等人物！寧為玉碎，不為瓦全！我勸他忍得一日之氣，免得百日之憂；北方佬係無根之浮萍，地方上的事務，遲早還得由本地的人物說了算！呵呵，你們還沒見識過李團總發怒時的樣子，如龍之騰躍，如虎之咆哮，接連摔碎了兩隻青花瓷大花瓶……

躺到床上之後，鄭玉梅好一會兒仍睡不著。月娟的嫁妝已經準備得差不多了。她只盼著這一方天地太太平平，千萬千萬，不能再出什麼亂子了。

那天夜裏，平陽壩的李茂軒，也睡不著瞌睡，悶悶地又喝了好一會兒酒。雖然俗話裏也有勸人妥協的句子，比如：「扁擔撬不過地腳枋」、「讓人不為癡漢，癡漢不會讓人」等等；但眾目睽睽之下，眼巴巴瞅著別人毀自家的煙苗，未免也太窩囊了！俗話中還有「閉眼吃毛蟲」、「眼不見，心不煩」一說。第二天，剛麻麻亮，他乾脆帶領眾團丁，氣勢洶洶傾巢出動，奔雞公嶺巡視治安去了。

——縣上來的督察，竟敢在太歲頭上動土，要毀李團總家的鴉片！消息不脛而走，夫子鎮的百姓，如聞晴天霹靂，窄石板街上霎時沸沸揚揚，如開了鍋。緊傍神農架大山邊緣這一帶的半高山，但凡有田的農戶，幾乎或多或少都種植有鴉片。鴉片苗喜好肥田沃土，雖然費工費時，收益遠比其他作物要大得多；煙苞裏的籽兒還可以榨油吃，莖葉作水田裏的壓底肥也蠻好。禁煙倒是年年在喊，卻從未有過動真格的。而這一次，好像連李團總也無力阻擋了。民眾們大眼瞪小眼，一時都有些心裏發慌……

沈聚仁很快就知道了情況，暗自竊笑，表面卻裝作怕得罪李茂軒，閉門家中託病不出。眼下正值春荒尾，百姓的肚腹中盛著虛火，悄悄地再撒播點兒仇恨的火星，讓它燃起火焰，狠狠燒謝督察一傢伙，果真那樣了的話，李茂軒可就要吃不了，兜著走！

春風習習，吹進格子窗。草山那邊，有山羊咩咩叫喚。沈聚仁胳膊肘兒橫在扶手上，仰起臉望屋頂，彷彿看到一陣狂飆，掀起了漫天大火！腥紅的火舌煞是好看，那年輕的謝督察，還有弼馬溫一般的李茂軒，正焦頭爛額狼狽鼠竄……他頭枕躺椅後背，舒展開來身體，瘦臉上流露出一種歡愉、疲倦，和快要進入睡眠的表情。

謝督察這邊，一覺醒來，聽說李茂軒帶領團丁去了雞公嶺，不由得渾身一陣輕飄。昨晚上，他並沒有敢太頂撞，還是擔心可能惹惱這位魔王，也被綁馬屁股後頭拖死！現在看來，對方亦不過欺軟怕硬——今日，更該放開手腳幹了！

日上三竿，執行禁煙公務的活動，按部就班展開。沈鄉長託病回避，亦屬於情理之中的事。最可笑那幾個被差來協助鏟苗的鄉丁，一個個垂頭喪氣，似乎剛剛死了爹娘！

謝督察挑選的那一畝地，在草山西南腳，緊傍窄石板官道，因土質肥沃地勢顯陽，莖葉青翠葳蕤，煙花如火如荼！謝督察還是太年輕，面對密密麻麻站遠處冷眼旁觀的百姓，顯得激動振奮，以至竟沒有發現，在那陰冷的目光背後，所飽含的是對他春荒時節、暴殄天物的仇恨！他沿田埂走了兩個來回，好像個暫時掙脫管束的頑童，終於找到了能夠隨心所欲的地方！只見他兒戲似的，突然揮舞文明棍，左右亂劈，紅花綠葉翩翩翻飛！然後，他扶正眼鏡，面朝圍觀的山民百姓，遙遙地數落起鴉片的罪惡來……有一匹小毛驢在船運社那邊「吆吆」著喝彩應合，竟沒能夠逗起大家的哄笑聲！所有人的眼睛，都盯在門神樣立謝督察左右那四個殺氣騰騰的護兵身上了。鄒白雲也夾在人群中，黑喪著臉，眼珠兒來回睃動，左顧右盼，小小聲嘟噥著一些氣憤的話。

這位新式洋學堂裏教育出來的謝督察，口才極好，唾沫亂濺地聒噪了將近兩灶香的工夫，才下令鏟苗。又費了約莫兩灶多香的工夫，一畝鴉片苗橫七豎八，躺倒在春陽裏，像胡亂堆放著的綠肥。圍觀的人各懷心思，嘟嘟噥噥結夥走散，夫子鎮又回復了往常模樣。

謝督察由四位金剛護衛，沿石板街無目的漫步，嚴肅面孔已換成和藹模樣，希望與民同樂。老百姓一臉冷漠，娃兒們害怕似的都躲著他！這會兒他口乾舌燥，也沒有人為他沏茶；腿杆酸軟也沒人給他板凳坐。他無趣又無奈，回棧房吩咐殺雞置酒席，自己慰勞自己。

鄉公所的棧房，是一棟明三暗六的土坯屋，大門與「仁和記」隔街相望；屋後是一大片竹林和菜地，綿延直至河灘。阡陌縱橫，芳草萋萋，環境蠻幽靜。

午睡後起來，謝督察來到竹林裏的茅房小解。畢竟可以交差了，他醉意朦朧，飄然欲仙，口中還吟詠著詩：大夢誰先覺，平生我自知！——突然，他手捂左眼跌倒，尖叫著喊疼！兩衛兵飛快撲出，將他摟進屋子裏。另外兩衛兵雙手執盒子炮，如臨大敵，沒一會兒，便從竹林邊搜出發射柳葉小刀的弩機！

這是一個自動裝置，由掛在弩機「懸刀」上的蠶絲作引線，人碰蠶絲而牽動「懸刀」，弩機廓中的牙兒縮下，牙所勾住的弦，便會猛力將柳葉小刀彈出。謝督察傷得很重，左眼珠破裂，，淚囊至顴骨間割開一道深口子，鮮血摻雜著眼淚淌了滿臉！

護兵們虎著臉扯來沈聚仁，盒子炮亂晃，逼他交出兇手。沈聚仁一看到弩機，就明白是幫會中人幹的：山裏獵戶多用這玩意兒射殺兔子或者黃鼠狼！他故作驚恐，措辭含糊地囁嚅：怎麼會出這種事兒？更何況督察大人與本地百姓素無冤仇……山裏草民，雖說絕大多數膽小如鼠兔，但極個別的刁民，目無王法，脾氣火爆，且極善蠱惑人心，倘若他們要一不做二不休，本鄉長還真沒有能力保護大人了……懇請督察趕快回城，然後再作道理……

此時的謝督察，也意識到問題嚴重，早已成驚弓之鳥！他強忍住疼痛，草草包紮一下傷口後，找一頂大草帽遮臉，一行人由沈鄉長帶十幾個鄉丁護衛，倉倉惶惶，登上了停泊在長枋河畔的貨運大木船……

等到李茂軒聞訊，急匆匆從雞公嶺趕回來時，大木船已經走一個多小時了。他聽沈聚仁細細講了事情經過，及利害關係，心煩意亂地直搔頭皮。

「……那狗督察的傷勢如何？你看這事兒，北兵們只怕不肯善罷甘休！」

「聽說不過在臉上劃了道小口子吧。我來得也晚，那年輕督察好面子，戴一頂大草帽遮住臉，我也沒敢看太清楚……唉唉，事情偏偏發生在鏟鴉片苗之後，對團總十分不利咧！依我之見，團總不如乘早去尋到那位忠義的弟兄，捆綁了送到城裏，揮淚斬馬謖，由他一人承擔起責任。這麼做，或許能消除胡團長的疑惑……」

李茂軒氣呼呼拈髭髯良久，末了，長長地歎了一口氣。

回到平陽壩宅第，他立刻吩咐人去調查，果然是新近「踩陣」收的弟兄所為：兩名土地嶺的年輕獵人，和一個街頭潑皮。三位義氣兄弟都視死如歸，爭著願為龍頭大爺消災。第二天清晨，用抓鬮兒挑出的那位揹運的年輕獵人，被用繩索綁了，由四位團丁押往縣城。李茂軒親自遞過壯行酒，送出老遠才拱手作別。

黃昏時候，團丁們捧回胡團長一紙小簡，大意是：兇手以下犯上，罪當立誅！念其係為主人鋌而走險，其情可恕，故決定三月初七，押解回鄉，交還李團總處置……

李茂軒完全沒有料到會出現這種局面：將人犯押回，好讓自己再次品嘗屈辱！朱雨卿兩眼望天，思考再三，勸慰道：如今北軍勢大，身在矮簷下，不得不低頭。曾廣賢文上又云，害人之心不可有，防人之心不可無！所以，還須多放出探子，倘若發現胡團長帶著大隊人馬進山，那就是來者不善了……他最後還建議，李茂軒務必於今晚，提前先將家眷及家中細軟，著心腹之人，悄悄帶往朱家寨子暫避，以防萬一。

送走了哭哭泣泣的家人，已是夜半。李茂軒內心，並不太相信事態真有那般嚴重，但是因平日與縣衙的人往來並不多，心中著實也沒底兒。他獨自在空蕩蕩的客廳徘徊，陡地想起宅子的老主人吳效伊，禁不住打了個寒噤。他睡意毫無，立刻叫衛士去請平陽壩的測字先生。老瞎子進門時，從天邊剛巧滾過來隱隱一陣春雷。李茂軒想了想，用指頭在瞎子的手心上劃了個

「雷」字。老瞎子仰面望屋脊，慢吞吞呢喃：……此字貌似凶煞，其實不然。雨落田中，興發之兆；雷響一鳴震天，天下皆聞！占問升遷、凶吉，俱大利也！

李茂軒賞給測字先生三塊光洋，這會兒，才稍稍感到寬心了些。

三月七日，天色陰沉，欲雨未雨。探子來報，說胡團長僅帶二十護兵，離夫子鎮尚有十餘華里。李茂軒猶豫一會兒，也帶上二十個護兵，去夫子鎮迎接。為防不測，他又命令兩個中隊長將剩餘八十多人槍隱匿在草山上，平陽壩暫時交刀矛隊守衛。

一行隊伍抵鄉公所，北兵們也剛剛到。兩支人馬相距丈餘站定。李茂軒拱手施禮，再次為督察受傷致歉。胡團長呵呵笑說道：十條上云，第三要分大和小。這位小兄弟以下犯上，所以送回，請李團總處置。抽一鞭然後放人吧，給他臉上留個疤，跟謝督察那邊也算扯平了！邊說邊大搖大擺走過來，將馬鞭遞到李茂軒手上。

當著北方佬的面，鞭打袍哥兄弟，令李茂軒心口一陣堵得慌，卻又不能不照辦。他疾步走到那個年輕獵人面前，揮鞭就抽，只盼著遊戲能快點結束。

隨著馬鞭擊打臉頰的一聲脆響，跟在身後的胡團長說時遲，那時快，一個餓虎撲食，壓在李茂軒背脊上，雙雙倒下，跌在胡團長那邊二十個衛兵的腳前。團丁們圓睜驚訝的大眼睛，正要反應，那邊的四十枝盒子炮早已端平，噴出雨點般滾燙的子彈……

幾乎是同時，從五條正徐徐靠岸的船運社的木船裏，竟生生躍出了一連輕裝的北兵，分兩路席捲夫子鎮。草山上的戰鬥持續了不到一炷多香的工夫，團丁們終究敵不過正規軍，死傷二十多，其餘的全作了俘虜。守衛平陽壩的刀矛隊，聽到消息，惶惶如喪家之犬，各奔東西……下午，北兵們嘻嘻哈哈，開始在臨街的板壁上張貼安民告示，李茂軒的十大罪惡，被朱筆勾勒上了醒目的血紅圈兒。

黃昏時分，催命的鑼聲咣咣，引來四方一陣洶湧狗吠。兩隻晚歸的白蝴蝶，在攢動的人群頭頂上，悠然自得翩翩起舞。

膀粗腰圓的四個北兵，架著身負腳鐐手銬的李茂軒，出現在街頭時，大家的小腿肚都不由自主直打哆嗦，心頭有一種涼颼颼的感覺。栗子坪的王保長等幾位老鄉紳，徵得胡團長同意，讓人把一個裝過洋油的鐵皮桶，用細鐵絲縛在李茂軒背上，又操火筷子夾來燃燒得正旺的木炭，一塊一塊丟進鐵皮桶裏。很快，李茂軒赤裸的背脊上就騰起濃煙。晚風吹拂著皮肉的焦糊氣味，順著街筒子彌漫開，熏得圍觀的人直往後退。

李茂軒的確稱得是一條硬漢，痛得嗷嗷直叫，仍罵不絕口，臉膛上的一塊塊肌肉劇烈抽搐，模樣兒格外猙獰！王保長們事先在鐵皮桶底兒上，戳了好幾個透氣的風洞，鐵皮桶內木炭越燒越旺，燒烙得皮肉騰起濃煙滾滾，桶身也漸漸紅通通灼眼了……

到後來，兩個抓著李茂軒胳膊的北兵，也被薰得只能撒手了。李茂軒還在掙扎著，嘶罵著，腳鐐手銬嘩啦啦作響，隨著背脊上搖曳起黃色的油亮小火苗，那頭髮也被點著了；踉蹌著又硬撐了一會兒，李茂軒才沉甸甸倒地氣絕，黑褐色的亮晶晶的油脂，濡濕了一大塊街面……

暮色緩緩降臨下來，死屍背上的小火舌，在晚風中時明時滅。從看熱鬧的人群中，傳出來搜腸刮肚的嘔吐聲；大家都如木樁一樣，給嚇傻了，所有的臉龐模糊一片……

二十二

朱家老宅子的後院緊傍著草山，木板牆上胡亂給添了十多個彈洞；朱雨卿的左臂上，讓流彈拉了一道三寸長的血口子。處死李茂軒後的第三天，他也給北兵抓起來了，罪名是「附逆謀反」，說是要帶到縣城裏去蹲大牢。

劉麻子悄悄下山來了，說李祥瑞知道父親被虐殺，無論如何，都要下山來替父親收屍，好不容易被二奶奶扯住；一家十多口，整日嗚嗚哭泣……

吳媽到底經見過的事情多，自告奮勇，要前往山裏安撫。鄭玉梅說：學堂裏，恐怕一時半刻開不了課，月娟也跟著去看看吧。栗子坪的王保長，昨晚被人三刀六洞扎死在床上。眼下風聲正緊，叫祥瑞千萬小心。繼久他爹還關著，我實在走不開，山上的事，就全拜託二奶奶多操心了。

吳媽在朱家寨子只待了一天。她兩眼紅腫，講了山裏的淒慘情景……雖說帶出來不少錢財，三奶奶楊氏，過不慣苦日子，嘟噥著要回娘家。幸虧二奶奶利害，眼下還鎮得住。老屋的房子本不算寬敞，突然添十多人口，吃和住都諸多不便，長此下去，的確不是辦法。有一件事，二奶奶雖然覺得難以啟齒，還是說了。她想緩一段日子之後，替祥瑞和月娟把婚事辦了。她這麼做，也算對死鬼子男人有個交代。所以，托我下山問問你的意見。

「德生厚」裏面，也讓人感覺到陰風慘慘。新嫁奩沐浴在洋油燈的黃光底下，彷彿凝固了的紫紅色血液，布料綢緞幽幽地閃著妖邪的光芒；空氣中還聞得到桐油和生漆的苦澀味兒，角落裏還看得到如紙錢一般的星星點點白色刨花……又有誰料得到，事情急轉直下，使一向處事果斷的鄭玉梅，也沒了主張。

「四月初八之前，只要雨卿能放出來，婚事還是如期辦。可胡團長好歹不給個照面，這一回，雨卿只怕是凶多吉少……」

鄭玉梅先後兩次來到沈宅，找胡團長求情，都吃了閉門羹。沈聚仁壓抑似地不愛搭理人，悶悶地做著胡團長吩咐下來的事情，外人看來，倒像《三國演義》裏的徐庶，身不由已進了曹營。整肅地方秩序的工作，正緊鑼密鼓進行著。胡團長擬定了兩條原則：原保安團一般成員，一律取具地方公正士紳保結，方允自新；新的保安團只建一個中隊（三十人），准留少量槍支，但必須登記、烙印、領照，不得售借！

還聽說胡團長曾想讓沈聚仁出面兼任團總，但被沈聚仁堅辭，自稱天生懼怕槍炮。這事兒，被暫時束之高閣。

第二天，吳媽陪伴著鄭玉梅，又去找沈鄉長幫忙說情。沈家大院內，挎盒子炮的北兵來來去去，幾匹戰馬歇在大柏樹底下，旁若無人地咀嚼著燕麥、黃豆，咯嘣咯嘣，像石磨拉包穀粒。吳大娘子引著她倆，來到後院的書房門前。

沈聚仁在書房裏，正小小聲對鄒白雲吩咐著什麼，見有人找，站起身訕笑，言不由衷寒暄，請坐，叫人上茶。聽鄭玉梅說明來意，他臉上露為難顏色，小小聲沉吟道：那次禁煙會議上，朱兄呈能強辯，北方佬們一直惱怒在心。由於李團總昔日與我交往頗多，胡團長對我也沒有好感。再過幾日，他們就要帶上人犯，打道回府了。朱兄的事兒，真還得抓緊哩！俗話說，沒有貓兒不打葷！你們去準備一份厚禮，我拚了老臉再試試看，跟那些凶蠻的北方佬談事兒，不敢說有絕對把握，也許，胡團長會給個面子放人吧。

鄭玉梅不好再央求什麼，蔫蔫地回到家中。吳媽湊她耳朵邊建議：二奶奶手頭有錢，向她借吧？您根據實情，寫一封信捎帶上山去，叫繼久趕快送錢下來，救人要緊啊！

鄭玉梅一臉兒苦笑，擺了擺頭說：李家孤兒寡母，眼下又正遭了大難，往後也再沒了依靠。我就是砸鍋賣鐵，也實在不忍心去找她借錢啊！

兩個女人，如熱鍋上的螞蟻，在空蕩蕩的老宅子裏，又苦思苦索了大半天。到傍晚，鄭玉梅咬咬牙，起身找來中人，將洪水埡的鴉片青苗全賣了，連同家中積蓄，湊足兩千塊光洋送往沈家。

焦躁地又等了兩天，朱雨卿才被放回家。老夫老妻，抱著頭好一陣大哭。朱雨卿被整整關了一個禮拜，斯文掃地，受盡羞辱，長衫上滿是塵埃、蛛網、稻草屑，瘦得脫了形，活像個豎在田埂上嚇唬鳥兒的草人。

當天晚上，船運社老闆杜金山，突然過來問候，聽說是賤賣了鴉片青苗，才將人贖回，連連跺腳，埋怨鄭玉梅咋不去他那兒借錢，把他當外人了。

杜金山守著父輩傳下的家業，平平靜靜過日子，並不喜好交際。面對突如其來的套近乎，鄭玉梅尷尬地訕笑，十分意外。

她哪裡知道，杜老闆這些天來，一直提心吊膽度日，害怕袍哥們像對付栗子坪的王保長那樣殺了他！謝督察為弩機所傷之後，衛兵們擔心乘船再遭暗算，硬拉上他護送。北軍們設計謀偷襲，一連官兵，就是藏在他船運社的貨船裏，天未亮由城關啟程，縴夫中也摻雜了半數的北兵！而他和另外半數的縴夫，則被軟禁在兵營內，直到三月七日中午後，大局已定，才放行。對夫子鎮的血腥殺戮，杜金山可以說完全蒙在鼓中！

昨天，胡團長差人把杜金山叫到沈家，不由分說，任命他當了團總——像黃泥巴掉進褲襠裏，在不知情人的眼中，與北軍同謀的惡名，更是解釋不清白、洗刷不乾淨了——杜金山起初還苦著臉推辭，反遭胡團長猛力訓斥，無奈，只得承擔下來。

「……嫂夫人曉得，朱兄也瞭解，我、我這人，哪兒是當團總的料？這不是借刀殺人，要我的老命嗎？朱兄能脫離囚牢，真是謝天謝地！日後遇見李家的黨徒，二位可千萬千萬，要多多替我美言啊！其實，沈鄉長文武雙全，當這個團總才最合適。他這個人，實在太精明了，啥樣場合都如閒庭信步，手上不沾血腥，腳上鞋襪乾爽！我就不行了，閉門家中坐，禍從天上來。不過，胡團長總算答應，我可以仍舊住在家裏，讓鄒白雲當中隊長，平日裏，由他去操練那三十人槍。唉唉，當著他們的面，我還不敢這麼說：兩個團總接連凶死，平陽壩就是金鑾殿，我也不敢去！」

杜金山一直就不是個健談的人，今日卻像打破了話罐兒，胖臉膛漲紅，神情惶恐又激動。朱雨卿呆滯滯坐一旁一聲未吭，指點江山的短暫風光，早已雲散煙消。這是他第二次遭大兵們關押，完全嚇喪了膽，也寒透了心。丈夫平安了，鄭玉梅立刻又惦念起山裏玉娟和祥瑞的婚事，心裏亂糟糟的。她懶洋洋想：讓杜金山出面當團總，肯定又是沈聚仁的主意；好比硬要那吃齋念佛的老和尚，去開屠宰作坊，也真難為杜老闆了！

從人格素質上講，杜金山算得個純粹的船老闆。他天性疏懶，為人忠厚，除了對香溪、木船、貨物等等，還稍有點熱情之外，與仕途官場中人，不過偶爾應酬，從未抱半點涉足其間的奢望。然而，命運偏要跟他開玩笑。最初的好多天裏，他戰戰兢兢尋人解釋，辯白，彷彿心中真有見不得人的勾當，未曾開口，已經先矮了三分；終日惶惶如履薄冰，過去那吃得香、睡得甜的平靜日子，早已是可望而不可及了。

那位胡團長，倒是挺得意自己的如此巧安排，認為從今往後，長枋諸鄉無後顧之憂矣！留學過日本的土財主沈聚仁，雖然也不可小覷，畢竟缺乏成大事的氣魄膽識，斂聚錢財之餘，就性急地圍著小老婆轉悠，像恨不得要把傳宗接代的兒子早點鼓搗出來！聽人說，沈聚仁常常以範蠡自比。他經商的確是把好手，出手也大方，前天還將五千塊大洋，畢恭畢敬雙手奉上，說這是李茂軒入股漢口土膏店的本金，按道理應該充公。

這個人心底圖的什麼！胡團長一時還揣度不透，也沒有那閒工夫細想了。

這次彈壓大獲全勝，令胡團長十二分得意。三月二十號，北兵們吹打著洋鼓洋號，步伐整齊，樂陶陶搬師回城。

不過十來天的工夫，一出鬧劇又落幕了。

作為看客兼實質上的導演，沈聚仁總算能夠渾身輕鬆地悄悄噓一口濁氣了。他靠在太師椅中懶洋洋假寐，最狡黠的人，也莫想能猜透他的心思。太陽光暖烘烘，母貓在屋脊上聳著背脊喊春。士農工商，都漠然地忙活著各自的營生；和風在石板街上掠起微塵，細細炊煙像一道道突然抖開的薄紗……

除了彈洞、和零星斑斑點點的紫色血污，一切同十多天前，幾乎沒啥兩樣。月亮、太陽照常起落，親戚或余悲，他人亦已歌……

當了中隊長的鄒白雲，每天早、晚，仍如太監一般來沈府請安，盡職盡責地幫忙操持一些生意上的瑣碎事。漢口土膏店生意興隆，頻頻來人催著送貨。新招募的三十個團丁，幾乎都成了沈家的「雁兒客」，因為有額外報酬，都幹得樂呵呵，都把沈鄉長當成大恩人。

林菊芳的肚子，已經拱起老高了，在屁股上晃來蕩去。只要瞅見沈聚仁有空閒，她就纏繞上來，哼哼唧唧撒嬌，抱怨這兒不舒服，那兒難受死了，眼巴巴地渴望著能再多得到點疼愛，多受點犒賞。沈聚仁於是叫銀匠給林菊芳打了對金手鐲，沈韻清知道了，撅著嘴巴鬧情緒。作父親的笑笑呵呵，又吩咐給女兒打製了一對。

三月二十五號一大早，鄒白雲來告訴說，「德生厚」的吳媽，從縣城裏悄悄請來兩位老裁縫，大概是趕制婚禮上的衣衫吧？沈聚仁沉默良久，歎口氣感歎：李茂軒團總吃虧，在於太愛逞強，才自己給弄丟了性命，也害苦了妻小。祥瑞這娃，年少喪母，三十多歲仍打單身，實在太可憐了。畢竟還在居喪期間，估計他們也不會大肆鋪張。過幾天，你一人過去，替我送上八十塊光洋作賀禮。我這就寫一幅喜聯，到時候，一併送去；免得我因為所慮之事太多，過後又給忘記了。

沈聚仁學的柳體，字跡遒勁端莊。上、下聯云：「易曰乾坤定矣，詩云鐘鼓樂之」；橫披是「天作之合」。他沒有仔細琢磨，一揮而就，大體竟像是自己最近這段時間的心境的寫照！他緩緩擱筆，手摸下巴頦兒浮想聯翩：真是世事如棋！不過一年光景，吳家完了，李家完了，曾經虎霸一方的朱家，也日薄西山；放眼長枋鄉內，如今已沒有了對手！

這麼想著，愜意之餘的沈聚仁，禁不住竟油然生出幾縷蒼涼。鄒白雲站一旁默默觀望，如丈二和尚摸不著頭腦，又像墜入了雲裏霧裏！

按照這位奴才的心思，應該落井下石，使朱、李兩家更悽惶！沈鄉長當初，也許只不過想拱垮李茂軒，並無置他於死地的意思吧？難怪俗話說「大人有大肚量」！沈鄉長處世待人，硬是有他過人的一套，怎麼學也學不夠咧！

沈韻清和林菊芳，一個在前，一個在後，走進書房來了。女兒穿碎花綢緞小夾襖，手腕上帶金鐲子，細聲細氣把喜聯誦讀一遍，望著父親羞答答咯咯嬌笑。林菊芳一付慵倦模樣，身子軟綿綿，嘴巴裏吧唧吧唧，嚼著酸黃瓜。

鄒白雲識相地耷拉下腦殼，收起喜聯，退出去了。春陽透過格子窗斜灑進來，咀嚼酸黃瓜所發出的脆響，一時充斥了書房。坊間都說是「酸兒辣女」，沈聚仁如聞天籟，心中充滿了柔情蜜意。最近一段日子，家中的酸菜罎子，差點讓林菊芳給掏空了！連她渾身上下，好像也直溢催人淌口水的酸菜味！

事情總是順著沈聚仁的心思發展，結局往往好得出人意料！想到兒子就快出生，他心花怒放陶醉。現在真可稱得是什麼缺憾也沒有了，也該悠然自得坐坐，心無旁鶩，盡情享受這富裕、寧靜、溫馨的家庭生活了。

二十三

三月六日那天傍晚，李祥瑞隨家人像被挾持似的，由一群忠勇的袍哥弟兄護送，愴愴惶惶，跌跌撞撞，於夜半三更才抵達朱家寨子。

雖說是身不由已，但他當時除了憤怒和不屑，並沒有絲毫亡命的感覺。作為一個涉獵過中西文化、且養尊處優慣了的少爺，月黑風高夜，穿行於虎嘯狼嗥，麂竄豕突的原始林莽之中，那種新奇刺激，簡直別有一番情趣！去年六月初五，初次前往山裏弔喪，今年清明節又去祭奠大華老先生——如世外桃源一般的朱家寨子，留給他的印象實在好極了！他壓根兒沒有想到，接踵而來的，竟然會是家破人亡！

災禍降臨得太突然，得知父親慘死，他完全不敢相信，跳起身就要下山一看究竟，幸虧被朱繼久攔腰抱住。全家人都懵懂了，跌坐在老宅子潮濕的泥巴地上，愣頭愣腦好一會兒，才嗚嗚啜泣起來。三十多年間，雖然李祥瑞對父親多有頂撞，父子關係一直很僵。此刻，作兒子的，才思念起父親的種種好處，第一次跺腳捶胸號啕大哭。

《孝經》上云：「孝，德之本也。」明太祖朱元璋在《立極開闢垂訓》中也說：「父母有疾，則衣不解帶，藥必親嘗。」孔子的學生曾參主張「慎終追遠，民德歸厚」，對於什麼是孝，還作過解釋，意思是：大孝應該光宗耀祖，使父母尊榮；其次是不給父母帶來恥辱；最低的標準是能供養父母。李祥瑞飽讀聖賢書，作為李家的長子，回憶起往事，內心深深感到，實在是愧對雙親！

殺父之仇，不共戴天！既然兒子不願與虐殺父親的仇人，共同生活在同一片藍天下，就必須義無反顧去拚個你死我活，或殺死仇人，或被仇人所殺——這也是聖賢書上，定下的作人行為規範。十多天來，李祥瑞滿臉憂戚踱來踱去，為如何去復仇而絞盡腦汁。

如今軍閥割據，槍桿子底下出政權。他一介書生，既無朋黨相助，又手無縛雞之力，猶如一顆易碎的雞蛋，甚至都還不會放槍！思前想後，他幾乎絕望了。

李祥瑞家突遭不幸，使朱月娟陡然生出一種仁厚的小母親情懷。她緊握住他的手，形影不離呢喃，竭力搜尋能夠撫慰心靈傷痛的句子，綿羊一般溫順，春水一般輕柔。談的內容泛泛，又多為忿怒和傷感所籠罩，時斷時續，情緒不自覺就漸漸昂揚起來；好像平靜的綠潭驟然遭岩崩砸擊，水花四濺，聲如雷霆，波濤拍打潭壁，卻不過滋潤了滑膩的苔蘚……說到眼前這個世道，兩個青年，都恨得咬牙切齒！

老宅子後門外有幾株梨樹，還有幾株老核桃樹，樹冠如華蓋，指甲般大小的青果，須細瞧才分辨得出。通往山頂的阡陌兩旁，灌木枝柯青翠欲滴，小草鵝黃細長，空氣又新鮮又清涼。他們倆時常來到梨樹下排遣憂傷，或者爬上山頭遠眺。寨子上空霧靄湧動，前推後拱；天地間萬籟俱寂，山巒如犬牙起伏，一直綠到天邊。

這一天，二娘把辦婚事的打算給他們倆講了，嘮嘮叨叨泣不成聲，幾乎是在哀求。李祥瑞眼睛死盯住鞋尖，上下嘴唇微微顫抖；悄悄又望月娟，見她也耷拉著頭，顯得少氣無力，楚楚動人。若要按照傳統觀念，小孩三歲前，時刻得靠父母攝護餵養，父母亡故後，兒子應該還報三年：要住進墳墓前簡陋的茅草棚裏，睡草席，枕磚頭木塊，不剃頭，不洗澡，不穿華麗衣裳；不能外出作官或者應酬，不得舉辦婚事或與妻妾同房……

雖然說眼下已經是民國，李祥瑞和朱月娟又都受過新式學堂的教育——父親屍骨未寒就操辦婚事，當事人的心理上，總會感到不安，甚至自責。二娘哭哭啼啼，翻來覆去講解了好多權變的理由，認為只能如此；李茂軒九泉之下有知，也會高興的……

「……月娟的兄、嫂也都同意。仍然在你爹定下的四月初八這天辦，講不起從前那排場了，只能委屈你們兩個。我和你三娘，還有你的小弟小妹，不可能長期守在這大山中陪你，你們完婚之後，大家各自下水各自泅……你們倆都是知書識理之人，俗話說『有山靠山，無山自擔』！時局總會起變化。只要自己發奮，遇事多動腦筋，能屈能伸，花它個十年二十年，重振家業也未可知！」

李祥瑞昏沉沉似聽非聽，眼前只覺得一片愁雲慘霧。屋子外面豔陽高照，天空如素綢，白光炫目！老宅子內太潮濕，刷過石灰漿的土牆壁像冰冷的髒抹布。他害怕去想父親被人套上「火背簍」時的情景，又沒法兒擺脫那恐怖圖畫；這種時候去拜堂，去跟新娘子同床共枕，僅僅這麼想想，已經感到心頭有寒風呼嘯……月娟眼眶潤澤，嘴唇嫻靜，紋絲不動，神情十分悲傷又十分安詳。她端莊如聖女，似乎已經下定決心與夫婿共擔痛苦！李祥瑞覺察到這一點，又感動又憂鬱，冷淚漫出眼窩，自始至終，癡癡呆呆一聲未吭。

四月初五，鄭玉梅、朱雨卿和吳媽，也趕到山上來了。十二個背嫁妝的腳力，都是劉麻子吆喝去的寨子裏的後生。他們摸黑動身，滿天繁星照路，夫子鎮還在夢中。

沈聚仁的賀禮和喜聯，是前一天的傍晚時分送過來的；鄒白雲幽靈也似溜進屋來，訕笑著奉上禮品，並沒有太多言語。鄭玉梅一時倒不知所措，暗自佩服沈聚仁消息靈通，處事待人滴水不漏……

又添了幾個人吃住，房屋裏更嫌擁擠。朱繼久與何貴芝抱上鑫兒，搬到榨房裏去了。近一個月來，他要鋪派張羅近二十個人的吃住，所操的心，差不多抵得平日裏十年的總合，心底也正盼著能暫時離這嘈雜的老宅子遠點兒！他一直不太喜歡李祥瑞，可以說瞧不起：說話嘟嘟噥噥像個悶性子婆娘，眉頭永遠皺著；從早到晚橫草不拿，豎草不拈，衣來伸手飯來張口，就算他那死鬼子爹留有一大筆錢財，坐吃山空，到頭來，只怕還得靠小姑教書，去掙幾擔包穀回家來糊口！

洋芋秧二月尾才放箭扎根，缺糧戶三月中旬，就開始摳拇指頭大的小洋芋充饑了。好在麥田正逐漸泛黃，「立夏三日連枷響」，快要餓不死人了，莊戶人家菜色的瘦臉上有了喜悅！今年的小麥長勢好，麥粒鼓脹，麥芒如鬢毛炸開！這片山裏，一半的戶租種朱家的田，所以爭著前往幫忙。流水席於六號黃昏擺起來了，酒香繾綣，彪悍的男人和裹著大盤頭的女人們說說笑笑，多少添了些喜慶氣氛。娃兒們鬧哄哄竄進竄出，李祥瑞無所適從，逃避似的由後門踅進松林，後來乾脆溜得更遠，坐在白溪旁的大青石上，心事重重望天。

白溪發源於老君山龍洞，山陡水急，流瀑飛濺起滿溝的白泡沫，隔老遠就能聽到喧嘩聲；深潭一個連一個，被綠樹掩映，藍英英誘人遐想。

逃進深山裏整整一個月了。李祥瑞終日昏昏，仇恨灌滿心田，腦子裏嗚隆嗚隆怪響！明晃晃的太陽從天頂筆直射下，綠得發黑的山巒像一堵堵高牆！他緊咬牙關渴望振作，左思右想，仍一籌莫展。

在這以前，生活不過是由著性子鬧點小彆扭。而現在，他卻像一丁丁兒翻飛的柳絮，身不由已，前途渺茫！他倒並不是個太懦弱的男子，也並非不願與朱月娟結為夫妻——想到以後的歲月，彷彿從岩壁上跌落，冷汗涔涔的額頭裏面一片白茫茫……

吳媽陪著朱月娟找李祥瑞來了，看到他搖搖晃晃站綠潭邊發呆，禁不住膽戰心驚！李祥瑞聽到身後有灌木枝柯纏掛裙裾的沙沙聲，緩緩轉過身來，臉色臘黃，沒有表情。

似乎有什麼力量將朱月娟朝前推著，一點兒也不由人！她使勁抓住他的手嚶嚶哭泣，臉蛋兒一陣白一陣紅。兩個人都抖得厲害。

「……祥瑞，祥瑞！倒底有啥為難，你應該對我講啊！」

「唉唉，大少爺，不是我說你，男子漢頂天立地，提得起放得下！人活世上，誰沒個三災九難？難過也得朝前過，闖過來了，才叫男人！瞧你這模樣兒，你爹九泉之下有知，只怕也閉不上眼睛吶！」

「真對不起。月娟，求你莫要哭了……吳媽，我——」

「啥也莫說了。你們倆都把眼睛水擦乾淨，都拿出精神來，明日順順當當拜堂！呵呵呵，最好明年能生個胖乎乎小子，有人兒，才有往後的世界！」

四月八號。天才濛濛亮，鄭玉梅帶了月娟、祥瑞，悄悄地去了寨子東頭的朱姓祠堂。兩個新人都在居喪期內，拜堂成婚雖然說事出有因，不得已而為之，仍須去告個罪，乞求列祖列宗能夠給予諒解。

這座祠堂不知建於何朝，光緒三十一年，大華老爹曾出資修繕過一次。這裏地名雖然叫朱家寨子，大華老爹一行來到之前，一戶姓朱的也沒有。鄭玉梅同朱雨卿結婚後，曾風聞這個家族原本姓洪，廣西金田人氏……道聽塗說，並沒有往心上擱。不過，在她的記憶中，祠堂好像一直沒有族長；每年歲時之祭，都是由大華爹率領兒孫更衣茹素上山，呈山珍海味時令鮮果，焚香爐紙，奉茶獻酒，饗祭祖先！自從皇帝倒臺後，連年戰亂，人心惶惶，祠堂也斷了香火，畫棟雕樑上蛛網百結。

跪在充斥腐朽氣息的陰影裏，眼前香煙冉冉，蠟燭的微光搖曳出神秘魅力。李祥瑞臉色漠然，遲遲鈍鈍一無所期。朱月娟想到前途崎嶇，黯然神傷，戰戰兢兢磕頭，感到膝蓋像跪在冰上！從武昌被迫返鄉之後，家道日衰——市聲喧囂、舞會輝煌才是她所神往的，而一切已離她太遙遠了！她討厭田野的單調，膩煩山林的沉悶，早先以為出嫁了就能擺脫這些；就算兩個人都去教書，至少也應該到宜昌府的洋學堂……

令她最傷心的是：她逆來順受，作出種種犧牲，祥瑞竟視若無睹，彷彿火鐮敲打火石，竟不見冒出半點兒火星來！祥瑞也真堪憐，陷進痛苦的泥沼完全不能自拔！——是不是自己的命太硬，以致禍及李家？她顛三倒四自怨自艾，頭腦昏昏沉沉……

新人重孝在身，儀俗減免了不少。拜堂之前在廳堂撒穀、豆、草節；跨火盆、馬鞍；米袋鋪地，輾轉傳袋……所有辟邪乞福的儀式，仍沒有敢太疏忽。接著就是拜天地，拜高堂，夫妻對拜，拜謝媒人和鄉鄰。拜堂以後便是大宴賓朋，因為二奶奶和鄭玉梅事先打了招呼，大家埋頭吃喝，輕聲說著俏皮話、雙關語，恭維或者猥褻都沒有敢太放肆。

天撒黑時，鬧洞房也很有分寸，嘿嘿笑逗樂幾句，朝新娘懷裏撒了三、五把紅棗和花生。馮雅仙作為新人唯一嫡親長輩，心裏實在太高興，多喝了兩杯，夜很深了，她還端坐在太師椅裏，瘦臉上露微笑，兩頰掛著細細淚痕。

四月十三號，房縣臥牛埡三奶奶的娘家，差人過來接她了。晚飯後，二奶奶喊來李祥瑞夫婦，有氣無力說了好長一席話：……天下沒有不散的宴席，明日大家就分手各奔生路吧。逃進山時，匆匆忙忙帶出的洋錢加銀票，一共值一萬九千多塊。辦婚事花去一點，餘下的，我將它分成了三份：一份給你三娘回臥牛埡扶養兩個小妹；給你們小倆口子留一份。我也是快四十的女人，嫁出門的女潑出門的水，回娘家也沒意思。明日，我就帶著你的這個傻弟弟回縣城李家老屋。我想，哪怕他胡團長天生的殺牛佬心腸，大概還不至於太難為我們孤兒寡母吧。你們倆暫時也只好待在山裏，看看書，散散心，千萬莫要亂跑，恐怕你爹的仇家使壞心。我就不相信，胡團長這支隊伍，能在這塊地盤上待到老！就慢慢熬吧，等北兵們離開了，我再進山來接你們……

二奶奶、三奶奶帶上各自生養的子女各奔東西之後，朱家老宅子一時清靜了許多。莊稼人的日程漸漸忙碌，割麥子，種包穀，娃娃爪爪們也跟到田坡裏做些力所能及的活兒。等到麥課收罷，鄭玉梅又暗暗惦記起夫子鎮那邊的情形來。這幾天裏，祥瑞的臉上偶爾也有了點笑意，兩個人經常到林子裏散步，遠遠望去，就見月娟腦殼歪著，緊貼著他的肩膀。月娟出生時，還是鄭玉梅伺候馮雅仙坐月子，那年繼久六歲，嘰嘰喳喳纏著，追問繈褓中的小姑從哪兒生出來的，天天守小廂房門口要抱小姑……日子過去得真快呀！鄭玉梅靜悄悄微笑，長長地舒一口歎息。

朱雨卿也開始出現在村道上，他腰板挺筆直，手背在身後，一臉嚴肅地踱著八字步。這天晚上，鄭玉梅對他提到了想回夫子鎮看看的話。朱雨卿頭枕穀殼方枕頭，沉默好一會兒，咬嘴巴囁嚅：你們先回吧。山裏清靜，我，我還想多待些日子。

「……也好。明日我就和吳媽下山去。一個禮拜後，叫繼久也下山來，去城裏看看二奶奶她們過得怎麼樣，一併幫鋪子進點日雜百貨。」

二十四

鄭玉梅同吳媽下山的那天，夫子鎮又出了人命事情：鄒白雲的堂客，遭男人毆打後，一氣之下上吊自殺了。

寡廉鮮恥的東西這回竟知道要臉，令街坊鄰居十分意外！春節前他們家剛蓋新樓房，男人又是保安團中隊長——她倒不願意活了，可見這個女人德淺福薄。更新鮮的是，那婆娘臨死前，竟腫脹著挨打後烏青的臉，跑到「德生厚」，大大方方買了一丈二尺白綢、三斤牛肉、一斤包穀酒，吃飽喝足，拴牢固所有門窗，把花衣裳、新被蓋堆地爐子上一把火點了，然後如同皇帝娘娘，用嶄新的白綢來吊脖頸——也真虧她想像得出！

被轟出大門的兩個娃兒，逛蕩到平陽壩，躲牆角後面有滋有味地觀看他們爹操練隊伍。等鄒白雲揪著兩娃氣急敗壞趕回，砸破橡木大門進得屋來，滿屋子濃煙，焦糊味兒刺鼻，女人懸在空中的身子和那舌頭一樣直條條伸老長，早已經僵硬了。

自尋短見，挖個坑埋了，原本算不得多大事情。因為白綢、糕點和包穀酒都是女死鬼子從何承宗手裏買去的（她滿臉淚痕呵呵笑說：老娘今日也作一回爺們，吃他娘！喝他娘！），老管賬先生思前想後，目光呆滯像掉了魂兒，精神完全垮了。一個帶著幼女從外地逃難來的讀書人，在朱家鋪子裏幹了快二十年，平日吃齋念佛，走路怕踩死螞蟻——滿心指望作成一筆像樣的買賣，卻憑白讓雙手沾了血腥！

陽光有些灼人，照著冷清清的鋪面。一隻又髒又瘦的黃狗在陰影裏徜徉，綠頭蒼蠅圍住它薨薨亂飛。出事之後，何承宗遞貨或者收錢時，手臂不自主直哆嗦，既可憐又可怕。鄭玉梅只好請人送他去朱家寨子歇息，換馮雅仙下山幫忙。

馮雅仙實在不願意離開女兒女婿，愁眉苦臉，站櫃臺的神情跟何承宗也差不多，只怕還會嚇跑顧客。鄭玉梅只得安排她避灶屋裏默默忙碌。「德生厚」如今由三個半老徐娘守著，雜貨鋪像寒冬臘月的河灘，鮮有買東西的人光臨，她看在眼裏，急在心裏，實在閒不住時，也獨自溜到洪水埡轉悠一會兒。鴉片青苗雖然賣了，田還是朱家的；再過一個多月，等人家收罷鴉片，就喊朱繼久下山耕了，搶著還能種一茬晚包穀。

這天，快到吃晚飯的時候，吳媽才風風火火回來，掏手絹揩腦門上的油汗，一面進廚房幫著端菜。她雖然屁股生得大，也不是塊坐櫃檯的料，最近經常去沈家串門兒。

三個五十左右的婦人各據一方，圍著柏木方桌默默地扒飯拈菜，吳媽突然抬頭朝鄭玉梅訕笑，有話要說又羞於啟齒似的。屋外天晴氣暖，三個半老婦人，心頭都像有北風呼嘯。

「……這些天來，鬧著拿工錢，我心裏也不安穩。世道不太平，好人遭磨難，看得人心疼！嘿嘿，俗話說『人戀恩情狗戀食』。平日你們沒拿我當外人，冷丁提分手，難開口哩！沈鄉長的新媳婦快要生產了，想請我去他們家做。好在隔得並不遠，仍舊早不看見晚看見。我說句話擱這兒：明年月娟若坐月子，我一定再回來伺候。」

「唉唉，我們朱家這幾年走霉運，讓你也跟著受累了。月娟的婚事，多虧你幫忙，還沒有好好酬謝……沈鄉長的小娘子畢竟第一回坐上胎，俗話說『兒奔生娘奔死』，生娃兒如同過鬼門關哩！你能去幫忙料理是她的福氣，也算沈家前世修造得好。」

情面猶如窗戶紙，經話語點破，也就那麼回事兒。「德生厚」雇不起傭人了，倒並非養不起一張嘴巴。吳媽性情爽直，頭腦比一般女傭不知靈活多少倍——她實在是想替每況愈下的朱家省下一點工錢。鄭玉梅雖然臉色平平靜靜，心底仍一陣陣酸楚，倒覺得對不起吳媽。她陡地感到好累，背脊竟鬆弛地彎癱下來。

吳媽作了半輩子女傭，多數時間侍候內宅，親手接生的娃兒怕有十來個了。她對妊娠期間的禁忌，分娩前後的禮俗等等（例如：吃兔肉生豁唇，吃生薑長六個指頭；孕婦臨產的那幾日，家人要打開廂房內所有的櫃幾、包袱……），也知曉得最多。那天，她同吳大娘子嘮叨閒話，說出打算再尋一戶東家的意思。沈聚仁剛巧從旁邊走過，忙不疊邀請她去伺候林菊芳。事情就這麼定了。

進入五月，沈聚仁偶爾翻《顏氏家訓》，讀到了這麼一段話：「古者，聖王有胎教之法：懷子三月，出居別宮，目不斜視，耳不妄聽，音聲滋味，以禮節之。」

他興奮地誦讀了好幾遍，直後悔知道得太遲！

見兔而顧犬，未為晚也；亡羊而補牢，未為遲也。他立刻從聲色言行諸方面進行規範，居處簡靜，戒絕房事，案陳珠寶，口談詩文；割不正不食，席不正不坐，對於官場和生意上的一應雜事，都撒手讓鄒白雲去代為處理，他自己則守在家中，一心一意等兒子出世。

那個昔日的棒客鄒白雲，經沈聚仁一年多的口傳身教，幾乎完全脫胎換骨，能夠獨當一面了。埋了堂客之後，鄒白雲從老屋接來爹娘照顧倆娃兒，薰黑的房屋雖經從新粉刷，仍嫌晦氣，所以極少回家。他吃住在沈家大院，隔一天上一趟平陽壩，半個多月左右押運煙土下一趟漢口，腦殼上蓄了分頭，臉頰上添了橫肉；身邊也有了值得信任的心腹，和可供差遣的團丁。他從他的主子身上，還真學到了不少，知道有錢有勢擺斯文才叫派頭，無錢無勢窮擺就嫌酸了，所以在外面，總掛一付不置可否的淡定。而在沈聚仁跟前，倒是比過去更加恭敬，碌碌奔忙，腰一直哈著；對主子崇拜得五體投地，主僕之間情同骨肉。

六月十三日，吃了早飯沒一會兒，林菊芳突然捧著肚子喊痛，橫倒在大床上，身子亂扭。吳媽安慰說，還早，胞漿水還沒有來哩！淺淺笑著，逐一去打開了房屋內的所有箱櫃。她不太喜歡這個巴東屠戶的女兒，平日裏嫌天熱，襻袢兒也不扣，白肚皮露外面也不在乎；坐椅子總歪斜著，兩條腿叉得開開的，特別叫人噁心！

一整個白天，沈家大院都在等待。疼痛鬆一陣緊一陣，林菊芳歇一陣又呻吟一陣；因為第一次經歷，以為大概快要沒命了，她心慌意亂，眼神可憐巴巴。小廂房內光線昏暗，沒有一絲兒風。吳大娘子和吳媽也累得渾身大汗淋淋，頭髮一綹一綹的……熬到夜半，就看見胎兒的頭頂，顯一會兒又隱一會兒。林菊芳的嗓門早喊嘶啞了，痛得不時彈起，像掙扎著要逃開，又被一次次按倒。折騰到天快亮時，還沒有生出來。吳媽也慌神了，跌跌撞撞跑出來，叫沈鄉長趕快差人去找個姓林的童男子，要帶一把笙，使勁兒吹著進沈家大院！進屋又黑喪著臉吩咐林菊芳：聽到外面吹笙（催生），就朝下使勁兒，要拿出吃奶的力朝下使勁！這一招再不靈，我可就沒別的法兒了！

林菊芳渾身淌豆大的汗珠，疼壞了，也嚇壞了，恐怖地連連點頭。東方現魚肚白時，姓林的童男子找來了，進到大院就使勁兒吹笙，曲調如泣如訴，如怨如怒，打破了暗夜的寂靜。沒一會兒，胎兒果然落生了：還是個男孩，重八斤四兩！

一夜未眠的沈聚仁幾大步搶進廂房來，雙手摟抱著繈褓中的兒子，呵呵呵一陣大笑，硬是快活得差點兒暈厥過去！

六月十六號「洗三」，正式慶賀新生命的誕生，親朋、同僚和鄰里街坊，都爭著攜賀禮前來道喜。沈家大院內早早擺開宴席，人湧如潮，酒肉的香氣和伏天的汗酸氣味熏得賓主都暈暈乎乎。據史籍上記載，這種儀俗唐代就有了，楊貴妃玉環，就曾受過類似的「洗禮」。宋朝的蘇東坡還留有詩句：「況聞萬里孫，已報三日浴。」

諸事順遂、財運亨通的沈聚仁，中年得子，那種高興自不用說，簡直好像當兵的由班長，突然升到了將軍，又像求財的窮漢，意外掘到藏匿有金銀珠寶的洞穴——他看這眼前世界，竟有了豁然開朗的感覺！

作為接生婆的吳媽，今日更是備受恭敬，峨其冠，華其服，是「洗三」主角。只見她笑眼眯縫有條不紊，做得一套一套的：燒香焚神紙（俗稱娘娘馬兒）畢，將火煮槐樹條傾入木盆，緩緩地投進幾顆花生、紅棗、桂圓，和十數枚銅錢，添涼水調試溫度後，就開始洗嬰兒了。沈聚仁滿頭油汗蹲在木盆旁幫著打下手，覗眼前這個粉紅的肉團，簡直比整個宇宙還重！吳媽的汗臉也笑成了花兒，一邊洗一邊唱：洗洗頭，做王侯！洗洗腰，一輩更比一輩高！洗洗臉蛋，金銀滿罐！洗屁股溝，做知州……

洗罷全身所有部位，再小心翼翼將臍帶盤於肚上，用燒過的明礬末敷好。然後拿姜片和艾蒿葉揩嬰兒腦門，及身上的各重要關節，最後找來一小塊新布，蘸清水用力拭嬰兒的牙床。整個過程中嬰兒一直在大哭。據吳媽解釋，哭啼聲越高，將來越有大出息！

「洗三」是以父母用青蔥，象徵性地打兒子作結束：沈聚仁樂滋滋揮酒杯粗一束香蔥打嬰兒屁股，打一下，祈禱似地誦一聲：一打聰明——，二打伶俐——，三打明明白白——打畢，將蔥束揮手扔到房上，吩咐家人重擺酒席，賓主同賀，熱熱鬧鬧一直吃到夜半更深，才醉意朦朧各自走散。

慶賀的酒宴擺了好幾天！沈聚仁倒並不覺得有多麼疲憊，雖然說六月天氣熱，他坐飯桌前吃喝得香甜，躺大床上睡得也踏實，人如在雲裏霧裏，看什麼都愜意舒心。

無所羨慕極容易滋生懶散，接下來幾天裏，他幾乎足不出戶，或獨坐書房吟誦陶淵明先生詩文，或者待小廂房裏望著一天天漂亮起來的兒子出神；詩意在腦際縈繞，天馬行空，浮想聯翩；又似乎什麼都沒有想，只感到一片溫乎乎的舒服。

六月尾的一個黃昏，沈聚仁踱步出書房，悠閒自在來到老柏樹底下。

晚霞正在消退，深紫色的雲團，在西天游走如波浪；暮靄如黑紗緩緩蠕動，歸巢的鳥兒還在枝頭嘰嘰喳喳聒噪著。一個穿白綢衫的男子，步履匆匆闖進院子來了，起初還以為是鄒白雲，確明顯比鄒白雲又高一個頭——竟然是柳國梁——沈聚仁眨巴眼睛，慌忙迎上前去，一時簡直不敢相信！

自去年九月在漢口小聚之後，閒暇時，洋行襄理柳國梁，總會不時地懷念起遠在神農架腹地的夫子鎮，心頭就漾起一絲絲暖意。春節過後，日本洋行老闆拉他的師長岳丈入乾股，「慶孚公司」有了日本洋行和中國將軍作靠山，生意更加興隆。柳國梁的日常工作，也偏到協理土膏店事務，碌碌應酬奔忙，倒免了經常回家看老婆的霸道樣兒。

朱月娟的倩影仍佔據住他的心田，忘不掉，又沒有膽量跟家人徹底鬧翻，瞻前顧後，內心苦不堪言！有時候，他也想橫下心不顧一切，纏綿的信寫了，又撕了，考慮到過生活並非夢裏樓臺，決心很快雲散煙消。他從年初開始，就在悄悄地積攢錢財，為了愛情，將鴉片煙也戒了。朱月娟亭亭玉立，經濁世而不染，如仙子一般高高在上！他希望在不久的將來，兩個人結合時，自己身上能少沾染些時代的惡習……

「……八天前剛生了個胖小子？哎呀呀，真是趕得早不如趕得巧，可喜可賀！哈哈哈，沈兄真是好福氣啊！」

「嘿嘿，不過苟全性命於亂世吧了。半年多來，發生了好多事情，你認識的那位袍哥大爺，三月初，被北兵們殺了……老弟無事不登三寶殿，這次又有何貴幹？」

「沈兄真性急啊！是這樣的：佐佐木先生預備再在漢陽開一家『慶孚公司』的分店，叫我來同你商量，並實地考察一下罌粟的種植情況。土膏店利潤豐厚，東洋鬼子還拉來我那位行伍的岳丈入乾股，打算大幹一場哩！佐佐木先生最擔心的是：你們這一帶，每年能否有把握穩定地收購到百擔左右的煙土？為穩妥起見，他還另找了個袍哥大爺，往四川那邊打探行情。所謂公幹，就是這些……嘻嘻，上次分手時，我托沈兄給月娟捎的話，可曾轉達到了？」

「只可惜晚了。朱月娟已於兩個多月前結婚了。朱家運交華蓋，日子確實艱難啊！她也的確是個有情有義的姑娘，聽到你叫她等，立刻就眼淚汪汪……總之，三言兩語難得講清楚。餓了吧，先去洗個澡。待會兒我陪你喝兩杯，慢慢說給你聽。」

「……眼淚汪汪……兩個多月前結婚了？我真混蛋啊，唯一可能實現的幸福希望，怎麼就沒有抓住呢？去年就該來的，都怪我，怪我……」

柳國梁楞住，嘟嘟噥噥，淚水也漫出眼窩；懊悔之心既起，欲望也變得愈加地活躍。他腦子裏昏昏沉沉，在心底一千遍地譴責自己，沒有將這生命中的唯一機會揪牢！朱月娟那悲苦的身影在空氣中忽隱忽現，竟是百倍的溫柔，千倍的招人憐愛了……

「不行！無論如何，這次我是一定要會會月娟……」

吳媽進書房送洋油燈，看到了這個滿臉淚痕的陌生男人，正仰頭朝天呢喃著。吳媽對朱月娟的事，僅曉得點影兒。她聽在心裏，想到朱家硬是沒有太平日子過，不由得暗自歎息，替鄭玉梅擔著心。

二十五

六月天氣熱，扇子借不得——這民謠是指如夫子鎮一類河谷地帶。朱家寨子畢竟海拔高，伏天裏比較好過日子。

沈聚仁給奶娃「洗三」，朱繼久也在夫子鎮。鄭玉梅還隨大流地前往送了恭賀，讓作兒子的對娘很有意見。

自從販鴉片在黑溝遭到被人唆使的周連長羞辱，朱繼久一直視沈聚仁為冤家對頭，恨不得詛咒他的奶娃得臍帶風死掉！他認為：雖然朱家接連遭災禍，今不如昔，但仍算得殷實戶，犯不著巴結沈聚仁。他不敢跟娘頂嘴，務勞完洪水埡的莊稼，去縣城給鋪子進了點日雜百貨之後，又回山上來了。

榨房裏眼下正忙著榨菜籽油，早包穀也要薅二道草。朱繼久蠻喜歡待在山裏，手中忙活計，嘴巴裏無所顧忌地喊五句子山歌，人就蠻快活。一歲半的鑫兒還在吃奶，長得白白胖胖，不滿足於待在屋子裏了，一天要爬一百遍門檻兒。何承宗做慣了瑣碎活兒，起床後就進灶屋裏忙碌，給女兒打下手。朱雨卿、李祥瑞靜靜待各自的廂房內，手捧書卷眉頭緊鎖。只有朱月娟偶爾牽著鑫兒轉悠。鑫兒看到年輕的姑婆，就哇啦哇啦一陣嚷嚷，給死氣沈沈的老宅子帶來一些活潑與生氣。

結婚兩個多月，朝昔耳鬢廝磨，並不見愛情加重，幸福加深。李祥瑞仍整日一副迷茫樣兒，過去受著保護尚嫌壓抑，輪到該自己作出選擇並承擔責任時，卻不知往東往西了。

好男兒志在四方，而現如今，四方都是絕壁陷坑荊棘！都說人生最美好的時光，莫過所謂蜜月，遙望未來一團漆黑，連希望的小星星也看不到！李祥瑞無心領略山羊的鈴鐺、和瀑布的喧鬧，倒像初為南冠的浮躁囚徒，因為前途未卜，愁上加愁。

曾經的小學教員朱月娟，依據自以為正確的原則，不時循循善誘，推心置腹地感歎一些安慰的話；或者強拉夫君出門散步，肩頭緊貼著肩頭，在月光下躑躅到夜深才回家。小倆口兒年紀輕輕，終日無所事事，有時候，連吃飯還要差人去三請四催。日子長了，作為一家之主的朱雨卿，也越來越看不順眼。

一天傍晚，飯菜熱氣騰騰都端上桌子了，又不見他們倆的蹤影。朱雨卿乾咳兩聲，臉色陰沉煩道：這兩個人，自幼嬌生慣養，文不能提筆，武又拿不動槍！年紀輕輕，不思安身立命之策，百事都得依靠人伺候，怎麼得了啊！人生在世，達則兼濟天下，窮則獨善其身。月娟就不該草率地丟了教書的差事。祥瑞其實也可以找些力所能及的活兒做做……

朱繼久剛從榨房回來，滿腦門油汗，滿臉快活埋頭扒飯，像沒聽見。何貴芝見丈夫沒有搭腔，黑喪起臉，扭身又折回灶屋。她自從嫁到朱家，幾乎一直就是圍繞著堂屋、灶屋，洗洗刷刷做飯炒菜。家境每況愈下，朱月娟仗著識文斷字，依舊如娘娘一般逍遙！

晚上躺在床上，何貴芝還生著悶氣，拿白生生的光背脊對自家男人，面朝土牆嘟噥說：朱家的男人女人都是大爺，我們姓何的都是姨娘生的！

——這個婆娘，大概兒時受欺凌太多，秉性疙疙瘩瘩，渾身沒有一絲兒熱乎氣；偶爾迸一句硬話，落地上一砸一個坑！朱繼久內心孌同情小姑，看落魄的李祥瑞也覺得怪可憐。他立刻厲聲斥責：人家正在難中，你少給老子也跟著爹瞎聒噪！祥瑞的二娘已經說了，只等胡團長的隊伍走後，就接他們回縣城。

他斥責罷，四肢舒展腦殼一歪，很快就打起鼾來了。何貴芝咬牙切齒淌淚，一口一口地吸著老土牆的黴味兒，怎麼也睡不著。父親無用，丈夫無能，她成了這個大家庭的傭人，滿肚子的委曲對誰訴說？自己的命實在太苦，永遠都沒有出頭之日了！她乾脆翻身臉朝枕頭，哭得像小女孩一樣了……

大暑過後的一天，朱繼久喊來劉麻子，扛著土銃，上山趕仗來了。

因為心焦著一直沒能有起色的家境，他夜裏沒有睡踏實，心情好像頭頂的天氣，陰沉沉的。兩個人一會兒趟包穀地，一會兒鑽桐樹林，漫無目的，像趕仗狗掉了氣[8]。

臨出門的時候，朱繼久曾悄悄許了個卦：倘若今日能打到野牲口，朱家就快要時來運轉了。他倒並不是太招急，相信一切都是天意，命裏有時終須有，命裏沒有莫強求！眼下包穀的籽粒兒已經飽滿了，棒子如牛角朝天翹著，不時地就會引來野豬和黑熊糟蹋。朱家的三十二畝坡田長勢不錯，五十七畝桐林掛果也密。豐收在望，他心裏怪快活的。一隻烏鴉立田邊的柿子樹上，哇哇地亂叫了幾聲。朱繼久朝天唾一口，沒頭沒腦笑罵道：狗日的老鴉子，就會像蠢婆娘那般喳呼，晦氣！

劉麻子嘿嘿笑附和，知道少東家不喜歡自家堂客：堂客娶進門來，就是挨打的家什，一天給她三遍打，是塊毛鐵也軟了！

汗褂兒很快就濕透了。兩個人坐大青石板上歇息，樂樂呵呵閒扯著一些葷話。一道陽光破雲而出，白溪左岸那片冷杉蓊鬱的斜坡立刻亮堂起來。幾縷殘霧如薄紗一般，在綠得發黑的溝壑裏游來遊去；右岸沒有陽光，緊挨包穀田的灌木斜坡五彩斑斕，再往上便是山頭了，幾塊比屋還大的岩板直指藍天，呈煙草末子的顏色。

8　掉了氣：獵人行話，指獵犬嗅不到了野獸的蹤跡。

冷丁就聽見一群灰喜鵲喳喳亂叫著騰起，亡命一般往遠處的黑松林飛去。劉麻子說：可能是大牲口，我們摸過去看看？

一隻百多斤重的大野豬，帶著兩隻十多斤重的豬娃，搖搖擺擺撞出灌木枝柯，走得挺小心。這兩個獵人也輕手輕腳，從下風處無聲無息跟在野豬後面，彼此之間相距五十多步，不敢跟得再近了。俗話說「一豬二熊三老虎」，野豬最讓人膽寒。朱繼久只偶爾打過麂子、兔子、獾子，面對灰溜溜髒兮兮的野豬屁股，手和腿都有點打顫。他也知道土銃打響之前，得先尋找好逃跑的路；野豬喜歡搶銃煙子，也就是順火藥煙猛撲過來傷人！劉麻子緊張地伸脖子嚥口涎，臉色緊繃繃，小眼睛放藍光。

野豬闖進田裏去了，長嘴唇左撩右拱，青枝綠葉的包穀咞嚓咞嚓噗噗簌簌，立刻倒了一大片。太陽又鑽進雲層，天色一片灰濛濛。山風吹過，被碾碎的嫩包穀漿氣味沁人肺腑。

「我瞄腦殼，你瞄肚子。一，二，放——」

朱繼久咬緊牙關，積聚著全身的力量瞄準，一面小小聲吩咐。須臾，土銃震耳欲聾，青煙暫時遮住了視線。朱繼久那一槍擦過老野豬的脖頸，只打翻了一隻小野豬。劉麻子銃裏噴出的鐵鐵，在老野豬的下肋撕開了一道口子！渾身淌血的大野豬動作飛快，哼哧著朝火藥煙靄猛撲過來。朱繼久扣動扳機後就丟了土銃，瘋了似地朝五步開外的一株歪脖子橡樹逃過去。野豬也速度飛快，噴著熱乎乎血沫的長嘴，差點就觸到了朱繼久的腳脖。由於肚子受了重傷，大野豬有點搖晃。他總算攀到樹椏上了，累得呼哧呼哧直喘粗氣，大腿上的肌肉抽搐顫抖，膽戰心驚。

大野豬頑強地在歪脖子橡樹下轉著圈兒，肚子上的創口使它難受極了，每一次喘息，嘴巴裏就噴出帶血絲兒的泡沫。它越來越虛脫，眼睛露凶光，用殘餘的力氣更使勁兒拱樹。劉麻子躲在一塊掩半人深白茅草裏的大岩石背後，正手忙腳亂地填充火藥。野豬還在用前蹄刨著樹根上鬆軟的腐質層，已經站不太穩了。劉麻子眼睛充血，臉上露出獰笑，躡手躡腳稍稍再靠近些，又放了一銃。大野豬的骯髒腦殼，被鐵沙砸得血肉橫飛，慢慢騰騰倒下，漸漸地不再動彈了。

朱繼久還蹲在樹椏上，喘息著抹額頭上的冷汗。死野豬橫躺在樹下，顯得身軀龐大，黑毛黲黲。想到早上出門時打的卦，他暗自高興：朱家的黴運只怕已經到頭，沒準兒，是真的要時來運轉了咧！

「媽的，狗日的實在太凶，腸子都拖出來了，還使勁拱樹……」

「嘿嘿，第一次碰上這麼大的傢伙，哪個都會害怕。我反正驚駭慣噠。雜種，它還算不得是最大的哩！不過，也夠全寨子的人開兩天葷[9]了……」

眉開眼笑歇了好一會兒，劉麻子去砍來一根粗松木棍，又用葛藤將一大一小兩隻野豬捆了。兩個人吆喝著抬起，趔趔趄趄下山。

---

9 鄂西大山裏的習俗，獵人打到了獵物，見者都有份。

離寨子半里多地時，幾隻狗嗅到了血腥味，狂吠著撒歡兒，前後亂竄，蹦跳著要撕咬那四腳朝天的死野豬，用腳板都踹不開！腿快的後生丟了鋤頭迎上前，簇擁著幫忙抬，唧唧喳喳問這問那。早有人搬來長木梯，斜支在老宅子的山牆上，連剔骨刀也拿來了。一會兒工夫，幾乎全寨子的人都聚攏到這邊。

劉麻子緊褲帶捋袖子，口中講著經過，興高采烈，準備剝皮開膛……朱繼久肩扛土銃，得意洋洋四顧，發現自己的家大門緊閉，竟沒有一個人出來看熱鬧！

大門不過虛掩著，陰涼的屋裏像蒙一層灰濛濛的霧幔。

朱雨卿、李祥瑞、朱月娟、何貴芝，都漠然地坐在堂屋裏，對面還有個穿雪白綢衫的陌生人，模樣兒似乎有些面熟。

「嘿嘿，你們沒聽見外面有多鬧騰？今天運氣不錯，打到了兩頭野豬吶！」

朱繼久興沖沖擱銃，並沒有留神屋裏人臉上的表情。笑嘻嘻再望那陌生人，認出來是去年在河灘上被李茂軒扯得直踉蹌的那個外來客，立刻眼睛都直了！

這一次，柳國梁不由分說，硬要上山見朱月娟。沈聚仁面露難色說道：小老弟久居都市，不瞭解我們山裏的陋習。在山民們眼中，破壞人家婚姻，可是件頂頂臭的事兒。唉唉，瓜田李下，我是真不願意太捲進來呢……

天濛濛亮，沈聚仁派的兩個鄉丁，就陪著柳國梁過了長枋河。太陽快當頂的時候，先兩聲、後一聲的土銃炸響，唬得這三個人膽戰心驚！忐忑不安地又往前走了幾里路，看得見寨子的黑瓦白牆之後，鄉丁一步也不肯多送，遙遙地指點一下朱家的位置，就車身下山去了。無可奈何的柳國梁手拄木棍，硬著頭皮前行。

大山中的寨子，平日難得見到陌生人，聽說找朱月娟，就當成了她婆家的親戚。山民們幫他攔住欺生的狗，指引了去老宅子的路徑。偏巧，堂屋裏那會兒，只有朱月娟一個人，冷丁相逢，彼此甚至都懷疑是做夢！她很快發現自己並非在夢中，不由心底一陣酸楚，淚如雨下，止也止不住。

李祥瑞、朱雨卿、何貴芝聞聲從後院跑出來，一時不知發生了什麼事情？朱月娟才自覺失態，掩飾地掏手帕揩淚痕，介紹說是她在漢口的同學柳國梁。李祥瑞聽到姓名，心底猛一陣刺疼，暗暗地咬牙克制情緒，彬彬有禮上前握手，請對方落座。

朱月娟不合時宜的眼淚，使得已經夠複雜的關係，一下子變得更複雜了：千里迢迢趕來的柳國梁，從那淚花中所讀到的，分明是沒有愛情的婚姻的種種苦澀，憐香惜玉之心更熾烈了。而李祥瑞則由此證實了那封信的真正內涵和生命力，他只是不明白：朱月娟為什麼要答應跟他結婚？而且，她這幾個月來的所言所行，似乎又並非虛情假意……

朱雨卿則擔心家醜外揚，慌忙去掩了大門。他以為李祥瑞還蒙在鼓裏，所以什麼話都不方便說，左思右想拿不出萬全之策，只好苦著臉陪一旁幹坐。

知道了眼前這位果然是漢口洋行的襄理柳國梁，朱繼久也傻了眼！按家族和么姑所蒙受的恥辱，應該上前狠揍他一頓後再轟走；但依照山裏「過門為賓」的待人習俗，這麼做又顯得太失禮。他真是弄不懂：去年差點兒在棒客手中丟了性命，怎麼今年又冒冒失失跑來了？迷戀一個女人到這種地步，可見是多麼沒有出息！他提一把木椅重重擱下，坐到柳國梁對面，老氣橫秋說道：我么姑已經出嫁了。聽說你也是有家室的人，漢口那麼遠，你一個人爬到這荒山野嶺來，到底想要幹什麼呢？

朱繼久快人快語，把大家藏掖在心底的東西，一下子捅桌面上來了。朱月娟的臉紅了。柳國梁的臉白了。李祥瑞的臉上泛起惱恨的青光。就連蠢婆娘何貴芝，這會兒也明顯擺著興災樂禍的鄙視模樣！屋子裏的氣氛一時間更加緊張。

朱雨卿左瞅瞅右瞅瞅，心亂如麻，因為擔心會打起來，站起身合浠泥說：嘿嘿，就是哩，柳先生此次光臨寒舍，不知到底所為何事？

柳國梁渾身大汗淋漓，仍正襟危坐，小心翼翼回答：洋行老闆差我來貴地，是為生意上的一點小事。前天，偶爾聽說月娟小姐結婚了，特意來向二位祝賀。祥瑞君的父親慘遭不幸，的確令人震驚。軍閥橫行，實乃今日中國之最大不幸！不知祥瑞君對未來有何打算？倘若有意往漢口求發展，不才還有些關係，願意助一臂之力。

李祥瑞臉色陰沉苦笑，也實在不知道如何作答。朱繼久黑喪著臉道：既然是來賀喜，今晚請在客房歇息，明日我讓劉麻子送你下山。有句話你愛聽不聽：是沈聚仁介紹的情況吧？那狗日的心黑咧，你可別讓他當槍使！

柳國梁站起身連連點頭，掏出封好的兩百塊光洋，訕笑著說：區區薄禮，不成敬意。李祥瑞窘迫地直擺手，有一種受侮辱的感覺，一種如吞了蒼蠅般的噁心。

朱月娟心底也百味雜呈，酸溜溜又甜絲絲的。山裏的單調生活，使她格外神往都市的繁華，然而一切已無從補救了。白花花的銀元倒叫朱繼久有些動搖了，認為沒準兒是沈聚仁當鄉長這些年發的不義之財，不要白不要，要了也絕不領情！看到三個人推推讓讓不可開交，他擺出主事的身份，皮笑肉不笑說：這錢我替他們倆收了。準備吃中午飯吧，在山上累了大半天，肚子早咕咕叫哩！

菜餚挺豐盛，心、肝、腰花、腸子、舌頭，滿桌子野豬雜碎。柳國梁不慣那股腥膻味，勉強一樣嘗了一點，喝了兩杯包穀酒。飯後，朱雨卿和顏悅色，硬拉柳國梁出門看山裏景致，其實是不願他有機會接觸月娟，怕節外生枝。

大青石板的村道坑坑窪窪，污水東一灘西一灘，青蒿、狗尾巴草茁壯葳蕤。黑毛黲黲的大豬小豬在糞堆上哼哼唧唧拱食，黃牛生著疥瘡吧，正慢吞吞在牆角上蹭癢癢。片石壘的低矮房屋東倒西歪，晾在長篙上的破爛衣衫隨風飄蕩，如敗軍的旗幟。朱雨卿微微有點醉意，剛才柳國梁敷衍的幾句話，讓他好像尋得知音，搖頭晃腦大掉書袋，且興致勃勃。

「……醉翁之意不在酒，在乎山水之間也！待在這大山裏好哇，芳樹無人花自落，春山一路鳥空啼——哈哈哈，紅塵中的軍閥們，又能奈我何？我看青山多嫵媚，料青山看我應如是！嘿嘿，這其中的樂趣，追名逐利之徒，哪兒能體會得到？」

柳國梁強扮笑臉，不時地應酬幾句，心不在焉偶然回頭，卻看到朱月娟孤零零站老宅子前的石臺階上，正幽怨地朝這邊張望……

二十六

由於有朱雨卿形影不離陪伴左右，一直到第二天分手，柳國梁同朱月娟完全沒有機會互訴衷腸。他們只能躲躲閃閃用眼睛交流情誼和哀怨，這也的確折磨人。

就好像是螳螂捕蟬，黃雀在後，還有一雙陰鬱的眼睛，一直在暗中觀察著他們倆。

李祥瑞不動聲色窺伺，優柔寡斷又情緒亢奮；悲痛彷彿河灘窪地上的沙礫，越積越厚。夜晚落了場小雨，燈影搖曳，窗外黑古隆冬。他斜倚床頭手捧書卷，似乎沉浸其間，物我兩忘。朱月娟平躺在床上，腦殼不時輾轉，大眼睛水汪汪望著屋樑。

狼嗥，狗吠，咳嗽聲，腳步聲……靜夜裏的每一丁點響動，她好像都渴望能聽出個分曉來；神情兒暈暈乎乎的，像享受風月樂趣，臉龐潮紅，喘息也不均勻。她突然坐起，摟緊丈夫加倍溫存地熱吻，簡直如發了瘋！又輕輕鬆開，長長歎一口氣，茫茫然望著窗外……

李祥瑞進退維谷，胸中雲騰霧湧，手臂不由自主，習慣地撫摸妻子，一面恨自己太軟弱了。——有些事兒，究竟應該如何道破？況且人心隔肚皮，真相可能永遠是謎。

小雨一忽兒下，一忽兒停，沙沙之聲隱約可辨。

柳國梁下山後的第三天，朱繼久也來到了夫子鎮。

鄭玉梅聽兒子說收了人家兩百塊禮幣，氣憤憤直擺腦殼。吳媽笑嘻嘻安慰，她忙裏偷閒，過來陪坐好一會兒了，剛才，她們也正聊著柳國梁的故事。

「柳少爺早晨已經乘船去香溪口了。兩百塊光洋對於他，不過在牛身上拔一根毫毛！柳少爺為人其實蠻和藹，知書識禮，娶了個師長千金，偏偏是母夜叉！唉，正應驗了『好漢無好妻』這句俗話，難怪對你們家月娟那麼癡情！前天從山裏回來，我看他的腿都走瘸了，整日悶悶地喝酒，沈鄉長問話他也不搭理，獨自哀聲歎氣，怪可憐的……」

「姻緣係前世所定，命裏沒有莫強求。這件事兒，吳媽你可千萬莫要再去對外人說，真傳到祥瑞耳朵裏，麻煩就大了。」

「您儘管放心，自從伺候林菊芳那個小妖精之後，啥閒話我都懶得說了。臭婆娘倚仗生了個小子，張狂得厲害，只差叫我給她洗屁股了！沈老爺如今也盡寵著她，吳大娘子和大小姐的嘴巴都撅老長。我反正也沒打算長待。老天爺保佑月娟快懷上娃兒，我也好早點離開，再回『德生厚』來幫您……」

「德生厚」雜貨鋪，如今只剩鄭玉梅、馮雅仙兩個女人苦苦守著，清靜得像座尼庵。畢竟是多年的老鋪面，每個月尚能賺到十多塊大洋。屋子裏太空曠，前些時，把陳老頭也喊鋪子裏來住了。洪水埡種的晚包穀眼下也該薅頭道草了，朱繼久下山得正是時候。鄭玉梅讓他明天就去請兩個短工，加上陳老頭共四個人。

太陽實在毒辣，白光如火爐一般烤人。「三伏不熱，五穀不結」，朱繼久喜歡光著膀子幹活，幾天下來，胳膊和背脊上都給曬褪了皮！

進入六月以來，大多數時日是朝晴夜雨，跑過幾次暴，雨量都不大，長枋河水不過稍稍渾那麼一、兩天。都感歎今年風調雨順，田裏的苗子綠油油愛煞人！

包穀草總算給薅罷了，朱繼久又準備回山裏去忙活。天濛濛亮時，就聽見屋子外面暴雨傾盆，屋簷水沖得小天井嘩啦啦作響。今天是七月十三號，沈聚仁的兒子過滿月。鄭玉梅原本打算早飯後帶朱繼久一併去送點恭賀。街坊鄰里，來而不往非禮也！昨晚她還訓斥了兒子幾句，煩他太小肚雞腸。

天漸漸亮，那雨卻越下越大，簡直如瓢潑桶倒！到吃早飯時候，沿河的莊稼地已浸泡在洪水中了。濁浪卷起旋窩，夾帶著從上游沖刷下來的茅屋頂、木頭、枯枝敗葉和整棵的大樹，向兩岸氾濫，高腳木板橋早給沖得沒影兒了。有幾個水性極好的漢子，站在沒過胸脯的黃色泥水裏，手執長篙打撈在回水處沉浮的無主什物。石板街上女人哭，娃兒叫，地勢低窪處的積水已經沒過膝蓋了。

朱繼久擔心洪水埡的包穀地被泥沙淤灌，披起蓑衣，提著鋤頭要去疏導山洪。陳老頭順手抓頂斗笠戴上，急匆匆也跟了去。當時正是雨勢最兇猛的時候，河水還在上漲。馮雅仙臉色發白，眼神驚恐，望著屋外黑沉沉壓下的雨幕，心慌得一句話也說不出。

主僕二人頂風冒雨朝洪水埡跋涉，腰板以下很快濺滿泥漿。泥沙陷過腳踝，每邁一步都要用力先拔出腳，所以走得十分吃力。朱繼久幾次叫陳老頭回去，他怎麼也不肯，說是給他作個伴兒。土路兩旁全是混濁的流水，像大河一樣翻著小旋窩。右前方往常清澈見底的長枋河，眼下正泥浪翻卷，怒濤嘯叫著噴揚飛沫，看著令人驚駭。

他們倆繞道山跟，好不容易才爬上那道草坡，立刻被眼前的景象驚呆了：秀籠山、扁擔山的兩條深谷中黃水滔滔，山洪裹攜著泥沙，已經淤埋了近一半的包穀地；順山溝沖落下來的大石頭和老樹兜，被一個接一個的浪濤轟湧推捲，骨碌碌打著滾兒浮沉——整個洪水埡，名副其實成了一片澤國汪洋！殘存的那一半暫時尚未被泥沙壓住的包穀林，還在水面蕩漾著臭肉餡一般粘糊糊的枯枝敗葉間搖晃，僅僅露出頂部的幾片綠葉……

朱繼久傷心得說不出話，跳進沒腰深的泥漿水裏，迎著激流艱難地朝前趟。鋤頭已然沒有任何用處。他用手搬運石塊和大樹兜，企圖阻擋朝包穀田這邊灌的水頭；五尺七寸高的壯碩身坯，如中流砥柱，好幾次被沖倒，麻繩搓的結實草鞋也陷泥漿裏拔不出來了。陳老頭想過來幫忙，被他喝住，只能站草坡上乾著急。

「木頭沖下來了！當心撞了腰！繼久趕快躲閃啊！」

一棵被連根掀翻的大樹，從橫裏翻滾著蕩過來了，差點兒撞上朱繼久的腰！他閃到上游，扭身用雙手死命揪牢樹杈，逆水拽定，把吃奶的力氣都用上，對峙了一會兒，好不容易才將那棵大樹擱淺在湧往包穀地的水頭方向。他咬牙關沒敢鬆懈，一趟又一趟搬運著石頭樹柯填壓加固，朝莊稼地橫灌的水勢總算漸漸減弱了。

朱繼久渾身泥水，掙扎著爬上草坡，跌坐在泥巴地上，這時候，才感覺到所有的關節彷彿都散了架！陳老頭也渾身糊得像泥猴，上氣不接下氣滾過來，瘦臉上露著驚恐……

中午過後，雨勢才真正減弱，洪水也開始慢慢退了。一群黑烏鴉哇哇地從空中掠過，大概是在亂蓬蓬的飄浮物中，搜尋可以吃的東西吧？

這麼大的洪水，陳老頭說他記事以來，還從未見過。船運社杜金山老闆的宅子，在突然湧來的洪水中浸泡了三個多鐘頭，傢俱、用具和食物，好多都飄浮出了大門外。「德生厚」雜貨鋪和沈家大院因地勢稍高，沒有受什麼損失。

眼巴巴看山洪肆虐，同樣怵目驚心！老渡口岩坎下的回水處，就停有兩具從山裏沖來的屍骸，伏臥在淤泥中，遠看像爬滿苔蘚的石頭。好多肥沃的坡田被山洪沖刷出一道道皺紋一般的溝壑，包穀桿東倒西歪；幾百斤重的大石頭和整棵整棵連根拔起的大樹重重堆積，又將不少地勢低窪的莊稼地，填成了邋遢的河灘。好些農家，大半年的辛勤勞動付諸東流，今冬明春，靠什麼來填肚皮呢？幾個骨節粗大的漢子，禁不住坐在泥濘裏嗚嗚地哭了。

鄭玉梅望著一片狼藉的洪水埡，心如刀割；無論如何，包穀林好歹總算保住了一大半！天剛剛放晴，她就雇了五個短工，去扶正東倒西歪的苗杆，在清理出來的淤地裏重新種上白菜、蘿蔔。又幫著忙碌了一個多禮拜，朱繼久才回山裏去了。

沈家大院的滿月酒，因水災影響，沒有來多少客人。香湯沐浴，落胎髮（額頂留「聰明髮」，腦後蓄「撐根髮」），艾葉薰腳心……過場都到了。那天黃昏時分，雨完全停了，天穹露出幾塊鮮亮的蔚藍色。鄒白雲忙顛顛跑大柏樹下，點燃了三大盤「滿地紅」！

洪水退後的當天，沈聚仁就拉上杜金山，趕往縣城游說，最後靠胡團長幫忙，從縣商會弄得二百五十塊賑災款。回夫子鎮後，又攤派富裕戶或十塊、或二十地捐了點兒，經鄉公所調查核實，對完全絕收的農戶，每家發放了三百斤包穀。

由官府發放糧食賑濟災民，這種事兒，山裏人只在戲文裏聽說過，比如包青天徐州放糧等等。消息不脛而走，大家起初簡直不敢相信！特別是鄉公所大門口紅榜上有名字的那些絕收戶戶主，一個個喜出望外，逢人便讚歎沈鄉長愛民如子，有的甚至找上門，感激涕零地直磕頭，視他為救命恩人。

自從兒子落生，沈聚仁可謂志得意滿，睥睨眾人；事情總是朝著好的方向發展，太順利了，欲望也在膨脹。長枋及周邊幾個鄉內，天是他的天，地是他的地，百姓是他的子民！所以處理事情或者思考問題時，他多多少少有了以這一方小天下為已任的胸懷。遙想當初，為鑽營能當上鄉長，他唯唯諾諾，娶了個醜婆娘，出發點亦不過是渴望能夠重振家業。如今，所積攢的錢財，已足夠他一百年揮霍了！正所謂大鵬展翅恨天低！他認為需要著眼更長遠的利益，而給上峰以及周圍同僚造成「萬民擁戴」的印象，不過是第一步。

七月二十六號，捎帶作「慶孚公司」的雁兒客的幾個團丁，途經天池觀時候，突然遭到土匪襲擊，一擔陳煙土遭劫，三支毛瑟槍也被悉數奪走了。團丁們失魂落魄跑回，被鄒白雲戳著鼻尖好一頓臭罵。他沒敢耽擱，帶著鼻青臉腫的團丁，瘟頭瘟腦地來見沈鄉長。

這一擔煙土，偏巧還是林菊芳出的資。她在遞裝有私房錢的小鐵匣子時，手臂還捨不得似的縮了一下。沈鄉長當時就不以為然笑了，說：女人家到底差氣魄，販煙土虧不了的。呵呵，這擔煙土另外記賬，賺多賺少，都給姨太太送來！

鄒白雲來找時，林菊芳正陪坐在書房給嬰兒餵奶，一面嗲聲嗲氣地扯著閒話。沈聚仁聽了情況，猶如兜頭遭冷水潑，當場就摔了茶杯。小毛賊竟敢在太歲頭上動土，分明是打狗欺主，想試探鄉長的能耐吧？吳媽慌裏慌張跑進來，抱過哇哇哭的嬰兒，嗯嗯地哄著出去了。沈聚仁擺擺手讓鄒白雲也出去，臉色陰沉，在書房內徘徊。

窗外風和日麗，太陽光明晃晃，斜灑在哭哭啼啼的林菊芳身上。靠扭腰身擺屁股，五塊、十塊地找沈聚仁纏磨，一千多塊光洋她攢了一年多！一下子說沒就沒了，真比死了爹娘還要難受。沈聚仁大聲斥責：你若是因為男人受了小土匪的窩囊氣而落淚，趕快把眼淚鼻涕揩乾淨！若為你那點兒洋錢，就滾回廂房裏嚎去！

林菊芳怯生生望男人，見他眼睛裏燃綠英英小火舌，瞳仁竟放射出兩束凶光！她簡直給嚇壞了，不自主地抬袖口蹭兩下淚痕，張惶失措地朝小廂房退過去。

攆走了林菊芳，沈聚仁從書櫃底層拽出盒子炮，漠然地握手中把玩著。他狠狠地想，毛賊土匪們大概認為，活閻王也似的李茂軒死了，便格外有恃無恐吧？

沈聚仁覺得自己像一柄無形的大刀，游刃於各種勢力之間多年，眼下是個機會，該試著去殺幾個人了……這麼想著，立刻喊來鄒白雲吩咐道：去找幾個靠得住的人，溜到天池觀一帶悄悄透個信兒，就說誰道出土匪行蹤，我沈聚仁賞他兩百塊大洋！這種事情，自始至終必須做得神不知鬼不覺！同時，明天你就率全部團丁，去天池觀胡亂搜兩天山，要像沒頭蒼蠅一般，使土匪認為我們沒有本事……

想了一會兒，又差鄒白雲去請來杜金山，三個人關在書房裏，一直商量到天黑才散。

二十七

襲擊團丁，是土地嶺鄭龍生手下人幹的。

還是在今年春上，因火併殺了靖國軍周連長的倆衛兵，似乎倒殺出了聲威，前來投奔的人也多了。五月底，鄭龍生同天池觀的許虎換貼，結拜為異姓兄弟，兩隻土匪隊伍合成一股，鄭龍生年長，仍然坐頭把交椅。

那天也活該出事：兼著「慶孚公司」的「雁兒客」的某健壯團丁，跟天池觀半山腰某婆娘有私情，進山後，懷裏就揣著一條繡花手絹、和兩雙線襪，硬是繞道要去那兒吃了中飯再回夫子鎮。而那婆娘的丈夫，原本就是許虎的眼線，懼內，床上功夫稀鬆；平日裏，為貪圖些蠅頭小利，不過睜一隻眼閉一隻眼。今日見一下子來了三個男人，擔心以後再沒有安寧日子，偷偷放出了消息……

到了晚上，鄭龍生帶著的一隊人馬，在靠近房縣邊界打食，也滿載而歸。回來後才曉得許虎搶了沈鄉長的煙土，臉上立刻流露出擔心的神情。

許虎大大咧咧安慰道：如今的聯防團沒啥實力，三十個團丁大多是新招募的，槍不過二十多條，擺開陣勢硬打也不怕他！

鄭龍生擺擺頭，撚鬚淺笑著解釋：沈聚仁陰得狠哩！倘若悄悄去縣城搬救兵，麻煩就大囉。嘿嘿，賢弟請聽我講個古：昔時，朱元璋靠了劉伯溫的九字真經，終於坐了天下。哪九個字？高築牆，廣積糧，緩稱王！依愚兄的意思，從今往後，對本縣的名門大戶，暫時還是少招惹為最妙；出頭的椽子先爛，切切不可因小失大，鬧騰得立足之地不太平……

為防備萬一，鄭龍生連夜將五十多人槍的隊伍拖到土地嶺避風，留許虎帶六、七個剽悍的心腹，守護林莽深處的黃龍洞老巢，靜觀對方將作如何舉動。

這一帶的黑道中人，大多只聽說過黃龍洞：旱洞、水洞綿延十數里，大洞中套小洞，九曲十八彎。傳說得最奇的是，還有金、木、水、火、土五條暗河通道，出口都隱蔽在地勢險峻處；想要攻進黃龍洞幾乎就沒有指望，進去了也如鑽迷宮，難得有活著出來的。

據老輩人講古，小闖王李來亨的一支人馬，曾被數千清兵圍困在洞中達半年之久，清兵死傷無數，最後不了了之……土地嶺太偏僻，又無險可守，鄭龍生這幾年一直在謀劃換個窩兒。許虎獨佔這麼好的去處，卻心悅誠服邀請他來作老大！兩個人相見恨晚，親刃手臂，飲血酒起誓：不能同月同日生，但願同年同月同日死！從七月初開始，他就將積攢多年的金玉首飾、光洋銅板，以及部分煙土、布匹、糧食等等劫掠來的物資，一點點地轉運進山洞了。剩餘不多的糧食及笨重家什，只好等過了眼前這一關，再搬運過來。

兩個人決定以黃龍洞為大營，廣招兵馬，轟轟烈烈地幹一場！

七月二十七號，鄒白雲帶領團丁，氣勢洶洶到天池觀搜索，攆得雞飛狗跳。許虎坐在水道出口處的綠潭邊，像聽過年節放炮仗，對從幾華里之外傳過來的槍聲充耳不聞。他臉上掛不屑地冷笑，大口地吃著肉，大碗地喝著酒，在心底譏笑：棒客出身的鄒白雲，又能有多大膽兒？敢跑到天池觀林子邊緣放幾槍，已經夠難為他了！

聯防團騷擾了兩天，天池觀又重歸寧靜。又過了三天，探子回來說事情好像過去了，鄒白雲開始回平陽壩重新操練他的團丁了。沈聚仁也並沒有進城，仍如過去一般守著他的寶貝兒子和姨太太。鄭龍生揣測：丟一擔煙土，對財大氣粗的沈聚仁已算不得多大損失吧？聯防團實力不濟，想要去縣城裏搬救兵，恐怕至少得再破費好幾擔煙土的錢咧！所以沈鄉長暫時只能忍氣吞聲，息事寧人。

他這麼想著，總算稍稍覺得寬心，於是對前來通風報信的人笑笑，要他回去告訴許虎，八月初八是黃道吉日，他定了這天，押運物資家什過來；叫許虎不必接應，仍須格外留神夫子鎮周圍的情況變化，同時張羅準備飯食酒菜。

鄭龍生手下，有個年輕的小頭目，家就在土地嶺腳下的金銀溝裏。下暴雨的那天，茅屋被洪水卷走了，只跑出來父母弟妹四個和冒死牽出的三隻山羊、一頭瘦豬。如今人和豬都住在岩屋底下，靠鄉公所發的三百斤包穀摻野菜煮糊糊度命。八月初二傍晚，小頭目抽空送錢物回家。爹拉他到岩屋深處，小小聲講了沈鄉長偷偷懸賞兩百塊大洋等等事兒。小頭目的爹為人忠厚，大兒子當土匪使他傷透了心，一直覺得沒臉見人。

兒子抓一把布袋裏沈鄉長救濟的包穀，想到做人應該知恩圖報，心底分外不是味兒；兩百塊白花花的光洋，對於他也頗有誘惑力。他二十二歲，當了五年土匪，腦殼掖褲帶上東奔西逃，也有些厭倦了。沉默好一會兒之後，他咬咬牙，終於小小聲說了匪穴的位置、情狀，及八月初八搬家的事，就匆忙回山上去了。

領救濟包穀的那天，小頭目的老爹，曾到沈家大院裏去磕過頭。他夜半摸黑起身，於黎明前，像做賊一樣溜進了沈家。這種事情絕對不敢馬虎，倘若洩漏風聲，一家老小都休矣！鄒白雲忙不迭引他去了後院密室。

沈聚仁一邊扣著衣扣，一邊聽老人講述，喜出望外，感歎蒼天有眼！他立刻拿來兩百塊大洋，用舊布包了，雙手遞給老人說道：白天就在這間屋子裏歇息，等到天黑之後，我讓鄒隊長送你一程。回到家，就當啥事兒也沒有發生過，平日裏該幹啥，吃啥，仍舊幹啥吃啥。這點兒洋錢千萬千萬莫要露白。等我們滅了土匪之後，您老人家再一點一點地花。要記住，千萬莫要讓外人曉得，你在我這兒領過賞錢……

老爹仰著臉，認真聽著沈鄉長婆婆媽媽一般的囑咐，認為這個沈鄉長，就是大慈大悲的如來佛、觀世音轉世，感激得趴在泥地上，又是一陣咚咚直磕頭。

八月初五清晨，沈聚仁和杜金山藏掖著三千塊光洋，乘小木船往縣城面見胡團長，痛陳土匪的種種惡行，借得兩個排的精兵。初七的夜半，隊伍神不知鬼不覺，住進了緊傍長枋河的船運社和沈家大院。初八日天未亮，幾乎所有夫子鎮人，乘著夏日黎明前的涼爽，都還在睡夢中。兩個排的正規軍，每排由十個團丁作嚮導，兵分兩路直撲土地嶺匪穴。從夫子鎮到土地嶺約五十華里，長途奔襲，兵貴神速！

鄭龍生那邊，完全不知道大禍將至。吃了早飯，喝了朝酒，眾土匪忙忙碌碌，開始綁紮需要帶走的東西。日近中天，行裝都捆綁好了，幾個老土匪嘻嘻哈哈擊打火鐮，分散到四下裏點燃了老營。看著蹲了十來年的八、九間破窩棚，次第騰起小火舌來，教書匠出身的鄭龍生，臉頰上還滑落下兩滴惜別的冷淚……

受到火光驚擾的成群結隊的烏鴉，黑羽毛閃耀緞子般的藍光——「鬼老鴉」們大概預感到，很快將有享用不盡的人的屍體吧，都沒有逃逸，而是聚集在這塊大草坪四周，擇樹而棲，彼此一個勁兒爭搶著「好哇！」「妙哇！」「呱呱叫哇——」地感歎讚美。

土匪們亂哄哄的調笑嬉戲聲，和沈聚仁帶著北兵躡手躡腳，輕輕踩在枯枝敗葉上的悉窣之聲，烏鴉們可能都聽到了：這些拿布片遮住羞處、只用後肢走路的生物，很快，將會有不少要慘叫著中彈倒下，由鮮肉變成腐肉……好在烏鴉們並不太挑剔；腐肉甚至可能更合它們的口味！至少一個多月內，它們都不用再苦苦去為食物而爭搶了。令這一大群烏鴉怎麼也爭論不明白的是：獅子並不吃獅子，獵狗好像也不吃獵狗，可是這些腰板跟地面垂直、扛著火器、能用複雜的語言文字作交流的動物，從烏鴉的祖宗認識他們時起，一直這麼自相殘殺了幾千年——又養育了多少烏鴉們、以及愛吃腐肉的其他生靈啊！

眾土匪們當然沒有理睬烏鴉不解的目光，大包小包的東西都抬起來或者挑起來了。鄭龍生摟起黑綢長袍的前裾掖進腰帶，振作精神，率先踏上通往天池觀的小路。幾個頭目輕輕鬆鬆，閒聊著打劫生涯裏的一些血腥的快活往事，搖頭晃腦，大概剛走出約百多步吧——從兩邊的密林中或者岩壁後面，突然噴出如雨點般密疾的灼熱子彈……

機槍、步槍的火力，交叉射擊了約莫一袋多煙的工夫，什麼動靜也看不到了，只見山道兩旁，沒腰深的白茅草和灌木枝柯上，鮮血淋漓，如山花一般璀璨；血液似乎還冒著熱氣，亮晶晶輝映著天上的太陽！鄭龍生的前胸，中了三顆開花子彈，眼睛呆滯望著藍天，盒子炮都沒來得及抽出……

經過認真清點，五十餘名土匪，僅走脫了六、七個小嘍囉。沈聚仁癱坐在岩板上，這個時候，才感覺到腿杆酸溜溜脹疼……

也實在是放心不下，習慣於幕後操縱的他，這次，終於走到了前臺，同下賤的兵丁們一起，在坡陡林密的羊腸山道上跋涉五十華里——亦可見他對這次志在必得的露臉，有著多麼慎重！除惡務盡，否則後患無窮——眼前的戰果，令他多多少少鬆了口氣。打掃戰場時，北兵和團丁們，為爭奪死屍兜裏的光洋銅板吵起來了。帶隊的副連長命令集合，督促兩排長對兵丁們逐個搜身，又得到沾有星星點點血污的五百七十二塊光洋，和二百多兩用髒兮兮油紙包裹著的煙土。

清點出來的戰利品，還包括三把盒子炮，七支「獨角龍」，二十一條各式破舊長槍，一千多斤糧食，以及匕首、大刀、被蓋、煙槍、傢俱等等。沈聚仁跟副連長商量說：是不是給士兵和團丁每人犒賞兩塊大洋，餘下的洋錢和煙土，由你再跟兩個排長去慢慢商量處理。至於糧食傢俱等等東西，叫鄒中隊長通知附近的保、甲長們，拿去分給遭了水荒的戶。槍支彈藥，請副連長無論如何，得給聯防團多留點兒，我拿錢買也行。

剿匪大獲全勝，沈聚仁對自己駕馭突發事件的能力，也添了自信。既然已經不得已騎到了虎背上，凡事則更須如履薄冰，未雨綢繆，如此方能夠有備無患。送部隊凱旋回城時，他再備了份厚禮，找胡團長好說歹說，又購進了一些彈藥。

土地嶺在夫子鎮的西北角，天池觀在夫子鎮的東北面，三點之間，相距差不多都是四、五十華里。

那一天，許虎依照吩咐，準備好了豐盛的酒菜，硬是等得心煩意亂；手頭又沒有兵丁好派，幾個精幹的，早飯後都安排去監視夫子鎮方向的動靜去了。天黑後好一會兒，才見跌跌撞撞，闖進洞三個漏網的小嘍羅。——聽說到鄭龍生已死，他捶胸頓足大哭，喝斥手下人一律扎上孝帕，決定今夜就去沈家大院拚個魚死網破！

逃回的小嘍羅囁嚅著，又講了件意外事情：天麻黑時，在扁擔山北坡撞上幾個「柳子[10]」、「瓢把子」是個蓄長鬚長髮的黑臉漢，自稱跟鄭龍生換過貼，後來因為替父母還願，到四川青城山當了三年道士⋯⋯

「⋯⋯黑臉漢子又髒又瘦，不像是官府的探子。他哭得死去活來，願意協助我們，一起去誅殺沈聚仁，為結拜兄長報仇！他還說，最好等到北兵們撤回縣城後再動手，才有絕對勝算。我擔心有詐，讓他們幾個待在青樹埡老林裏等回話。」

許虎眉頭緊皺，一時間也犯躊躇，悲痛倒減輕了幾分。今日之事疑點太多：北兵們從哪兒飛來設的埋伏？而要去替大哥報仇，眼下也還真正缺人手！他搔了搔頭皮，叫兩個嘍囉先送一

10 柳子：黑道中專用語，小嘍囉的意思。

擔酒菜去青樹埡權充接風，一併待那兒陪他們過夜。其他的事情，等到天明，讓他仔細地考慮之後，再決定如何幹。

那個黑臉漢子，原來竟是上次大難不死的靖國軍周連長：蓄尺多長的頭髮，半尺長的鬍鬚，滿腦殼黑毛鬖鬖，只看得到眼睛、鼻子和鴨蛋大兩塊焦黃面頰——就算朱繼久兜頭再遇上，也完全認不出了。

養傷期間，他結識了八、九個亡命徒，挖牆拱洞，從巫山縣衙某軍械庫裏盜得幾支長、短槍，流竄中綁票了幾處偏遠山寨的土財主，又敲詐來幾支槍。川東的土匪多如牛毛，想要立足也不容易，幾經坎坷，他決定再過來奪鄭龍生的地盤。

前來復仇的周連長帶領弟兄們，捉迷藏樣繞著土地嶺轉了兩天，因為對方人多，一直沒敢下手。北兵們由當地團丁帶路，分兩路壓過來時，差點兒連他手下的十多人槍也包進去了！他們心驚膽戰，趴一處高岩的荊棘叢底下，大氣都不敢喘，目睹了殺戮的全過程……太陽西偏時分，就見鄒白雲斬下鄭龍生的腦殼，用布包袱提了，狗一樣跟在沈聚仁身後，搖搖擺擺，隨大隊伍踏上歸路。自靖國軍潰敗後，周連長這還是第一次看到仇人。他把牙齒咬得咯咯作響，在內心暗自發誓：這次回來，無論如何，一定要殺了沈聚仁！

第二天，許虎暗中佈置好心腹，以備萬一，在距離黃龍洞木道出口百多步遠處，招周連長過來見面了。憑直覺，便斷定對方絕不是官府的奸細（他倒還真像個游方的邋遢道士，黑毛蓬蓬，渾身污垢，恐怕半年多都沒有洗過一次澡），心底不禁有些高興。兩股人馬加起來共有二十五人，有七把盒子炮，十八條長槍，而且多是些殺人越貨多年的老手，對付鄒白雲手下那三十個腿杆上尚沾有泥巴的團丁，綽綽有餘了！

看到這幫四川佬的人數比他多，槍支也比他的好，許虎當然也不能不有所提防。他饋贈了一些錢糧酒肉，請他們暫時仍在青樹埡密林裏搭窩棚另住。把話也挑明瞭：殺了沈聚仁之後，彼此各奔東西；都在江湖上混衣食，啥時候誰個遇到難處，還可以再聯絡。

周連長謙恭地點頭稱是，說等辦妥了這樁為大哥報仇的事，就帶手下回龍生大哥的土地嶺重開山堂。兩個人打著哈哈喝了三大碗酒，客氣地拱手作別。

在隨後的一些天裏，許虎往夫子鎮及其周邊放出了多名探子，又在黃龍洞內設置了香案、靈堂，殘存的十一個弟兄，一律頭紮白孝帕，匕首和大刀磨得雪亮，只等瞅著機會，去割了沈聚仁和鄒白雲的狗腦殼來祭奠！

八月十五夜，滿月黃亮黃亮，像一個白麵大煎餅；月光如薄紗，把山水樹屋朦朧朧粘合成一片青灰色。水災剛剛過去，老百姓們過中秋的興致，如同那些賴於生存的物質基礎，似乎也都給洪水沖走了，石板窄街上冷清冷清。

三更天，頭纏白孝帕的許虎和周連長，率領著復仇的隊伍，小跑步出了黑溝。一行人剛踏上重新架起的高腳木板橋，就被躲在隱蔽處的團丁發現了：白色孝帕沐皎潔的月光下，若隱若現地蠕動著，看起來如星星點點的鬼火晃蕩，數也數不清楚！兩個放哨的團丁朝河灘放了一槍，失魂落魄尖聲嚷嚷：土匪下山啦——

不過眨眼工夫，槍聲大作，夫子鎮又亂作了一團！

這晚，沈聚仁正佇立在格子窗前，心事重重望著明月發呆。自從在土地嶺殺了鄭龍生，沈聚仁手下這三十人的長槍隊，十人的短槍隊，每每天黑之後，都荷槍實彈，悄悄駐進船運社和沈家大院，彼此互為犄角——他一直焦躁地等待著這一天！東渡扶桑時學得的一鱗半爪軍事知識，這回，總算派上了用場。

沈聚仁利用地形地貌構築的隱蔽射擊孔，以及交叉火力的配置，都發揮出了很好的效果。土匪一死五傷，被阻截在「仁和記」酒店、鄉公所等幾棟房屋後面，無法再前進半步。周連長直抱怨許虎不聽勸阻，硬要都纏上那扎眼的白孝帕，使偷襲變成了挨打。

因為死傷的都是黃龍洞這邊的弟兄，許虎惱羞成怒，大罵四川佬們貪生怕死。兩支人馬差點兒火拼起來。相持不下好長一段時間，眾土匪擔心北兵們得到消息，天亮之後撲過來包抄後路，又不甘心白跑一趟，就一把火燒了鄉公所，拿走了「仁和記」一些酒肉。撤退時又竄進「德生厚」，搶光了貨櫃裏的布匹、糕點。

睡在櫃檯裏守夜的陳老頭，冒死上前阻止，被一槍托砸癱在地上，反而更惹惱了土匪，順手點燃了貨架上的黃表紙……

二十八

朱月娟懷孕了，七、八月間裏，嘔吐得特別厲害。李祥瑞握住她的手愁眉不展，常常悶悶守候在妻子身邊，一坐就是好幾個鐘頭。

一種血肉聯繫正在建立，牽腸掛肚，又說不清，道不明，使他的腦子裏，整日整日，如同充塞滿了亂麻團。待大山裏頭已經好幾個月了，他們兩個人都不會幹家務，衣食住行，事事幾乎都要人伺候。固然說女婿是嬌客，長期寄人籬下，到底有些難堪；平日裏，書也就讀得心不在焉十分勉強了。

世道險惡如民謠所詠：「天如棺材蓋，地似棺材底！走了三百里，還在棺材裏！」李祥瑞甚至擔心，自己有一天可能走入邪道——私心倒還真巴望，能有勇氣幹出點驚天動地、或者狂悖違時的事情來！

朱月娟臉色蒼白，浮小母親般的懶洋洋微笑，因為毫無心理準備，驚奇之餘，隱隱又有些茫然惆悵。大山裏的日子千篇一律，進入八月，山風已夾帶著些許涼意。自鳴鐘的小銅盤兒

「嚓——嚓——嚓——嚓——」，擺過來又擺過去；夕照往小廂房內射進來一束白光，石板地潮潤潤的。嘔吐後來總算停止了，思緒倒越發活躍起來，想到前途黯淡，朱月娟頭頂土牆，禁不住默默地淌淚。

「祥瑞，也給柳國梁寫封信吧？請他在漢口，先給你謀個教書的位置……老這麼待大山深處，無所事事，簡直要把人膩煩死！」

「……眼下，恐怕還不行。且不說路途不太平，你還有孕在身，千里迢迢的，萬一出個什麼意外，誰來幫我們呢？」

鄭玉梅更是堅決反對小倆口兒去漢口投靠柳少爺。瓜田李下，回避還猶恐不及，祥瑞臉面上如何過得去——小姑實在太不懂事了！可這話又說回來，兩個人都還年輕，且滿肚子墨水，深山老林蠻荒之地，也真不是他們長待的地方！

……到八月中秋節的頭一天，鄭玉梅由於擔心李祥瑞的安全，思考再三之後，陪朱月娟悄無聲息進城來了。嫁出門的女，潑出門的水。畢竟月娟現在已是李家的兒媳婦，況且已懷有身孕，鄭玉梅想跟二奶奶一起商量個主張。

兩個女人太陽西偏後才匆匆上船，希望能在黃昏時分，神不知鬼不覺地溜進李家老屋。也正巧是那會兒，天池觀密林深處的黃龍洞中，兩股土匪正聚集在一起快快活活吃肉喝酒。周連長和許虎，已探得北兵們撤回縣城好多天了，兩個首領殺氣騰騰，威風凜凜，壓根兒就沒有把鄒白雲和他的團丁們放在眼裏！

「……明天，都給老子在洞裏好好睡一覺！月亮升起一竹杆高後就動身，都纏好孝帕，去砸他狗日的沈家大院！」

那天，鄭玉梅完全沒料到，「德生厚」鋪面，會在中秋之夜遭土匪火燒。臨行前，她叮囑馮雅仙、陳老頭晚上早點拴大門；說好十六號一定回……好歹躲過了一場驚駭。

順風順水，柳葉小船如水上飛一般，抵縣城南門樓外河灘時，太陽剛剛落坡。

窄街面上，穿土黃軍裝的北兵，比行人還多，扛長槍的或者挎短槍的，過來過去，邊走邊乜斜眼睛打量她們姑嫂，簡直沒完沒了。鄭玉梅牽著月娟的手，疾步踅進一條泥巴陋巷，扭頭看小姑的側臉，竟是十分地鎮定安詳！夕陽把她標致的臉蛋照得特別鮮亮，那腦殼還盡朝有店鋪的熱鬧處歪斜，長睫毛彎彎，紅嘴唇露淺淺笑意。

縣城東頭的三官廟腳下，是個偏僻去處，水柳樹的濃陰裏，星星點點，撒著李家老屋等四、五戶人家。二奶奶同她的癡呆兒子正在吃晚飯，聽到臺階上的腳步聲才抬起頭，驚訝地愣怔了好一會兒，才張惶失措叫出聲！

「天爺！天爺！可真是稀客哩！昨夜裏，我夢見好大一片青油油的蘿蔔菜，沒料到，果然就來親人了！」

「嘿嘿，倒是一直嘮叨著想來看看你們，可老也走不起身。祥瑞和月娟又都是戴罪之身，實在也是怕憑白給你們添麻煩……」

「不撞見就沒事兒，挨千刀的胡團長是眼不見心不煩。祥瑞他還好吧？聽說川軍譚虎臣的隊伍，前些日子占了利川、建始兩縣，這裏的北軍很快就要移防巴東，走了就好了……你們餓了吧，先盛飯吃，我再去炒幾個小菜。」

一件青色碎花綢衫裹著二奶奶略嫌豐滿的腰身，徐娘半老，風韻猶存；眼神裏已看不出憂戚，完全回復了她早先那熱情麻利的本性。明三暗六的老宅子收拾得窗明几淨，雕花的老古式春臺上，還供養著兩盆蘭草；格子窗糊了新窗紙，洋溢著小康家庭的溫馨。

站在大門前的高臺階上，可以看到水柳林南面的大片菜地，和林蔭間菜農的幾座歪斜的茅草屋。這地方貼在縣城邊上，街市的喧囂差不多傳不到耳朵裏來！晚霞在西邊天際燒起來了，水柳林彷彿罩在一層紫色的薄紗中，景致帶濃郁的鄉村氣息。菜農們這會兒才肩扛鋤頭，三三兩兩回家，幾間茅屋次第就升起炊煙。

匆匆吃罷飯，三個女人坐大門旁正聊著話，暮色中，遠遠就見一位穿長衫的中年人，手裏提用紅紙包著的月餅、糕點，從石板小徑那頭往這邊走過來了。二奶奶臉上，立刻露出一絲兒不易覺察的尷尬與興奮。那漢子也發現門裏邊多了兩個女人，上臺階時，有點步履遲疑，顯得不太自在。

鄭玉梅原本以為，這孤兒寡母的日子，過得挺悽惶，閒聊了一會兒，又看了一會兒，不由得暗自驚詫——這會兒心裏想：眼前的這位中年男人，恐怕就是個中的原因吧？

「呵呵，來客人啦。是你娘家的親戚？」

「是祥瑞的新媳婦和他大嫂。這位是後溝炭廠的張老闆，我們孤兒寡母，平日多虧他照顧。嘿嘿，又讓你破費，實在不好意思哩……」

傻兒子同張老闆挺熟的，搖搖晃晃站起，揪住他的衣襟手舞足蹈一陣親熱。二奶奶舉止端莊沏上熱茶，遞過來包有銀鍋兒的抽煙馬棒和牛卵子絲煙荷包。

朱月娟長年寂寞，有話無處訴說，笑嘻嘻問起煤炭的銷路。張老闆說，老百姓做飯烤火需要點兒，附近的磚廠、瓦廠、石灰窯買一些；前些年也雇木船往宜昌、枝江販運，如今兵荒馬亂，沒敢再做了。他又順口問了幾句山裏的情形，咧嘴巴沒精打采訕笑，沒一會兒，就拘僅地搓著手要起身告辭。

三個女人送他到坎簷下，鄭玉梅陪著應酬地淺笑，四肢疲倦，影影忽忽感到失望。

李茂軒死了還沒半年，二奶奶竟敢同張老闆明著來往，也太等不得了。鄭玉梅喉嚨發緊，甚至怪自己認錯了人！二奶奶好像也看出這邊的心事，沉吟不語，一付窘相進灶屋拾掇碗筷。鄭玉梅認為：無論如何，有關祥瑞和月娟的一些事情，還是應該同二奶奶好好商量。可是，當著月娟的面又不好講，弄不好，還都會以為是自己容不得人，想攆他們走。

洗了臉，洗了腳，閒聊有一句沒一句的。待到睡下，月娟倒像蠻想得開，仰躺在床上後，又扭過頭來，嬉皮笑臉小小聲嘟噥：那個張老闆，看上祥瑞的二媽了呢！咯咯，她今年好像也才三十六、七歲吧……

第二天，女主人陪客人逛了幾家鋪面，給月娟扯了兩塊花綢緞。午飯後，朱月娟儼然像少奶奶，帶著祥瑞的異母弟弟，去菜地那邊的河灘洗衣服去了。鄭玉梅整整一夜沒有睡踏實，心神不寧，不時發出一聲歎息。

祥瑞的二娘收拾乾淨廳堂，提一把木椅傍鄭玉梅坐下，神情委靡，也輕輕地歎一口氣。她今年三十七歲，圓圓的白面龐，五官輪廓分明，身材均勻適稱；性格爽朗，舉止利索，單從容貌和體態上，很難猜度到實際年齡。

這是個秋高氣爽的豔陽天。兩個女人臉上都漾淺淺笑意，心底卻又各懷心事，似都有滿腹苦水，一時又都不知該從何說起了。

「……昨天，張老闆提月餅來，您肯定覺察到什麼。說實在的，沒有早點兒跟您通氣，是很不妥當的。但我也沒料到他會那麼著急，倒讓人以為我等不及，沒廉恥……別人要怎麼說，我也沒有辦法。只求您和祥瑞、月娟，能夠曉得我的苦衷。所以，今天無論如何，我也要把事情的來龍去脈，兜底兒講給您聽。我也半老不小了，再磨磨蹭蹭，恐怕會坐失良緣。我們孤兒寡母坐吃山空，後半輩子又怎麼過呢？傻兒子還得靠我照顧啊！」

默默對峙好一會兒，二奶奶李張氏終於放連珠炮似地講了開場白，情緒激動，滿臉漲紅，好像擔心一旦停歇，就再沒有勇氣朝下敘說。她甚至沒等鄭玉梅作答，沉甸甸噓一口氣，眼眶裏閃淚花兒，一點一點地講起了往事。據她說，張老闆也是秭歸縣龍洞坪人氏，雖然都姓張，同她這一脈不屬一個宗祠。他比她大八歲，兒時常在一起玩耍，青梅竹馬兩小無猜。她十六歲時，聽憑父母之命，媒妁之言，嫁到李家作二房完全是身不由己。張老闆也於次年跟蹤到興山縣城，靠親戚資助，辦起來小炭廠。兩個人雖然都沒有忘記兒時的那段情緣，因為怵於李茂軒的蠻橫德行，兜頭遇上也裝作不認識，僅彼此在心底悄悄地難過了幾年。日子一天天過去，後來，他也結婚了，接連生了五個女娃。去年春天，他的堂客得傷寒死了。世道不太平，生意無起色，他愈加心灰意冷……是今年的六月間，兩個人開始來往，第一次膝頭對膝頭坐著時，還都默默地直淌淚，什麼話也說不出……

「……上個月，張老闆請名家相士排八字，一併占卜擇定合婚的吉日。相士說他是左手拿個摟錢耙，右手抱個沒底匣，半生碌碌，今年始得時來運轉；還說『冬至陽氣起，尚須喜事沖』！說今年冬至後的第一個雙日，大吉，最易合婚……說得頭頭是道，有鼻子有眼，倒讓我一時更不知如何是好。」

耐著性子聽李張氏大致說完，鄭玉梅眉頭緊蹙，心裏不是味兒。孀居未滿一年又要再婚，雖然說有違禮俗；但張老闆年近半百還沒個捧靈牌香火的，盼子心切，於情理上也說得過去。

總之，兩個人都怪可憐的，實在是不忍心阻攔；論輩份，自己畢竟又矮些，也管不上。「再婚的事，二奶奶你自己拿主張就是了。不過，『脫白』的禮數，還是應該你自己首先作到堂，好讓旁觀的閒雜人等，少說些閒話……」

「脫白」是緊傍神農架周邊幾個山區小縣的一個古老習俗：死了丈夫的女人，倘若想再嫁，必須先向族長申請，然後約定好日期，由族長指派的老道士陪伴著，前往土地廟。寡婦披麻戴孝，長跪在神位前。道士著玄色長袍，雙眼緊閉敲打鑼、鈸，或者點子（一種道士專用的銅制響器），口中吆吆喝喝唱韻文，以旁觀者的角度，幫寡婦訴說苦情和願望。之後，由道士在前面鳴響器開路，寡婦低眉垂首跟隨，一起又到「死鬼子」丈夫墳前。寡婦跪下，摘孝帕恭恭敬敬遞給道士。老道士焚香拱手畢，操火鐮[11]將粗麻布白孝帕，置墓碑前點燃。孝帕化為灰燼，儀式才算結束。

倘若丈夫死亡尚不滿三年的，還得要先「除靈」，也就是燒掉供奉在屋裏的亡者靈位牌。只有「脫白」之後，寡婦才能夠再婚。

「謝謝她大嫂體諒。等胡團長的隊伍開拔後，我就去給茂軒重砌墳頭，立墓碑，請道士超度亡靈，最後去行『脫白』的老規矩。……月娟她大嫂，我，我還有個事相求，唉唉，又有啥

11 舊時的一種擊打火石，點燃火絨的小型鐵制取火工具。

法兒呢？硬是難得啟齒啊！」

「你還有什麼作難的？這兒又沒外人，什麼話，二奶奶請直說吧。」

「……那位相士，說張老闆的宅子陰氣太重，需要借府才能生兒子；就是像倒插門的女婿，在女家懷孕、生子後，再迎娶回家。那相士還說，一山不藏二虎，忌諱我跟大肚子女人共居一屋。月娟昨天進門的時候，我就看出她好像已懷上了。我、我，月娟她大嫂，我真是不曉得該怎麼說了……」

「這、這……天理良心，我陪月娟這次出來，並沒有想要攆他們下山的意思；實在是祥瑞他們倆，嫌憋悶得慌，不太安心哩！按照老輩人傳下的規矩，嫁出門的女，當然不能在娘家生娃兒。不過也有破法：時候到了，去借一間外姓人的廈屋來生產，也是可以的。設身處地替張老闆想想，相士的話，當然是寧可信其有。二奶奶也莫太心焦，等我再去跟祥瑞和月娟商量，勸他們還在山裏再多待個一年半載……」

李張氏滿臉羞慚地低著頭，鼻子一陣發酸，幾滴晶瑩的淚珠忍不住滾落下來。相士滿嘴胡言，故弄玄虛，拿萬一的希望，在苦命人眼前變戲法似地亂晃。偏偏就有那麼巧！鄭玉梅只能眨巴眼睛暗暗叫苦。

說實在的，女子自古有三從之道：在家從父，適人從夫，夫死從子，「無所敢自遂也」！長子李祥瑞才是李家老屋的真正主人，他若想要回來，李張氏也無話可說。可是，二奶奶眼下正在難中，更何況祥瑞又非她親生，另尋靠山，也是不得已而為之。二奶奶平素倒是個極能幹、有擔當的女人，這會兒，倒像被逼到了牆角，萎靡不振，一付孤苦無助的樣兒，看著也實在可憐……

又過了一會兒，朱月娟從河邊洗衣裳回來了，上臺階時還哼著小曲兒，那個先天愚笨的異母弟弟也跟著哇啦哇啦叫喚，都挺開心似的。

午飯後，鄭玉梅抽個空兒，一五一十地講了二奶奶的情況。朱月娟瞠目結舌，慢慢耷拉下腦殼，心裏究竟在想些什麼，不得而知。

李張氏的心，因為一直空蕩蕩懸半天中，身不由己，躲在門外偷聽，屋子裏面的突然沉默讓她害怕，忍不住，跨進了小廂房泣訴。

「……若沒祥瑞的傻弟弟拖累，當初同茂軒一起死了，倒也乾淨！那次分的錢還剩一千六百塊，算我們租這棟房子，兩年期限，生子不生子，都搬出去。張老闆信死了那相士的話，就依他這一回吧？」

李張氏真地扭頭去臥室，很快就提一大包銀元回來了。——這可是孤兒寡母後半生的衣食，唬得鄭玉梅手忙腳亂一陣推諉。朱月娟也惶惑了，嘴巴翕動，不曉得該如何拒絕。李張氏涕泗橫流懇求說：既然要改嫁，我也沒臉再花茂軒用血汗換來的錢。嫌待大山裏悶得慌，你們小倆口兒就拿這錢去宜昌府暫時租間房……若不肯收這錢，我只有死了……

唬得那個愚笨的異母弟弟東瞅瞅，西瞅瞅，也號啕大哭起來。鬧到最後，好說歹說，朱月娟才勉強收下了一千塊光洋。

晚飯吃得沒滋沒味。三個女人都呈一副病病蔫蔫樣兒，身心似乎都疲憊到了極點。朱月娟再看這李家老屋，覺得它竟陰慘慘溢哀敗氣象。當初分給她和祥瑞的幾千塊光洋，還基本沒動，加上這一千，稱得不小個數目。她懶洋洋想，沒有什麼值得留戀的了，趁著還算年輕，應該儘快地到漢口去！

滿月黃亮黃亮，像塊剛出鍋的大煎餅。三更天了，鄭玉梅仍無法入眠。她由李祥瑞，又想起遠在朱家寨子的夫君和兒孫；緊接著，又惦記起雜貨鋪裏的買賣。

她怎麼也不會想到，此時此刻，夫子鎮那邊的鋪子裏已搖曳出熊熊大火，忠厚的陳老頭，正在濃煙中徒勞地拚命撲打著……

二十九

夫子鎮遭到土匪襲擊的消息，八月十六號清晨，就在縣城裏傳開了，眾說紛紜，沸沸揚揚。鄭玉梅原本打算乘上水木船回去，也狠心雇了兩匹騾子疾匆匆趕路，太陽還未當頂就到了家。眼前的鋪面，只剩土磚砌的殘壁，粗大的樑柱已燒成了火柴頭！滿地的瓦片和破碎的瓶瓶罐罐，黃表紙的灰燼如雪片般翻飛……

陳老頭呆滯滯癱坐在簷坎下，臉上、手上多處燒傷。馮雅仙哭啼啼，蹲在灰垢中扒找著尚可作用的什物，披頭散髮像個瘋婆子！

鄭玉梅眼前一黑，被朱月娟攔腰抱住，姑嫂倆相互扶持著嚎啕大哭。昨晚上多虧幾個後生攀上屋脊扒斷火路，使水潑，掀土蓋，才勉強保住後院的三間廂房和緊傍山牆的庋屋。天將黃昏，朱繼久和劉麻子一行，也風風火火從山上趕來了。朱繼久臉色鐵青，瞅一眼藏匿著周連長那把盒子炮的牆頭，恨不得掏出它來殺人！

這真是屋漏偏逢連夜雨，只怕真的是朱家氣數快盡了？就算已經命中注定了，只要閻羅王尚未勾那生死冊子，人還不得要往前活嗎？鄭玉梅長長吐一口濁氣，揩乾淚痕，先挨家去謝了幫忙救火的街坊，吩咐繼久扶陳老頭進後面廂房歇息，自己和馮雅仙開始張羅做晚飯。吳媽也抽空兒過來問候，一驚一乍講了昨晚的情形，還有些膽戰心驚。

翌日早晨，中隊長鄒白雲帶著兩個團丁來了，說沈鄉長進城前特意交代，托他先奉上八十塊光洋聊表心意，還有啥難處，候沈鄉長回來後再行商量。

朱繼久怒氣衝衝說道：土匪是沈家招惹來的，花八百塊錢，也還不了我們鋪子的老樣兒！著漆黑色香雲紗短衫的鄒白雲笑眯眯慢條斯理回答：土匪硬要燒朱家的房屋，這可是連沈鄉長也沒有辦法的呀？鄭大娘，您老人家說說，是不是這個理兒？嘿嘿，我們告辭了。

正所謂「三十年河東，四十年河西」，這位昔日的窮棒客，如今的舉止言談，已有那麼點沈鄉長的氣韻了。朱繼久跳起腳還要再罵，被他娘惡狠狠攔住。

「混賬！當官的還不打送禮的吶！一切都得認命，關別人啥事兒？等沈鄉長回來，你就去把錢還了，一併謝謝他的好意。」

「沈家的錢，不收白不收，何苦又送回去？山裏也快要收桐籽了，差的是錢……唉，認命算囉，索性將這燒塌的鋪面、後院剩下的那幾間廂房，連同洪水埡的田，全賣掉好了，都回朱家寨子老屋去！一山難容二虎，有沈聚仁這剋星，待在夫子鎮也心煩！」

「你少像個老鴉聒噪！沒有志氣的東西，給我滾到一邊去！」

第二天，太陽照常升起來，碧空清澈，秋氣爽人。一些街坊，自帶扁擔、畚箕、籮筐，自發地過來幫忙清除瓦礫，一個個表情肅穆默默忙活，鐵器丁當，燒毀的柱頭板壁嘎吱嘮嚓，令人耳不忍聞！

「德生厚」始建於光緒十一年，大華老爹喜好浮華，冷杉、紅松、大青條石，用的都是上好的材料。門前砌九級臺階，廊簷寬敞，格子窗上精工雕刻著花鳥魚蟲。朱繼久就是在這兒出生的，大紅燈籠高掛，送恭賀的絡繹不絕……如今，鋪面和門廳已化為焦土，像被剝去面皮的人臉，怵目驚心！

想要恢復到原來樣兒，最少也得花費近千塊大洋吧，去哪兒弄這筆錢呢？雖然朱家寨子尚有十多擔去年的桐油待售，但是，事關大華老爹留給兒孫的最後一塊立足地，添柴猶可，抽薪則須慎重。自去年春天煙土遭劫以來，運交華蓋，接連又發生了好些不如意的事情。鄭玉梅多方節儉，仍在山裏添置了兩小塊田。

這一次損失太大，兩百多塊大洋的存貨，燒了個精光。想金子是銅，想富貴是窮，由不得人不洩氣啊！乾脆認輸，如朱繼久所說的，都搬回朱家寨子？又實在不甘心。

瓦礫和斷柱爛板都清除乾淨了，場地上空空蕩蕩。殘存的半片肋架屋，好像柏木方桌只剩下兩條腿，更顯得破敗寒磣。朱月娟也說得趕快請匠人來修繕，並且拿出四百塊銀元，雙手捧著遞給鄭玉梅。也許是因為暗下了去漢口的決心，想到眼前的苦難於她即將成為往事，禁不住油然生依依的惜別情。大嫂知書識禮，且極富韌性和犧牲精神，加上那勝似男人的女中豪傑作派，一直是朱月娟懂事之後，心底所最敬重的人。她克制地咬咬牙，十分誠懇地勸慰嫂嫂不可太呈強，她這根朱家的頂樑柱，千萬不能再累倒了。

「……當然，「德生厚」不能就這麼關門，無論如何，得保住夫子鎮的這塊地盤。家境每況愈下，重振家業想來也不容易。嫂嫂應該看開些，不過盡人事，聽天命，也別太苦了自己……我打算明天就進山去，給祥瑞講一下二奶奶那邊的情況；都是結過婚的成年人，該認真商量個安身立命的辦法了。」

「銀元我不能收，心情領了——你們倆，以後的日子還長呢，多的是花錢的地方。總之，少再胡思亂想些，安安心心，先把娃兒生下來。」

朱月娟作為大華老爹生前最疼愛的么姑娘，原本是個無論想到什麼事情，都敢旁若無人去做的任性女子。漢口的那桃色新聞發生之後，她才變得鬱鬱寡歡，老是莫名其妙地冥思苦想，才漸漸呈現出一種與實際年齡相稱的持重端莊。進入待嫁的妙齡，恰逢家運衰頹。眼下都是二十二歲的他人婦了，仍無個安身處所……每每一想到此，鄭玉梅就感到對不起她。長工陳老頭的身體，明顯一年不如一年，靠朱繼久山上山下兩頭奔忙，也不是長久之計，反而會耽擱榨房的營生。思前想後，只有賣洪水埡的那十多畝田一條路。

夫子鎮沒有田產了，她和兒子一個山裏，一個山外，各司其職專心致志，也許效果倒會更好些。兵荒馬亂年月，老門老戶的「德生厚」，不過豎塊牌子爭口氣，保本微利足矣。這麼看情勢，真地想要積攢錢財捲土重來，恐怕還得靠榨房和山林裏的桐油、生漆、木耳、香菌、核桃等等土特產！

主意既定，鄭玉梅安排兒子明天一大早就送月娟回山裏，一併去找十幾個好勞力，儘快將困在老林中的半幹的端直粗圓木，多送些下山來。

被燒毀的那半片肋架屋的基礎是現成的，另外那半邊屋架尚可利用。動工還須先請相士來擇黃道黑道，首先得避開「太歲[12]」，然後再觀星相擇吉日。鄭玉梅不太懂，一切都交由掌脈師作主，又折騰了幾天，開工的日期定在了八月二十六號。

很快就到了這天。鄭玉梅依照吩咐，用白紙寫上「李廣將軍」、「馬甲將軍」等字樣，貼在被毀房子大青石基礎的四角，用來鎮妖驅邪，然後率家人燃香燭膜拜三次，口中念叨著「天無忌，地無忌，姜太公在此，百無禁忌」！

匠人們在四周放炮仗逐鬼祟，候鞭炮聲響罷，眾木匠這才樂呵呵操起家什。這些木匠和打下手的壯漢，大多來自朱家寨子，對大華老爹有感情，幹活格外不惜力氣，斧頭鋸子舞得生

12 傳說中神名，與天上歲星（即木星）相應而行；土木工程應該躲避太歲的方位，否則會遭受禍害。

風，工程進度飛快，一天一個樣兒！

九月初六上大樑，那儀式更為隆重。家主設神位，備祭品（有活鯉魚、圓饅頭、定升糕等等），眾人先虔誠地祭拜尊神。祭畢，還要將鐮刀、尺子、鏡子、秤桿等物件拴米篩上，懸掛在堂屋的立柱頂端——這就是《論衡》上所說的：「設祭祀以除其凶，或空亡徒以辟其殃。」……在黃表紙的煙靄和鞭炮的砰砰聲中，升梁正式開始了。

榆木作的房梁（取「餘糧」之諧音）上掛著紅色彩綢（取滿堂紅之意），八個壯漢抬，六個後生幫襯；掌脈師則威風凜凜，站在高高的山牆頂端指揮，由下面朝上看，像攻城的人登雲梯。劉麻子在一旁慢悠悠唱起《上樑歌》：上一步，一帆風順……上三步，三官賜福……上五步，五子登科……上九步，九九長壽！

等到榆木大樑終於牢牢架屋脊上了，上樑的木匠們騎在圓木上，把銅板、定升糕、圓饅頭拋向堂屋中仰著腦殼等待「接糧」的人，且拋且吆喝韻文：拋糧拋得高，子子孫孫作闊佬！（朝上拋）先敬天，好下雨！（朝下拋）再敬地，好打糧……

一時間人聲鼎沸，鬧鬧騰騰笑顏逐開。鄭玉梅也笑了，神情疲憊，眼眶裏淚光閃爍，為賣掉洪水埡那十多畝肥田沃土、和眼前這上樑場景而悲欣交集。

新鋪面和前廳撤瓦的時候，沈聚仁滿臉堆笑，帶著吳大娘子來了，以鏡屏、桌椅板凳相贈送，賀具落成。

胡團長的隊伍開拔之前，他不惜重金，從那兒又購得十三條快槍、五支盒子炮和一些彈藥，聯防團也擴充到六十人。為防備土匪再襲，夫子鎮添了兩個值更的，還秘密在天池觀、土地嶺、秀籠山等土匪們出沒的地方，培植了幾個眼線。

俗話說「有錢買得鬼推磨」！沈聚仁沒有太費力氣，就摸清了土匪的基本情況：黃龍洞只剩鄭龍生的結拜弟兄許虎帶著的八、九個殘餘心腹；從巫山又過來了一撥兒川匪，在土地嶺重新落草，共有十二個人，頭兒聽說是個被逐出山門的惡道士——因為許虎嫌川匪們八月十五夜助他攻打沈家大院時貪生怕死，彼此已斷了交往。

正所謂有備無患，土地嶺一役誅殺鄭龍生大獲全勝，連胡團長也對沈聚仁運籌帷幄，決勝千里的智慧，大加讚賞！

朱家出賣洪水埡田產修復「德生厚」，果斷迅速，出乎一般人的預料。由於是老門老戶，加之人緣好，蓋房時的火爆場面，同樣讓人看得眼熱。新房落成，鄭玉梅設宴席酬謝，山民們肩背蔬菜肉蛋，爭相前往送恭賀。鄰居中的一些能幹媳婦幫廚，酒席一直擺到了街上。這是個與民同樂的好機會，沈聚仁遣吳媽過來協助料理，還差了幾個鄉丁幫著幹粗笨活。吃的環境自由自在，肉香、酒香、松木板壁的清香，加上各種菜餚的味道，暖烘烘熏得人快快活活。鄭玉梅硬是累壞了，漾著笑意的臉上呈一種焦黃的憔悴顏色。席間，沈聚仁還三次舉杯，稱她為

「女中楷模」！

看著一些人鸚鵡學舌一般，圍著女主人頻頻頌讚，沈聚仁不由得在心底暗自感歎：大廈將傾，獨木難支——只可惜這朱鄭氏不是男兒身！

鄒白雲又押運煙土去漢口了。長槍隊、短槍隊，由沈聚仁按照早年在日本國「振武學堂」所學得的一鱗半爪知識操練，已經具備了相當的戰鬥力。目前，沈聚仁諸事順心，只有盤踞在黃龍洞的許虎，稱得是他唯一的心病。如何才能夠將這幫心懷仇恨的殘匪斬盡殺絕，他暫時也還沒有能想出好辦法來。

「德生厚」雜貨鋪，於十月初一又重新開張了。

十月一號俗稱十月朝，「朝」之意與「晨」相當。莊稼又快要到手了，頓頓又會有飽飯吃，在山民們眼裏也是個喜慶日子。這一天，鄭玉梅只在幾根立柱上貼了幾條吉祥字句，如「招財進寶」、「永暖大業」等等。家底差不多都掏空了，她心高氣傲，不願意欠太多的人情，沒有放鞭炮賀開市。

三十

因為惦記著田坡裏的活路，朱繼久幫忙把新鋪面撤上瓦，就急匆匆趕回山裏了。

窮苦人家一季巴望不到一季，老早便在磨新包穀漿作粑粑填肚子了。寨子周邊只有朱家的包穀杆還站在田裏，野豬們、猴子們，大概也感覺到冬天在漸漸逼近，下田糟蹋得格外頻繁！桐籽也得趕快打回來漚爛剝殼，趁下雪之前晾曬乾。佃戶們要來送交秋課，榨房裏得準備打桐油……事情多得成堆，不親自坐鎮，還真沒法兒！

朱雨卿仍終日袖手旁觀，手裏攥著那本《唐詩別裁》，昂著腦殼看天，看山。他內心裏，其實也一直巒盼望那收課時的熱鬧。雖然從來不肯承認，但作為殷實富戶的家主，居高臨下俯視佃農們大汗淋漓進進出出，那種實實在在的得意，的確遠比搖頭晃腦詠歎詩文更令他歡悅。佃農的婆娘們，還會送來柿餅、核桃、板栗等時令鮮果，巴結地仰著腦殼寒暄，恭而敬之地稱他為「先生東家」，嘰嘰喳喳直誇他的學問大。他俯就地朝左右點頭，一時簡直覺得在雲裏霧裏！大山裏的漢子們則不一樣，只拜關雲長，不敬孔夫子，私下裏議論起朱雨卿來，完全又是另一種樣兒了。

「朱先生天天捧著書卷，走過來轉過去，喝的墨水，只怕盛得滿一隻大水缸了！幾十年來，怎麼就沒有人請他去教專館？」

「你們沒見他神經兮兮的？那是讀四言八句給讀迂腐了！唉，只可歎大華老爹一世勇武，卻養了這麼個百無一用的兒子。飯吃多了脹死人，這書讀多了，也害死人咧！」

這些粗魯的漢子，雖然不為衣食終日碌碌，骨子裏，特別瞧不起游手好閒的人。在他們看來，朱雨卿就好像當鋪門口掛的「當」字，茶樓上飄的「茶」字，米店前懸的「米」字——只能算塊輕飄飄的布簾兒而已！他們認為：男人家不操心勞力，不吃苦受累，簡直就白在這世上活了！那些當面的恭維話，不過是出於情面和禮儀，背轉過身來，他們都稱朱雨卿為「紙人兒」或「撒手東家」！

匆匆忙忙趕回山裏之後，朱繼久光起膀子，帶著雇來的十幾個短工，裏裏外外奔波了半個多月，三十多擔包穀總算都收攏歸倉了；近七千斤的桐籽，正在榨房外的石壩子上抓緊晾曬。鬧哄哄的「秋課」也都已經收結束了，朱家老屋一下子冷清了許多。

這一天，何貴芝、朱月娟、李祥瑞，又往榨房那邊幫忙去了。何承宗手捏毛筆，趴後院小廂房的書桌上，與朱繼久一起，正一筆一筆地朝流水簿[13]子上過賬。屋子裏光線昏暗，空氣中彌漫著新包穀的清香；後門外的梨樹枝頭，兩隻喜鵲喳喳叫得怪歡勢。

冷丁地，從堂屋那邊傳過來朱雨卿中氣十足的呼喚聲：水開啦——

朱繼久心煩地皺眉頭，大踏步來到堂屋裏。只見大肚子銅炊壺還懸在鐵勾上，沸水嘟嚕嚕順壺嘴兒朝外漫溢，淅淅瀝瀝，淋得爐子上的火焰忽明忽滅；從地爐上激起的水霧嗞溜溜直衝房頂，細柴灰隨風騰飛，如雪片兒紛紛揚揚！

父親朱雨卿也真能耐，紋絲不動，坐在離地爐約五尺遠的門邊，如無事一樣，雙手捧《唐詩別裁》，眼睛盯書卷仍在吟詠著。

「我本楚狂人，鳳歌笑孔丘，手持綠玉杖，朝別黃鶴樓……」

「爹，您沒看到大家都在忙活，走不開呢。爹！您也幫著把開水壺提起來，灌進涼茶桶裏嘛，疙瘩火都快讓開水淋熄滅了……」

「沒看見我正在讀聖賢詩文？我哪有閒空工夫？俗話說，有子不讓父上前！多裝這麼一壺開水，把你也累不到哪兒去！唉唉，如今禮崩樂壞，兒子竟然支派起老子來了！」

13 指舊時候，商家或者家庭，用於記錄商鋪或家裏收入、支出的詳細帳本。

朱雨卿竟然怒氣衝衝地直嚷嚷，腦殼都懶得朝兒子這邊扭。朱繼久強忍著沒再言語，將開水灌進茶水桶，重又去裝了冷水掛上，耷拉腦殼，回後廂房繼續過賬去了。

一筆一筆將這個月的流水賬過到簿子上之後，鬱悶的朱繼久，陡地又記起春節前的一件事情：他從城裏進貨回來，河灘上北風裹著雪花，打在臉上如同有小刀割。五麻袋糕點、百貨，他和娘一趟一趟從河灘上往回抬。爹袖手挺胸，正在後門口的窖臺階上來回踱步，居高臨下注視著這娘兒倆氣喘吁吁來回搬運，自始至終，沒有伸手幫一下忙！朱繼久那天就悄悄聲抱怨過爹也太懶，倒讓累得滿頭油汗的娘好一頓訓斥……半輩子都這麼過的，如今孫兒都抱上了，還要他跟著你從頭再學？

朱繼久擺腦殼苦笑，心想，家中啥事兒都是娘上前，爹硬是讓娘給慣壞了……

在這位識字不多的兒子眼裏，爹那本殘破的《唐詩別裁》，同國民小學裏娃兒們手中的識字課本也差不多。爹誦讀了大半輩子的「人、手、刀、口」，好比捧著根鐵棍，有一下沒一下地胡亂磨了大半輩子，卻沒見做成一根針，更莫要說去引線繡花兒……爹的這輩子，待家中倒是如受寵的娃兒一般，真省心啊！

自從上朱家寨子後，朱雨卿雖然萬念俱灰，倒也過得十分有規律。他天明即起，散步到屋後的樹林裏，將肺中的濁氣儘量用口呼出，由鼻孔緩緩地吸進清新空氣。

待飯菜擺好，他才踱步到桌前，正襟危坐用餐，飯後背著手，繞門前場壩走三百六十步……嚴格地遵循著魏晉時期名士嵇康在《養生論》中所云：「呼吸吐納，服食養生。」「……漢家煙塵在東北，漢將辭家破殘賊。男兒本身重橫行，天子非常賜顏色……」剩下的光陰，就靠背誦唐詩或者宋詞來打發了。有人發問，他便暈乎乎對牛彈琴地講一番典故，獨處時，則悶悶地想往日的輝煌。雖然命乖運蹇，半生坎坷，他的精神世界，基本上仍囿於少年時故紙堆的氛圍之中，同眼下的生活格格不入。

何貴芝回家來準備午飯了，氣色像不太好，進門就把快滿兩歲的鑫兒推給公公照料。剛才在榨房裏，李祥瑞不知又嘀咕了什麼，惹得朱月娟杏眼圓瞪，騰騰地獨自往寨子東頭破祠堂那邊觀山景去了。何貴芝一直不喜歡這個比自己還小兩歲的姑奶奶，幾乎什麼家務事都不伸手，脾氣倒躁得像皇帝娘娘！也許因為都是外姓人，惺惺惜惺惺吧。她看著那滿臉無可奈何的姑爺怪可憐，輕聲嘟噥了幾句公道話。偏巧讓剛趕過去幫忙的朱繼久聽見，被沒鼻子沒臉一陣臭罵，給攆回來了。朱繼久啥時候都護著他么姑，卻把自己的媳婦不當人。姓何的伺候了朱家老少四輩，到頭來還要受氣！

何貴芝不怎麼怕她公公，看到父親在灶屋裏默默忙活，難聽的話忍不住脫口而出：爹，你也出來陪鑫兒他爺爺聊聊天嘛！月娟年紀輕輕都吃現成的，你怎麼就閒不住？

「什麼話！月娟姑娘和姑爺住在娘家，是嬌客哩——今日你又怎麼啦？」

「李祥瑞他不是上門女婿，嫁出門的女，潑出門的水！月娟老賴在娘家，莫非打算等娃兒生了，還要讓娘家的人伺候她坐月子？」

……朱雨卿使勁兒乾咳了幾口，灶屋裏的嚷嚷聲才歇息。兒媳婦的話，雖然聽著刺耳，不過倒說出了事實真相。他一直特別看不起李祥瑞，木訥懦弱，好逸惡勞，成家了還不思安身立命之道，擺闊少爺架子，也該去自己家中呀！朱雨卿私心甚至認為，「德生厚」遭火災，也是這兩個小冤家帶的晦氣所致。月娟的身子漸漸地出懷了，脾氣更古怪，從來就沒有半點夫唱婦隨、舉案齊眉的德行，倒一味鬧著要往漢口去求發展，把個祥瑞折騰得瘟頭瘟腦不知所措。況且，老輩傳下的習俗也令朱雨卿揪心：孕婦是不潔的，懷孕期間得特別避忌走親串友；在娘家分娩更會衝撞神靈，會給娘家人帶來血光之災！

這可是件關係到整個家族運道的大事情，老拖著，還真不是辦法。

對於家務瑣碎事，朱雨卿從來都懶得過問，是不屑於去作那個主宰；因為這事兒關係家族的運道前程，他不能不操心了。他想，作為朱家的男主人，到了該找個機會，去跟李家的男主人認真說說的時候了。

李祥瑞從月娟口中瞭解到城裏二奶奶的情況之後，就成了天地間第一個貨真價實的孤家寡人了。他有家不能回，內心苦悶無處訴說；懷孕的妻子整日嘟囔著要去求柳國梁幫助，使得他更覺得自己像被拋棄了。在朱月娟眼裏，漢口又迷人，又輝煌。因為怎麼也說服不了夫君，她如今凡事漠不關心，目光冷淡，姿態多變。而在李祥瑞看來，漢口不過是個瘋狂淫穢的陷阱！月娟寫給柳國梁的那封短信，仍被他悄悄保存在皮襖夾縫的深處。一想到信，李祥瑞就像不留神吞進了綠頭蒼蠅，暗自一陣陣作嘔。

冬至前的某一天，進城當腳力回來的劉麻子，找朱繼久不遇，嬉皮涎臉說起祥瑞的二娘，快要跟炭廠的張老闆結婚了。

「……張老闆像個上門女婿，正操持著裝修李家老屋咧！嘿嘿，我還幫泥瓦師傅提了兩天灰桶，掙了好幾十個銅板哩！」

朱雨卿驚訝萬分，簡直不敢相信！可憐李茂軒團總一世英武，墳頭還沒長出青草，兒子就娶媳婦了；而那二奶奶，生前日日說恩愛，守寡未滿一年，卻又急著去作他人婦……這世道，真地變得不成體統了！他有些緊張，板著臉叮囑劉麻子不得再對外人提及，擔心風聲一旦傳開，可能累及朱家的名譽。

家裏人又都去了榨房，趕著好太陽翻曬桐籽，想抓住年前的光陰多出幾榨油。朱雨卿滿臉沉重，默默坐地爐旁邊，再也無心誦讀唐詩。無論如何，今天都必須單刀直入，同祥瑞推心置腹談談了。俗話說「長兄如父，長嫂如母」，在這種時候，祥瑞也該振作了，拿出大丈夫氣概，以當家人的身份，堂堂正正亮出自己的主張！

一連十多天，體力活簡直就像鴉片那麼麻醉人，李祥瑞感覺到心底的苦痛減弱了許多。歇晌的時候，也海闊天空亂想，往昔最壞的時日，也變得那麼令人留連了。

人真是古怪，養尊處優時，總愛感歎活得沒勁兒，沒意思；如今寄人籬下，備受屈辱，不甘的情緒似鹽粒兒，反而倒添了苦澀生活的滋味！羞恥心也像皮鞭子，呼呼生風地抽打著——正因為有它存在，牛馬才掙扎著朝前狂奔吧？

可是，究竟應該朝哪兒奔呢？眼見月娟的肚子漸漸脹大，李祥瑞前思後想，左右為難，一時也還沒能理出個頭緒來。

太陽又掉到山那邊去了。進入冬月，朱繼久覺得白晝短得只一眨眼工夫，根本幹不出多少活兒！李祥瑞又懶洋洋第一個回老宅子來了，端熱水進屋擦洗身子，在小木盆裏燙腳。腰和臂膀似乎疼習慣了，並不感到太難受。朱雨卿在過道裏來回踱方步，不時瞟一眼妹夫住的那間小廂房。他已經等待了一個下午，該說的話，他都極其認真地斟酌掂量了無數遍，唯恐妹夫惱羞成怒，反而於事無補。

看到李祥瑞趿拉著鞋去後門外潑水，朱雨卿慌忙跟了過去，臉色緊張，神情肅穆莊重。

「腳洗好了？嘿嘿，祥瑞，你請跟我來。嘿嘿，我有件事兒，打算與你說說……」

朱雨卿昂首挺胸在前，李祥瑞端著腳盆在後，一起來到屋後的老梨樹下。朱雨卿聲音顫顫索索，充滿憐惜地先說了二奶奶的事。李祥瑞窘迫地閉攏一半眼皮，心煩意亂，瘦削的臉龐上飛起紅潮。朱雨卿偷偷看在眼裏，背在身後的手畏畏縮縮，蠻想伸出去撫摸妹夫的肩膀安慰一下，又拿不準是否合適。

「……其實，這事兒我也剛剛曉得。二奶奶這麼做，有悖三從四德，雖然事出有因，但也欠妥當哩！《內訓》上就云：『身不可更，心不可轉，丹心鐵石，白首冰霜！』據我所知，那個張老闆，已經在你們家進進出出，都在雇工裝修房子了。家有主，船有舵，怎麼能由著性子胡來呢？你是長子，出面阻止名正言順。嘿嘿，倘若胡團長那幫北方丘八還賴在城裏，我也斷不會跟你提這些。我可並無攆你們走的意思，實在是事關李家的名聲哇！男子漢大丈夫，笑傲江湖頂天立地，豈可——」

「喂，祥瑞，你跟他躲梨樹底下，鬼鬼祟祟在搞什麼名堂？」

後門的木板門扇被「吱呀」推開，朱月娟滿臉狐疑地走過來了，眼睛露凶光，像是在警告她的異母兄長，不要狗拿耗子多管閒事！

三十一

十月份裏，朱月娟就感覺到了腹中的胎兒在動。她猛地一陣心悸，認為連胎兒也在催促她趕快另立門戶，激動得熱淚盈眶。

可是，無論她怎麼苦口婆心，李祥瑞死活不肯去漢口！白日裏礙於臉面，大家還看不出他們之間，有多麼大的破綻。到了夜晚，小倆口子雖然仍共著一個挺長的、填充有穀殼的繡花方枕頭，卻是背脊骨對背脊骨，屁股頂屁股。苦澀的日子這麼一天天過著，兩顆心，卻和被窩外一樣涼颼颼的。朱月娟無計可施，有淚只能往肚裏流。

當她弄清楚朱雨卿剛才，是在叫李祥瑞去阻止二奶奶改嫁，立刻認為丈夫竟然背著拉攏自己的迂腐兄長，結盟來對抗她；想到後半生所依靠的人，跟自己也考慮不到一處，暗自格外惱火。又到了晚上，兩個人各懷心事，鑽進被窩。朱月娟臉朝著彌漫著黴味兒的土牆壁，身子蜷縮作一團，心底火燒火燎一般疼，有些忍無可忍了！

「朱家寨子沒法兒再待了。你最好明天就去縣城，找二娘商量，把她上次給的那一千塊大洋也帶著。唉，嫁漢嫁漢，穿衣吃飯。我一個弱女子，除了乖乖地等待你的結果，又能怎麼樣呢？我可把醜話說前頭，倘若從你二娘手裏，要不回那棟房子，就算你還有臉賴在這兒，我一個人，也是一定要去漢口的！」

第二天早晨，朱繼久突然聽到李祥瑞說要去縣城，就認準是爹昨晚喊他去後門外，一定說了什麼傷人臉面的話。朱雨卿也覺得自己的一番開導，起了作用，笑眯眯暗自得意。朱繼久不想再同爹發生衝突，但完全放任不管，娘知道後也會怪罪。他左右為難，於是決定陪同祥瑞一起下山，先領著到「德生厚」落腳，看娘到底怎麼說。

於是，就在冬月初七的黃昏，距離李茂軒被用「火背簍」炮烙致死，整整八個月後，兒子李祥瑞，重又出現在了「德生厚」的大門口。

好事之徒暗地奔走相告，不知道接下來還會發生什麼事情，都顯得惴惴不安。為什麼偏偏要選擇這麼個日子露臉？連沈聚仁也琢磨不透。陡地記起柳國梁因朱家遭火災，捎來的三百塊光洋，被他隨便擱抽屜裏差不多大半個月了，於是吩咐鄒白雲，稍晚一會兒，就去交給鄭玉梅，一併察顏觀色，打探一下李家小子的來頭。

其實，因為遭朱月娟所逼，李祥瑞心頭如亂麻糾結，根本沒有留神日期。鄭玉梅聽說是為房子的事，要進城找二奶奶，瘦臉上立刻露出為難的神色。

「……二奶奶的心，從開頭就可憐巴巴虛著。她們孤兒寡母，往後沒個依靠也不行。都是打斷骨頭連著筋的親人，突然說這些，張不開口哇……你們倆若嫌山裏悶，可以先搬到『德生厚』來住，不過就一年多光景，一眨眼就過去了。」

「若不能搬回縣城老屋，月娟她就硬要去漢口……有些話，說破了也怪沒意思，雖然李家如今已是樹倒猢猻散，可我，畢竟還是個鬚眉男兒啊……」

「月娟實在太不懂事了！你先歇歇腳，我這就叫人喊她下山來。」

「沒有用的，大嫂的好意我領了。算了，明日一早，我就動身，就是磕頭作揖，也得求求二娘，無論如何，得幫我這一回……」

李祥瑞臉部的肌肉抽搐著，淚花在眼眶裏直打轉，強忍住才沒有痛哭失聲。他特意穿上那件貂皮小夾襖，月娟寫給柳國梁的短信，就藏匿在裏面。他作了最壞的打算，拋棄自尊，把短信內容透給二娘知道，也一定要弄回房子，讓月娟先將娃兒生下來！

——鄒白雲就是這時候進屋的，斯文地背著手，盒子炮挎在黑綢長袍外面。李祥瑞所說的話，被他偷聽得清清楚楚。他冷眼瞅著李公子那落魄模樣，從心底瞧不起。

「喲，李大少爺稀客呀。嘿嘿，前些時去省城公幹，因貴府遭火災，柳公子托我捎帶來三百大洋。鄭大娘請清點一下……嘿嘿，柳公子財大氣粗，不過一點心意，您又何必推辭？他可是個大忙人，抽空兒，也許還會親自來看您們哩！嘿嘿，打擾了。」

鄒白雲哈著腰諂笑，將三百塊大洋擱方桌的中央，說完話便扭身甩手走了。

鄭玉梅、李祥瑞面面相覷，滿臉的不自在。屋子裏的氣氛變得更壓抑。老天爺惡作劇，偏偏這個時候送錢來！李祥瑞神情更沮喪，呼吸漸漸急促，最後終於耷拉下腦殼。

男女間的事情，越解釋，越說不清楚。鄭玉梅雖然也發覺柳國梁送錢，明顯傷了祥瑞的自尊心，卻不知該如何去安慰，而沉默不語又顯得像是同謀，內心更覺尷尬萬分。只有聞聲踱步過來的朱繼久，不動聲色旁觀，神情倒十分坦然：「德生厚」捉襟見肘，有人送銀元，總是件讓人高興事情！三百塊大洋，不是個小數目——看不出漢口的那個花花公子，還真地生著一副古道熱腸；也許，他至今還擱不下月娟姑姑吧……

柳葉窄木船，抵達縣城外的河灘，太陽還未當頂。

古城牆如一張長弓，護衛著緊傍嚴家山腳跟、這片灰濛濛的薄葉青磚或者肋架板壁的瓦屋。縣城東西長約兩華里，南北寬不足六十丈，由一條獨街貫穿。李祥瑞生於斯，長於斯，足跡曾遍及每一條小巷。這是家破人亡之後，他第一次重回舊居，感覺竟恍如隔世！

他從西門樓的城洞入城，步伐沉重，軀幹挺得筆直；像初次登臺的橫了心的戲子，內心其實並沒有底。一群麻雀，從窄街這邊瓦簷，撲楞楞飛上對面屋脊，沐著陽光嘰嘰喳喳暖和翅膀。李祥瑞緩步走在簷下的陰影裏，先後兜頭遇上好幾個熟人，分明都認出他來，卻故意扭頭瞅街那邊，擦肩而過，又悄悄從身後打量他。

不過才大半年前的事兒：李家大公子，隨便出現在什麼地方，總少不了有人熱情地上前寒暄……記得他二十一歲時，有一天，永安鄉、仙侶鄉等處的三家媒婆，手捧女方的庚帖次第登門，竟撞到了一起，惹得正同父親鬧彆扭、整日憂心忡忡的母親，也咯咯地笑彎了腰……那個時候，李祥瑞的四周，拂動著一片緋紅，動亂無常，耀眼眩目；老宅子裏，袍哥大爺們進進出出，一腔沒有著落的野心和荒唐無稽的豪氣，漸漸主宰了父親，使他睥睨眾生，不可一世，變成了魔王，最後終於也招至來殺身之禍……

眼前的遭遇，雖說不過是人情冷暖，世態炎涼；李祥瑞的臉面，自幼少經打磨，像養尊處優的貓兒，意外落到頑劣少年手中；又像高懸著的皮球突然遭鋼針戳，心底毫無準備，自然起了膽怯的感覺。他恨自己沒有泰山崩於前而色不變的氣概，也實在不忍心垂頭喪氣地又去逼二娘。眼看著老宅子漸近，他遲疑一會兒，扭頭折進一條小巷。

小巷盡頭，有個冷清的飯店。李祥瑞點了酒菜，正要下箸，一個戴墨鏡、穿破舊洋服的青年滿臉堆笑，朝他走過來了。

「李大少爺別來無恙？嘿嘿，認不出我來了吧。大少爺，你怎麼選了這麼個令人不堪的傷心日子進城來了？」

青年摘下墨鏡，原來是李茂軒那個袍哥山堂的小老么，本縣商會會長的三公子！

李祥瑞慌忙起身拱手致意，吩咐跑堂的，再添了幾道菜餚。十七歲的小老么名叫方惠成，殺栗子坪的王保長，就是他帶著幾個兄弟悄悄幹的。後來，被他爹鎖在房屋裏達半年多，見他野性難改，上個月索性逐出家門，父子倆恩斷義絕。

李家二奶奶將在冬至後的第一個雙日，穿金戴銀重作新嫁娘，連方惠成也感到這口惡氣實難下嚥，正打算聯絡幾個袍哥中人，偷偷摸摸地去敲詐炭廠張老闆一筆錢財，用來作南逃的盤纏路費。他以為李祥瑞也是為二娘的不守婦道這事而來，略作思考後，壓低嗓門，講了自己的想法。

「……大後天就是冬至節，事不宜遲。淫蕩婆娘如此不顧禮義廉恥，乾脆三刀六洞宰了她！倘若你還礙於母子名分，就交給我們去辦。反正這地方已經待不下去了，事情擺平之後，不如和我們一起，跑到南邊去！」

「不不，千萬使不得！二娘帶著個傻兒子討生活，也怪不容易。我這次來，只不過想商量她，看看能否將房子讓出來——」

「你還要那陰慘慘的破房子幹啥？更何況朱家眼下又沒了勢力，就算你能將腦殼耷拉到褲襠上，你爹的仇家，也絕不肯讓你過安生日子！整日待在那些狗雜種腳板底下，氣也要把人給氣死……還是一起到廣州去吧，聽說中山先生，正在大肆招兵買馬哩！他老人家光緒十八年就在美國檀香山加入洪門，後來才組織『致公堂』，創建『興中會』。將相本無種，好男兒四海為家！不信我們就混不出個模樣來！」

……兩個人慢慢地談得有些投機，喝了不少酒，吃到太陽快落山才分手，約好了再聯絡的方法。李祥瑞腦子裏暈暈乎乎，高視闊步，踉踉蹌蹌旁若無人，名副其實像個破落戶子弟了。早有人飛跑著去炭廠通報消息。張老闆估計李祥瑞可能來者不善，一時也橫了腸子，連忙叫來三名強壯礦工，在後面隔不遠悄悄跟隨。

李祥瑞兩手叉腰，仗著酒興疾匆匆趕路，好像一旦停下，就再沒有勇氣去討回老宅子了。他穿過水柳林，大步流星登上了高臺階，倒好比運動員衝過了終點線，直累得呼哧呼哧大口地喘粗氣。二奶奶正收拾著堂屋，還隔老遠，就看到少爺奔過來了，由於猜不透他究竟想幹什麼，直到人豎在了大門口上，頓時唬得魂飛魄散！

「祥、祥祥瑞來、來啦？快坐、坐下歇歇……祥林！趕快、快喊哥哥呀！給哥哥鞠躬！」

「免了，免了。二娘，和小弟，近來都還好吧……嘿嘿，房子已經，裝修好了嘛，嘿嘿嘿，比過去亮堂多了哩！」

內牆刷堊白的石灰漿，傢俱都新上了紅油漆；門簾子、窗簾子也全換成嶄新的花麻紗細洋布，堂上高懸著尚未擱蠟燭的大紅燈籠……屋子裏差不多已萬事俱備，只候佳期，洋溢著濃厚的喜慶氣氛。

二奶奶緊張地跟隨在左顧右盼的李祥瑞身後，臉上一陣紅，一陣白，內心裏七零八落，不是味兒，實在尷尬極了。

漸漸地，強扮的笑意，僵在李祥瑞的兩頰上了，他越看心裏越覺堵得慌，血管在太陽穴砰砰狂跳，就像有人用大杠子使勁兒撞銅鍾一樣……冷丁聽見身後有人嗚嗚啜泣，起初，他還以為是自己在哭。他神思恍惚緩緩地車過身，正看到了傻兒弟弟，模仿他娘似的，也跟著哇哇地哭起來。李祥瑞不由自主打個激靈，酒醒了一大半，淚水竟然也洶湧出眼眶，牽著線兒滴下來，嘴巴裏卻什麼話也說不出。

守候在石坎下水柳林邊的張老闆一行，本來就心虛，突然聽到了娃兒的哭聲，不知道出了啥大事，冒冒失失闖進屋子，立刻被三個如木樁樣戳堂屋中央的淚人兒給驚呆了，張口結舌，蔫蔫地耷拉下腦殼。

「你們來幹啥？這兒沒有你們的事！張老闆，都回去吧……我，我也知道，實在太委曲月娟，讓你跟著受窩囊氣……嗚嗚，說到天邊，這也是你們李家的宅子……祥瑞你莫傷心，我這就把紅燈籠扯下來，明日，我們一起進山接月娟回家；就是討飯，就是餓死，一家人也要死在一塊兒……都是命中注定，命裏沒有莫強求。嗚嗚，已經奔四十的婆子了，還折騰著嫁個什麼人？我這是何苦啊……」

「二娘莫扯紅燈籠！二娘，二娘您也莫再哭了。其實，月娟她壓根兒就沒有想回這兒來住……我，我只不過是來看看你們。我一個無用之人，文不能提筆，武不敢殺雞，哪兒承擔得起養家糊口的重任？張老闆模樣兒像蠻忠厚，希望他以後能夠善待弟弟。明日一大早，我，就要去廣州了……是在武昌讀書時候，一位老同學寫信來邀請我去的……月娟，有她的兄嫂照顧。月娟她好高騖遠，骨子裏是個喜歡都市生活的人。嘿，眼下，也只能各自下水各自泅了。等我在廣州，慢慢立住腳跟，再回來看望您和弟弟，一併，接月娟去……」

李祥瑞一口氣說完這麼一大段完全不是事先準備要說的話，其間，甚至還微笑了一次。話如洪水決堤傾泄完之後，他陡地覺得如釋重負。

夜暮正緩緩降臨，幾隻烏鴉在水柳林上空盤旋。朱月娟執意要去漢口投奔柳國梁，實在是傷透了李祥瑞的心。好像水到渠成，竟然事情也就這麼定了。

第二天天剛濛濛亮，李祥瑞找到方惠成，一行五人，說說笑笑，結伴去了宜昌府，打算再乘輪船到上海，然後從海上去廣州。臨行前，李祥瑞掏出藏匿在貂皮夾襖裏的那封短信，小心翼翼重新封好，鄭重其事地托一名船工，給捎帶回了夫子鎮。

想到月娟這個複雜的所謂「新女性」，以及她同柳國梁之間的私情，李祥瑞沉甸甸吐口濁氣，咧嘴巴苦笑了一聲。

三十二

冬月初九的傍晚，船工將信交到鄭玉梅手中，並告訴說，李祥瑞昨日已乘下行的木船去了宜昌府。鄭玉梅立刻感覺到事情嚴重，好像背脊上起了大火，連臉色都變了。

夫子鎮上空烏雲密佈，老北風呼呼嘯叫，梨花瓣大的雪片兒紛紛揚揚，窄石板街道上空空蕩蕩。她內心七上八下，好不容易熬過了一夜，待到天濛濛亮，就踏著厚厚積雪，慌裏慌張奔朱家寨子來了。

朱月娟氣喘吁吁拆開信封，抖索索抽出信，眼睛發直，差點兒暈厥過去。可怖的信紙彷彿是燒紅的鐵皮，燙得她從手指尖一直疼到了心窩！

柳國梁又是啥時候，將短信偷偷給了祥瑞的呢？這個可惡的偽君子，自己竟一直未能識破，還殘忍地逼著祥瑞去漢口乞求他的幫助！朱月娟氣惱得直嘿嘿冷笑，慌裏慌張，飛快將信揉成團兒，丟地爐子裏化作紙灰。她手臂哆嗦伸直腰板，木樁樣移步到大門旁，表情冷漠活像臘像。太陽明晃晃照耀，皚皚白雪反射著陽光，映花了她的眼睛。

「——月娟你怎麼啦？這信裏頭究竟寫了些啥？祥瑞他到底跑到哪兒去了？」

朱月娟感到腳下的土地開始變得綿軟，往下陷著，朝屋子外的溝壑那邊傾斜。她心慌意亂，腦殼裏嗡嗡作響，身子像掛在了懸崖邊；又像有什麼東西堵住喉嚨口，淚水也溢出來，一滴接著一滴，慢吞吞滑過雙頰……

「……都怨我啊，非要拿去漢口的事兒要脅，硬逼他進城找二娘索還那棟房屋……信上什麼也沒有寫……他一個文弱書生，也沒帶啥盤纏，又能夠跑多遠呢？」

「你也真是……事情既然已這個樣兒了，想得再多也沒有用。明日，你就跟我一起下山去住吧。先讓繼久到城裏四處訪一訪，等打聽到了祥瑞的準確去向，再作道理。」

「不行，我今天就要下山，無論如何，都得把他找回來！哪怕他跑到了天涯海角，我、我也一定要找到他……」

冬日苦短，太陽這會兒離西邊岩頭，已不過一根多竹杆高了。這姑嫂倆，斷斷續續又討論了一會兒，也只能第二天一大早動身下山……

朱雨卿聽到李祥瑞進城後不知去向，心裏猛一咯噔。他也開始真正有點兒後悔，不該冒冒失失地介入這一類麻煩事。他害怕似的，懶得再去細聽妻子的勸導和月娟的啼哭，裝作惦記起更重要的事情，疾匆匆又回小廂房裏去了。

這幾天來，朱雨卿還真找到了一件活兒：為畫「九九消寒圖」做前期準備。後天就是「冬至」節。民間士大夫們風行畫九九消寒圖的習俗，從明、清時候起就開始了。《帝京景物略》上面亦有記載：「冬至日，畫素梅一枝，為瓣八十有一。日染一瓣，瓣盡而九九出，則春深矣！」

朱雨卿百無聊賴，前幾日亂翻舊書，才偶然瞭解到，立刻來了興致。他忙碌到傍晚，八十一瓣梅花，已臨摹到虎皮老宣紙上了。笑眼眯縫打量，十二分得意，搖晃著腦殼沉思片刻，又將書中一副對聯抄到圖畫兩旁：「試看圖中梅黑黑。自然門外草青青。」

在寒冷而又沉悶的冬日，日塗一瓣梅花，憧憬著融融春日，的確是一件賞心樂事！朱雨卿手捧墨蹟未乾的圖畫重回堂屋，津津樂道起也才剛剛知曉的習俗根由。朱月娟、朱繼久、何承宗、何貴芝，正揪心著祥瑞出走的事，所以反應冷淡，像根本沒有聽到！

朱雨卿的自尊心又一次遭受重創，心底竟生出對牛彈琴的憤慨來。鄭玉梅看在眼裏，像面對一個不諳世事的娃兒，應酬地訕笑，點腦殼誇了幾句好。

姑嫂倆於十一號，心急火燎回到夫子鎮。朱繼久也沒敢多耽擱，當天下午就去了城裏，十二號傍晚，又匆匆忙忙趕回「德生厚」。

據他得到的消息：李祥瑞在初八的中午，曾與商會會長被逐出家門的三公子方惠成，一起喝了半天酒，當晚住在李家老屋；還跟二奶奶嘮叨了一會兒閒話，說是應一位老同學的邀請，打算去廣東發展，還說等站穩腳跟之後，再回來接玉娟娘兒倆……

朱月娟聽罷，更覺得內疚，嗚嗚地痛哭起來。受祥瑞的影響，她也喜歡尋找些舊報紙胡亂翻翻，倒並非出於對政治問題和南北時局特別感興趣，不過持旁觀者的態度，想多瞭解一些東西罷了。這年的九月，趁第二次直奉戰爭爆發之際，馮玉祥回師北平發動政變，囚禁了賄選總統曹錕，聯合關外的張大帥，共同推舉段祺瑞為「中華民國臨時政府執政」。而長江中下游一帶，仍被吳佩孚牢牢控制著。南邊的孫中山、蔣介石等人，繼召開了國民黨第一次代表大會之後，又著手辦起黃埔軍官學校召賢納士，使國民革命軍的羽翼也日漸豐滿起來。神州大地，各路諸侯內部，彼此征戰不絕，南北相對峙的局勢一觸即發。

祥瑞偏偏這個時候往南邊跑，只怕是凶多吉少。想要隻身前往尋找，兵荒馬亂，更是談何容易！朱月娟淚眼仰望黑不溜秋的房梁，看到的只是一片模糊。

因為惦記著山裏活路，而且，待在夫子鎮也是有力無處使，朱繼久歇了一晚，第二天就又回寨子忙活去了。

「德生厚」裏，眼下有三個女人了，日子過得寂寞淒清，感覺不到熱乎氣兒。鄭玉梅、馮雅仙用小手磨推些米粉、黃豆漿，小批量地做點桃酥、桃片、千層糕，擺到貨架上販賣。朱月娟心靈手巧，無論啥活計一學就會；人變得老成多了，臉上顯一種恬適的神情。

夜靜更深，星光稀微，她仰面躺在床上，肉體躁動，情意纏綿悱惻，就虛構起一些畫面來：祥瑞犯逃字[14]後，一路餐風宿露，終於到得廣州。他洋服領帶，作了孫中山先生的幕僚，常常伏在蒙有天鵝絨的橢圓形臺面上，沒日沒夜地繪製作戰地圖，累了，悶了，則去海邊的椰樹下散步，瘦臉孔微露淺笑，用來掩飾思親的苦楚……或者時運不濟，走到岳陽，就被北洋軍閥當作亂黨給逮捕了，腦殼裝進小木匣子，懸在長沙城的門樓上，鮮血還在滴答……

朱月娟圓睜絕望的大眼睛，想入非非，內心卻掀不起任何波瀾。她只能聽從命運安排，日復一日默默等待，等待著娃兒生下來，等待著李祥瑞來接她……

櫃檯那邊，有陳老頭盡職盡責守候，每天尚能盈利三、五十個銅板。吳媽偶爾也過來聊聊天，她身體好，氣色好，只要有她在場，總能帶來些鮮活的話題兒，「德生厚」裏就傳出嘰嘰喳喳說笑聲，一掃死氣沈沈的氣氛。

這天的下午，吳媽又過來了，進門就咯咯咯直笑，坐下之後便講起林菊芳：吃午飯之前，破天荒挨了沈鄉長重重一巴掌，半張臉凸起了五道紅痕！

14 傳說中神名，與天上歲星（即木星）相應而行；土木工程應該躲避太歲的方位，否則會遭受禍害。

「……那個臭堂客，平日吆五喝六，倚仗著生了個傳宗接代的，把誰都沒有放眼下！今日這事好生奇怪，挨打後就蔫蔫地縮回小廂房，竟沒有撒潑！吳大娘子悄悄告訴我：最近，沈鄉長經常偷偷去後院。林菊芳以為他是陪野女人去了，忍不住跟蹤偷聽，結果讓鄒白雲發現了……雨卿先生不是經常說：婦者，伏於人也。她一個姨娘，干涉男人家的事還得了？沈鄉長又是何等人物，眼睛裏哪能容得下沙子！」

……沈家大院那邊，直到吳媽說上面這段話時，林菊芳仍在淌淚，時不時擤一下鼻涕。好長一段時間，沈聚仁行動鬼鬼祟祟，偶爾行房事也心不在焉，似體力不支，又好像在想著其他的人事……後院的那間密室，平日極少有人的蹤影，所以是老鼠們的樂土……幾隻壯碩老鼠，雖自知醜陋，受愛美之心驅使，冷丁從穿漂亮繡花鞋，正躡手躡腳靠近門邊的三寸金蓮間掠過，贏得了姨太太一聲意外尖叫——林菊芳剛聽明白主僕在商量「投毒」……尖叫聲立刻震驚了正警惕萬分謀劃著大事兒的沈聚仁，接下來的那記重巴掌，砸得她腦殼欲裂，魂飛魄散！

「……這件事若走漏了風聲，我就把你塞進麻袋，投到長枋河裏去喂王八！」

許虎不死，沈聚仁寢食難安！好長一段日子以來他雖然表面上故作息事寧人姿態，對待這唯一的心腹大患，一直未敢掉以輕心。

不鳴則已，除惡務盡，是他行事作人的原則。為一勞永逸地解決來自黃龍洞的復仇威脅，最近一個多月來，沈聚仁可謂真正絞盡了腦汁！

臘月初三是沈聚仁的四十五歲生日，他提前好久，就吩咐往遠近的一些鄉紳住處送了貼。家中也擺出準備大操大辦的架勢，自撰的祝詞已拿到縣城書院裱糊，壽聯云：「九如天作保，五福壽為先。」可以預料，到時候，前來送賀壽禮的一定不會少。

沈聚仁正需要用這份熱鬧來作煙幕。

土地嶺設伏之後沒多久，他便暗中收買了許虎手下一名窮眼線，甚至親自會晤過幾次，答應事成之後，還會再賞他一千塊大洋。

計畫是這樣的：由鄒白雲繞道去房縣歇馬鎮備置銀爐、玉器、文房四寶、壽麵、壽桃、壽酒等物，並以那邊某大戶的名義，臘月初二雇人送過來——途經天池觀時，引誘許虎來搶了去……玻璃酒罐內的毒藥，是鄒白雲半個多月前，花五百大洋，秘密從巫山縣的一位老江湖手中購得，無色無味，飲下兩個多時辰之後才會發作。

沈聚仁這天最後一次約見眼線，就是要他來認清楚貼在酒罐上的「仁者有壽」、「富貴無極」字樣，和玻璃罐內浸泡的兩長一短三根人參的形狀，到時候看准了，再去給許虎通報消息。計畫僅他們三人心中知曉，成敗在此一舉。

沈聚仁完全沒料到，林菊芳竟敢跟蹤偷聽，真正比被赤條條按在床上，還要令人惱火萬分，當時把他的嘴巴都給氣歪了……

歇馬鎮距離夫子鎮有七十多華里，天池觀是必經之地。臘月初一清晨，鄒白雲由房縣經保康縣，特意繞道一百多華里，帶著銀爐、玉器、文房四寶、毒酒等賀禮和傭金，拜會了歇馬鎮的一位袍哥小頭目，自稱是某老爺的管家，說老爺因要事不能親往，特意請他幫忙找個能說會道的兄弟押送賀禮。

初二匆匆吃早飯，看著那一行三人挑著禮品擔啟程之後，鄒白雲馬不停蹄，依然謹慎地繞道房縣，於二更天時分，渾身冒熱氣地趕回夫子鎮覆命來了。

依照「男做進，女做出」的習俗，沈家大院內的壽宴，從這天的中午，就熱熱鬧鬧地擺起來，門庭若市，人流如織。這會兒，宴席早已散了，「蓮花落」、皮影戲等等娛樂，也已近尾聲。沈聚仁還在滿臉堆笑，來往應酬著。聽了鄒白雲的小聲彙報，他的眉宇間，仍隱隱透著幾絲的不放心。

快到黎明時分，那個被收買了的眼線，帶著家人，竟也悄悄地逃到了沈家大院的密室裏。眼線說，賀禮已於太陽落山時，被許虎的人馬搶進了黃龍洞；因為擔心可能出破綻而遭心狠手辣的許虎報復，提心吊膽捱到夜半，就帶著家人逃來了。

沈聚仁對眼線的過早逃離很不滿意，壓低聲音吩咐鄒白雲，馬上去橋頭和大院週邊，再多放一些團丁巡邏。事已至此，他也只好聽天由命，獨自坐書房裏，悶悶地把玩著盒子炮，一夜都沒敢合眼。

第二天天剛微亮，兩眼充血的團丁們，在距離黑溝口不遠處的雪地上，發現了許虎的屍體：頭沖著夫子鎮方向，手裏緊握著上了膛的盒子炮！

——怎麼會死在這兒？沈聚仁百思不得其解。河灘上一片白茫茫，百姓們大多還蜷縮在熱被窩裏。他讓團丁就近挖個深坑，將屍體掩埋了。這事得慎重，暫時不宜太聲張。

天大亮後沒一會兒，天池觀的劉保長風急火燎差人來報：說昨天三更多吧，黑溝深處有一座單家獨戶民房，被土匪燒成了一堆灰燼，家主及婆娘娃兒活不見人，死不見屍！

沈聚仁叫來人詳細地講了情況，陡地覺豁然開朗，對於昨天太陽落山之後，發生在黃龍洞裏的事情，自認已揣測出八、九。

他是這麼想像的：劫掠來的賀禮搬進洞裏，正是土匪們吃晚飯的時候。許虎一定是為了顯示義氣，才沒有留下這兩罐兒給仇人祝壽的人參酒獨自慢慢享用，而是大咧咧讓每人去倒了一大碗。土匪們哪里品嘗過如此美味的酒食糕點？一定都十分快活，邊喝邊大聲地聒噪著粗話。也許出於謹慎，或者其他意外原因，許虎遲了一個多時辰才喝幹他的那碗酒。等到手下人因毒性發作而慘叫時，他才曉得上當了！抓起盒子炮竄出洞想先殺眼線，見人去屋空，盛怒之下點火燒了房子，然後急匆匆朝夫子鎮奔來，打算拚個魚死網破！出黑溝口時，毒性發作了。許虎不甘心地掙扎著朝前又跑了幾十步，終於不支，倒在了路旁……

沈聚仁樂滋滋好像看幻燈片，內心頓時如釋重負，馬臉上，倒還仍保持著令人懼怕的嚴肅。而黃龍洞內，昨天晚上所發生的情況，與沈聚仁一相情願作的推測，究竟有多大出入，就不得而知了。

沈聚仁回書房擬就一份公文，稱黃龍洞土匪昨夜發生火拼，已悉數斃命，急差鄉丁送往縣城。這段日子他實在是太疲憊了，又為自己行事如有天助，而暈暈乎乎樂呵。

鄒白雲考慮到這次行動花費頗大，建議主人只須再給眼線五百大洋，讓他帶上妻兒老小立刻走人。沈聚仁直擺腦殼，微微笑講了其中的道理：人在江湖，言必信，行必果，才會有人擁戴；出爾反爾，豈不會寒了一方百姓的心？更何況，眼線老少七八口，的確擔著大風險。大丈夫一言即出駟馬難追，一千塊光洋又何足道哉？

沈聚仁內心的理論則又是一樣：大人物為江山社稷撒彌天大謊，小百姓為蠅頭小利撒丁點小謊，古今然也！比如曹操割鬚斷袍，比如諸葛亮哭枉死的將士……而真實的東西，就像腸子裏的糞便，臭氣熏天，輕易不能示人……其中的緣由，等兒子長大之後，再慢慢言傳身教；青出於藍而勝於藍，相信兒子能作成更大事業！

初六的夜晚，沈聚仁命鄒白雲親自護送眼線一家至長江邊，一千塊大洋如數奉上，由他們去了。這件事情，後來被傳得很廣，都誇沈鄉長是個說一不二的誠信之人。

三十三

朱雨卿死活不肯再下山來，說是懶得看夫子鎮勢利小人的白眼，君子固窮……等等等等。而朱月娟又不願意重回山裏，其理由也蠻多：身子不方便，反正「德生厚」過年期間也得留人照看；何況她已經是嫁出門了的李家兒媳，回不回朱家寨子團年，都無所謂！

弄得鄭玉梅左右為難，直拖到臘月二十八號，才同下山來備辦年貨的朱繼久一起走了。馮雅仙、朱月娟用紅綢包了壓歲錢，托他們一併轉贈給鑫兒。

榨房裏的河南師傅今年沒有回家團聚，年三十的老宅子裏，連他才七個人。雖然端坐在首席的朱雨卿，看起來興致挺好，喝著酒大談正月間宴飲「洽鄉情，聯梓誼」的種種妙處，和者甚寡。一家人各想各的心事，閒聊有一句沒一句，年夜飯吃得冷冷清清。

屋外天寒地凍，石板村道和山嶺溝壑被壓著數尺厚的積雪。這老少三輩加一個外人，悶悶地圍著地爐守到夜半，又開始用吊鍋煮更歲餃子分食。

新的一年，就在一片滋溜滋溜或巴唧巴唧的聲音中來臨了。

山下的「德生厚」裏，這幾天由著朱月娟擺五擺六，馮雅仙不過是個伴兒。大紅春聯「新年納余慶，佳節號長春」字跡娟秀，門扇上還貼有托人買的天津楊柳青木刻年畫。朱月娟又忙忙碌碌，在祖宗靈位前擺上好多供品，極虔誠地焚香叩拜。大年初一天還未亮，就來到大門外燃放鞭炮，恭迎財神、喜神……她腆著老大肚子懶洋洋奔走，腦子裏白茫茫一片，像覆蓋著厚厚的雪花。上山那會兒分到的大洋，還沒有用去零頭；在等待分娩的日子裏，她決定懶得再去想其他事情。

「初一人拜神，初二人拜人！」鄰里街坊間，彼此笑嘻嘻拱手作個揖，主客兩便。朱月娟因身懷六甲，讓母親一個人去走街串巷拜年，自己守在家中應酬來客。屋子裏旺旺地生有木炭火熱氣熏溶了黑瓦楞上的積雪，滴滴噠噠，在屋簷下的青石板上濺著水花。她瘦了不少，臉色蒼白，黑眼珠水汪汪；長頭髮用大木梳綰在腦後，給人於冷冰冰的魅力，似十分憂鬱而又十分的安詳。

正月初五為財神日。這一天，鄭玉梅上午在朱家寨子以三牲糕團，隆重地齋供了神位之後，下午又獨自匆忙趕回「德生厚」焚香燃燭恭迎。民謠裏唱：「五日財五日求，一年心願一時酬！」所謂富貴榮華，富排在第一位，也更是基礎咧！鄭玉梅如此忙碌，不過想為每況愈下的家境討個吉利。祭罷財神，店鋪也該開門作生意了。

自從李祥瑞犯逃字出走之後，朱月娟的確本份了許多。看著屋裏屋外由小姑這幾天所佈置營造出的喜慶祥和氣氛，鄭玉梅十分欣慰。

第二天，沈聚仁作為地方行政長官，由杜金山、鄒白雲陪同，滿面春風，往鎮子裏的十幾戶殷實家庭賀新春來了。悍匪既滅，理當歌舞昇平；老百姓一年四季勞碌奔波，相比較而言，也只有冬季稍閒。各家各戶門口都紅燈高掛，石板街上已經在搭燈樓，插絹花、紙花。十五號元宵節的耍獅子龍燈、踩高蹺、跑旱船，準備工作正緊鑼密鼓進行著。

因為沒有多少顧客上門，馮雅仙一副苦人兒模樣，正趴在櫃檯上打瞌睡，突然見沈鄉長一行駕到，不知所措地直眨巴眼睛。

「德生厚」眼下就靠著三個女人維持，門庭冷落，活像一座尼姑庵。回想起不可一世的朱大華虎霸夫子鎮時的那熱火勁兒，好像還是昨天的事情！

沈聚仁滿臉和藹，淺淺笑道過吉祥，就說起今年鬧元宵的安排。鄭玉梅不卑不亢敷衍，平靜地認捐了二十塊大洋。十多年來，雖然一直在下坡路上苦掙扎，她身上那種不以物喜、舉重若輕的大家風範，仍令人刮目相看。沈聚仁一行客氣地告辭後，朱月娟才從後院廂房裏出來，雖說她身上繼承亡父那愛熱鬧、尚浮華的稟性最多，也許自懂事便恰逢家運衰頹，後來又孤孤單單去省城求學，故此長於計較利害得失，把錢財看得比較重些。

「大嫂真不該輕易就認捐二十塊大洋！如今夫子鎮是沈家的天下，元宵節再熱鬧排場，也是他沈家的光彩！天曉得他沈聚仁一年賺了多少黑良心的錢啊！只怕是他拔一毫毛，都會比我們的腰身還粗！」

「嘿嘿，大家的事，大家出力，新年大節圖個吉慶吧。山裏頭去年收成還不錯，等賣了桐油，再添置幾畝肥田。我們朱家怎麼說還算個殷實戶，在外人面前叫窮也不妥當。」

正月十三號，朱繼久背著鑫兒，下山看燈來了，想讓兒子也見見世面。

昨天，同劉麻子趕仗，又打到一隻百多斤重的大野豬。他用棉攀襟把兒子背在背上，兩隻手中提一些山果子，給山下也捎帶來一隻野豬的後腿。

一連晴了幾天，積雪開始融化，細細的羊腸山道滑滑溜溜。朱繼久低著頭全神貫注，走得十分小心。在穿過緊傍黑溝的那片一半松樹一半山毛櫸樹的老林時，意外被三個土匪擋住了去路。本地土匪一般不會襲擊本地山民——莫非是大華爺爺的昔日仇家尋上門來了？朱繼久滿腦子胡亂猜疑，緊張得頭皮發炸，直後悔不該背著兒子來！

「莫怕莫怕！嘿嘿，繼久賢弟請過細瞅瞅，果真認不出我來了？」

說話的漢子臉上蓋尺多厚蓬鬆鬚髮，只露著眼睛、鼻子，和兩塊鴨蛋大的焦黃面皮；那嗓音倒像蠻熟悉，卻怎麼也想不起在哪兒見過。黑毛黲黲漢子見他仍認不出來，樂得仰天大笑。

朱繼久打一個激靈，辨認出竟然是周連長——前年的清明節時，周連長由沈聚仁陪伴，在低價買下洪水埡的青苗鴉片之後，就是這麼個笑樣兒！

「呵呵呵……上次老子落難時，多虧你贈送糕點，好歹才活到今天。聽說連洪水埡的那片肥田也被逼得賣了？老子若是朱家的後人，我那支盒子炮裏的那顆子彈，只怕早就餵沈聚仁吃下了！賢弟五大三粗，怎麼活得他媽這麼窩囊呢？」

「嘿嘿，你的那支盒子炮，我用油布裹得嚴嚴實實，塞在屋簷下的麻雀洞裏，家裏人都不曉得。那天，我還悄悄弄來些刀傷藥，第二天沒有找到你……嘿嘿嘿。你，不打算幫我去殺沈聚仁報仇了？」

「君子報仇，十年不晚！你放心，遲早我都要跟那老狗算總賬的！明天晚上，請賢弟把盒子炮送過河來，我們在黑溝口等你。路上多留神。沈聚仁倘若曉得賢弟同我們有來往，只怕會整得朱家連『德生厚』這塊冷鋪面也保不住。那老狗雜種厲害著呢，竟然有本事將許虎和他的手下，一瓢兒舀乾淨了！」

周連長打聽到許虎的確鑿死訊之後，帶著手下人，於半月前摸進了黃龍洞，霎時間讓洞內橫七豎八的猙獰死屍，驚得汗毛直豎！許虎究竟如何上當的？沈聚仁通過啥手段下的毒藥？為什麼又遲遲不敢派兵進到洞內打探？周連長搔破頭皮也沒能弄明白，越想心裏越發怵。黃龍洞內尚有不少存糧餘錢，看樣子完全都沒有覺察到死期將至。他命令手下，把凡是能吃的東西、連同已經半腐的屍體一起拋入陰河，安排三個面善嘴甜的弟兄扮作貨郎，拿著銅板或者光洋，在附近村鎮重新買來一些食物。

今天，周連長原本打算親往朱家寨子走一趟，沒料到竟給兜頭碰上了；討還盒子炮不過是個幌子，他其實是想試試朱繼久，到底有無膽量跟黑道人物來往。身邊的九個弟兄，全部都是四川佬，人地生疏，行事諸多不便。若能在本地老鄉中招募到人手，憑藉黃龍洞天險，倒還真可以轟轟烈烈大幹一場！

朱繼久背著兒子，跨進「德生厚」大門，正趕上吃下午飯。

鄭玉梅喜出望外，接過鑫兒抱懷裏親了又親。鑫兒滿兩歲了，在棉攀襟裏掩著睡了一路，這會兒新鮮了，勉強吃下幾口東西，就扯起婆婆要上街看花燈。

那座燈牌樓旁還有匠人在忙活，搭在通往沈宅的路口：立柱上縛青翠的松柏枝條，四周懸著荷花燈、柿子燈、藕燈、八卦燈；牌樓高一丈八尺，闊九尺，最大的那個走馬燈居中，雙層的燈壁玲瓏剔透，繪有八仙過海、鯉魚跳龍門等等圖案。一些心急的人家，已經在將自家最拿手的花燈籠掛出來了，微風吹過，滿街的花花綠綠繽紛耀眼！

依照本地規矩，十四號為「試燈」，十五號為「正燈」，十六號為「殘燈」。好多好多的山民，都從四鄉八嶺，拖兒帶母提前來看熱鬧，手牽手一個跟著一個，沿石板街遛逛，嘴巴驚訝地嘰嘰喳喳。鑫兒也看得興致勃勃，穿厚棉褲的小腿走起來不太利索，拽得鄭玉梅直趔趄。朱繼久擔心娘的那雙小腳會太累，草草地扒了些飯食進肚，也跟過來照料。

天朗氣清，夕陽溫和。鑫兒身穿鮮豔的絲棉花綢襖，由婆婆和父親左右牽著，老少三輩悠閒地走在人流中，吸引過來不少羨慕的眼神。一群黑烏鴉哇哇地掠過上空，大概是回老椿樹上歇息去吧。朱繼久似乎嗅到某種不祥，身上竟感到一陣寒意。

沈聚仁由十多個團丁前呼後擁，正在對街燈的懸掛情況，作最後的檢查。他緩緩踱八字步走在前面，淺笑著似乎還滿意，頻頻同周圍人打招呼，如皇上一般自在悠閒。

「繼久賢侄也下山來啦？呵呵，到明、後天晚上，那會兒才叫好看，城裏有不少人也會來湊熱鬧哩！」

沈聚仁壓根兒沒打算聽對方答話，並未停下，踱著方步朝前面去了。朱繼久恨得直咬牙根，巴不得周連長他們能儘早地來殺了他才好！

別看狗日的沈聚仁精明似鬼，只怕做夢都沒有料到，周連長如今還活在世上！朱繼久眼瞅著仇人的背影，在心底暗自冷笑，像趕仗的看著肥野豬傻裏巴嘰往已頂上火的銃口晃過來，硬是直想哈哈笑出聲！

到十四號的晚上，滿街的大小燈籠都點燃了，鑼鼓喧天，紅光匝地。到處都是穿花棉襖的村姑，和頭纏白布大包頭的後生，以及歡快地尖聲叫嚷著的娃娃爪爪們；其中也有酩酊大醉的漢子，嘴巴裏罵罵咧咧，走路東倒西歪。

鄭玉梅前幾天抓住時機，購進了一大批蠟燭和各種便宜糕點。懸掛著大紅鯉魚燈籠的櫃檯前，從早到晚，顧客熙熙攘攘。她和馮雅仙、陳老頭，三個人忙得團團轉，鋪子的生意空前紅火！朱月娟陪著鑫兒逗樂，把火盆也搬到了大門口。大肚銅炊壺煨燃燒的木炭旁，咕嘟嘟直噴水氣，一些衣著單薄的山民立刻圍過來討水喝，一疊聲地誇朱家仁義。

朱繼久乘家人不備，扛了木梯，悄悄溜到後院的山牆下。攀上木梯，從麻雀洞裏往外掏盒子炮時，心裏緊張得咚咚直打鼓！他輕腳輕手，將木梯回歸原位，對誰也沒有吱聲，埋著腦殼東望望西望望，做賊似的，悄無聲息溜出後門。

遠處的石板街那邊，燭光搖曳，人聲喧囂。朱繼久簡直不敢往身後看，揣在棉襖裏的盒子炮，好像是一顆點燃了引線的炸彈！摸黑路跌跌撞撞地過了高腳木板橋，他那顆懸在嗓子眼的心，才重新落肚。

月亮爬上中天了，白雪輝映著月光，白茫茫的河灘清新而又冰涼。黑溝那邊，山巒像野牲口的背脊，從溝畔兩戶人家透出的兩點燈光是它的眼睛。朱繼久一路小跑，來到黑溝的出口，他大口喘著粗氣，直到這會兒，才敢扭頭回望鎮子，心還在怦怦狂跳。周連長帶兩個嘍羅，從背後輕腳輕手摸過來，一隻手冷丁就搭在了朱繼久的肩頭。朱繼久眼前一黑，身子彈起老高，差點兒驚得叫出了聲！

「賢弟朗咯恁膽小？龜兒子們都在看花燈嘛！你打算幾時回朱家寨子？我們要多買些糧食和蔬菜，給現錢，虧不了你的！」

「好好！你們一定，要幫我殺沈聚仁！越早越好！我、我……真怕讓我娘曉得……」

朱繼久慌裏慌張掏出槍遞過去，話說得節節巴巴。

獨自蔫蔫地又往回走，這會兒，才覺得背脊上濕漉漉一片冰涼。朱繼久咧嘴巴苦笑，在心底埋怨自己的膽兒也實在太小了！

剛才，有一個與家住黑溝北面山跟的某婆娘有私情的團丁出門小解，無意間發現了他們幾個鬼鬼祟祟的人。那團丁趴灌木枝柯底下的雪地上，沒有敢太靠近，只隱隱約約看見朱繼久遞了個什麼小東西。對方操四川口音，分手後就順南坡往天池觀去了。

他們彼此究竟說了些啥，團丁連一句都沒有聽清楚。

三十四

去年臘月初三毒殺許虎之後，沈聚仁沒有立即派團丁進洞搜索，不過出於司馬懿式的謹慎：那麼金貴的人參酒，許虎會不會留著獨自慢慢享用呢？或者只給幾個心腹一人倒了一碗？那麼，洞內就可能還有五、七個或者十來個土匪僥倖活著。

這麼推斷如果沒有錯的話，貿然派團丁進入迷宮般的黃龍洞，則無異於肉包子打狗；土匪們躲在暗處，射十顆子彈取十個團丁的性命，易如反掌！加上江湖中一直傳說：黃龍洞的五條進出通道兩邊，都設有陷阱、擂石，一夫當關，萬夫莫開！這也讓鄒白雲與眾團丁心有餘悸，輕易不敢前往逞能。

正因為沒有太多勝算的把握，沈聚仁也不太忍心春節前，讓手下的人去白白送死，怕壞了名聲，惹一身晦氣。當初，他至所以並沒有大張旗鼓去宣傳勝利，不過是想以逸待勞，等過了年節之後，再作道理。

畢竟許虎已死，樹倒猢猻散，幾個殘存的嘍羅，料想也成不了啥大氣候！

聽到那個風流團丁的密報，沈聚仁仍為年前沒有冒失地派團丁進剿而竊喜——大概那幾個僥倖活下來的小嘍羅，自感勢單力薄，就悄悄去找來那個四川惡道士當了瓢把子吧？

朱繼久竟然會暗通川匪，倒著實令沈聚仁吃了一驚，說明朱家賊心不死，還在妄圖扳倒他，然後捲土重來！

不過，他骨子裏一直瞧不起朱繼久：四肢發達，頭腦簡單，壓根兒不是塊能成就大事的材料！話又說回來，朱家舍他，還真再找不到其他人！

如何處置朱家，暫時可以擱一擱，怎麼去剿滅手中有槍的川匪，才是當務之急。

元宵節過後，沈聚仁吩咐鄒白雲，將短槍隊分成五人一組，換上破襖爛褲子，輪流派往天池觀周圍的各條小路上設伏，凡遇上四川口音的陌生人，不分青紅皂白先抓起來，一律帶回鄉公所再作甄別。這個低調的辦法，果然十分奏效，頭一天只抓了兩個四川窮貨郎，第三天就網住了魚兒：擊斃一人，生俘一人，繳得了三支盒子炮！

經嚴刑逼供，沈聚仁最後總算弄清楚了，洞內這一個多月裏所發生的事情，讓他真後悔當初太過小心，倒讓川匪們白撿了十多支槍及一些銀元珠寶。

被打死的是個二拐子，洞內還有七個人。生俘的這傢伙，原本是奉節城裏的一個無賴漢，在川匪中無足輕重，連那個瓢把子[15]道士姓甚名誰都不曉得。設埋伏抓四川人的活兒，堅持了半個多月，把鄒白雲熬得吃飯時都打瞌睡。第十九天裏，又打死了一名土匪。繳獲得一支盒子炮。川匪人地生疏，因為連遭伏擊，剩下的六個，再也不敢出洞招搖了。

天氣漸漸轉暖，陽坡上的殘雪，差不多已經溶化乾淨了。麥苗剛開始還陽，春包穀還沒有拱出地面。田野裏光禿禿沒有啥揪得，窮家小戶又到了青黃不接的時候。

二月中旬，漢口土膏店派人來說，煙土只能勉強維持二十多天了，要這邊儘早籌備十擔送過去。沈聚仁呵呵笑說：鴉片苗還未開花，一時收十擔陳土恐怕困難，半個月內，我讓鄒白雲先押運三、五擔解燃眉之急，等新土上市之後，立刻再送十五擔來。

這次來的，是一位年紀約五十上下的趙先生，席間，沈聚仁隨便問起柳國梁的近況。趙先生說：柳公子沒有在土膏店作事了，最近聽說，洋行那邊好像也沒做了。其他的情況，老朽就不知道了。

長枋鄉雖然不大，麻雀雖小，肝膽俱全。因為集軍政於一身，公務繁忙，分身乏術；距離漢口又太遠，操縱也困難。沈聚仁去年冬天，就從土膏店抽回了全部股金。「慶孚公司」的招

15 傳說中神名，與天上歲星（即木星）相應而行；土木工程應該躲避太歲的方位，否則會遭受禍害。

牌仍由東洋人掛在那兒，他只是作為一個穩定的供貨人，每年以販運煙土二十擔計，扣除一切開銷之後，可淨賺兩、三萬塊大洋！

古人云：富貴不還鄉，如錦衣夜行！如今沈家的銀元用籮筐裝，多得幾乎數不清，堪稱全縣首富，完全用不著去漢口重打江山！

但是，貪婪、得隴望蜀等等佔有欲，為人性之最大弱點。時下正流行於附庸風雅的土財主們口中的一首歌謠，敘述得十分生動！其大致內容是這樣的：

「終日碌碌只為饑，
剛得飽來又思衣。
衣食不愁雙份足，
房中缺少美貌妻！
嬌妻美妾傍頭睡，
出門沒車少馬騎。
騾馬成群田萬頃，
無人做官也受欺……」

沈聚仁當長枋鄉長到今日這份上，慾望就好像那初春裏的刺藤，因為有足夠多的錢財作肥水，一個勁兒地朝上瘋長著！與一般的鄉長相比，他那個腦殼，的確不知要更靈活多少倍，什麼樣棘手問題，總想得出最佳的解決辦法！

他遇人講人話，見鬼打鬼腔，游刃有餘，天衣無縫，所以信譽、聲望都好！同僚們佩服他的智慧，團丁們仰慕他的威嚴，百姓們私下都交口稱讚他知書識禮，仗義疏財！就連遠遠躲在房縣、興山、保康三不管邊緣大山裏的那些毛賊土匪們，也一律都視他為傳奇式人物，是料事如神的諸葛亮、手舞雙槍的趙子龍！毛賊們只要談起沈聚仁，簡直像老鼠議論貓兒，恨得要死，又怕得要命，視長枋鄉一帶為畏途，好多年裏，都沒敢再打那一方的主意。

縣城裏的商會會長，年事已高，鑒於沈鄉長聲譽鵲起，春節後曾馳書與他，滿紙溢美之辭，有讓賢的意思。

最近六、七年間，北軍、川軍、黔軍、陝軍，打來鬥去如走馬燈，哪路的軍爺們過境，糧餉、民夫，都找商會會長，也著實令老會長苦不堪言吶！

這些年來，就是縣長的去留，往往也只憑軍爺們的一句話，極少有能在交椅上坐穩一年的。現任縣長係河北人氏，據說是駐宜昌府某副旅長的遠房舅舅，此人好色貪杯，整日醉得一塌糊塗。自視甚高的沈聚仁，隨著北軍的勢力範圍日漸萎縮，身不由己似的，已經開始覬覦起縣長的位置——王侯將相甯有種乎？

由於那場山洪，今年的斷糧戶（據沈派人調查，鎮內有七戶，其他五個保有三十二戶）比去年春荒時候稍稍多了些。若給每戶救濟兩百斤，共需八千斤包穀。

沈聚仁召集來保長、及一些富裕戶，規定或出錢，或者出糧，大家都要有所表示，不足的部分，都由他來承擔。他又拿出五百塊大洋，派十二個團丁，以鄉公所的名義在縣城西門外設粥棚賑災，還特意請來縣長和老商會會長登臺訓示，把場面搞得既隆重又熱鬧。

粥棚開了一個禮拜，「沈善人」的名聲不脛而走。

短槍隊、長槍隊，時不時仍悄悄地去黃龍洞周圍設伏，例行操練似的，希望維持壓力，不讓惡道士和他的五名手下露頭，最後迫使其滾回巫山去！

收鴉片的季節也快要到了，因為四川煙販被驅逐盡淨，今年的煙土生意，肯定要比去年更強。保安隊目前已擁有六十多人槍，沈聚仁計畫到年底時，至少要將隊伍暗地擴大到一個連！他認為：只有掌握了這麼一支訓練有素的隊伍，以槍桿子作後盾，再溝通關節，才可以作成名副其實、不受制於他人的一縣之長！

縣城粥棚收攤後的第二天，真是好雨知時節，天濛濛亮就淅淅瀝瀝地飄灑起來。

用罷早點，沈聚仁佇立在書房的格子窗前，遙望朦朧春雨中的巍巍青山，像在回味宴席上的清燉熊掌，對自己一文一武、半陰半陽的行事策略滿意極了！

為堵人口舌，防患於未然，今年，凡騾馬官道兩旁、及夫子鎮周圍的田土，一律只准種麥子、紅苕、洋芋、包穀。暗中他卻組織了一套人馬，往栗子坪、土地嶺、秀籠山等偏遠地方，動員擁有肥田沃土的單家獨戶農民，廣種鴉片。由他的「慶孚公司」免費提供種子和播種技術，並立下契約包收：每兩乾煙土（十六兩制）換七斤麥子或者十斤包穀。一畝肥田務勞得好，能收二百餘兩煙土，而種包穀最好的年景，也不過六百斤左右。種鴉片雖然辛苦得多，但一畝田幾乎可以抵三畝多的收成，農民們都蠻樂意種。鴉片苗種在深山裏，面積擴大了，又少惹麻煩。

今年，因為有名正言順的剿匪理由，外地商販，根本無法進入這一帶。沈聚仁估計，「慶孚公司」獨家經營，收購三十擔大概有把握吧。他臉露微笑，走回書桌跟前，又思考起官場上的事情……

柳國梁正是這天中午過後，走進沈家大院來的——太出人意料，唬得沈聚仁猛一愣怔。鄒白雲最近兩次去漢口都沒有見著他，十分熱情地慌忙上前招呼。

柳國梁仍一身洋裝，人消瘦了許多，臉色蒼白，缺乏信心似的。他徑直走進書房，言不由衷寒暄，乜斜著眼睛左顧右盼，目光躲躲閃閃。

「……呵呵，柳公子真稀客咧！坐坐，鞋襪濡濕了吧，白雲，快去將我的漆皮鞋拿來，讓柳公子換腳！呵呵，聽趙先生講，老弟好像已經辭去了洋行的差事，莫非是回去幫著老太爺管理紗廠去了？」

「他那個破紗廠，讓東洋鬼子的紗廠擠壓得都快要轉不動了哩……嘿嘿，閒得無聊，所以跑出來散散心。沈兄好像正春風得意！喂，沈兄可曉得朱月娟是否仍住在山上？」

「呵呵你呀，雖然算不得個孝順兒，倒是一個貨真價實的多情種！告訴你：李祥瑞春節前就離家出走，不知去哪兒了，甩下朱月娟一個人，待『德生厚』裏度日如年……」

自從決定不再往漢口求發展，對沈聚仁而言，柳國梁已經無任何價值。話又說回來，忙裏偷閒，能攤上這麼個風度翩翩卻又百無一用的輕薄子弟，適時地前來陪著扯淡，也稱得人生一大樂事哩！看著對方心事重重、坐臥不安的樣子，沈聚仁看戲不怕台高，淺淺笑著，又介紹了一些那邊的情況。

「……唔，那邊鋪子裏，眼下，只有鄭玉梅、馮雅仙、和月娟跟她那尚未出世的娃兒守著，你急著要見面，還真是個機會。呵呵呵，月娟可是大變樣了……白雲，你去跟廚房裏交代一聲，今晚上給柳少爺接風！」

「……等會兒，沈兄你的意思，是說，月娟她懷有娃兒了？你，你仔細講講……」

春荒時節歷來都是店鋪的淡季。今年由於外地貨郎幾乎絕跡，「德生厚」裏的油鹽醬醋、肥皂草紙、板鋤砍刀等等日用百貨的銷售一直還不錯。

鄭玉梅一大早又搭木船往城裏進貨去了。馮雅仙和陳老頭守在櫃檯裏正忙活著。吳媽慌裏慌張跑過來送消息，只好奔小天井裏，直接對朱月娟講了。兩個女人小小聲還沒來得及嘀咕幾句，柳國粱撐著黑洋布傘，早已經腳跟腳地進到堂屋裏來了！

朱月娟一直認為祥瑞是看到了那封信才憤然出走的，內心一直深恨著柳國粱。這會兒，面對面地站著，好像又怎麼也仇恨不起來了。冷丁看到自己所心愛的女人，腆著個大肚子，柳國粱目瞪口呆，完全不知接下該如何是好？

「嘿嘿，來客人了。我、我該回去了……」

吳媽作為局外人，兩手蹭衣襟，格外窘得慌。她訕笑著點頭呢喃，逃也似地退到了大門外，連斗笠也忘了拿。

「……月娟，你好。我、我不知道你懷孕了……沈鄉長只告訴我，說祥瑞君已離家出走——這種時候他怎麼能離開呢？究竟出了什麼事情？」

問話正戳到疼處，朱月娟立刻漲紅了臉，眼睛裏噴火苗，模樣兒像要吃人！

「認識你的時候，我什麼都不懂，太傻……你喪盡天良，欺負我們落難的人！你把我傻乎乎寫下的那紙條偷偷給祥瑞，是何居心？事到如今還裝模作樣！你、你真是禽獸不如啊！當初我怎麼就沒有認出來?!」

「……你說我、我把那封短信給了李祥瑞？我怎麼會？那封信，我一直珍藏在身上，是前年春天遭棒客劫掠後才丟失……聽說，祥瑞君的父親當過袍哥大爺，也許是幫會中人，為討好大少爺，拾到之後就交給了他……」

柳國梁楞楞磕磕，囁嚅著講了黑溝遭襲，以及後來被沈聚仁救回家養傷的全過程。瞧著他那可憐巴巴辯白的樣子，朱月娟心腸又軟了，將信將疑。據她所知：鄒白雲過去就是棒客，經常邀約被李茂軒用大洋馬拖死的秦大森、和在雞公嶺讓土匪抹了脖子的康子厚，一起結伴襲擊外地人！如果真是幫會中人拾到了信，理應去討好袍哥大爺；李茂軒若看過這短信，絕不會答應兒子迎娶這樣的兒媳！

再往下想，朱月娟陡地覺得豁然開朗了：那個棒客鄒白雲，正是以信作為見面禮，加之圓滑、狡詐、能幹，才巴結上沈聚仁的。李茂軒被殺之後，沈聚仁又暗中吩咐鄒白雲，從漢口把信寄到李祥瑞手中——沈聚仁陰險、殘虐、工於心計，為的就是給每況愈下的朱家，再添一些麻煩……

朱月娟講了自已的猜測。柳國梁緊鎖眉頭，認真地回憶起來……他遭襲後猛地轉身，記得眼前好像是三個晃動的人影兒；第二棒緊跟著又砸過來，就暈厥過去了……最近一年多來，那個鄒白雲經常跑漢口，他畏首畏尾，殷勤又機敏，不太像是兇殘之人。沈鄉長嚴肅刻板文質彬彬，應該也不太可能會參與這一類無聊的小陰謀……

不管怎麼說吧，朱月娟已經相信不是柳國粱幹的了，令柳國粱萬分感動。當知道李祥瑞去了南方，他顯得分外的興奮，頻頻地眨巴眼睛，小小聲講了自己眼下的處境和打算：老婆與人勾搭成姦，惡人先告狀，說他是南邊亂黨的坐探！自己這幾年閒暇時，喜歡悄悄地尋一些國民黨或者共產黨的宣傳小冊子胡亂翻翻，沒有想到，竟讓老婆抓住了巴柄。師長岳丈親自給偵緝隊打了電話。幸虧朋友通風報信，他才僥倖逃脫。實在是被逼上梁山，一不做二不休，他已經決定赴廣州報考黃埔軍官學校！乘火車到了岳陽站，突然想到蝸居在深山的朱月娟、李祥瑞夫婦，特繞道過來，希望能夠一同前往⋯⋯

「⋯⋯祥瑞君能義無反顧先行，足見膽識過人。軍閥橫行，生靈塗炭，這黑暗的世道，是到了該改變改變的時候了！」

馮雅仙從鋪子裏出來，打算去廚房生火做晚飯，冷丁看見女兒同一洋裝男子正談得熱乎，大吃一驚！柳國粱見來了外人，慌忙站起身施禮，滿臉尷尬無言以對，還真像個書生氣十足的偷情的美男子。

「嘿嘿我⋯⋯我也該告辭了。我明天一大早就離開，若能順利抵廣州，沒準兒能碰到祥瑞君。都怪我不小心，給你們家添麻煩了。希望你多保重。後會有期！」

「請一路多加小心。記住，什麼都不要對沈聚仁提及⋯⋯」

三月十六號，吳媽從縣城回來，對沈聚仁說起一件事情：妃台書院田舉人的二十三歲么兒田楚翰，有高攀沈韻清的意思。舉人娘子托她先來探探口氣，然後再擇吉日攜羊、雁、酒、魚、合歡、鴛鴦等聘禮，由媒人登門正式提出締婚的請求。

一般情況下，打探口風多轉彎抹角。吳媽性格直爽，不加掩飾地全倒出來了，還拿來了對方的小相片。雖然說兒女婚嫁，理應聽憑父母之命，媒妁之言，可是，莫看屬牛的沈韻清平日少言寡語，脾氣卻特別倔強，已經先後拒絕過五戶提親的了。這幾年沈聚仁只在為重振家業操心勞神，一直也沒有太留神這件事。女兒今年十七歲了，再養在家中，恐怕會憑白招惹閒話。他謝了吳媽，說待會兒再去同大奶奶商量商量。

田老先生係光緒舉人，做過大清朝的候補知縣，待妃台書院裏四十多年，沒有什麼田產，衣食不愁罷了。沈韻清也許是從小看父親的一本正經樣兒厭倦了，對模樣兒文謅謅的讀書人一概反感。她貌似文靜懦弱，骨子裏其實很執拗，閨房中的寂寞、單調、孤獨，使她除偶爾心血來潮之外，連父親都不太愛搭理！母親逆來順受，在這個家中的尷尬地位也令女兒看得心酸──這可能也是父女之間關係冷漠的另一個原因。

沈聚仁對女兒，還是疼愛的，請專館先生從八歲教授到十三歲，礙於男女之大防才作罷。沈韻清喜歡讀通俗小說，容易受故事情節感染，《鏡花緣》、《綠牡丹》、《孽海花》……從書架上偷出來壓棉被底下，父親不在家時，便一章一章地拚命看。書中的俠客們倜儻風流，才女一個個溫柔又浪漫，所經所歷，全是那麼的超凡出眾！而自己的眼目下，長夜漫漫，景物憋悶，壓迫得沈韻清分外神往書中人物，幻想著有朝一日，一位白衣俠士，跨一匹黑馬馳騁而來，帶著她逃往遠方……

沈聚仁曾見到過田楚翰：瓜皮小帽，方正臉龐，斯斯文文規矩本份，比相片上不過稍黑點兒。他對能結這門親事，私下還比較滿意，便讓吳大娘子拿了相片去給女兒看。

「……告訴清兒，爹準備拿一萬八千塊大洋，給她作陪嫁，在縣城裏開爿鋪面，城外再置點田產——要讓田家的人，把她當作皇帝娘娘！」

沈韻清正在後院纏著一名侍衛練習瞄準。盒子炮太重，怎麼也舉不平穩。她氣喘吁吁，捧著盒子炮蹭額頭上的油汗。冷冰冰的槍管刺激肌膚，快感莫可名狀！她咯咯嬌笑，遭誘惑似的，練得更帶勁兒。那侍衛戰戰兢兢伺候，見吳大娘子走過來，如同遇到救星，點頭哈腰諂笑著拿過槍，慌忙走開了。

沈韻清聽說又有人提親，臉上竟未露出半點羞赧。她接過相片冷冷地瞅一眼，又遞回母親的手中，內心深處怎麼想暫且不論，口氣卻相當堅決，充滿譏誚之意。

「又是個老氣橫秋的書呆子。要嫁給這種人，還不如讓土匪當花票[16]搶了去！」

---

16 花票：鄂西俗語，指遭到土匪綁票的女人質。

「老天爺啊！這種話兒，一個姑娘家，竟也敢說出口來？果真傳到你爹的耳朵裏，只怕要氣死他哩！」

「咯咯咯，反正他不中我的意！要去跟這麼個冷冰冰的人一起過日子，還不如讓我死掉！爹如果真喜歡他，就叫爹收他作乾兒子好了！」

吳大娘子生性膽小，沒有敢再言語，生怕女兒會說出更出格的話來。

沈家大院的日子如芝麻開花，越來越紅火，三日一小宴，五日一大宴；女兒好像也變得不太安本分了，針線女紅懶得學著做，閨房內漸漸也不肯久待，在父母面前更少言寡語，一天到晚不曉得在想些啥？

女兒今天對提親這事的態度，分明是在同父母鬧彆扭——考慮到這兩年，由於自己太忙，疏忽了對女兒的管教，沈聚仁又親往規勸。沈韻清腦殼耷拉一聲不吭，起初還只抽抽噎噎，突然就號啕起來，嘴巴裏直嚷「不嫁！不嫁！」，如瘋了一般。倒弄得沈聚仁也束手無策了。俗話說「女大不中留」；又說「女兒是別人屋裏的人」！姑娘大了，心事自然就多了，一旦犯起牛脾氣來，只怕神仙也沒有辦法！

林菊芳正奶著嬰兒。九個多月大的胖乎乎兒子，雙手捧肥白的乳房。吭哧吭哧使勁兒吮吸，屋子裏蕩漾開乳汁的腥甜氣味。黑喪著臉的沈聚仁斜倚在大床頭的被垛上，看那肥白乳房也像嬰兒粉團團的臉，心胸稍微開豁了一些。林菊芳憑那臉色，已經猜到沈聚仁又碰了壁，表面不動聲色，暗自興災樂禍。

在這個家裏，只有沈韻清敢不給林菊芳好臉色，所以她一直盼著能早點把她嫁出去！有一個情況，林菊芳在暗中，早觀察多時，發現沈韻清好像看上鄒白雲了！凡鄒白雲來大院內當差，沈韻清就會帶鐲子、戒指、項圈，臉上抹雪花膏，滿臉的喜氣按捺不住，活像個歡天喜地的小婊子準備去接客人！而那個昔日的棒客，自從死了婆娘，又去往下江的漢口府無數趟，打扮得越來越像個漢陽佬：腰身結實，梳著分頭，指甲剪得整整齊齊，荷包裏總揣著手帕。前些日子，林菊芳吩咐鄒白雲去搬張太師椅擱花壇旁，她好坐著曬太陽。沈韻清冷笑兩聲，撇嘴巴阻止說，鄒白雲是伺候她爹的，就是她娘要曬太陽，也得自己去拿椅子！後來，還是吳媽去搬的椅子。

吳媽決對不是個疏忽大意之人，一定也看在眼裏，不過佯裝不知罷了。

這會兒，吳媽已經接過餵飽了的嬰兒，出廂房轉悠去了。——究竟該怎麼把這件事兒透露給沈聚仁，而自己又不致於挨惱羞成怒的耳刮子[17]？林菊芳手裏整理著衣襟，忐忑不安地翻著白眼，擺了好一會兒正慎重而又憂鬱地思考著嚴重問題的表情，拿眼睛怯怯地瞟還斜倚在被垛

[17] 鄂西方言，指用蠻力打耳光。

上的丈夫，將那大屁股扭得十分撩人。

「……老爺，老爺您是為韻清的婚事犯愁吧？她也不小了……老爺整日為公務奔忙，有好些事兒，老爺您看不到。我們看到了，又不便亂講……」

「這會兒沒有外人，看到什麼，你就直截了當說出來吧！」

「我、我發現，韻清好像有點兒喜歡上鄒白雲，時不時地，悄悄贈他點吃的或者玩的小物件兒……不過，這種事兒，也難得說個定準。我是擔心，恐怕她太失身份……」

「曉得了。這一類話，不准再跟任何人議論！你出去吧，我要一個人待會兒。」

林菊芳所說的現象，沈聚仁也略有覺察：隨著鄒白雲的模樣日漸新派，韻清對待他的態度也在逐漸起著變化——不過這種疑慮還極為朦朧。

從去年秋天以來，鄒白雲大多數時日，吃住在沈家，女兒似乎因此而變得活潑了些。聽說，還經常要團丁教她騎馬，或者練習瞄準（雖然僅囿於沈家大院內，而且到現在還未敢放過一槍）。沈聚仁倒也並非是個受舊式思想所羈絆的人，他認為身處當今亂世，特別是出生在如他這種家庭裏的子女，能習點武，能具備強韌的體魄也不錯！

現在看起來，鄒白雲的察言觀色能力、粗俗詼諧的談吐，以及處事待人的機敏勁兒，對女兒都產生了很大的影響，有著很大的吸引力。是不是他背著主人，使用手段或者花言巧語，誑騙沒見過啥世面的韻清，妄想攀得一門好親事呢？倘若他果真有這種居心，就算如今已經成了沈聚仁的左膀右臂，也得廢了他！

無論怎麼說，棒客出身的鄒白雲，頭腦簡單，趣味低級，教養全無，不過是個能幹的下賤奴僕，一條使喚起來還算得心應手的走狗！——會不會是林菊芳少見多怪瞎猜測？或者因為韻清經常頂撞她，而故意惡語中傷？這麼反轉著想，沈聚仁一時又有些躊躇。

鄒白雲雖然識字不多，但處事精明，總能夠周到地通盤比較利弊得失——應該說他根本就沒有那個色膽！韻清文靜賢淑知書識禮，對待終生大事，理應受門第觀念制約，亦不至於會去拿家族的臉面當兒戲吧？也許，是一時的任性好奇，瘋瘋癲癲隨心所欲？最近兩年來，家道蒸蒸日上，女兒的心性脾味發生些小小變化，都屬情理之中的事情。

女兒不願意離開家，何不乾脆托人去物色一位家世清白的後生，招進屋作上門女婿！一個女婿半個兒，自己的身邊，還可因此多添一個心腹之人……都怨屠戶出身的林菊芳狗眼看人低，憑空添亂，差點兒讓她把水給攪渾了！

沈聚仁背著手走出廂房，口噙紙煙，對遠遠地正朝這邊張望的林菊芳，理都懶得理會。戶外春光融融，暖乎乎灑在他的長衫上。幾隻燕子在晴空中掠過來掠過去，藍天如洗，輝映得周遭的青山愈加蔥翠。俗話說：「血濃於水」，「姻親不親血親」！也只有兒子和女兒，才是他真正深愛的人。沈聚仁暗中發誓，要為他們置辦更多的家產，保護他們不受半點屈辱，高高在上，永遠都揚眉吐氣！

後院裏有林地、花壇，和一座玲瓏的小假山。櫻花、桃花和梨花正盛開怒放，像白雪和紅霞，蓋滿了枝頭。幾位女眷閑坐在花壇旁做女紅，曬太陽。林菊芳懷抱嬰兒，獨自在果樹下徘徊，不甘心地還在往這邊偷偷瞟著。

沈聚仁拿眼睛投過去一束輕蔑的凶光，扭頭正打算回書房去。鄒白雲穿一件新式短襖，氣喘吁吁跑過來，似有什麼要緊事兒急著對主人講。看他那脅肩諂笑的模樣，肯定又是好消息！沈聚仁討厭行事一驚一乍，平靜地緩步迎過去。

的確是個天大的好消息：黃龍洞內的那幾個土匪，為四川口音所礙，大概認為實在沒法兒再在這個陌生地方存身，天濛濛亮時，突然往長江邊逃之夭夭了。鄒白雲聽到報告，就急帶全部的團丁追趕，可惜沒能攆上。沈聚仁聽罷，按捺不住仰天呵呵大笑，頓時覺得如釋重負，海闊天空！

「我料到終會有這一天的。哈哈，讓他們回四川好了，窮寇勿追嘛！」

「明日，我就帶短槍隊往黃龍洞裏去看個究竟，然後再找些石匠來，把那幾個洞口都堵死，免得再遭引土匪！」

三十六

考慮到孕婦倘若在娘家分娩，會衝撞神靈，招致娘家破落，子女不吉等等災異的說法，還是三月十二號時，朱月娟就從「德生厚」裏搬出來了，寄住在陳老頭兒子的一間空置的破廈屋裏，土牆壁事先還重新粉刷了石灰漿。

在最初的幾天裏，陽光從木格子小方窗斜射進來，屋子裏白茫茫的，竟然使得朱月娟有一種躺在雪窩裏的感覺。

如今的她，整日亂髮粗服，別說搽胭脂、官粉，有時候，連臉都懶得去洗！骨子裏，朱月娟仍是個講排場、好奢華的女人，如今卻落得躲在深山成親，搬進別人破廈屋生產的淒涼下場！她恨老天爺不公道，白天故作邋遢，還裝出無所謂的樣兒；夜靜更深時候，想到前途黯淡，忍不住頭頂土牆飲泣。馮雅仙從早到晚待女兒身邊，小心翼翼，倒好像自己是女兒，樣樣經心在意，閒話也不敢多說。

由於鋪子裏的生意比往年稍強，鄭玉梅兩頭都得顧著，一天送三趟飯，還擠時間陪朱月娟閒聊些寬慰的話。無論身處何種境地，她的臉上，總漾著平平靜靜笑意。只有她在場的那一會兒，雪窩般的破廈屋裏，也才能感覺到幾縷生氣。

三月十六號的黃昏，朱月娟發作了。鄭玉梅慌忙請來吳媽，屋子裏一片手忙腳亂。

一切都還算順利，守到半夜子時，朱月娟分娩了。吳媽倒提起血窩裏的嬰兒笑眯眯說：是一個女娃哩！朱月娟大汗淋漓，人幾乎給疼麻木了，累得渾身骨頭像散了架！她聽罷慵懶地皺眉頭苦笑，隱隱地覺得有些失望……

這一天的半夜，待在朱家寨子的朱繼久，也沒能回屋睡覺，作強盜似的躲榨房裏，長籲短歎，正陪著驚魂稍定的周連長喝冷酒。

……沈聚仁實在毒辣，見了四川口音就抓的措施，至今沒有任何鬆動，被困在黃龍洞中的弟兄們早就吵著要離開！長時間曬不到日頭，身上好像都快長出綠毛了！昨天，天還未亮，他們果真悄無聲息地溜了，捲走了洞內的銀錢細軟；五個傢伙還算講義氣，給周連長留了五百塊大洋，和一點兒首飾玉器。

「……唉，多好的一塊風水寶地啊！酒肉糧食，其實還能支撐半個多月。還有那些家什器皿，多是大戶人家的用物，太師椅、八仙桌、寧波床、雕花屏風……許虎帶著手下苦心經營，積攢多年，這一回，倒讓狗日的鄒白雲，摟底兒全搬運走了！今日一大早，鄒白雲帶著長槍隊短槍隊，來得好快，差點兒就把老子堵在黃龍洞裏了！這個昔日的窮棒客，如今，給操練得蠻像個大狗子樣兒，他先命令五個團丁探洞，摸清楚底細之後，又徵來二十多個山民，趁熱打鐵進洞搬運東西。王八蛋沈聚仁，今日可發大財囉！老子一直趴在洞口斜對面的刺柯底下，看著他們忙活，氣得直翻白眼兒！只可惜沈聚仁那老狗沒有親自前來，不然的話，明年今日就是他的周年——老子拚了性命也要殺他！」

榨房裏一燈如豆，灌滿了新榨出桐油的大大小小油簍，兵丁一樣豎在四周。河南小師傅忙碌了一冬，趁春閒回老家探望去了。朱繼久天天過來瞧一眼，偶爾也住一個晚上。

周連長是天麻黑時分露面的，破草帽遮顏，縮頭藏尾，像個討飯佬！沈聚仁毫毛未損就破了黃龍洞，的確出人意料。朱繼久擔心走漏風聲，提醒周連長，說「惡道士」的名聲，自沈家遭襲之後，就婦孺皆知了。朱繼久幫他將長髮削成寸頭，飄髭鬍刮得光光溜溜；還給他找來一頂破呢禮帽、一付斷了腿兒的茶鏡，出主意讓他扮作跑江湖的測字先生。

周連長其實也只想在這兒曬幾天太陽喘口氣，然後徑直往陝西或者河南邊界，希望能再碰上幾個砍得腦殼換得氣的弟兄，再來殺沈聚仁雪恨！

「……男子漢大丈夫頂天立地，有恩報恩，有仇報仇！老子很快就會回來重占黃龍洞，不殺姓沈的，誓不為人！」

十九號，山下托人帶口信說，月娟生了個女娃娃，要朱繼久趕緊弄些雞蛋、豬蹄子等發物，儘早送下山去。三月天，新鮮的豬蹄子難得找。吃過午飯，朱繼久喊上劉麻子等人，又往老林邊緣趕野豬去了。

何貴芝、何承宗一人提只籃兒，分頭往各家各戶收購雞蛋，留朱雨卿在家照看鑫兒。

朱雨卿待大山裏一年，唐詩也讀膩味了，山景也觀膩味了。他搖頭晃腦談古論今，舉止儒雅斯文，結果空忙一場，無人喝彩，並未讓山民們格外看重。大山裏的日子覆去翻來千篇一律，雖然他嘴裏並不承認，內心卻實實在在感到寂寞難耐！屋裏屋外的人，一個個都忙得腳板朝天，面對朱雨卿幾乎視而不見，他一想就有氣！

為什麼不回夫子鎮呢？有誰攔住他了？——都怨他過去，對隱居賦閒的生活讚美太多，突然要出爾反爾，滿不好意思開口呢！——月娟生娃兒了到是個機會，剛才，朱繼久尋找土銃時，他已經結結巴巴地對兒子表達出意思。兒子好像也看透了他的計謀，話說得硬幫幫，窘得他一時臉紅脖子粗。

「爹真想回鎮子，就莫再鬧著要上山來了。山裏沒閒人陪著聊天，山路又坑坑窪窪難走。其實，您老待在哪兒，還不是都一樣？」

「……嘿嘿，陽春三月，想下山會會酒朋詩友。主要是，蠻想看看我那小外甥女兒。若論居家過日子，還是大山裏要清靜自在得多……」

天空藍英英，沒有一星星兒雜質。山坡上映山紅盛開，土畫眉兒在矮枝柯底下輕輕撲扇著小翅膀。朱繼久一行四人晃悠到山腳跟，極虔誠地下跪拜祭，祈禱山神能夠賜福。劉麻子懂得最多，一面焚香，一邊吟唱著「歡樂句」，其內容大致如下：

「第一不遭猛獸咬，
第二莫被毒蛇啄！
第三不能滾岩坎，
第四不讓刺釘腳！
第五心願得圓滿，
第六還要獵物多……」

也許是年齡接近的原因吧，朱繼久內心一直蠻喜歡么姑。他想：山神慈悲，怎麼就不憐憫我么姑有家不能回的境況呢？

四個人分作兩隊，從一大早，奔波到太陽快落山，總算在一塊洋芋田邊，打翻了一大兩小三頭野豬。野豬們已經把洋芋田的一角翻拱得青枝綠葉一片狼藉，還隔老遠的時候，就聽到田頭那株老楊樹上，有一大群喜鵲嘰嘰喳喳抗議，暴露了野豬的行蹤……

朱繼久只要了十二隻蹄腳，腰膛、豬頭、內雜，由劉麻子等三個人平分。

第二天，他用廣口背簍裝了雞蛋、豬蹄、黃豆等發物，帶著著玄色長衫、手拄拐杖的父親，一路磕磕絆絆，疾匆匆下山來了。

由於朱月娟是借住外姓旁人的房子分娩的，只在房門口貼了一對表示生女兒的紙剪梅花；「弄璋」、「弄瓦」之說。璋是美玉，代表男娃；瓦是土器，代表女娃。早在先秦時候，就有生男生女的「弄璋」、「弄瓦」之說。

鄭玉梅仍舊奔忙於鋪面和產房之間，「德生厚」內外冷冷清清，沒有半點喜慶氣氛。遙想當年朱繼久出生時的情景：樑柱上大紅燈籠高掛，大門口鑼鼓聲、鞭炮聲喧天；送恭賀的人往來穿梭，車水馬龍！「三朝禮」等等，圍繞著新生命降臨的傳統儀式，都無奈地取消了。

朱家的確是一年不如一年了。作為男主人的朱雨卿，因為無事可做，腦子裏空蕩蕩，所以感觸格外深刻。小天井的廊簷下，又成了朱雨卿的牢獄：南北長七步，東西寬七步，正轉一圈二十八步，反轉一圈也是二十八步！那本翻得已很破爛的《唐詩別裁》，重又捧回了手中；至少對於他的處境而言，今年同去年一個樣兒，看不到丁點變化。

么姑坐月子，五大三粗的朱繼久也幫不上啥忙。他懶得出門，不甘心去看沈聚仁假惺惺的笑臉、和鄒白雲那小人得志的倡狂。他默默地待後院裏，劈了兩天柴禾，到二十三號，收了滿滿一背簍鹽、醬、糖、醋、茶背肩上，一個人又回山裏去了；臨行前，還專程繞道產房那邊，不便進屋，湊門縫上對么姑說了幾句安慰的話。

破廈屋這邊，大多數時候，只有馮雅仙苦著臉陪坐在床前，呆呆瞪瞪，拿火鉗剔燃燒得正旺的木炭。屋子裏安靜極了，有時能聽到喊春的貓兒，在屋瓦上慢條斯理走動；春風偶爾也從遠處送來幾聲布穀鳥的啼鳴。座鐘的銅擺按著均勻的節奏，無盡無休喳喳地撞擊著耳膜，光線昏暗，密不透風，更叫人愁上加愁！

朱月娟臉色蒼白，日復一日不言不動，思緒就像晴空中飄泊無定的雲朵，一個夢幻來，一個夢幻去；又彷彿那不斷頭的飄渺游絲，什麼也帶不來，什麼憂傷也排不開。

還真多虧朱繼久弄來的那十二隻新鮮野豬蹄，和鄭玉梅每日的悉心照顧，奶水多得吃不完，擔心沉澱在乳房裏可能壞事，還須擠一些到泥地上去。嬰兒長得快，小臉蛋日漸飽滿。朱月娟多麼希望她能是個男兒啊，周遊天下，四海為家！

她認為連老天爺也在欺負落難的人，暗自在心底詛咒著。

「……咯咯，娃兒好標致咧！頭髮濃黑，眉清目秀，臉巴兒白裏透紅——長大後，該是個多麼漂亮的小姐啊！」

「女兒家再漂亮又能有啥出息？縱然心比天高，身子卻不自由。難為你又來關心，隔三差五過來幫忙——沈聚仁不會因此而給你臉色看吧？」

「哪兒呀，沈鄉長其實蠻仁義，時常感歎你的命太苦，讓我多抽空過來幫幫忙。嘿嘿，俗話說『會生娃的先生女』，等祥瑞在南邊發達了，接你過去當官太太，第二胎，准能生個胖小子！你曉得不？祥瑞的二娘也懷上了，一天到晚只愛吃酸的，把張老闆樂得整日雲裏霧裏！前天，我還去她那兒看了，二娘說等你滿月後，就接你回李家老屋，還說你才是名正言順的女主人，說她對不起你們母女……」

吳媽熱心快腸，有空閒就過來陪朱月娟聊天，樂呵呵傳授一些育嬰的小知識。因為信件的事，朱月娟認定沈聚仁是個魔鬼，認為他讓吳媽過來看看，不過是假充善人，是黃鼠狼給雞拜年！他究竟安的什麼心？朱月娟猜不透，也懶得多想。反正自己已經倒楣到了極點，就算沈聚仁陰險狡詐，居心不良，把她再也坑害不到哪兒去了。

黃龍洞不攻自破，得來全不費工夫。沈聚仁終於可以高枕無憂，看天天高，看地地闊，四顧周圍青山，也較往年更賞心悅目！大前天，他被眾團丁簇擁，威風凜凜走過「仁和記」門口，兜頭碰上正要回山裏去的朱繼久。那個倔巴小子，黑喪著臉膛，瞳仁裏分明透著一股不服氣的凶光！

「呵呵，賢侄別來無恙？這麼早又回山裏？」

沈聚仁笑臉相向，大度地打著哈哈，腦海裏立刻浮起他曾與川匪私下交往的事情。他認為：大華老頭死後，朱家已經沒有真正意義上的男子漢！文妥妥的朱雨卿自然不足道，就是這個生著虎背熊腰的朱繼久，只怕遞過去一杆盒子炮，他也沒膽兒殺人！

春光明媚，麻雀們在屋簷上怪麻利地梳理著羽毛。沈聚仁此時的心境，如同頭頂上這塊藍瑩瑩的天宇，錫箔也似閃亮，貂皮一般溫暖。在他看來，草山腳下的「德生厚」，不過是一縷兒微不足道的陰霾，飄不多高，自然就會雲散煙消。

緊跟在身後的鄒白雲，虎視眈眈，目送著朱繼久的背影漸漸遠去。這位奴才胸中的仇恨，似乎要比他的主人來得更濃烈！

「我這就帶兩個團丁，以通匪的罪名，把他給抓起來？」

「無憑無據，抓人幹什麼？朱家那鋪子，聽說生意還不錯？也讓鄭玉梅過幾天舒心的日子吧。哦對了，長槍隊、短槍隊，隔三差五要繼續拉到山裏去操練，仍必須擺出一個圍剿川匪的架勢！這一帶在煙土收罷之前，外地商販一律不得入境！」

「曉得了。嘿嘿，沈鄉長，您老待人實在太厚道了。朱繼久狗咬呂洞賓，不識好人心——瞧他那付倔巴相，我們都替您覺憤憤不平……」

三十七

四月十八號這天，城關後溝炭廠的張老闆，攜已懷孕近五個月了的原李家二奶奶，帶著一幫轎夫，專程來夫子鎮接朱月娟回老屋。

二奶奶微腆著肚子，氣色倒像年輕了不少，進門就朝鄭玉梅、朱雨卿鞠躬，為他們以兄嫂的身份、伺候朱月娟坐月子，說了許多感激的話。

「……祥瑞雖然不在家，月娟就是主人，理應回到老屋主持家政。恭喜馮大娘作了外婆，也請您能陪女兒一併去城裏。如今，我作為張家的人，厚著臉皮，還陪您們老少三輩再住半年，待腹中的娃兒落地，就搬回後溝的家裏。再往後，雖然說各是一家人了，畢竟前世修得這麼一段往來瓜葛，希望大家能像親戚間那樣，彼此經常有個走動。張老闆在本地也沒有啥親戚，你們若能經常來玩，他才歡喜呢！」

張老闆唯唯諾諾點頭，哈著腰讓僕人抬上禮物，好像認準二奶奶懷的是個捧香火的男娃，千恩萬謝，是從心底感激鄭玉梅成全。

朱月娟當初收下一千塊大洋，根本就斷了要回李家老屋的念頭。她完全沒料到二奶奶會隆重地前來迎接，百感交集，竟嗚嗚地哭起來。

在破廈屋中寄住了一個月，使朱月娟的情緒沮喪透了；長期待「德生厚」裏也名不正言不順，思前想後都走投無路。她什麼話也懶得說，揩乾淨淚痕，開始同娘一起收拾行裝。鄭玉梅忙進忙出，準備了滿滿一桌酒菜——一併也算給奶娃兒做滿月。轎夫們都是從城關雇來的，想留二奶奶他們住一晚也留不住。飯後，四乘轎子抬了馮雅仙、朱月娟、二奶奶和張老闆，浩浩蕩蕩往縣城裏去了，吸引來好多街坊看熱鬧。

鄭玉梅送出老遠，仍依依難捨，忍不住淚流滿面。朱月娟懷抱嬰兒坐轎中，再三請大嫂留步，淚水一滴趕一滴滑過兩頰。在她的心底，鄭玉梅真比親娘還要親！然而除了淚水，她無以為報，只是一味地傷心難受。

晚飯是重新回鍋的一些中午剩下的殘菜，八仙桌四周只孤零零坐著鄭玉梅、朱雨卿和陳老頭，空氣中彌漫著陰森森涼颼颼的冷清。

想到朱月娟總算有了屬於自己的家，鄭玉梅欣慰之餘，暗暗在心底祈禱，求菩薩保佑李祥瑞平安無事，讓他能早點回家來。

天氣日漸熱乎，眼看著，又快到割鴉片的季節了。

如今的朱家，在夫子鎮再沒有一寸田土種鴉片苗，人著實清閒了不少。今年，由於沈聚仁預支了一些銅板銀元給種鴉片的山民，緩解了春荒裏的種種苦楚。店鋪的生意，也比往年好做點兒，整個夫子鎮，都呈現出一派繁榮祥和的景象。沈聚仁明裏、暗裏，所採取的一系列手段，使他的形象在山民們的眼中心底，充滿了令人敬畏的傳奇色彩。就連鄭玉梅，也不得不佩服！雖然說不甘心，再同沈家一拚高下的念頭，早已湮滅，她現在只希望，一家老小能夠平安度日，莫要再節外生枝。

四月二十三號，好像是從夜半開始飄灑起毛毛春雨，不時還夾著陣陣雷聲，一直到正午過後，還不見止歇。鄭玉梅和陳老頭，彎著腰隔著櫃檯，在一筆一筆地對流水賬簿。窄石板街上一片泥濘，看不到幾個行人。

快要到準備去生火作飯的時候，一個據說是縣衙裏的書記官，帶領兩個團丁突然闖進「德生厚」，不由吩說，如狼似虎，竟然將在後院小天井裏轉圈兒的朱雨卿捆綁起來了！

「……天啦！他大門不出，同誰都沒有往來──這次究竟又是犯了哪條王法啊？」

「朱雨卿暗中勾結亂黨坐探，難道說還不算犯王法？給我帶走！」

「命」這個中國字，的確怎麼也詮釋或者把握不透，永遠讓人費猜想！上個月，鄒白雲玩兒似的，不過在漢口土膏店那邊，閒話了幾句柳國梁的行蹤；沈聚仁的心裏剛剛才起念頭，事態就開始朝有利於他的方向傾斜，就已經成功了一半！

而鄭玉梅、朱雨卿的命，簡直可以說糟糕到了極點——是老天爺要亡朱家哩！

三月底由省城發下來的通緝令，不曉得啥原因，四月二十號才遞到縣太爺手裏。這一天，沈聚仁剛巧在縣衙後院陪縣長大人飲酒。看到了通緝令。他的心底，一時竟泛起如吸食大煙過後的那種惡意的美妙。說柳國梁是亂黨坐探，連沈聚仁都暗自認為不可信：一個只知獵奇享樂的公子哥兒，談吐沒有遮攔，喜好作驚人語罷了。而他的那個師長岳丈，好像不置他於死地，不能泄心頭怒火，手段也太辣了點兒！沈聚仁淺笑著將通緝令遞回，慢悠悠地講起同柳國梁的一些瓜葛往事來。

「……柳國梁相貌儒雅，儀表堂堂，父親是漢口某紗廠老闆，岳丈是北軍的師長。這麼一位闊少，誰又料得到，竟然是個孫中山亂黨的坐探呢？他前年春天第一次來夫子鎮尋訪朱家時，曾遭遇棒客洗劫，被我救回寒舍養了一段日子的傷。去年夏天裏，又來讓我派團丁送他去了趟朱家寨子。後來，『德生厚』鋪子慘遭土匪縱火，他還贈送過一大筆銀元接濟。我原以為，他同朱家大概是世交，或者是仰慕雨卿先生的學問，壓根兒沒料到他們竟是思想上的同志！是上個月初吧，柳公子最後一次前來，行色匆匆往朱家那邊，待了整整一個下午，第二天清晨就急忙離開了。正所謂『人心隔肚皮，虎心隔毛衣[18]』！柳公子出身名門，有錢有勢，卻偏要去同亂黨攪和，真不曉得他是怎麼想的！」

「柳公子溜了就算了。把朱雨卿那個呆子抓起來大刑伺候，或許能弄清楚其中的陰謀。嘿嘿，沈鄉長以為如何？」

「雨卿先生久讀聖賢書，論理，不應該去參加亂黨吧？況且朱家幾十年來，一直是夫子鎮的旺族大戶，近兩年多來，時運不濟，令人同情。鋪子裏的生意，今年剛剛稍有起色，這種時候去抓一個手無縛雞之力的書生，作為長枋鄉的父母官，我也實在不忍心。鄰居街坊不知情由，說不定還會認為是我在落井下石，不太好處理啊……」

「久聞沈鄉長慈悲為懷，果然是活菩薩！可是，也總得讓卑職對上峰有個交代呀？還是先抓起來再說，只要從實招供，本縣長絕不為難他！你若礙於鄉黨情面，我派孫書記官去出面全權辦理就是了。就這麼幹吧！」

二十多歲的孫書記官同縣長沾點孤拐親，走路喜好擺八字步，是個裝腔作勢的傢伙。在「德生厚」捆人的那天，鄭玉梅死命地揪住繩子不鬆手，號啕著定要問個究竟！孫書記官掏出盒子炮朝天放了一槍，把屋瓦打了個窟窿。屋週邊聚集滿了瑟瑟縮縮的鄰里街坊，頓時都呆若

18 鄂西方言，指野獸的毛皮。

木雞，一張張瘦削臉膛像遭霜打的絲瓜。

「亂黨坐探柳國梁，從漢口三次來往朱家，去年還不辭辛勞，親往朱家寨子面晤朱雨卿，南逃之前，還特意前來辭行！柳家和朱家，遠隔千里，非親非故，若非同黨怎麼會認識？他每年都光顧朱家，難道會沒有原因?!」

聽孫書記官講罷緣由，圍觀的人紛紛拿眼睛瞅朱雨卿，彼此小小聲嘀咕，滿臉惶惑如墜五里霧中。事情關係到朱月娟的名聲，鄭玉梅張口結舌，在心底暗暗叫苦！

朱雨卿一時也傻眼了，無言以對，左右為難。他被推搡出大門，抬頭看到沈聚仁朝這邊走來了，心頭一熱，像盼到了救星。孫書記官隨意放槍，令沈聚仁十分惱火，陰沉著臉，不得不露面了。

「沈鄉長來得正好！柳公子與我，都是讀書人，心血來潮，則聚一起談經論道，吟詩作對什麼的。我們雖偶然相識，但很快成了忘年交……沈鄉長肯定也不會曉得他是亂黨坐探吧，否則，也不會幾次留他在家，而且吃住那麼長日子。」

「孫書記官抓亂黨坐探及其黨羽，不過是奉上峰的命令，身不由己。雨卿兄因涉嫌此案，可能得暫時委屈幾天，相信終究會有個水落石出。春忙時節，各位都請回吧。讓鄉親們受驚嚇了……要相信政府！」

第二天大早，聞訊後的朱繼久，也慌慌張張下山來了，進門就直嚷嚷，讓鄭玉梅喝斥住，然後大致地講了經過。

沈聚仁多少應該曉得些朱月娟同柳國梁之間的非同尋常關係，為什麼並沒有把她也牽扯進來？母子倆都覺得納悶兒。

「準又是沈聚仁背後使壞！不把朱家攆出夫子鎮，狗日的不肯甘休哩！」

「一切只能怨命，是禍躲不脫！幸虧月娟走了，真地也被捆來綁去，還不如死——那可就是兩條命啊！李家老屋地處偏僻，她一時又人地生疏，肯定還沒人給她傳話吧？你這就進城去看看動靜，你爹被抓的事，無論如何，不能叫她曉得！這次，還多虧你爹頂住了，好歹給月娟留了點臉面。孫書記官像硬是要詐一筆錢財後才肯甘休。待會兒我再去求沈鄉長。你也莫把他想得太壞了。」

朱繼久也料到又得破費些錢財，下山時帶了五百塊大洋（包括他去年收的柳國梁送李祥瑞、朱月娟的賀禮）。從去年冬天到現在，鋪子裏尚賺得有近百塊洋錢。所要贖金如果超過一千，鄭玉梅可就真沒辦法了。

朱雨卿被關押在沈家大院內，孫書記官一天要提審他兩遍。由於跟柳國梁根本就沒有啥秘密可言，彼此其實也知之甚少。柳公子同朱月娟的那一層關係又不能吐露，況且跟坐探或者亂黨也完全不搭界，只會白添進一個遭難的人。因為口供前言不對後語，朱雨卿被打得死去活來，到最後，索性咬緊牙關啥也不說了。慘叫聲和斥罵聲，吵得住在後院裏的女眷們也終日惶惶。沈聚仁原本指望人犯會很快押往縣城，自己可以脫掉干係。他哪兒知道，作為縣衙裏的一走狗，孫書記官也有難言之隱！

大致情況好像是這麼回事：駐宜昌府的北軍某副旅長，半月前，給縣長舅舅來過一封密信，說為防範廣東軍政府派隊伍北進，他的部隊將調往湖南佈防，勸舅舅早作打算，見好就收。縣長大人雖然終日昏昏，也明白外甥的苦心：一朝天子一朝臣，沒有了副旅長的槍桿子作後盾，他這個縣長絕對當不下去！都說「三年清知府，十萬雪花銀」！可憐他到任還不足一年，只怪地方太窮，銀元他才搜刮到六千多塊！朱雨卿這件案子，也許是他撈錢的最後機會，所以下了死命令：榨不到三、五千光洋就別回來了！

沈聚仁之所以再三容忍孫書記官胡作非為，不過指望借他的野蠻，一勞永逸地將朱家逐出大子鎮。雖然說朱繼久只生了個兔子膽，逼急了恐怕也敢咬人，留在鎮內終究不太放心！鄭玉梅一天三、四趟地上門求情，聽說這次要罰五千大洋，幾乎暈厥過去。

「……嘖嘖，也真是的。朱家早已不比從前，就算砸鍋賣鐵，也湊不齊五千塊啊！」

吳媽看得眼淚汪汪，一疊聲地幫忙說好話。沈聚仁也認為姓孫的太貪婪，更擔心逼得太狠，釀成命案或者造成流血衝突，真那樣了，都將損害長枋鄉得來不易的祥和太平景象。他私下裏叫來孫書記官，委婉地勸他適可而止。孫書記官則以人犯的口供漏洞百出為理由，硬是拒絕草率罷手。沈聚仁一怒之下，拂袖而去！

收煙土的季節一天天逼近，團丁們取代了往昔的「雁兒客」，連鄒白雲都忙得屁顛屁顛的。還有好多其他事情，都需要沈聚仁出面或者拿主張——他也真沒閒工夫來管這案件了！協助孫書記官辦案的兩個團丁，自認為捧的是沈鄉長的飯碗，發現主人在拿臉色，便也開始陽奉陰違。朱雨卿由於沒有退路，實在疼得厲害時，只恨自己沒膽量去咬斷舌頭；牙關緊閉，唯求一死了之。折騰到最後，孫書記官也精疲力竭，毫無辦法，只得後退一步。

傳喚鄭玉梅過來聽口信已是下午，毛毛雨還在淅瀝，白牆壁像沾滿淚痕的骯髒臉頰。一些窪地也積滿了水，飄浮著幾隻遭虐殺的野貓的屍體。人們都看習慣了，像對待水面上浮沉的枯枝敗葉一般，熟視無睹。

「……朱雨卿受亂黨蠱惑，愚頑不化，本當從嚴懲辦！念其係一介書生，又人過中年，對國家社會，難得構成大危害。本官慈悲為懷，打算從輕發落。你回去趕快準備三千塊大洋，明日一大早前來贖人。否則，本官只好將他解往省城，聽憑上峰處置了。」

鄭玉梅立刻就亂了方寸，木納納沉默了好半晌，淚水牽線兒滴落，要求先見朱雨卿一面。孫書記官引著她去到後院。蛛網百結的一間小空房裏，朱雨卿頭髮蓬亂，坐在一堆陳年稻草上，臉上身上到處是血痕。他呆滯滯地聽鄭玉梅猛一陣大聲號啕，也老淚縱橫，痛苦地直擺腦殼，什麼話都沒說。

「『德生厚』那整棟房子，再加鋪子裏的全部存貨，大概可以賣到兩千塊錢吧？乾脆賣光算了，一家人都回朱家寨子去！到處的黃土好埋人，何苦硬要待在夫子鎮活受罪？只是想到大華老爹辛辛苦苦掙下的家業，竟然敗在我們手裏，硬是不甘心啊……」

強忍住哭泣說罷，鄭玉梅長長歎一口氣，再也支撐不住，癱軟在稻草上，兩隻手拍打著泥巴地，瘋了似的，又是一陣長長么么大哭……

三十八

如今在夫子鎮一帶，能大大咧咧信手甩出兩千大洋的主兒，也只有沈家了。

四月二十七號，孫書記官一手接錢，一手放人——好歹可以完事交差。匆匆吃罷中午飯，他暈暈乎乎，乘坐順水木船，回縣城覆命去了。

太陽稍稍偏西時候，沈聚仁由鄒白雲及另外兩個心腹團丁陪同，攜一大壺專治跌打損傷的藥酒和其他禮物，親往「德生厚」探視。鄒白雲小屁股一扭一扭，哈巴狗樣走著剛從漢陽佬們那兒學來的貓步，自我覺得比貓兒還要優雅。

「唉，真是閉門家中坐，禍從天上來！姓孫的和那個狗縣官，依仗著北軍副旅長的威勢，橫行鄉里。我人微言輕，回天乏術，愧為一鄉之長，讓雨卿兄受苦了。這棟老宅子，雖然說現如今已經易主，我其實也並不等著派啥用場。朱家、沈家，都是多年的老街坊了，請雨卿兄不必多慮，先安安心心養傷。你們想住多久，就住多久，啥時候搬都可以……」

沈聚仁臉膛上堆溫良恭儉讓，手臂輕鬆地背著。在朱雨卿的床前踱步，內心裏卻十分的不平靜。能居高臨下，以救星和新主人的身份進到這老氣橫秋的院落，放在五年前，簡直如要去捋老虎的鬍鬚，簡直不敢想像！

……鄭玉梅自從在那賣房文書上按下指印，人好像掉了魂，有兩三天，幾乎沒吃沒喝，眼睛直瞪著沾有鮮紅印泥的指肚兒發呆——那是從她心頭淌出來的鮮血啊！她好像整個兒垮了，除了無休止地自責，腦子裏一片空白。

朱繼久還從來沒見娘有過這種模樣，不知道該如何勸慰，也慌了神。他強忍痛苦，埋頭忙碌一日三餐等家務瑣事，萬般無奈，瞞著娘悄悄托吳媽捎信請月娟么姑趕快進來。

五月初二黃昏，完全給蒙在鼓裏的朱月娟，懷抱嬰兒，風風火火走進「德生厚」，聽說這一片房屋都已經給賣了，一時驚得目瞪口呆！鄭玉梅冷丁見到朱月娟，十分意外，目光稍稍有點兒活泛了；又看到耷拉腦殼跟在身後的繼久，心底禁不住一陣酸楚。她軟綿綿地吐一口濁氣，咧嘴巴苦笑，倒並沒有太責備。

「繼久你真太不懂事，把你么姑叫進來幹啥呢？」

聽朱繼久詳細地講了事情經過，朱月娟臉上紅一陣，白一陣，牙齒咬咯咯響，為自己招惹來的橫禍而內疚。嬰兒大概也餓了，「嗯兒嗯兒」大哭，使數天來一直死氣沉沉的老宅子裏，第一次有了嘹亮的聲音！鄭玉梅猛地打個激靈，振作似地坐直身子，又長長歎一口氣，淚臉上露一絲兒暖融融淺笑。

「反正木已成舟，都已經過去了，不要再提了。我們還有朱家寨子的山林和田產，還有鑫兒！有娃兒就有盼頭！！月娟既然來了，大家就在一起多住幾天吧。過了這幾天，夫子鎮就沒有落腳處了，再想見個面，下了木船，就得直接往山上爬囉！如今你又拖兒帶母的，想要再聚一聚，恐怕也不容易了……」

「你們為什麼不早告訴我？為什麼要賣老宅子啊……祥瑞的爹死後分給我們的錢，再加上二娘後來退的錢，我還剩兩千多塊！我這就去找沈聚仁，把賣房的文書贖回來！」

「月娟你快坐下來喂娃兒！這件事跟你無關！你的那點錢，是你們老少三輩往後的度命錢吶！我說過不要再提了！你給我坐下！莫要硬鬧得大家都彆彆扭扭地活得不利索，反而更讓外人看笑話！」

「是我害了你們，我真是朱家的災星啊！嗚嗚……」

「都是前世所修、命中注定的，誰也怨不得誰。好了好了，瞧奶娃把嗓門都哭啞了。繼久快去『仁和記』買隻鹵雞，再多炒幾盤可口菜餚！這些天大家都著急受累，身骨子都拖弱了。也該飽飽地吃一頓，然後，打起精神重新過日月！」

五月初十這天，劉麻子帶領一大幫人從山裏趕來，用背籠背起一些粗重傢俱先走了。

太陽快當頂時，鄭玉梅、朱雨卿、朱月娟、朱繼久，手裏提著大大小小的包袱，緩步跨出居住了兩個朝代，數十年歲月，如今已經易手了的老宅子。

十多位老街坊，目光憂鬱，嘮叨著過去的日子，陪著她們朝河邊走。石板窄街上陽光燦爛，為收鴉片而忙碌著的團丁們，不時地跑來跑去。散養的豬們正昏頭昏腦拿嘴拱著臭哄哄的泥土；一大群蒼蠅快快樂樂，在新鮮的豬糞上嗡嗡唱讚美歌。

已經歸了沈聚仁的「德生厚」鋪面，前幾日裡經過簡單裝修，沐著熱風，似乎也迫不及待準備重新開張──令鄭玉梅不禁回憶起當初房子剛落成時的情景：送恭賀的往來穿梭，鞭炮聲不絕於耳……轉眼就是三十多年，真像是一場夢！

鄭玉梅堅持著讓懷抱嬰兒、眼眶紅腫，一副魂不守舍模樣的朱月娟，率先上船往縣城方向去了。她強忍心酸，疲憊到了極點，點頭謝過各位老街坊，也準備啟程過長枋河木板橋。陳老頭幫朱家近三十年，經歷了由盛到衰的全過程。昨晚，鄭玉梅硬塞給他八十塊大洋（相當於他平時三年半的工錢），親自送他到兒子家去住，主僕淚眼對淚眼，彼此說了一路的感激話。這會兒，陳老頭更是涕泗橫流，固執地一直陪伴東家一行三人過了木板橋，呆呆地望著他們消失在黑溝裏，才抹著老淚磨磨蹭蹭往回走……

天氣漸漸熱起來了。沈聚仁一付慵倦模樣，心花怒放，倒也樂得喘一口氣。他懶洋洋搖動扇子，坐在書房裏翻閱聖賢書卷，心血來潮時，也會暗自教女兒一些騎馬或者放槍的要領。家境蒸蒸日上，沈韻清的神情姿態，明顯起了變化，活潑爽朗多了，言語也較從前更放肆恣意；

騎在馬上手握雙槍有板有眼比劃，大有巾幗不讓鬚眉的氣概！

木匠們遵照沈聚仁的吩咐，已經將舊「德生厚」鋪面擴大了一倍，後院的幾間廂房，一律打算改成貨棧。他希望能像眼下對待煙土那樣，慢慢地將周圍四鄉數百里範圍內的香菌、木耳、桐油、茶葉、核桃等土特產全部統起來！

他實際上早就是四鄉聯合保安團的團總了，一百二十多個團丁，就是他所豢養的看家護院的狗，唯他的馬首是瞻！其他那幾位鄉長可憐巴巴自歎弗如，只能心悅誠服。

鄒白雲把兩個長槍隊，和短槍隊的一部合編，分作八個小隊，亦商亦兵，既算「慶孚公司」的「雁兒客」，又可憑藉槍桿子震懾，使百姓各安本分，境外毛賊土匪不敢覬覦這一塊寶地！團丁們馬不停蹄四處奔波，已收購到近二十擔煙土了！鴉片苗的大量種植，還給地方上帶來了繁榮，土布、洋布、瓷器、食糖、燒酒、胭脂水粉等等日雜百貨的銷路，一天天看漲！沈聚仁帶著挎盒子炮的侍衛無論走到哪兒，見到的都是脅肩諂笑，點頭哈腰；恭維話和感激話像暮春的風，直拂得人暈乎乎樂呵！

近幾年來，且慢說逢凶化吉，遇險呈祥，即便偶爾馬失前蹄跌個跟頭，或者路滑不小心摔個跤什麼的，似乎都能白撿到銅錢甚至金元寶！這一路走得實在太順，沈聚仁的舉止神態，也在不由自主地起著變化：口噙紙煙（他去年徹底戒掉了鴉片煙），高視闊步；談吐無忌憚，臉上笑呵呵——根本沒有了往日的收斂！

五月底，從房縣那邊流竄過來一支二十多人的土匪隊伍，大概是早瞅准季節，想劫掠點煙土去換錢花吧？山民們連夜趕來通報消息，長槍隊、短槍隊聞風而至，於黎明時分在土地嶺東坡將土匪團團圍住，一陣亂槍，擊斃十一人，生俘七人！捷報傳到縣城，萬眾歡騰，沈聚仁再一次名聲大噪！

他現在還有什麼不滿足？完全可以悠然自得，盡情去享受屬於他的天倫之樂或者聲色犬馬。然而，就好像因為爭強鬥狠，使慣了陰謀，掄慣了拳腳，冷丁地沒了敵手和對頭，高處不勝寒似的孤獨寂寞，比犯了癮的鴉片客還要難受！沈聚仁認為：所謂心滿意足，不過是無能之輩的自慰，或行將就木之人的自欺；得隴望蜀，才是真正大丈夫本色！

在他看來，朱家被逼出夫子鎮，僅僅標誌著一個階段的結束，就像劉邦用四面楚歌逼死項羽——劉邦最終的心思，是要當真龍天子，前面還有韓信、彭越等等好多擋道的……

六月初二，鄒白雲送罷煙土從漢口回來，樂呵呵告訴主人：當今縣太爺的靠山，駐宜昌府的那位某副旅長，已經隨他的隊伍開往湖南打仗去了。駐紮在縣城裏的北兵也在收拾行囊，大概也快開拔了。沈聚仁微微笑，好像並沒有太在意，不過拿著一根紙煙，在八仙桌上輕輕地叩了兩下。

「早點歇息去吧。明日早晨，挑八名精幹侍衛，陪我進城去見老商會會長。多備幾份厚禮一併帶上。『慶孚公司』早就該在縣城設個鋪面或者貨棧了。明日還得帶上個風水先生，先挑一塊好地皮，秋後就動手建房子！」

既然北方的軍隊快滾蛋了，沈聚仁這次打算在縣城多待幾天，同幾位有錢的鄉紳氣氣派派聚一聚，以加深彼此之間的感情；還得尋個機會，故意冷落一下縣長——這個好色貪杯的傢伙，同城郊一個頗具姿色的寡婦私通，已不是啥新聞了！最理想的就是大戶們能擰成一股繩，聯名上書宜昌鎮守使公署；當然也不能操之過急，爭取在今冬或者明春，說什麼也得找些由頭，將北方佬縣長趕回生養他的地方去！

六月二十一號，朱月娟雇了乘軟轎，出人意外地上朱家寨子來了。鄭玉梅正蹲在大木盆旁邊搓洗衣裳，驚訝得眼睛睜老大，以為又出什麼意外事了。

「咯咯，大嫂真是一朝遭蛇咬，十年怕井繩。城裏熱得太厲害，人地生疏也悶得怪慌，所以就進山裏來納涼了嘛！」

朱月娟左顧右盼，淡淡地淺笑。鄭玉梅也笑起來，氣色比剛上山那會兒顯得好多了。她說朱雨卿、何承宗、何貴芝去後坡菜地裏轉悠去了；朱繼久雇了幾頭騾子，大前天由榨油師傅陪伴，走旱路往河南鄧州販桐油去了。

「……嘿嘿，繼久如今害錢病咧，聽小師傅說，河南那邊桐油的價錢好，就想著多賺幾個！都說往北比往南要稍太平些。順利的話，一個禮拜就回來了吧。」

朱成鑫已經兩歲半了，看見年輕姑婆懷中的白胖奶娃，好奇地吵嚷著，硬要抱一抱！朱月娟咯咯笑在一旁協助。鑫兒小手輕輕哄拍，小嘴巴哼著婆婆哼過的童謠，照顧得怪用心的。這時候，太陽離西邊岩頭尚有一竹杆多高，大山裏畢竟涼快得多！老宅子一尺多厚的土牆，三伏天的太陽也曬不透。穿堂風不時輕拂，令人神清氣爽。

屋子裏收拾得井井有序，十多把松木椅子，一字兒靠著堂屋兩側的牆壁，長條的春臺上恭恭敬敬供奉著佛龕和祖宗的牌位；盛涼開水的瓦壺大得像小水缸，穩穩當當擱在八仙桌的中央，茶具大小不等，擺放錯落有致，都擦拭得明晃晃的。

待山裏久了才知道：糞可是農家的寶。門前小壩子角上那座糞堆四周，一大群公雞、母雞，正安安靜靜地在扒蟲子吃。從通往山坡的窄木板後門方向，間或飄過來豬的哼唧和羊的歡叫，以及畜糞的淡淡腥臊氣味。

鄭玉梅給月娟沖了杯濃釅的蜂糖水，又用木盤盛了些核桃、柿餅、葵花子放面前，順手接過奶娃抱懷裏親熱，一邊問了些城裏的情況。後來就談起莊稼：麥子、油菜籽的收成都不錯，因為風調雨順，今年的春包穀也長得巒壯！田地大多租給別人種去了，她又在屋後的山坡上開墾出一畝多生田，種著熱白菜和豬飼料。山裏的日子雖然清苦，倒也省心。鑫兒一天到晚滿院子亂竄，不過已能含含糊糊背誦好幾首唐人絕句了！

「……我們朱家，如今只剩山裏的這棟老宅子、一間榨房、四十多畝坡田和七十多畝桐林了，細想起來，總感到對不起鑫兒。等繼久販桐油回來，今年還打算再買進幾畝熟田。平日也得更節儉些，要每年都能添置點兒田產才行。鑫兒蠻伶俐咧，心氣也高得很，天天嚷嚷著，將來要當個大官兒！」

「兒孫自有兒孫福，大嫂您也莫要太苦了自己。唉，難怪都說，一樣的人，百樣的命，苦的苦死了，樂的樂死了！我看那狗雜種沈聚仁，活得一帆風順，燭光輝映，為所欲為，享盡了人世間的榮華富貴！我們家哪一點比他家差？這麼活著，還真正不甘心哩！」

「嘿嘿，富貴輪回，總有它的道理。就拿沈鄉長來說吧，那腦子就的確不一般！硬是根絕了這一帶的匪患，好多年來，卻沒有人能夠做到。在窮鄉僻壤廣種鴉片，使山裏百姓手頭添了餘錢，今年的春荒，幾乎沒有聽到哪兒餓死了人……」

「無論從哪方面說，姓沈的都是個心狠手辣的傢伙！道貌岸然，所有的好處，硬是全撈足了。而山民們所得到的，不過是他指縫裏漏的那一點兒……」

「嘿嘿，就認命吧，命裏沒有莫強求。謾罵或者詛咒，也傷不了沈鄉長的筋骨，還不如以現有條件，安排好自己的日常生活。」

……朱月娟住李家老屋裏的這兩個多月，同她娘幾乎沒有話說。祥瑞的二娘又一心一意作著張老闆的賢妻，越來越少顧及這邊的事兒。幾個臭名昭著的浪蕩哥兒，隔三差五地悄悄溜過來扯淡，身上溢惡泛泛的大煙味，舉止粗俗，愚蠻厚顏——簡直是一種豈有此理的侮辱！馮雅仙似乎更擔心女兒耐不住寂寞，再作出什麼傷風敗俗的事情，影子一樣默默緊跟著，把她盯得牢牢的。生活不順心透了，憋得朱月娟簡直快要發瘋！屋子四周的水柳樹林如華蓋，枝葉密密層層，太陽都照不進；泥巴地上的青苔同樹葉相映襯，綠光陰森森的……祥瑞和柳國梁，可能早已抵達廣東，也許真的都進了黃埔軍官學校！又回憶起在漢口度過的那段短暫歲月：市聲喧擾，金碧輝煌，電影院內黑影幢幢，歌舞廳裏燈紅酒綠——那才是她所嚮往的生活啊！

去廣州尋夫的念頭，朱月娟是進入六月之後，百無聊賴，才生長出來的；娃兒只三個月大，著實又讓她舉棋不定。

這一次上朱家寨子來，她其實是想換個環境，冷靜地思索一下各種利弊，並希望能夠當機立斷，能夠儘快地作出一個選擇。

待在山裏頭也悶，鄭玉梅、何承宗、何貴芝，手邊頭總有急需去忙碌的活計，老宅子裏經常只剩月娟和朱雨卿兩個彼此都瞧不起的大閒人。經歷了種種變故之後，如今月娟心底竟有點同情這位異母兄長。顛倒過來想的話，又禁不住為自己而黯然神傷。

實際上，這一對兒異母兄妹，雖然心性脾味各異，共同之處也不少：自視甚高，遊手好閒習慣了，大事作不成，小事又不屑去作。可憐的朱雨卿，前後四年多時間，三次無端遭關押，眼下連《唐詩別裁》也懶得去捧，呆頭呆腦如一根木樁。朱月娟陪這麼個人守在老宅子裏，一方面惺惺惜惺惺，另一方面又氣忿忿不甘心！

思前想後，朱月娟的腦子裏，越發亂得一塌糊塗。勉強住到二十七號，朱繼久從北邊回來了。榨油師傅是河南鄧州人氏，而且還是袍哥兄弟，這一趟十分順利，桐油在鄧州也賣得了好價錢。朱繼久還與那邊的商行定了口頭協議，從今往後，送多少桐油過去他們都包收。桐油生意佔據著朱家目前收益的大頭，前景看好，令鄭玉梅興奮異常，甚至認為也許就是時來運轉的先兆！她樂陶陶更忙碌，計畫冬閒時多雇些工，再開墾幾塊桐林；又聽說天池觀那邊，有十五畝熟田找買主，立即叫朱繼久明日趕快帶一位中人陪著先去看看！

朱月娟雖然也為他們而高興，心情卻差不多如同看電影片子，或者聽評書，分明感覺到個中的榮與辱，跟她幾乎已沒有什麼關係了。她接受的是新式教育，不可能效仿大嫂那樣完全忘我，以整個朱姓家族的苦樂為苦樂。人生苦短，她首先得為自己而活！

這天晚上，朱月娟已經暗下決心：帶著娃兒到廣州去！她打算不動聲色交八百塊大洋給娘，作為守在李家老屋的用度，十年裏的衣食應該無須發愁吧？這一去千里萬里……十年之後，一切又會變成什麼樣呢？她想不出，也懶得去想了。

六月二十九號的清晨，朱月娟吃著早飯，突然就說要回城裏。

考慮到馮雅仙一個人住李家老宅子裏怪孤單，鄭玉梅倒也並沒有太挽留，喊劉麻子去綁副軟轎，送她們母女倆下山。

過長枋河上的高腳木板轎時，日頭剛近中天。朱月娟不願再去鎮子裏，喊停轎子，沒有顧著吃午飯，懷抱奶娃上了一條正在解纜繩的小木船。

河風輕拂，河水綠幽幽碰撞著船幫，飛濺起雪白的細細浪花……想到這綠水亦將流往漢口、上海，說不定還會萬里迢迢地蕩漾到廣州城黃埔軍官學校門前的珠江入海口——朱月娟心頭，竟滾動起一股暖意，連眼眶也濡濕了。

小柳葉船隨波逐流，在艄公的操縱下，進入了主河道。

也就是這個時候，從草山的腳下，從為朱月娟自幼就分外熟悉、如今已不忍心張望的「德生厚」老屋那方向，意外地，突然傳過來一陣密疾的清脆槍聲！

艄公也驚訝得睜大了眼睛，小木船上的人全都扭轉腦殼，想再聽個仔細：流水仍不倦地「噗噗」拍打著船幫，遙遙的夫子鎮，這會兒倒像一張靜止的風景相片，除了幾縷細細的炊煙，聽不到其他任何的聲響……

「嘿嘿，沈鄉長家裏，大概又有啥喜事吧，這幾顆大炮仗好響哇，只怕是放的三眼銃[19]哩……」

[19] 民間一種三管的，用來燃放花炮的鐵制響器。

艄公為掩飾剛才的慌張，自言自語嘟噥著。

朱月娟還在楞楞地張望著「德生厚」老宅子那方向：一群被驚起的烏鴉在高空中盤旋；有一隻甚至飛到了小木船這邊來了，油黑的翅膀直撲騰，挺興奮似地呱呱叫，如同魔鬼的使者，像要對人們通報什麼不祥的消息。她看在眼裏，微微笑沒有吱聲，不過在心裏詛咒著：倘若真地是有誰，剛才用槍崩了沈聚仁，那才真好哩！但這種事兒，至少，眼下在夫子鎮，明擺著已經不可能發生了……

她又想，反正我已經決定要遠走高飛，沈某人或生或死，或富或窮，全都滾他媽的蛋，完全跟我不相干了……

三十九

六月二十九號這天，夫子鎮同平常倒也沒啥兩樣，太陽一會兒隱一會兒現，知了也熱得直叫喚，野狗們在樹蔭下伸長舌頭喘息，四周的山巒綠得葳蕤！

平陽壩那邊的大操場上，長槍隊步伐合拍，殺聲震天，一遍又一遍地突刺著稻草人。短槍隊則在斜坡上練習擒拿格鬥，摸爬滾打，一個個生龍活虎，爭相炫耀才能！三個中隊長上身直挺挺，口中頻頻發令，汗珠順下巴頦吧噠吧噠直滴。

煙土收罷之後，聯防團每天都得認認真真操練兩柱多香的工夫。沈聚仁認為：夏練三伏，冬練三九，隊伍才會像一支隊伍，也才會更有戰鬥力！

十八歲的沈韻清，經常騎著大洋馬來平陽壩，好像愛武裝如了迷，一手揪鬃毛一手放槍，打得已經比較準了。同以前相比，女兒簡直像換了個人！面皮曬得稍黑了點兒，更顯得英姿颯爽。畢竟都民國十四年了！能攤上個習武的女兒，沒準還是件幸事咧！

「嘿嘿，大小姐如今能文能武，聯防團上下，沒有不佩服大小姐的！」

沈聚仁照例不過觀望一會兒，然後就帶上鄒白雲同幾名侍衛先走了。鄒白雲對待沈韻清如同伺候沈聚仁一樣恭敬殷勤，看得出來，沈韻清像還真有點喜歡上他了。

——如果不是窮棒客出身，鄒白雲倒算得個挺合適的女婿人選。女兒的婚事，成了沈聚仁眼下唯一的心病，他已吩咐吳媽，無事便往子女多的鄉紳家裏勤走動，希望能儘快物色到一位肯作上門女婿、門當戶對的幹練後生。

他坐在軟轎中，由著轎夫的腳步，神情安詳在山道上顫悠悠顛上顛下，臉上沁著油汗，腦海裏信馬由韁，毫無倦意。

經過「德生厚」門口時，日頭還未到中天。三個學徒正趴在櫃檯上昏昏欲睡，看到主人的轎子停下，慌忙站直身子，像小鬼看到了閻羅王！

自從鋪子開業之後，沈聚仁這還是第一次光臨，偏偏管事的吳大娘子或者林菊芳都不在。後院的小天井底下有些許涼風。沈聚仁今日心情頗佳，背著手繞天井簷坎慢條斯理踱步，如鬼使神差，眼前竟浮現出朱大華那魁梧的身影！

追根溯源，沈家同朱家，數輩人之間，其實並無什麼深仇大恨，不過如俗話所雲「一山難容二虎」罷了。就好比賽龍舟，你總是盼著對方會槳折船翻；或者玩獅子登七星桌，總要使絆兒讓另一頭獅子跌跟頭！

如今的夫子鎮這塊天地中的景象，九泉之下的朱大華，肯定會不服氣，但也只能認命了。

謀事在人，成事在天哩！而這幾年裏，老天爺同沈家倒好像作了親戚……

沈聚仁胡亂遐想著，信步走出了後門。朱月娟住過的那間小廈屋的牆腳石上，因無人來往，竟長滿了綠苔蘚！他笑盈盈在小廈屋的門前站住，心情複雜地昂起頭，無目的仰望那林木茂盛的草山，腦海中還在吟詠「應憐履齒印蒼苔」、「春花秋月何時了，往事知多少……」等等詩句。山腰稍遠處，散亂棲息在雜樹梢頭的一群烏鴉，也冷眼朝他這邊瞅著，目光裏溢著鬼鬼祟祟——如疾風一般，飛過來一束子彈！面對烏鴉剛微皺起眉頭的沈聚仁，幾乎沒有聽到槍響，人卻已經跌倒了。

侍衛和鄒白雲的反應都挺快，五支盒子炮同時向茂密的蒿草叢灑過去一陣雨點般密集的子彈！刺客放槍之後，竟高興得站起來了，身子立刻被打成了馬蜂窩！

癱軟在泥地上的沈聚仁，身中三彈，香雲紗長衫已經泊在了熱血之上……

「白雲……過去看看……看看是誰……」

兩個侍衛心驚肉跳地扶沈聚仁勉強坐起。鄒白雲帶著另外兩個，手忙腳亂地將那刺客的屍體拖了過來。死者的頭髮已有部分脫落，像遭蟲蛀後的骯髒皮毛；人瘦得像骷髏，鼻樑下陷，潰瘍處呈腐肉的紫紅色……

「……好像是靖國軍的那個周連長！狗雜種，他不是早就死了嗎？」

「唉……他……怎麼會……還活著？這幾年來……躲……哪兒去了呢……」

鄒白雲的聲音打顫，眼睛眶裏淚汪汪，跪在地上如喪考妣。沈聶仁的臉色，洋紙一般慘白。他也認出來了，茫茫然苦笑，十分艱難地呢喃著。

周連長三月十七號離開朱家寨子榨房後的經歷，大致如下：

周連長依仗著兜裏的五百塊大洋、和那點兒首飾玉器，在靠近河南邊界的某縣城吃喝嫖賭，著實快活了一陣子。五月初身上開始出疹子，不紅不疼。他五年前駐萬縣時，曾經長過楊梅瘡，經四川郎中用魚腥草、金銀花、土茯苓、苦參、黃精、土大黃做成的口服丸子給治癒了。他估計是上一次沒有治斷根吧？弄來中草藥堅持服了半個多月。

隨著氣候漸漸熱，周連長肩背和四肢上的馬蹄形潰瘍越來越多，腦殼、肚子經常陡地灼熱刺疼，皮膚上有時像無數隻螞蟻在爬！他又花十塊大洋，請一位老郎中再瞧，被告之患的是脊髓癆，也就是說，楊梅瘡已經到了晚期！

進入六月後，病情更加嚴重，鼻樑下陷，偶爾連行走都不穩當。想到接下來，還得爛嘴巴，爛胯襠，周連長決定死也得先去抓個仇人墊背！

他偷了匹馬，於二十六號騎到保康。二十七號睡了半天，又在黑老林裏穿行了半天，天麻黑時抵土地嶺。他放跑了馬。再朝前，每走一步他都小心翼翼，四更天過後，才摸到草山上藏匿起來。周連長根本不知道「德生厚」已經歸了沈家，一是擔心從朱家寨子再折回夫子鎮費工夫，怕自己體力不支，同時也幻想朱繼久可能下山來了，盼著能設法多打聽點沈聚仁那老狗的最近行蹤。

熬到太陽快當頂時，別說朱繼久，連鄭玉梅、馮雅仙，甚至長工陳老頭的影子都沒有看到！周連長渾身冒汗水，渾身上下都疼痛難忍，絕望沮喪透了，差點兒沒有昏過去。就在這時，沈聚仁帶著侍衛，突然出現在了後院——太意外了，簡直令人難於置信！

周連長緊咬牙關，在心底嘿嘿狂笑！他先瞄準的是腦殼，手臂緊張得直哆嗦，準星忽上忽下；為保證萬無一失，才決定瞄準肚子打，也讓他多遭些罪！

眼睜睜看著仇人應聲倒下，周連長興奮得完全不由自主站了起來——人死了，臉上還掛著獰笑，眼睛嘲弄人似地半睜著，對於能夠如此收場，像十分的心滿意足……

待沈韻清聞訊趕回家來，沈聚仁從肚臍上方至右肩胛處的三處彈傷，已經敷了金瘡藥膏，紗布繃帶上還在往外滲著血水。沈韻清驚呆了，喉嚨裏呼呼作響，眼淚牽線兒滴落。其實她一直最敬佩父親，內心深處一直深深地愛著父親。肅立在床尾的女眷們都在抹淚，頸項伸老長張望，臉色青白，眼眶紅腫。

疼痛呈放射狀，胸腔和腹腔裏像塞滿了通紅的烙鐵，像戳滿了竹签和荊棘；像有貓爪兒撕扯著心肝！沈聚仁的腦海裏，還湧卷著另一種痛苦，似乎比死亡更恐怖：兒子尚在吃奶，女兒仍待字閨中……恍惚中彷彿地陷天塌，整個沈家大院，都眼睜睜地跌落進深不見底的黑洞裏，永無出頭之日了……就看到沈韻清突然衝鄒白雲面前，發瘋也似責罵，竟狠狠地抽了他兩耳光；扭頭又撲回床前，捧住父親的手放聲大哭。

在鄒白雲的心目中，沈團總，沈鄉長，那可是比神靈更威嚴，比父母更親切的存在！他這會兒也肝腸寸斷，根本沒有在意耳光，只覺得自己的生命也在跟著崩潰，人成了薄紙片兒，不知道該怎麼去挽救？

——女兒出其不意，竟敢眾目睽睽之下，抽男人的耳光，讓沈聚仁又看到了一縷希望！他「吱吱」地喘息著，臉面上漾起一點兒做作的慈祥。

「命該如此，怪誰也沒有用……白雲起來吧，以後，凡事要……多跟韻清商量，要處處謹慎……多在一起……拿主張……」

「小人凡事都聽大小姐吩咐，老爺請寬心養傷。快馬已經進縣城接醫官去了，很快就會到！嗚嗚嗚，小人能有今日，全托老爺的福！小人，小人真該死啊！嗚嗚……」

哭泣聲如絲如縷，在整個院落彌漫。沈聚仁像突然暈厥過去了，沒一會兒，又開始哼唧，牙齒咬得咯咯響，汗水直往外滲。他張口還想說些什麼，感覺到腹腔中如有鐵水流淌，痛得哽不出聲。沈韻清一疊聲地喊著爹，捧住父親的右手，握得緊緊的。那喘息聲越來越急促，因為手攥在一起，父女倆都渾身哆嗦。

屋子裏亂成了一片，一個個全都慌了神！林菊芳哽咽著送兒子到床前。兒子才一周歲多點，唬得哇哇大哭，扭頭直往娘懷裏鑽。沈聚仁咧咧嘴巴，眼眶裏決堤似的，湧出許多淚珠；還在掙扎，含糊地嘟噥了一句什麼。

「爹，爹！您要說啥？——醫官怎麼還沒有到？再派兩匹快馬去催！」

沈韻清眼睛裏噴火，目光如刀鋒溢著寒氣。沈聚仁大口喘息，朝前梗起頸項，想靠近女兒。父女倆的鼻尖幾乎貼到了一起。他聲音沙啞，挺艱難地吐出了五個字。

「照顧……好……弟弟……」

一陣劇烈地痙攣過後，沈聚仁終於又軟綿綿地癱倒在大床上了，頭髮披散，瞳仁瞪老大。待到沈韻清再呼喚時，發現爹已經斷氣了……

當天晚上，沈鄉長遇刺身亡的消息，就被劉麻子帶上了朱家寨子。

大家都十分驚愕，同時興高采烈歡慶著，正所謂人以類聚，喜怒哀樂是不相通的；一些族群的難受之日，就是另一些族群的開心之時。倒並未喜形於色的鄭玉梅，聯想到朱月娟這次上山時的一些激烈言辭，滿腹狐疑，禁不住暗暗地捏著一把汗！

第二天的早晨，鄭玉梅就催朱繼久，趕快進城去打探他么姑的消息；並再而三叮囑，要兒子從長枋河東岸，繞山道走旱路，千萬千萬，莫要在夫子鎮露面！

狗日的沈聚仁，沒想到他也會有今天！朱繼久昨晚高興得一夜都沒有合眼！他一路小跑下山，不時還快活地喊幾嗓子山歌。

天空蔚藍遼闊，鳥兒嘰嘰喳喳。樹林淋浴在晨曦底下，山風涼幽幽的。出黑溝口沒多遠，就望見沈家老宅子那一圈兒地方，掛起了好多長幡；連那株參天老柏樹上、甚至草山頂上也掛了，白得眩目耀眼，遙遙地在熱風中飄拂著……

黃昏時候，走得精疲力竭的朱繼久，才如鬼影兒一般，悄無聲息地進了李家老屋。

馮雅仙正急得如熱鍋上的螞蟻，捧著朱繼久的糙手，聲音帶著哭腔。她說月娟清晨就抱著娃兒出門了，一整天沒有回家，也沒留半句話！

朱繼久楞怔了好一會兒，不由得暗自佩服娘的料事如神！難道真是月娟姑姑暗中用錢買惑，或教唆刺客，去亡命射殺沈聚仁的？柔弱文雅的么姑，原來竟渾身是膽，真不愧是大華爺爺的骨血！

他內心突突亂跳著，猛一陣胡思亂想，又為自己的懦弱膽小，而難受起來……

李家老宅子大門緊閉，屋外的天色已經麻黑。

就在馮雅仙哭哭啼啼訴說，朱繼久鼻孔翕動、束手無策搔著腦殼，連肚子裏餓得咕咕叫都懶得理會的時候，朱月娟像剛逃出籠的小鳥，胸中躁動著希望，懷抱嬰兒，已登上了由宜昌碼頭開往漢口的夜行輪船……

釀文學83　PG0757

苦難與罪孽

作　　者	昌　言
責任編輯	林千惠
圖文排版	王思敏
封面設計	蔡瑋中

出版策劃	釀出版
製作發行	秀威資訊科技股份有限公司 114 台北市內湖區瑞光路76巷65號1樓 電話：+886-2-2796-3638　傳真：+886-2-2796-1377 服務信箱：service@showwe.com.tw http://www.showwe.com.tw
郵政劃撥	19563868　戶名：秀威資訊科技股份有限公司
展售門市	國家書店【松江門市】 104 台北市中山區松江路209號1樓 電話：+886-2-2518-0207　傳真：+886-2-2518-0778
網路訂購	秀威網路書店：http://www.bodbooks.com.tw 國家網路書店：http://www.govbooks.com.tw
法律顧問	毛國樑　律師
總 經 銷	聯合發行股份有限公司 231新北市新店區寶橋路235巷6弄6號4F 電話：+886-2-2917-8022　傳真：+886-2-2915-6275

出版日期	2012年5月　BOD一版
定　　價	440元

Printed in Taiwan

國家圖書館出版品預行編目

苦難與罪孽 / 昌言作. -- 一版. -- 臺北市：釀出版, 2012.05
面； 公分
BOD版
ISBN 978-986-5976-18-7 (平裝)

857.7 101005296

讀者回函卡

感謝您購買本書，為提升服務品質，請填妥以下資料，將讀者回函卡直接寄回或傳真本公司，收到您的寶貴意見後，我們會收藏記錄及檢討，謝謝！

如您需要了解本公司最新出版書目、購書優惠或企劃活動，歡迎您上網查詢或下載相關資料：http:// www.showwe.com.tw

您購買的書名：________________________________

出生日期：________年________月________日

學歷：□高中(含)以下　□大專　□研究所(含)以上

職業：□製造業　□金融業　□資訊業　□軍警　□傳播業　□自由業

□服務業　□公務員　□教職　□學生　□家管　□其它_____

購書地點：□網路書店　□實體書店　□書展　□郵購　□贈閱　□其他

您從何得知本書的消息？

□網路書店　□實體書店　□網路搜尋　□電子報　□書訊　□雜誌

□傳播媒體　□親友推薦　□網站推薦　□部落格　□其他__________

您對本書的評價：(請填代號　1.非常滿意　2.滿意　3.尚可　4.再改進)

封面設計____　版面編排____　內容____　文／譯筆____　價格____

讀完書後您覺得：

□很有收穫　□有收穫　□收穫不多　□沒收穫

對我們的建議：________________________________

____

____

____

請貼
郵票

11466
台北市內湖區瑞光路 76 巷 65 號 1 樓
秀威資訊科技股份有限公司 收
BOD 數位出版事業部

（請沿線對折寄回，謝謝！）

姓　　名：＿＿＿＿＿＿＿＿　年齡：＿＿＿＿　性別：□女　□男

郵遞區號：□□□□□

地　　址：＿＿＿＿＿＿＿＿＿＿＿＿＿＿＿＿

聯絡電話：(日)＿＿＿＿＿＿＿＿＿＿(夜)＿＿＿＿＿＿＿＿＿＿

E-mail：＿＿＿＿＿＿＿＿＿＿＿＿＿＿＿＿